ハヤカワ文庫JA
〈JA1335〉

〈TSUBURAYA×HAYAKAWA UNIVERSE 02〉

ウルトラマンデュアル

三島浩司

早川書房
8201

目 次

〈TSUBURAYA×HAYAKAWA UNIVERSE 02〉

ウルトラマンデュアル

登場人物

二柳日々輝（27）……ティアズ・スタンド生活部所属。デュアルII

植松鈴（27）…………ティアズ・スタンド作戦司令部解析班所属

伊波松男（48）………ティアズ・スタンド総代

菊田祐子（62）………ティアズ・スタンド司令官

熊野良子（33）………ティアズ・スタンド渉外部所属

片蔵正平（43）………医師。デュアルI

ティア……………………光の国の聖女

ピグG……………………ピグモン

友利三矢（17）………金井原高校二年生。序の口の構成員

伊波滴（16）…………金井原高校一年生

片蔵誉（17）…………翔鷹学院二年生。友利の親友

西田里美（17）………八幡高校二年生

南城睦美（33）……序の口の構成員。世界中立軍吉見基地総務部所属

霧島雄吾（39）………序の口の構成員。世界中立軍吉見基地所属。シルバー・ヴァンガードパイロット

浜本恒明（62）………序の口の構成員

キップ……………………ヴェンダリスタ星人

ラト………………………ヴェンダリスタ星人

メイス……………………ヴェンダリスタ星人

光の飛び地

「では、これが最終の確認になります」

　内閣府本府は大臣官房の参事官がそういって、肩を並べて座る総務省本省はやはり大臣官房の参事官と目をあわせた。

　テーブルをはさんでこのふたりの男性官僚と対峙（たいじ）する二柳日々輝（ふたやなぎひびき）は、落ちついて次の言葉を待つことができた。あらかじめ専務国選弁護人から手続きの流れを大まかに聞いていたからだ。

　その弁護人はかたわらですでに帰り支度を始めている。クリアファイルとそして老眼鏡を収めたケースをビジネスバッグに入れ、もはや他人事のような横顔をしている。

「二柳さんあなたは、たとえいまからでもすべてを撤回することができます。遠慮は無用。このタイミングで撤回された前例もひとつやふたつはあります」

「撤回はしない」

日々輝はふたりの参事官に向かってはっきりと答えた。

「……そうですか。あなたの存在は、死亡扱いとは意を異にし、遅くとも一二時間以内には戸籍簿および住民基本台帳から消除されます。よろしいですね？」

「構わない」

自然に発したつもりの声が少しだけ緊張感を帯びた。

「もとより地球人であることを証明する帳簿などこの世にありませんが、少なくともあなたは日本人ではなくなります」

日々輝はうなずきをもって答えた。「はい」とさえ自然に発声する自信が揺らいでいたからだ。

「では一読のうえ、この下線が引かれたところに署名を」

テーブルの上を五七桐の紋章がはいった一枚の同意書がこちらに滑って寄こされ、そして万年筆がさしだされた。

意思表示に関して弁護人は署名だと事前に説明してくれていただろうか。日々輝には拇印だったような記憶があったが、聞きまちがえたのかもしれない。

最後の最後に字を書けなどと、緊張感が露呈しやすい行為を要求してくれたものだ。

しかしフッと苦笑したおかげで体はほどよくリラックスし、筆先はスムーズに走ってくれた。弁護人がバッグにしまったばかりの老眼鏡をとりだしてかけ、その署名の様子を見とどけた。

そして同意書は受けとられた。

ふたりの参事官が椅子から立ちあがり、扉へと進む。日々輝も自分の大きなリュックサックを拾ってからあとを追った。

「扉の向こう側は、もう『光の国』です。迎えがきているはずですから、ここでお別れです」

参事官の手から書類がハラリと落ちた。ややわざとがましかったように日々輝の目には映った。

なにかと思えばたったいま署名したばかりの大切な同意書だった。それを床から拾って手渡してやると、礼のつもりか、ふたりの参事官はそろって深々と頭を下げた。

その腰の角度といえば敬礼どころか最敬礼だ。しかもいつまでたっても頭を上げようとしない。

日々輝は戸惑い、椅子から振り返っている弁護人に助け船を求めた。すると弁護人は「お行きなさい」とばかりに目をつむって手をさしだすだけだった。

日々輝は誰に対してというわけではなく、この〝地球〟という一室に向かって敬礼してから扉を手前に引いた。

顔に触れた空気はひんやりとしており、やや異臭が溶けていた。進むべき通路には頼りない照明が等間隔に続いているようだ。これは長さ八〇mあまりのトンネルで、アーチの壁面はほとんど素掘りのような状態になっていると聞いている。まだ暗所に慣れていないのでその様子をはっきりと目にすることはできない。

日々輝は背中で扉を閉め、足を踏みだした。とにかく前に進むしかない。もうあと戻りはできないのだ。自分は日本人であることも、地球人であることも捨てた。これからは「光の国」の住人として生きてゆくことになり、VENDALISTA星人と戦ってゆかなくてはならない。

——トンネルのほぼ中間点と思われる場所に人影があった。

迎えの者だろう。男性のシルエットだ。日々輝は心細くなりかけていたところだったので駆け歩きで進んでいった。

「世話になる。二柳、日々輝っていう」

「よくきてくれた。ともに戦おう。私はおもに渉外担当をしている宮木だ」

還暦のてまえ、父親ほどに年の離れていそうな男だ。背中に手を回してきて抱くように肩を叩いた。

ふたりは残り半分の通路を並んで歩きはじめた。

「役人たちは、最後に頭を下げたかね」

「え？　ああ」

「やはりか。恒例だ」

「恒例？　オレがサインした同意書を、手から落として、それをただ拾ってあげただけなんだけど」

「彼らは立場上、キミや我々に命運を託すような態度をとることができない。地球を救ってくれという言葉は、おくびにもだせないんだ。だから頭を下げる理由をこしらえた」

「なんだそういうことだったのか。だったらちゃんと気持ちをうけとればよかった」

暗所に目がかなり慣れてきた。宮木がセーターを着ており、それが紺とグレーのボーダーだということがわかった。壁面の様子もいまではわかる。ところどころで鉄線やコードのようなものが突きだしたり垂れたりしている。

このトンネルは超巨大な壁を貫通している。その超巨大な壁は廃材と瓦礫をコンクリートで固めた粗悪なものだ。

ふたりは突きあたりになっている扉の前で足をとめた。

「怪獣に襲撃されたあとは、立て付けが悪くなって扉が開かなくなることがある。逆もあって、ゆがみが解消されて開きやすくなることもあるがね」

宮木は笑った。そして思いだしたかのようにズボンのポケットからなにかをとりだした。

口につけるマスクがふたつ。そのひとつが手渡される。

――ペラペラの綿素材だ。洗練されていないのでハンドメイドではないだろうか。いちおう耳にかける部分にはゴムが入っているようだ。

「会話を読まれると都合が悪い。煩わしいがつけていてくれ。内部の事情はすべてが秘密なんだ」

日々輝に拒む理由はなかった。

壁の外側にいるときには、大衆のひとりとして内側の様子を知りたかったものだ。しかしこれからは立場が正反対になる。いままで知りたかったことは、そっくり知られてはいけないことになるのだ。

宮木が力をこめて扉を押し開く。日々輝も彼の背後からそれを手伝った。

——秋という季節柄、強烈ではないがまぶしい光が浴びせられる。日々輝は思わず手をかざし、そして表情を固まらせた。

どの光景からかいつまんで語ればいいだろうか——。

視野一面に土地が広がっている。殺伐（さつばつ）とした広大な土地だ。まるで空襲後の町。幾多の激震や衝撃をうけてきてもなおそびえつづけている構造物もなかにはある。かつては高層マンションだった鉄筋構造はしかし無残な骨組みの姿に。桁（けた）を失った関越自動車道の橋脚にはおよそモアイ像やストーンヘンジほどの神秘性はない。ちまたでは〝奇跡の駅〟と讃（たた）えられていた西武池袋線の石神井（しゃくじい）公園駅でさえその外観は六割方をとどめているにすぎない。

——そして空は薄情なまでに無傷。

テレビのニュース映像などをふくめてこの光景をはじめて見る者は、すべての原因をあのはるか前方に据（す）わった存在に結びつけてしまうだろう。

「我らの防衛拠点、『涙の砦（ティアズ・スタンド）』だ。たんにティアズとも呼んでいる」

指をさすまでもなく宮木がいった。

かつては戦闘能力も備えていたという汎用型のスペースシップだ。人類の産物ではない。

「光の国」というはるか遠い星からやってきた宇宙人が不時着させたもの。ここ一帯がこの無残なありさまになったそのあとに。

「大きいからそれでも近そうに見えるが、あの場所まで三㎞ばかりある。二柳くんを車で迎えたかったが、ガソリンは極めて貴重でね。……そうだな、リッター五〇万円くらいの価値がある」

「いや、往復する宮木さんのほうがもっとたいへんだ」

「おまけに平らな道は無しと。瓦礫の上を小一時間は歩くことになるが、辛抱してくれ」

歩きはじめたとたんに背後に威圧感をおぼえた。

振り返らずともわかる。そびえ立つ超巨大な壁によるものだ。いま通り抜けてきたばかりの。

高さが四〇mからところによっては六〇m近くあるという。荒廃したこの一帯をぐるりととり囲んでいる。そのほとんどがかつての東京都練馬区の中部で、同じく板橋区とそして埼玉県和光市にもまたがっている。上空から見れば円からやや二枚貝の貝殻のような形へとゆがんでいる。

壁の役目は大きくふたつある。ひとつは、怪獣がここに出現したときにも、壁の外側に日常を保つためだ。そしてもうひとつ、壁は国境を意味している。国境という表現が適当か否かはさておき、いまいるこの場所は地球のものではない。光の国の占領地であり領土であり、飛び地なのだ。

日々輝がマスクをつまんでいると宮木が目尻にしわを寄せた。笑っているのだろう。

「臭うかね」

「ああ、かすかにドブのような臭いが」

「雨が降っても水が逃げていってくれないからね。溜まって、いろいろなものが腐る。石神井川しかり、下水道も政府からのペナルティで堰きとめられてしまった」

「ヴェンダリスタ星人のさしがねだな。壁の外では『ヴェン様』と呼んでいた。政府はヴェン様の言いなりだ」

「すっかり不衛生な地帯になってしまった。とにもかくにも二柳くんはティアズに着いたらすぐにウルトラ・オペレーションだな。ひょっとしたらもう良からぬ病原体に感染しているかもしれない」

「飛び地の戦士のなかに、医者はいないのか？　今日までに八百人以上はここに渡っているはずだけど」

「ひとり……」

宮木が一瞬足をとめかけた。

「ひとりいた。まさに片蔵くんが医者だった」

過去形だ。つまりもう生きてはいないのだろう。

「戦死……、されたのか」

「二柳くんが片蔵くんを知らないとは、世間一般の人間も彼のことを知らないのかね」

「戸籍を抹消された人物については、政府は秘匿を貫いてくれている。『記録に残っていないのだから語りようがない』という逃げ口上で。この点ではおそらくヴェンダリスタ星人から要求されても。——それで、片蔵さんとはどんな人だ？」

「なにを隠そうデュアルは片蔵くんだった」

「デュアルとは？」

「怪獣と何度も戦った光の巨人だよ。ウルトラマンデュアル」

「シラヌイか！　壁の外ではそう呼んでいた」

「そうらしいね。——ああ、シラヌイは片蔵くんだった」

シラヌイは特別に強力でもなさそうな怪獣に蹂躪(じゅうりん)されて倒れた。両目と、胸のカラータイマーから光を失い、そして二度と立ちあがることはなかった。

この戦いで敗れたのは、高エネルギー放射——いわゆる光線系——の必殺技が禁じられていたからだ。そのひとつまえの戦いで、怪獣の首をはねたシラヌイの光刃(こうじん)がそのまま八㎞離れた東京都庁庁舎まで達しては掠(かす)め、そして庁舎内に多大な被害をもたらしたといういきさつがある。もちろん必殺技を禁じさせたのはヴェンダリスタ星人のさしがねだが、シラヌイは二星間——地球と光の国——の政治的外交によって命を失ったともいえる。

宮木が最短の方角ルートから少し逸(そ)れて歩いてゆく。日々輝はそのときにはじめて気づいたのだが、宮木はひどく傷(いた)んだ靴を履(は)いていた。黄色のジョギングシューズだ。

「ちょっとここに寄っていこう」

壁もいくらか残っている鉄筋構造の廃屋だ。宮木がガラスのなくなった大窓から中に入っていく。日々輝も素直にあとをついていった。

「ここで見せておこう」

宮木がマスクをはずし、振り返りざまに胸の前で握りこぶしをつくって力をこめた。すると彼の体が淡い光に包まれ、姿を変えたのだ。

日々輝は思わず目を丸くした。

「シラヌイ……」

シルバーで卵形の頭部はいたってシンプルな面立ちだ。

宮木はシラヌイという呼び名を否定するかのように手を振った。そしてセーターとシャツをまくりあげて腕を見せた。

頭部と同じシルバー一色だ。シラヌイにはあったレッドの模様がない。

日々輝が頭の整理をしきれないうちに宮木は元の姿に戻った。

「ウルトラ・オペレーションをうけると、二柳くんもこうなる。我ら飛び地の戦士は皆がウルトラマンだ。キミにとっては目を背けたくなる現実かもしれないが、国籍を捨て、地球を捨て、そしてヒトであることを捨てるとはこういうことだよ」

「覚悟をして、そしてここにきた」

「……そうか。頼もしい目をしてくれる。——では行こう」

日々輝自身が自分の言葉で腹をくくることができたような気がした。

あの最後の部屋で参事官たちへの返答に緊張したのは、国籍や地球を捨てることではなく、ヒトであることを捨てることによるものだった。しかし光の国の飛び地にいるいまとなっては、もうヒトであっては生きてゆくことが難しいのだ。

「私もそうだが、ウルトラ・オペレーションをうけても、ほとんどの面々がファイターとしての資質があらわれなかった。頭のてっぺんからつま先までシルバー一色の戦士ばかりだよ。しかし片蔵くんは違った。レッドがよく出た」

「オレもティアズに加わるからにはいっぱい役に立ちたい」

「その気持ちはありがたい。しかし我々は戦力を計算するにあたって、二柳くんのような新入りを半人前程度にしか期待していない。これは前例から見積もっているものだ」

「そうなのか？　オレはがんばるつもりだけど」

「すべてはウルトラ・オペレーションの弊害だ。さっき私が変身したように、いったんウルトラ化すれば少々のことでは死なない。しかしウルトラマンであることや光の国に関する基礎知識がインプットされるから、上書きされるかたちで過去の記憶が消える。記憶喪失ではなく消失だから、なにかがきっかけになって思い出すこともできない。これもヒトであることを捨てるにふくまれるわけだがね」

「宮木さんも……」

「私の場合は少年時代の数年間がほとんど思い出せない。時期や期間には個人差があって、長期にわたって断片的に失うこともある。体験や経験は人格形成につながっていくものだ。

だからウルトラ・オペレーションによってこれを失った場合は人格が大きく変わってしまうことがある。自分を豊かにしてくれた体験、あるいは逆のトラウマを忘れることによってね。こんな人間だったかな？　と、自分に違和感をおぼえることが私にもときどきあるよ」

「だから半人前というわけか」

「なかでも困ったケースがあって、ティアズにきた動機を記憶とともに失ってしまう場合だ。狼狽しきりになることも少なくなくて、諸々ケアやリハビリに時間がかかる。そのケアのために人手が割かれる。私でさえいまの持ち場に配置されるまでに三週間くらいかかったな」

「オレはいつの記憶を失うんだろう。——いや、覚悟はできている。オレはもともと忘れっぽい。頭もあんまり良くない」

「それとだ。ウルトラ・オペレーションをうけると、なぜか涙を失う」

「涙……」

「本場のウルトラの戦士は泣かないのだろうな。いや、いまの私もむこうずねをしたたかに打って涙が出ることはある。しかし感情からは切り離される。悲しくても嬉しくても涙は出ない」

「それくらいだったら」

「と、思うだろう。結構辛いものだぞ？　悲しくても涙が出ないと。涙は多少なりとも悲しみを外に流してくれていたということだ。二柳くんもそのうちにわかる」

「ヒトとは涙を流す生き物、ということなのかな」

宮木はこちらに目をくれ、瞬きで答えるだけだった。

ティアズ・スタンドがかなり近づいてきた。不時着時には展開していたはずの光の主翼はいまはどこかに消え、くちばしのような先端部をわずかに地中にめりこませた状態で胴体部を接地させている。地球上で見る魚や鳥そのものではないが、その外観は移動性において進化した生物をモデルにしたように想像させる。全体としておそらく機能美を実現した姿ではあるのだろう。しかし各部のパーツの果たす機能はまるでわからない。船体の中央上部からブリッジを取り巻くように後方へと向けて伸びる、あの三本の尾がらせん状に絡みあった構造物などは先鋭のアーティストが手がけるオブジェのように見えるし、オブジェのようにしか見えない。火星表面のようなボディカラーは今日も変わらない。

（あの中に、いるのか……）

踏みだす足を半歩多めにとって宮木に尋ねる。

「植松さんという若い子を、知らないか？　飛び地に渡ったと聞いてきたんだけど」

「……ひとりいる。植松、植松鈴くんのことかな？」

「ああそうだ！」

「私も七百余名全員の顔と名前をおぼえているかというと自信はないが、彼女のことならよく知っている。デュアルが倒れたあとに組織替えをしてね、生活部から司令部の解析班に転属した。がんばってやっているよ」

「よかった……」

日々輝はほっと胸をなでおろし、そして嬉しくなり、そのまま宮木を先導するように歩いた。

「植松くんとは、知りあいというわけかね」

「中学時代のクラスメイトだけど、卒業してからはもう一〇年くらい会ってない」

「友達だったたなら力づけてやってくれ。彼女もウルトラ・オペレーション後にいろいろと悩んだケースだ」

「そ……そうだったのか。でもがんばって生きていることがなによりだ」

そのとおりだとばかりに、宮木は大きくうなずいた。

そのとき不意に日々輝の目を一条の光が掠めた。

「なんだろう。まぶしいグリーンの光のような」

「ハハハ……。ティアズの足下に敷かれている絨毯のことかね。あれはサツマイモ畑だ。白いほうは綿花畑」

「いや、ティアズの船からだ。オレたちに信号を向けているんじゃないか？　ほらいまも」

「──いかん。緊急事態のシグナルだ。ヴェンダリスタが怪獣を送りこんでくるのかもしれない」

日々輝は思わず空を見上げた。怪獣は静止衛星軌道からやってくるといわれている。

「走れるかね」

「もちろん」

ふたりはまだ一km近くは距離を残しているティアズ・スタンドを目指して駆けだした。

年齢的な体力差のためか、大きなリュックサックを背負っている日々輝にも宮木は後(おく)れをとった。ときおりティアズ・スタンドからは音声マイクのスイッチが入っては切れるようなスピーカー音が断続的に届いた。そしてマイクテストをする跡切れ跡切れの声も。それはモザイクつきのインタビューで聞く機械的に変換されたような声で、すでになにか重要なことを伝えているのかもしれなかった。

「宮木さんは変身できないか!?」

日々輝は尋ねた。

「私だけ？　死ぬときはふたり一緒だ」

日々輝のなかで一度に緊張感が高まった。ここ光の飛び地で今日まで抗戦してきた宮木がいうのだから、死とはいつでも隣りあわせになった存在なのだろう。

そこへスピーカーが不快な共鳴音をたて——

「怪獣出現・推定二七秒後！　前後五秒！　ティアズ本船は小爆発に備えて二〇秒後より第一次の三枚帳(とばり)を一八秒間展開します！　其(そ)の方(かた)二名は代用可能な掩蔽壕(えんぺいごう)に至急避難してください！」

抑揚(よくよう)はあるもののやはり機械的に変換されたような声だ。

早ければ二〇秒ほどで小爆発が起こり、その爆心地から巨大な怪獣が出現する。小爆発とは、かつてこの一帯を壊滅させた大爆発に比べての規模だ。小爆発の衝撃に対してティアズ

・スタンドはバリアを張って無効化するが、こちらのふたりは自力で身を守らなくてはならない、ということだろう。しかし地面に潜りこめるような場所など近くにあろうか——。
この際リュックサックなど捨ててしまおうと日々輝はショルダーバンドに手をかけた。すると宮木がそれを制した。

「まだ背負っておくんだ。最終的には頭を守れ。頭が生きていればティアズでなんとかなる」

言葉そのものよりも宮木の緊迫した表情に諭される。

「こっちだ！　ピグGがうまくやってくれる」

腕を強く引かれて意外な方向に導かれる。ティアズ・スタンドからはむしろ遠ざかってゆくが、日々輝は宮木を疑わなかった。彼は新入りを迎えるために何度もここを往復してきたに違いない。瓦礫に覆われていても地形の変化を熟知しているのだ。

「あの影が窪みだ飛びこめ！　ゾウ一頭くらいが入れる！」

「宮木さんが先に！」

「譲りあっているときじゃない！　我先に行け！」

リュックサックの上から背中を乱暴に押され、日々輝は加速した後に宙を舞った。そしてのけぞるような体勢で、スローモーションのごとく宙でもがいた。

飛び地で起こる爆発は独特で、ふたつの現象がセットになっているといわれている。爆心地に向けての爆発的な収束と、その後に爆心地からの爆発的な発散だ。縮まって、はじける。

日々輝の体は落下重力をうけつつも後背の爆心地へと引っ張られていた。

(宮木さんは!?)

振り返ってもそこに宮木の姿を確かめることはできなかった。日々輝はほとんどあおむけの状態で穴の底へと落下したが、リュックサックがクッションとなって大事にはいたらなかった。そして地上で今度は発散の爆発。とっさに寝返ると宮木の言葉を思いだしてリュックサックで頭を守った。

衝撃は四方から伝わってきて爆心地の方角はよくわからなかった。強風に押しつけられ、ややあって瓦礫の雨が窪地を埋めようかという勢いで降り注いできた。恐怖心のなかで、日々輝にはそのように感じられた。これはまだ危機の序章にすぎない。いまほどの衝撃ならばたやすく生みだせる怪獣が地上には出現しているはずなのだ。

(吼えた……、近い)

怪獣のうなり声のようなものがとどろいた。恐怖心をふくらませてくるおぞましい音響——。

(どうする。どうするのがベストだ。いまはじっとしているのがベストか？　……違う！)

日々輝はうずくまった体勢から上体を起こそうとした。しかし体がコンクリートで固められたようになっており、最後はリュックサックを捨てて頭を力任せに引き抜いて脱出した。

窪地からよじのぼれば周囲は薄い粉塵に包まれていた。

「宮木さん！　宮木さんどこだ！」

日々輝は目を細めて周囲を見渡した。

引いては寄せた波でシャッフルされた瓦礫の海。モヤがかかったその海面に漂う体をすぐに見つけることなど不可能だ。「ここにいる」とせめて手を挙げてくれなくては。彼はとっさに超人へと変身してくれなかったのだろうか。

「返事をしてくれ！　宮木……」

心臓をわしづかみにされたような思いがした。薄い粉塵の中に、地面に長々と横たわった巨大な影がある。

――あれが怪獣。飛び地の外ではあくまでも劇場的だった存在。

一〇m……二〇m……、粉塵の中に消えるその先はまだまだ続いていそうで目測がたたない。

ワームが這うようにズルズルと移動している。大きいはずの瓦礫が小石のごとくはね飛ばされる様子を見るとスケール感覚がおかしくなる。いったいどのような惑星の環境がこれほどに大きな怪物を生みだすというのか。

――にわかに前方が大きくせり上がった。シャクトリ虫のように〝Ω〟の体勢に転じようというのだろうか。しかしカメラを据える三脚のようなシルエットにも見えてきたし、粉塵にかすんだ向こう側にはさらにもう一脚、二脚がありそうにも思える。

ティアズ・スタンドは琥珀透明のバリアを全周囲に張っている。確か一八秒間といっていたはずだ。いったんバリアが解かれれば自分も船に逃げこめるかもしれないと日々輝は思った。しかしそのまえになんとしても宮木を探しださなくてはならない。

（今度は赤いシグナルだ！）

その糸のような赤いビームは今度は日々輝の顔面に向けて照射されたものではなかった。とある場所を指し示している。

なにかと思えば居場所を告げるように挙げられた腕が覗いていた。――腕ではなく、宮木の足だった。黄色のジョギングシューズなのでわかった。

ティアズ・スタンドが教えてくれ、そして宮木を救出しろといっているに違いない。

日々輝は窪地から五〇mあまり離れた場所へとただちに駆けつけた。いまは怪獣の存在を忘れろと自分に言い聞かせながら。

「宮木さん！」

鉄筋がむき出しになったコンクリート片に宮木の体はほとんど逆さまの状態で張りついていた。そして居場所を告げる目的を果たしたかのように崩れ落ちた。

そのありさまを見て日々輝は直感的に絶望した。

宮木の顔色だけを見ればシルバーに近い灰色ではある。しかし超人に変身したその色ではなく、周囲の粉塵と同じ石灰によってコーティングされたものだ。全身がピクリとも動かない。

日々輝は意を決し、宮木の両腕をとると自分の両肩に掛けて担ぎあげた。

――脱力しきった人間の体とはなんと重たいのだ。

日々輝はもはや直立などできなくなって腰をくの字以上に折るしかなかった。自分に向かって最敬礼をした官僚の姿がいまさら思い出された。

しかし顔を上げればそこに希望はあった。ティアズ・スタンドからバリアが消失していた。いまならば近くまで迫れる。それから再びバリアを展開してくれたらひとまず安心だ。今日まで一七体の怪獣が現れたが、あの頑強なバリアが破られたことは一度もなかった。ティアズ・スタンドからは怪獣を攻撃するためにＨＰＣと呼ばれる〝光の国製〟の戦闘機が発進したようだ。小さい機体のように見えるが、ティアズ・スタンドの全長自体が六百ｍ近くあるので人類の軍用機と比べて大型だ。バリアを一時的に解除したのはあのＨＰＣを発進させるためなのかもしれない。ということは……、とにもかくにも急がなくては。

日々輝はティアズ・スタンドの方角を頭にいれると、足下に目を落としてひたすら歩を進めた。怪獣の恐怖は横目だけで感じていた。

しばらく行くとスピーカーが再び不快な共鳴音をたてた。

「其の方！　Ｍ氏はもう息がありません！　身柄をあきらめて本船に急いでください！」

さきほどは糸のような赤いビームを照射していたが、解析などによってすでに宮木の生死がわかっているのだろうか。

生死ならば、背中に担いでいるからこそ日々輝にもわかっていた。しかし肉体の価値というものは、生から死へと移っても大きく損なわれないものだ。むしろ尊厳の点では重くなる。

宮木は「死ぬときはふたり一緒だ」といってくれた。それなのに最後は自分ひとりを生かしてくれた。せめて彼の尊厳を守るためにもふたつの体で安全地帯になだれこみたい。

「其の方急いでください！　ティアズ本船は二七秒後より第二次の六枚帳を無期限で展開します！　本決定は覆りません！」

もうすぐそこだ。ひとりで走れば間にあう。――わかっている。わかっているが、宮木の最後のひと押しがなければいま自分は生きてはいなかった。

(どうするのがベストだ。バリアに入れなくても宮木さんと死ぬのがベストなのか。じゃあ宮木さんが自分を生かしてくれた思いはどうする。――わからない。ベストの答えがだせない。誰か教えてくれ)

思わず目から涙がこぼれた。

とそのとき、地面の振動とともに辺りが暗くなった。見上げれば、日々輝はなにかの下にいた。頭上を怪獣がまたいでいるとわかるまでにさほど時間はかからなかった。

次の瞬間、日々輝は宮木の体をその場におろして駆けだしていた。泣き叫びながら、ティアズ・スタンドへと疾走した。

(ごめんなさい！　オレは生きます！)

怪獣が生みだす地面の震動でバランスが大きく崩れる。足を踏ん張ってなんとしても転倒だけは避ける。腰になにか固いものがぶつかった。いまは痛みをこらえ、両腕を力強く振って走り続けた。太ももを鋭利なものが襲った。看板のプレートだったように見えた。しかしあと五、六〇m走れたら両脚は使い物にならなくなっても構わない。

日々輝はゴールラインを手前に引いていた。てっきり駆け抜けられたと思ったら、実際にはその数m先にバリアは突如として展開された。琥珀透明の壁が眼前に立ちはだかった。

「開けてくれ！」

叫びながら拳で叩いた。

決して厚そうには見えないのになんと固い。

当然だ。一説ではヒトの数十万倍もの質量をもつともいわれている怪獣の攻撃をしのぐのだから。

「一秒だけでも！」

バリアは無期限で展開されるといっていた。それは短時間のことではないだろう。そして決定は覆らないとも。

日々輝は振り返った。そして高々と見上げた。

地面を這って移動していた怪獣はもはや複数の脚で完全に体を立ちあげていた。脚は代わる代わる柔軟に動いている。一方、ごつごつとした上体はただ固そうなばかりで有機的な印象がない。相手を威嚇するために高く持ちあげているだけのような気がする。

しかしその威嚇は日々輝にとってじゅうぶんすぎるものだった。そして背にした味方のバリアによって精神的に、そして現実としても追い詰められていた。

（きたばかりだっていうのに、オレはここで死ぬのか？　まだなにも役に立ってない。オレのために宮木さんは死んだ。半人前どころかマイナスだ）

日々輝は首を横に振った。

（いまは逃げて、生きてやる。生きていればとりかえせる。それがいまのベストだ。立ち止まるな）

日々輝は怪獣から少しでも遠ざかるようにバリアに沿って走った。

カーブを進むごとに、様々なものが視界に入った。発進したＨＰＣが攻撃の機会をうかがって中速度で旋回している。そのはるか先の上空にはシルヴァンと呼ばれる攻撃機。飛び地には決して入らない「世界中立軍」のものだ。展望台が防衛省の観測所になっている東京スカイツリー。そして誰が巨大化したのか、ファイターの資質をもたないシルバー一色の光の巨人。

それらひとつひとつに一喜一憂している暇（ひま）はなかった。日々輝は怪獣に対してひたすらバリアの陰になるようにと走り続けた。その行為は外の世界で思い描いていたイメージとは大きくかけ離れていたが、すでに戦いだった。

転倒しては、ただちに起きあがる。ヒトの体とはなんと柔（ヤワ）なのだろう。ジーンズが赤黒く染まっている。瘤（こぶ）ができたように腰骨（こしぼね）のあたりがパンパンに腫（は）れてきた。手のひらの皮は剝（む）け、おそらく唇も切れている。目と鼻のあいだを伝ってきたのも流血だろうし、後頭部にはべっとりとした感覚があるので気が張りつめているうちに頭を割っていたようだ。

「うわああああ！」

なにが起きたのかはほとんどわからなかった。怪獣がティアズ・スタンドを攻撃したのか、バリアに張りつくように日々輝の上から脚か触手のような巨大なものが振りおろされてきた。日々輝はまちがいなくそれに触れたし、腹ばいになって一瞬乗ったような感覚さえあった。そして大きく振り飛ばされたのだ。

地面が五ｍも一〇ｍも下にあるのが見え、またしてももがきながら落下した。今度は緩衝の役目を果たすものはなく、ほぼ全身を強打した。いままでの人生で味わったことのない衝撃だ。

これまでかと思った。とそのとき、内側からバリアを透過して光の固まりが急接近してきた。そして目の前でその姿を具体化した。

（ティア）

不時着したスペースシップの乗船者で唯一生存した光の国の住人。この女性は戦士ではなく、聖女だ。ウルトラセイントティア。

手錠のような械(かせ)でもはめられているのか、ティアはなぜか両腕を腰のうしろに回していた。こちらになにかを語りかけているようだが声は聞こえない。彼らはテレパシーで会話をするという。したがってヒトが彼らと会話をするにはウルトラ化した状態でなくてはならない。ティアに手を差しだそうとしても、もう両腕がともにあがらなかった。腰から下もしびれきってしまっている。瞳が潤(うる)んでしまい、にじんだ視界に光の衣をまとった彼女の姿があった。

光ったのはティアの額だろうか。日々輝の体が光の繭(まゆ)に包まれる。時間的な感覚は失われた。これがウルトラ・オペレーションなのかと思った。

《さあ、私につかまってください》

ティアはテレパシーで確かにそういった。すると日々輝のあがらなかったはずの両腕があがった。そしてシルバーに変わったその両手を彼女の背中に回して抱いた。

なぜか、辛かった。おそらく、もう涙が出なくなっていたからだろう。宮木のいっていたことがこれほどにも早く体感できるとは思ってもいなかった。

日々輝は滑翔(かっしょう)するティアとともにバリアの中へと吸いこまれていった。


午前の授業と昼休憩を終え、金井原(かないはら)高校の全校生徒は長蛇の列をなし、二㎞あまり離れた三鷹市のコンサートホールを目指していた。友利三矢(ともりみつや)もそのひとりだった。

誰もが憂鬱(ゆううつ)あるいは不機嫌な表情をしていた。本当に無益な行事だと心のなかで思っていた。しかしその思いを堂々と口にすることができなかった。周りから聞こえてくるのはひそやかな話し声ばかりだ。

「遠足じゃあるまいし、せめて現地集合にしてほしかったよな」

「まったく同感。これじゃあ江戸時代の参勤交代だよ」

「結局どこのどいつだろう。ヴェンダリ……、ヴェン様をボコったの」

「最初は八千代台の噂が流れてたけど、最新の情報じゃ、どうも市川か船橋のヤツっぽい。

ネットに顔写真が晒(さら)されてた」

「周りの迷惑考えてくれよな。オレ、こらえ性のないヤツ嫌い」

「話変わるけど、今度のシラヌイ、弱くない？　ワンパンでダウンだってさ」

「あれはシラヌイとは呼べないでしょ。番付でいったら横綱と序の口の差があるって」

折しも二日前、飛び地に怪獣が現れた。

飛び地から政府を通じて発表された呼称は「ペンタパス」で、光の国が管理しているデータベースには「虚栄の立脚獣」と登録されているらしい。

ペンタパスの実力は脅威的ではなかったが、生徒のあいだでささやかれるように光の巨人を一撃で沈めたのは事実だ。その後はティアのスペースシップを破壊しようと五本の脚で単調な攻撃を繰り返し、バリアにダメージを与えられたのかさえ疑問で、最終的にはＨＰＣから照射された高エネルギーの光線によって葬(ほうむ)られた。

目的地のコンサートホールから観光バスが発車していく。他校の生徒を乗せて帰る一行(いっこう)だ。徒歩でくるには遠方の学校なのだろう。

今日、このコンサートホールでは七つの高校が朝から順番にレクチャーをうけることになっている。〝歴史の勉強〟だ。

あれは三年前の夏休みで、しかも最終日だった。当時中学二年生だった三矢は、そのとき友人の家で宿題の追いこみをしていた。片蔵誉(かたくらほまれ)という一番仲のよかった友人で、宿題の追いこみといっても彼の答えを写すというずるい作業だ。

　誉は頭が良かった。彼の父親は医師で、自宅の一階で外科の診療所を営んでおり、彼も将来は医師になることを志していた。学校の勉強のことならばだいたい彼を頼れば解決した。

　もう夜も二二時が迫っていた。宿題の写しも終えてひとつのテーブルを囲んでいた三矢と誉は、それまで楽しく交わしていた雑談を不意にとめた。どちらからというわけではない。なにかを感じてお互いに目を合わせた。

　ふたりは部屋からベランダに出るとすぐさま夜空を見上げた。感じたなにかとは空にあることがなぜかわかっており、しかも方角までわかっていた。そして実際にあったのだ。夜空に〝書かれた〟文字が。

　得体の知れない文字だった。いまでこそその正体はわかっており、「ウルトラサイン」と呼ばれている。光の国から送られてきた特別なメッセージだ。

　そのことを誉は家族に伝えに階段を駆けおりていったし、三矢も携帯電話で家族に伝えた。このウルトラサインの表示は全国的にかつ全世界で同時に起きていた現象で、テレビのニュースで映像が流れたのが十数分後、インターネットに投稿動画がアップロードされたのは最速のもので八分後だった。

　ウルトラサインの発見について、三矢と誉は極めて早いタイミングだったことがわかっている。なにしろ一文字目から二文字目への書きだしを見ているのだ。これはインタビューの証言を見てもふたりよりも早い例はなかった。

ウルトラサインの意味だが、これは言語学の見地からは未だに解読されていない。政府は二星間交渉のなかで飛び地から翻訳を聞いていると思われるが、今日まで公表にはいたっていない。宇宙語を訳せるヴェンダリスタ星人にはわかっているようではある。

ただ、その七日後に起きた事態から意味を推測することは難しくない。ギャラフィアンという宇宙の無法者集団が地球を侵略してくることを予告し、人類に注意喚起をしていたのだ。

ひそやかな声で話していた生徒たちも、大ホールに入場したとたんに自主的に口を閉ざしていった。通路に立つ教師に指示されて粛々と座席に腰をおろしてゆく。ホール両翼の二階席には、そのどこかにヴェンダリスタ星人が座って見下ろしていることを知っているからだ。目を合わせただけで面倒な事態になることもまれにあるので、誰も見上げて確かめようとはしないが。

ヴェンダリスタ星人はヒトの姿をしている。人間の特に少年たちのなかから居心地のいい体を選んで意識を乗っ取っている。彼らは人間社会に入りこみ、常日頃から人々を監視している。そして強迫観念を与えることによって支配しているのだ。

これから始まる〝歴史の勉強〟は、ねじ曲げられた事実の植えつけだ。特に中高生と未成年の学生に対しては公式行事として春と秋に二度おこなわれる。じつは夏休みが明けた先月におこなわれたばかりなのだが、ヴェンダリスタ星人に手をあげた一少年の出来事によって今日は臨時の招集になった。これはヴェンダリスタ星人が科してきたペナルティ以外のなにものでもない。嫌がらせだ。

　ステージの袖からいつもの男が現れた。この辺りの学区を担当している東京都教育委員会の職員だ。スクリーンに画像を投影するプロジェクタの調子を確かめながら、彼もまた無益な授業の始まりと思っているに違いない。しかし内容が正しかろうが誤っていようが、現時点で政府が公式と認めている「経緯」なのだ。

　ギャラフィアンというのは天の川銀河に存在する知的生命体同盟だ。四つの惑星とその惑星人から構成され、ヴェンダリスタ星人もその一員だ。彼らは自由の精神のもと、当初は個々に勢力の拡大を図っていたが、そこへ宇宙警備の名目を掲げる光の国が干渉してきた。そして一方的な価値観を押しつけられ、存在を脅かされる寸前にまでいたったという。簡単にいえば滅ぼされそうになったのだ。そこで彼らは連合し、光の国に立ち向かうことになった。

　この経緯の真偽を地球側から検証することなど不可能だし、人々は疑わしいという率直な印象しかもてずにいる。そもそも天の川銀河に地球人類以外の知的生命体が存在していたこと、まずはそこに驚くことからスタートしなくてはならなかった。人類の宇宙に対する理解などまだその程度なのだ。ひとつひとつ事実の裏をとってゆくことなど、いまから何年何十年かかるだろうか。

　だから〝原告〟側であるヴェンダリスタ星人の〝訴状〟を先入観のない目で読んでゆかなくてはならない。

まずはギャラフィアンを構成する惑星の数だが、四とは多いのだろうか少ないのだろうか。——早速わからない。しかし知的生命体が存在するといったん判明してしまえば、天の川銀河に二千億とも見積もられている恒星の数に対し、同盟した四という惑星の数は極めて少ないと考えるべきなのかもしれない。

ではギャラフィアンのいう自由の精神とはなんだろう。これは時に「勝手気まま」の美辞であり、同じく勢力の拡大とは往々にして「侵略」のことだ。

そしてその動向に干渉してくる光の国という存在がある。ここは重要だ。なぜならばギャラフィアン自身が宇宙警備という表現を認めているからだ。光の国は彼らにとって敵対する相手なので、悪の枢軸や悪の権化などと呼んでもよさそうなところだ。というわけで光の国が宇宙警備を担っていることはまちがいなさそうだ。

地球人類にとっては思わず飛びつきたくなる事実だが、この点でも慎重になっておく必要はあるだろう。しかし慎重になったうえでも、宇宙警備を担うほどの存在が、違反をした惑星人全体を十把一絡げで滅ぼそうとしたというのは理解しがたい。地球がそうであるように、人類の意思は統一されているわけではない。勢力の拡大あるいは侵略を企てるのは、その星で権力を握った一部の者と考えるほうがしっくりとくる。ギャラフィアンがその一部の者のことを大げさに星全体といっている可能性はある。

あくまでも地球人的思考で見た場合だ。宇宙の標準的価値観にはそぐわないのかもしれない。したがってヴェンダリスタ星人の訴状は次のような解釈にとどめておくのが無難だろう。

ヴェンダリスタ星人などの惑星人と光の国の利害が衝突したか、あるいは価値観の相違によって戦いへと発展した。戦いは光の国の優勢で進み、窮地に立たされた個々の惑星人は「連合」あるいは悪い意味で「結託（けったく）」した。

これ以上に想像を進めることは危険だ。しかし人々は少なくともギャラファィアンに正義があるとは思っていない。正義ある者が満足な予告もなく地球を攻撃してくるはずがないのだ。

七二と四時間にわたってウルトラサインは空に文字をあらわし続け、そして消えた。消されたのかもしれない。

替わって空全体は昼も夜も原因不明の光で覆われた。特に夜空の色は一見して黄緑に映ったが、じつはめまぐるしく光の波長を変化させていた。サブリミナル画像のごとく様々な色を連続的にあらわしていたのだ。

人々はその怪現象が意味することを理解できなかったし、科学者は原理のレベルから説明することができなかった。ウルトラサインとの関係も考えられたが、空の光がなんらかのメッセージならば、両者はタイプが異なるように思えた。道路標識と信号機のような違いであり、送り主はきっと別々の存在だ。となればウルトラサインは空の怪現象を予告するものだった、という見解に達するのがその時点では精一杯だった。

とかく空を見上げてしまう日が続き、道を歩くにも足下がおろそかになったものだ。日中はさほど気にならないが、夜間は不気味だった。家の中にいても窓は黄緑色に光っていた。

三矢は漆黒の闇が苦手だったが、このときばかりは光が入らないように部屋の雨戸を閉めきって眠った。

ウルトラサインの出現から数えればそれは七度目の朝だった。三矢はベッドでただならぬ揺れを感じて目をさました。部屋の雨戸がはじけるような音をたてたし、隣家などからは窓ガラスが割れる音も聞こえた。目覚まし時計は六時五五分あたりをさしていた。

揺れによって窓ガラスが割れたわけではないので、地震ではなさそうに思えた。近くで爆発が起きたのだろうと思った。しかし確かめようとしても家の外には出られなかった。屋根に礫（つぶて）のようなものが降り注ぐ音がしばらくやまなかったからだ。

西隣の練馬区の辺りに尋常ではない噴煙が立ちのぼっていた。あちらこちらという具合ではなく、もうもうとしたそれはひとつの固まりである巨大な煙幕（えんまく）になっていた。地盤沈下どころか町ごと深い落とし穴にはまったのではないかと三矢は思った。

火災ならばとっくに消防車のサイレンが聞こえてきていたはずだった。しかしそのような時間帯はあっさりとすぎていってしまった。ひょっとしたら誰も通報しなかったのではないだろうか。電話で知らせなくとも、とてつもない異変が起きたことは一目瞭然だった。やがてパトカーは走りはじめたが、災害の規模があまりにも大きすぎて、警察も初動から次の段階に移るまでに手をこまねいているようだった。

いつのまにか空はもとの色をとりもどしていた。三矢は家族から聞いて知ったのだが、夜半の零時台にはすでに星の見える正常な空になっていたという。

その空を自衛隊のヘリコプターが飛び回った。三矢の住む西東京市の上空はテレビ局の機体も飛んだ。撮影された映像は家のテレビでただちに見ることができた。その頃には噴煙はいくぶん薄らいでおり、風によって南東の方角に流れていた。

肝心の映像は、衝撃的なものだった。まだ中心部をとらえていないにもかかわらず恐ろしい鳥瞰(ちょうかん)をとどけてきた。

群集していたはずの木造家屋の影がない。たとえ巨大地震であっても倒壊後に敷地に並んでいるはずのカラフルな屋根瓦がどこにもない。巨大竜巻の襲来後の様子に近いが、竜巻の通り道が残っていない。混ぜ返されたかのように一面すべてがぐちゃぐちゃだ。大きな鉄筋コンクリートの建物はところどころに残っている。しかし原形をとどめているようには見えない。地獄絵ともいえるこの廃材の海の中に、はたして何人の人が〝混じって〟いるのだろうかと考えると鳥肌がたった。

七時三〇分をすぎたあたりで休校の知らせが字幕で伝えられた。指定された町の名前が次々と並んでゆき、やがて東京都の全校に一括されてからは全国へと変更されるのが早かった。大爆発が起きたのは練馬区を中心とする一帯だけだったが、これは国内においてであり、世界中の大都市でも同時に発生していたのだ。大半は北半球で、その数は二五箇所にのぼった。こどもたちを学校に送りだせる状況ではなくなった。

いずれも人口密度の高い都市だが、首都とは限らず、きわだった法則性があるわけでもなかった。アメリカではニューヨークで発生し、ブラジルではサンパウロだった。中国では北京と上海で発生し、インドではデリーやムンバイやコルカタでの被害がなく首都のニューデリーだけだった。

もうひとつ共通していたこととしては、それぞれの大都市の中でも、〝ど真ん中〟からは微妙にかつ巧妙に爆心地がずれていたことだった。日本の場合、東京二三区の中でも練馬区だったことなどがそうだ。そこになんらかのメッセージ性が感じられた。

このいっせい災害については、ウルトラサインより始まる空の異常と関連づけた見解が当初から大多数を占め、さらには異星人による地球外からの攻撃へと推論が飛躍していた。一方で慎重な識者は人間による同時多発テロの可能性を排除しなかった。これは賢明なスタンスだったと一定の評価はできる。しかし人為説はやがて姿を消すことになる。すべての被爆地において、火薬や核に起因する痕跡が認められなかったからだ。

日本の練馬区・板橋区・和光市だけで初日に約二二万人の死者が概算された。単純計算をすれば世界的にはその二五倍だ。五百万人以上が命を失ったとなれば、瞬時の出来事としては世界史上にも前例がない。

次はどこがターゲットになるのか、人々の関心はそこに集まっていた。それはひょっとしたら被災者の死を悼む以上だったかもしれない。都市から地方に流出する動きは早くも二日目にはあらわれていた。

危険性の高い場所から脱出したくなるのも当然だ。なにしろ大爆発には予兆がない。空の異変が予兆だったというのならば、それはすべての陸地から等しく見えていたのであり、たとえば練馬区の上空だけが赤かったわけでもなかった。

その練馬区だが、爆薬がセットされた場所などないので爆心地という表現も正しくはないだろう。ただ、ひとりでも死者がでた場所をプロットしてその中心地を求めたとき、都営地下鉄である大江戸線の光が丘駅から関越自動車道の終点である練馬ＩＣ辺りとなった。ひるがえってその三㎞の範囲には「としまえん」や石神井公園などがふくまれている。

自衛隊と消防により、夜を徹した懸命な救助活動が続いた。とはいえ政府は極度な人員投入に対してははじめから慎重だった。全国のどこかで再び大爆発が起きる可能性を考慮していたからだ。その代わりと思われるが、民間人の現場への立ち入り規制はゆるいものだった。

地元の有志者が救助活動に加わった。三矢の父も現場に入ったそのひとりで、誉の父も医師として救命活動にさんざん身を粉にした。

都内の離れた場所から駆けつける有志者もいた。この〝赤の他人〟の数が意外に多く、人命救助に大きく貢献したのは事実だ。しかし彼らに対する国民の目は少々冷ややかなものだった。たとえば世田谷区などから駆けつけた有志者に対しては、むしろ〝現場という安全地帯〟に疎開したのではないかと疑った。一度攻撃されて壊滅した町は、再び攻撃の対象にはならないという高度な読みだ。

やがて三矢の母も町内の支援活動に駆りだされるようになり、日中に三矢は誉の家に預けられてすごした。その頃には片蔵診療所は再開しており、患者の数も増えてたいへんだったものだから、三矢と誉は部屋で静かに自習したものだった。それ以外のことをなにもできない中学生の無力さを感じていた。

ふたりで話すことといえばウルトラサインについてだった。あの出現のタイミングにふたりはなにかを感じた。それは脳に直接訴えてくるもので、感じた方角の夜空をベランダから見上げたにすぎなかった。そうしたら文字が浮かんでいたのだ。

自習をしているさなか、やはりふたりは不意に目を合わせる瞬間が何度かあった。ウルトラサインの出現のときとは明らかに異なる邪悪な気配がそうさせたのだ。しかしいちいちベランダに出てまで空を見上げることはそのうちにしなくなった。

世界中のこどもたちも同じ気配を感じていた。なかでも敏感なこどもたちは、具体的に空の方角を指さしたらしい。イランは首都テヘランに住む少女などは予知までできて有名になった。その邪悪な気配は数分ととどまることなく頻繁に移動している。三矢と誉も同じことを感じていた。

そして大爆発が起きた日から九日目、ついにアメリカの対小惑星観測衛星が宇宙空間にありえない物体をとらえた。全長が七kmにもおよぶ超巨大なスペースシップだった。地球の軌道を周回しておらず、距離をいえば月のほうに近い二九万kmの位置にあった。その位置からもしばらくしてから消えたのだ。

一方、観測衛星を働かせるまえから世界では盛んに議論がおこなわれていた。地球を攻撃してきた未確認の相手とコンタクトをとる試みについてだ。

ニューヨークが被災したいま、各国の首脳はジュネーブのパレ・デ・ナシオンに集結した。

国際連合に加盟していない国もすべてが一堂に会し、地球がひとつになったといってもいい。
まずはスペースシップに対して発信するメッセージについて議論されたが、もちろんそれだけではない。フローチャートの様式で、応答してきた場合のその後の対応についても事細かく確認された。話し合いができる相手ならばどうするのか。引き続き通信でやりとりをするのか、直接会談するのか。会談するならばこちらが宇宙に行くのか、相手を地球に招くのか。

こちらが宇宙に行くのは不可能ではないが、現人類の科学技術力では難しい。仮にひと月以内となると、せいぜい弾道飛行か、がんばってもかつてスペースシャトルが活動した高度数百kmの熱圏までだろう。そして相手のスペースシップに接近できたとしても、その先のランデブーはおんぶにだっこになる。NASAの宇宙飛行士に国連事務総長格の地位を与える案もでたが、すぐに立ち消えとなった。

会談の場所は地球。どこで、そして誰が代表になるのか——。

こうしたパレ・デ・ナシオンにおける一連の議論だが、発言力には各国間で差があった。基本的に安全保障理事会の常任理事国は強かった。しかしその五カ国のうちでイギリスだけは一段低く、中国だけは逆に一段高かった。世界いっせいの大爆発が起きたのは二五箇所だったわけだが、被災した事実がなにかと物をいったのだ。これは慰(なぐさ)めの意味もあったし、仮にも異星人から重要な地として選ばれたという優越的解釈もあった。その点で日本は該当したし、中国の場合は北京と上海で打撃をうけた最大の被災国であり、ヨーロッパで発生した大爆発にいたってはなぜかフランス一国のみだった。

中国は会談が実現される場合の人類代表を自国から選出する権利をとった。アメリカは発信するメッセージの言語として英語の権利をとった。このあたりはイギリスのメンツも保ったかたちといえる。ロシアはメッセージを作成し、フランス国土から指向性アンテナで発信されることになった。会談場所の権利は世界のどの国も放棄した。スイスがパレ・デ・ナシオンをやむなく提供することになり、将来的な常任理事国入りにふくみをもたせた。

あの頃は日夜、電波規制が厳しかった。ラジオなどで受信するのは構わないが、出力の高い電波を発信するものは取り締まりの対象になった。さかのぼれば大爆発が起きたその日にも、アマチュアレベルで宇宙と交信しようとする人々の動きがたくさんあったのだ。

生命工学の権威であるロシアのヴォストコフとメンショフ両博士はメッセージを考案するにあたり、この人々のあいだで勝手におこなわれた〝外交〟を逆手にとっている。地球を攻撃した相手は高度な文明をもっているはずで、すでに地球から飛びだしてきた電波をキャッチし、解読が進んでいる可能性を期待できる。したがって、特別なフォーマットに形式張った声明をのせるよりも、ややくだけたスタイルにしたほうが伝わりやすいと考えた。人類からの公式なメッセージであることは、スペースシップへと精密に向けた電波の指向性と高い出力でその証になるとも考えた。

メッセージの文言までは、世に公表されていない。内容もほとんど秘密にされた。ただ、招いた場所と日時は世界の人々にもあらかじめ伝えられた。

そして一〇月の九日、ジュネーブの上空に四つの機影が現れた。ロシアのヴォストコフ博士はそれを映像で見たとたんに強く落胆したそうで、ひたいを手で押さえながら意味深なコメントも残している。

——彼らにはできた。我々にはできなかった——

頭上から落とされたスポットライトが三矢を照らしては斜め前列に移動してゆく。レクチャーをうけているときはいつもそうだ。態度が悪い生徒がいないかとにらみを利かせているのだが、これは心理的効果を狙っているだけだ。

人々がヴェンダリスタ星人のなにを恐れているのかというと、それはいくつかある。もちろんこの地球が征服されてしまうことは危惧すべきすべてをふくんでいるのだが、今日までのところ、人類を絶滅させたり征服支配するとまではいっていない。光の国との戦いに協力する意味で、この地球を拠点として提供しろといっているのだ。

ヴェンダリスタ星人は黒い石板のようなものを持っている。人々はそれをブラックリストと陰で呼んでいる。非協力的な人間や反抗的な人間がそのブラックリストに記録されるのだ。幸い、当人に直接制裁が下されるのはまだ当面先のことと思われる。暫時のペナルティとして今日のように連帯責任を負わせる程度だ。

あと、ヴェンダリスタ星人に体を乗っ取られてしまうことは誰もが恐れている。これは共通した体験談からわかっていることだが、五感もあれば意識もあるのに体は意のままにならならず、勝手にしゃべって勝手に手足が動くのだという。脳に入力はされるが脳から出力ができないのだろう。まるで巨大ロボットの操縦席に閉じこめられ、つまずいて転べば痛みだけは味わわなくてはならない理不尽な状態だ。

そして家族が乗っ取られてしまった場合も不幸だ。日常を一緒にすごさなくてはならない。学校や仕事に出ているときでさえ息苦しいのに、家に帰っても安らげないとは抑圧の極みだ。こどもが乗っ取られてしまった家庭では、親は機嫌をとってこびへつらわなくてはならない。そのような構図を想像してみただけで最悪だ。

ヴェンダリスタ星人は必要に応じて少年から少年へと乗り移ることがある。だからひょっとしたら〝明日は我が身〟だ。

三年前の一〇月九日、国際連合ジュネーブ事務局前に降り立ったのもヴェンダリスタ星人だった。

他を上空に残し、一隻だけがパレ・デ・ナシオンの庭園に滑走することなく着陸した。レーズンの色合いを帯びたグレイッシュな機体は日の光を受けても輝かず、まさか建造途中かと思わされる左右非対称の胴体を上下からいびつな楕円リングではさんだようなスタイルだった。大半の人々は奇抜ともグロテスクとも思える外観に生理的な抵抗をおぼえた。その大きさは数ヘクタールはある庭園から東側を走る鉄道へとはみ出たというのだから、全長が二百ｍを超えていたと思われる。しかし映像の解析から、着陸するまでのあいだにそれでもスケールが四〇％ほど縮んだという疑惑もある。

中国の国家主席と国連事務総長を中央に、アメリカ・ロシア・フランス・イギリスの大統領と首相が脇を固め、スペースシップから現れる異星人を出迎えようとした。ところが変化といえば船体側面のほんの一部が発光したくらいで、そのときすでに三人の異星人は首脳陣を尻目にその背後を悠然と歩いて会談場へと勝手に向かっていたらしい。

その三人こそがヴェンダリスタ星人だった。名前はキップとラトとメイス。

気になる容姿についてはいっさい公表されていない。後に報道された内容のなかで、彼ら三人はテーブルの椅子に腰をかけたという事実から想像をふくらませるしかなかった。

人々はテレビなどで最新のニュースを待った。しかしパレ・デ・ナシオンから目立った動きはしばらく見られなかった。まるで新たなローマ法王を選出するコンクラーベのように、会談場の扉は沈黙したまま開かなかったのだ。

ひとまず全国の学校が再開されたのは翌日からだ。近い将来に対して誰もが不安を感じていたが、少なくとも会談が続いているあいだだけは異星人から攻撃をうけることはないはずで、その緊張感から解放されたのは大きかった。

教室には大半のクラスメイトが顔をそろえた。しかし父親を通勤時に亡くしたというふたりがどちらも登校してこなかった。心情を察すると自ずと口数も控えめになった。爆心地に近い学校ほどムードは暗くなっていたと思われる。

パレ・デ・ナシオンの扉が開いたのは登校二日目のことだった。午後の授業中に教職員が慌ただしく廊下を行き交いはじめたので三矢にもなんとなくわかった。臨時ニュースが飛びこんできていたのだろう。

その後に校長が教室のスピーカーをとおして話をしたが、会談結果の核心に触れることはなく、家族や友人との絆づくりをうながすだけに終わった。生徒たちはすみやかに下校させられ、家に帰ってから結果を知った。

地球を奇襲してきたのはやはり異星人だった。ギャラフィアンを構成する四つの惑星人で、これはジュネーブの上空に現れたスペースシップの数と一致している。VENDALISTAとSTAGRENGS（スタグレングス）とCARDOW（カードウ）とRITDY（リトディ）の四星人。その呼び名をヴェンダリスタ星人自身が発声したのか否かは定かではない。消息筋の伝えるところによると、ヴェンダリスタ星人は光学的な情報を英語の音声に変換する装置を持参してきたらしく、地球側の書記官が聞こえたままの音（おん）をスペルに近似させただけのようだ。

奇襲に関するヴェンダリスタ星人の釈明はこうだ。彼らは世界二十五箇所を爆破するまえに地球とコミュニケーションを図ろうとした。夜空を黄緑一色に塗りかえたあの光によって。波長のめまぐるしい変化はデータ信号であり、れっきとした宇宙語になっていたらしい。しかも陸地からは等しく見えていた。人類をふくめた全生物に見せていたのだ。

宇宙語には爆破に関する日時と場所が正確に示されており、何度もリピートして告げられていたという。その日時までに練馬区の辺りから住民を避難させておくことくらいは決して難しくはなかっただろう。理解できなかった日本人は、そして人類は、だからなにもしなかった。ヴェンダリスタ星人たちにとっては人類の反応を「無下にされた」とうけとることもできたし、理解できない生物は保護するに値しない下等な存在と判断することが〝許された〟。天の川銀河ではそのようなルールになっているらしい。

とんでもないルールだと憤りを感じてしまうが、逆にヴェンダリスタ星人には人類の言葉を理解できたという事実がある。しかも彼らは、人類独自のルールに基づいた変調波の仕組みを読みとっているのだ。ヴォストコフ博士が落胆したのはおそらくそれら点で、心のなかでつぶやかれた続きの言葉もあるはずだ。——彼らにはできた。我々にはできなかった。

(彼らから見れば我々は虫ケラだった)——

パレ・デ・ナシオンにおける会談で、ヴェンダリスタ星人は人類にギャラフィアンの隷下になるように命じてきた。そして六〇日あまりで赤道をはさんだ南北緯の五〇度以内より立ち退くようにも命じてきた。その広大な範囲は日本列島はおろかアメリカ本土さえをも丸ごと飲みこんでしまう。許された地で漠然と頭にうかぶといえばロシアやカナダやイギリス。

それにしても移住のためにあたえられた期間がふた月とはいかにも短すぎる。しかしその離れ業を演じることのできない生物群は、宇宙語を解さない下等な存在と同じという意味でもあり、天の川銀河のルールでは保護するに値しないことになるのだろう。

ギャラフィアンの世界同時攻撃により、すでに歴然とした力の差は見せつけられている。そして期限のふた月程度ではあの爆発を防ぐ手だては見つからないだろう。爆発現象に関して判明していたことは、強力な収束と強力な発散がたて続けに起きただろうということだけ。

もう一度起きればもう一度同じ目にあう。つまりヴェンダリスタ星人との初会談は〝交戦なき敗戦処理〟だったのだ。

交渉の余地はなかったのだろうか。その真相が六人の首脳陣の口から語られることはついになかった。特に自国の領土を許された地として勝ちとれなかった中国とアメリカとフランスはプレスからの質問を一貫して拒んだ。ただ、〝五〇〟度線というのはキリがよすぎていかにも地球人が指定した数字のように思える。ヴェンダリスタ星人が最初に容認した範囲はもっともっと狭かったに違いない。そこから譲歩を引きだそうとした結果、やはり大国である中国やアメリカが警戒されて五〇度線におさまったのではないだろうか。

ただし幸いというべきか、首脳陣はこの会談で受諾および調印したわけではない。もともと彼らに決裁権はあたえられていなかった。これは事細かなフローチャートのなかで、異星人に超能力等で洗脳される可能性まで考慮していたからだ。結果論だが、ヒトの体を乗っ取ることのできるヴェンダリスタ星人に対しては正解だった。

ギャラフィアンへの公式の回答を用意するにあたって、各国代表者レベルの国際会議は疑わしいほどに活発化しなかった。そのなかで日本の首相はリーダーシップもとって積極的に発言していたが、世界の興味からはいささか焦点がズレていた。会議のテーブルの下では抜け目のない国々が移住の取り引きをこっそりと進めていたのだ。

しかし水面下の取り引きなどまだ平和的なものだったといえる。五〇度線をめぐって人類同士の侵略大戦が起きなかっただけでも良かったと思わなくてはならない。国際会議の議論はひとえに移住期限の引き延ばし要求に関するものになっていった。

　短期間での移住ならば、基本的に日本政府は、そして日本国民はあきらめのムードが支配的だった。海外出国ラッシュといわれるゴールデンウィークの延べ五〇万人という数字を知っていた。ふた月で一億人……とてもではないが無理だ。

　全世界でいったん旅券が効力を失い、無期限で国境越えができない鎖国状態にはいった。それを破って小規模な民族の衝突が各地で起きたようではある。死傷者がどれほどでたのかは定かではない。駐留記者が閉めだされてそのうちに海外からの情報がとどかなくなったのだ。

　情報がとどかなくなったのは国内においても同じ傾向にあった。労働者が職場から離れていったので、人々のもとには情報に限らずあらゆるものが届きにくくなった。働くのはサラリーのためであり、社会の営みに貢献するためだ。しかしそれは自分の生活が保証されるという前提条件に基づいている。ふた月後には命がどうなっているのかもわからないのに、大人たちは〝のんきに〟就業している場合ではないと考えるようになった。サービス業などは顕著だった。

　政府からは二、三カ月分のエネルギー備蓄ならばじゅうぶんにあると聞いていた。しかし電車やバスはダイヤどおりには走らなくなり、夜は営業の照明や看板に灯がともらないので暗くなった。

　東京でも星がきれいに見えた。戦前戦後に東京で生まれ育った老人たちは、その夜空を見上げてなつかしさに涙した。そのような昔を知らない三矢は、黄緑色に光っていたあの夜空が奇妙にも恋しく思えた。いまあのときに戻れるならば、ただちにスペースシップに向けて電波を発し、〝虫ケラ〟ではないことをせめてよそおい、そうしてもっと広くて近い場所と移住期間の猶予を手にいれられたのかもしれなかった。

ギャラフィアンはしばらく地球近傍から遠ざかっていたのだろうか。フランスから超巨大なスペースシップに向けて公式の回答を発信できたのは、期限まで残り四〇日をきった一一月の二日だった。

人々は、再び夜空を覆う黄緑色の光を待った。どうせ解読できないとわかっていても待った。祈るような気持ちで待った。さえぎり阻むものなくきらめき続ける星々がなんと神経に障ったことか。

――ギャラフィアンはなにも応答してこない。

三矢の家では震災時用に常備していた食料が底をついた。三矢の父はもともとお台場のレジャーランド勤めだったので、働く意思があろうがなかろうが早くから仕事を失っていた。そして一一月にはいってからは政府の指示により群馬県で農作業と運搬作業に就かされていた。一方、スーパーマーケットでパート勤めだった母は、配給を手にいれるためにまさにその店に分配係として勤めにいっていた。とにかくお金に価値がなくなっていたので、働いたその日その場で食べ物と交換してもらうしかなかった。

こどもたちには学校があり、東京の場合は午前中だけが正規の授業だった。午後からは自由で、家庭事情で家に帰れない生徒には大学生が勉強を見てくれた。三矢はやはり片蔵誉の家に行って夜まで時間を過ごした。

人類にとってのXデーとなる一二月一二日に誉はなにかをやりたいようだった。もちろん日本が壊滅させられてしまうかもしれない日なので楽しみにしているはずがない。だからやりたいのではなく、やらなくてはならないと思っていたのだろう。彼のほうが人間的に成熟が早いと三矢はいつも感心していた。

誉はいろいろと考えた末に、町中の人でスクラムをつくりたいといった。肩を組んでその時をむかえたいといった。それがなにになるのかと三矢は少し疑問に思ったが、彼が望むのならば協力したいと思った。

ふたりでビラを作り、夜になってから一軒ずつ家を訪ねてまわった。手分けをすれば二倍早かったのだが、三矢には相手にうまく説明する自信がなかったので誉のあとについていった。彼も特に背伸びをしたような態度で勧誘したわけではなかった。中学生らしく、こどもらしく、純粋な思いだけをストレートに伝えていた。そこに心を打たれたのは他でもなく三矢だった。

練馬区を中心とした大爆発が起きたとき、誉は父親の人命救助ぶりを目にすることがあり、感化されたという。父親もまた、Xデーにむけて行動する誉を応援していた。おそらくそのような相互関係が、後に父親が貴重な医師として飛び地へ渡ることへとつながったのだろう。

三年前の一二月一二日の夜を、三矢は昨日のことのように思いだすことができる。ビラを直接手渡せたのはせいぜい二〇〇枚くらいだったのに、予定した時間帯が近づくと町の人々が表にたくさん出ていたのだ。三矢もこの期(ご)におよんでは誉のもとから離れてひとりで駆けまわった。そしてスクラムがひとつになるように触れまわったのだ。

　このときになにか自信がついたような気がしたし、一気に大人になったような錯覚もあった。それもこれも誉に引っ張られてついていったことによるものだ。

　移住完了期限の時刻が迫ってきても、恐くはなかった。それは赤信号や危ない橋を皆で渡るという心理とはまるで異なっていた。敵(かな)わない敵(てき)を前に逃げるならば逃げるのもいいだろう。しかしとどまるしかないのならば、家に閉じこもって布団をかぶっているよりも、堂々と表に出て〝様(さま)〟を見せるほうが誇らしく思えた。

　三矢も誉も最後にスクラムに加わると、誰からともなく大声をあげていった。それはギャラフィアンに対する挑発であったり、不服従の宣言であったり、日本人であり地球人であったことの喜びであったり、たんなる怒声や奇声であったりと様々だった。誉も叫んだ。三矢も叫んだ。

　そして町の全員が夜空に見たのだ。一文字目の書きだしを。

　――ウルトラサインだった。

　その後、数日間は日本では何事も起きなかった。大気圏になにかが突入した火球(かきゅう)のようなものを見たという情報ならばあった。そして海外からはもっと大きな情報がはいってきた。アメリカの残留政府は、ゴールデンゲート海峡で六体の異星人と思われる巨人が相対(あいたい)して激しい格闘を繰り広げたと伝えてきた。両サイドの行動面から、一方がギャラフィアンでもう一方が光の国の戦士ではないかと分析した。光の国の戦士はシルバーのカラー基調の巨軀にレッドの模様をもち、抜群の運動神経で多彩な技をくりだした。特にクロスした両腕から放たれた光線はゴールデンゲートブリッジの橋脚を掠めただけで溶かしたともいう。

オーストラリアでは、異変の通報があったグレートビクトリア砂漠に空軍の攻撃機が出撃している。そこには身長が五〇mはあろうかという巨人の影がじつに一一もあった。アメリカの情報と照らしあわせると、光の国の戦士のなかにはいちじるしく負傷したものもいたらしい。やはり両サイドに分かれて激しい格闘を繰り広げ、そのなかばでは、光の国の戦士はオーストラリア空軍の攻撃機に対して明らかな保護行動をとったらしい。

インドネシアからは不確かながら興味深い情報が寄せられた。上空で複数の火球が目撃されたあと、赤道直下のスラウェシ島で大火が発生した。そこでギャラフィアンと光の国の戦士が格闘したのか否かは定かではない。しかし最終的にシルバーの巨人が水流を発して大火を沈め、空へと悠然と飛び去ったという。

基本的にギャラフィアンと光の国の戦士は地球の近傍宇宙で交戦し、しかもスペースシップ同士で交戦していると思われた。撃破された船体のなかには地球の大気圏に入るものもあり、ギャラフィアンが脱出を図った場合には光の国の戦士が駆逐しに地上に降り立つのではないかと考えられた。

目撃されなかっただけであって、世界の他の場所でも交戦があった可能性はじゅうぶんに考えられる。

はたしてどちらが優勢なのだろうか。他力本願だが、いまは光の国の勝利を祈るしかなかった。しかしギャラフィアンにはきわめて強力な奥の手がある。全長が七㎞もあるという超巨大なスペースシップに、地球を同時攻撃した最終兵器が搭載されているに違いなかった。

そしてあれは一二月の二一日だ。

三矢は三階の教室で午前中の授業をうけていた。グラウンドが騒がしいので窓ガラス越しに目をやると、空に浮かぶものとしては見たこともない巨大な物体が激しく揺れながら飛んでいた。実際にはもう少し高い位置にあったはずだが、目と同じ高さを飛んでいるように錯覚した。とにかくそのままでは危険と感じるほどに低空飛行だったのだ。

まさかギャラフィアンのスペースシップ――。これから光の国の戦士が追ってきて格闘を始めるのだろうか。

ときおり虹色に光るガラスの翼が、船体を支えきれずに悲鳴をあげているかのようだった。

――違う。ギャラフィアンのスペースシップではないと三矢は思った。ウルトラサインの特徴をもった文字が機体の側面に並んでいるのが見えた。

そのスペースシップはよりにもよって練馬区の壊滅地に不時着した。しかしそこしかなかったともいえる。

後日、搭乗者はわずかに二名とわかった。光の国の聖女と、ピグモンと自称する奇妙な生物。ギャラフィアンと光の国との戦いは、潰しあいで終結したという。

宇宙空間で繰り広げられたすさまじい戦争。どれほどの生命が散っていったのか、そのときの三矢にはうまくイメージできなかった。それはいまも同じだ。

レクチャーは一時間とはいっても、毎回同じことの吹きこみなので長く感じる。高校を卒業する頃には、誰もがあのステージで語れるようになっているかもしれない。

三矢は席を立つときにそれとなく二階席を見上げた。

先月と同じ場所にその影はあった。しかしよく同行しているもうひとつの影のほうが見あたらない。そちらは女子生徒にとりついたヴェンダリスタ星人で、極めてたちが悪くて皆が恐れている。それこそ目が合っただけでブラックリストをちらつかせてくることがあるのだ。

ヴェンダリスタ星人は本当にやりたい放題だ。ブラックリストをちょっと顔の横に掲げるだけであらゆる責任から免れる。ホテルで食事をとってもタダだし、グリーン車にもタダで乗れる。流しのタクシーをとめるがごとく一般人の車に同乗できるし、その気になれば踏切を駅代わりにして電車に乗ることもできるだろう。ヴェンダリスタ星人と遭遇した者は不運と割りきるしかない。

エントランスホールは混みあっていた。次の学校の生徒がやってきて流れがぶつかったのだろうか。

雰囲気がおかしいのでヴェンダリスタ星人がらみのようだ。

基本的にこのようなケースでは人だかりができないものだ。とばっちりをうけるのがイヤなので誰もがそっと逃げていく。露骨に逃げると呼びとめられてしまう。

　三矢はつま先を立てて輪の中心を覗いた。やはり八幡高校二年の西田里美がいる。彼女がヴェンダリスタ星人に乗っ取られたたちの悪い生徒だ。

「なにがどうしたの？」

　三矢は事情を知っていそうな生徒に尋ねた。

「伊波っていうウチの一年女子が因縁つけられた。トイレ使ったあとに紙を三角に折ってなかったみたい。ヴェン様がそのあとに入ろうとしたんだろうな」

（くだらない……）

　三矢は顔をしかめながら心のなかでつぶやいた。

　そのとき、背後で人混みがふた手に割れた。その中央を涼しげな表情で歩いてくるのがヴェンダリスタ星人に乗っ取られた少年。――翔鷹学院に通う片蔵誉だ。

　誉がこの騒動に加わるのならば、三矢も素知らぬ顔はできなかった。

　三矢は生徒をかき分けて輪の中央へと進んだ。

「なにがあったんだ、ラト」

　誉と西田里美はラトとキップと呼びあう。

「ああ、キップ。この子がね？　トイレをピカピカにしてなかったのよ」

「それはラトにとってはさぞかしご機嫌斜めだろうね。キミ、名前は？」

伊波という少女はうつむいたままだ。

「心配しなくてもいいよ。減点された分はとり返すこともできる」

「この子の名前は⁉　誰か教えなさい！　来月もレクチャーを開こうかしら！　いいえ来週！　いいえ明日！」

　三矢はさらに一歩進みでた。

「誉、見逃してやってくれよ。トイレならボクがきれいにしてやる」

「……またキミか」

「友利三矢ね⁉　あなた頭おかしいんじゃないの？　女子トイレに入ろうって気？」

「まあいいじゃないかラト、この女の子の減点分は友利くんに肩代わりしてもらおう」

「キップは甘いわ！」

「ラトのためにいっているんじゃないか」

　そういって誉は西田里美を引き連れてエントランスホールから去っていった。

　誉にキップというヴェンダリスタ星人がとりついたのは今年の夏休みにはいってからだった。なぜヴェンダリスタ星人が彼を選んだのかはわからない。彼が頭がいいから選んだのかもしれないし、居心地が良さそうだから選んだのかもしれない。

　三矢にとっては極めて大きなショックだった。多くの影響をあたえてくれた親友が、いまでは不本意にも皆の嫌われ者になっている。そして今年の夏休みにはショックなことが続いた。無敵を誇っていたシラヌイが、敗れたのだ。

あのとき、ティアに抱きついているだけでティアズ・スタンドの内部へと導かれた。彼女は異星人だから、ヒトの女性ではない。それにしては触れあう部分から伝わるものになにか違和感があった。

二柳日々輝（ふたやなぎひびき）はティアからウルトラ・オペレーションをほどこされた時点でもうウルトラマンになっていたが、それ以前にペンタパスの攻撃のあおりをうけて大怪我（けが）を負っていた。生身の人間のままでいたら全治数カ月の怪我だったはずだ。そしてその怪我はたとえウルトラマンに変身したところで完治が早まることはない。

ところが、ティアズ・スタンドというべきか光の国のスペースシップには「ウルトラ・コンディショナー」なる装置が搭載されている。光の国の戦士が戦いで傷ついたときに治療する装置だ。

このウルトラ・コンディショナーはたいへん便利な代物（しろもの）で、ウルトラマンに変身してから装置に入ると、怪我だけではなくその他の体調まで整えられる。排泄もすっきりとするし、装置の設定次第では満腹感も得られて睡眠もとり終えた状態になる。しかしヒトの姿のままでは装置が反応せずに働かない。飛び地に渡るときにはヒトであることを捨てなくてはならない理由はこの点にもあったようだ。

ただ、平時は全員がヒトの姿をしている。ヒトの姿をしているほうが地球上では断然〝燃費がいい〟らしい。それは裏返すとこのような事情がある。ティアズ・スタンドに蓄えられているエネルギーには限りがあるのだ。宇宙空間を航行する推進力や、装備された兵器の使用や、船内環境を維持するための〝統一された〟エネルギー。これが枯渇するともう戦えなくなってしまう。バリアを展開することもできなくなるし、HPCという名の戦闘機から怪獣に向けて光線を照射することもできなくなる。

ひとつのケースとして、平時でも変身することはあるようだ。ウルトラマンでいるときにはテレパシーを使えて離れていても会話をすることができる。だからこの能力を使う。なにしろティアズ・スタンドの中は広いのだ。端から端まで六百ｍくらいある。そして飛び地には携帯電話などない。テレパシーが使えるのだから光の国にも携帯電話や電話線すらないのだろう。

宮木(みやぎ)は迎えにきてくれたあのとき、廃屋(はいおく)の中でウルトラマンへと姿を変えてみせた。あのままの姿でいたならば、ティアズ・スタンドからのテレパシーで怪獣の出現をいち早く知ることができたはずだ。緑の光でこちらに伝えられたが、それに気づいたのも日々輝のほうだった。

――ここは日々輝にあたえられた部屋。光の国の生活を体験できるものと、それは期待していたことのひとつだったのだが、勝手に期待したがために裏切られた。壁は隣とコンビネーションパネルで区切られているだけだ。広さは四畳半あるかないか。固い床に畳が二枚だけ敷かれている。そして布団がひとセット。照明だけは天井自体が淡く光っていて高度なテクノロジーを感じる。

日々輝が私服に着替え終えると〝ふすま〟が開いた。

「やっぱりいいな、ふすまのある部屋は。ボクの部屋なんか布きれを垂らしてるだけだ」

佐久山透（さくやまとおる）という男だ。七つか八つほど年上だと聞いた。日本政府とのあいだで政治的調整を図る渉外担当をしている。つまり宮木と同じ部署だ。これからは新たに飛び地に渡ってくる人間を宮木に替わって迎えにいくことになるのだろうか。

「調子はどうだ？」

「だいぶ馴染（なじ）んできたけど、まだちょっと自分の頭じゃないみたいだ」

「いや、その程度なら上々だ。なにしろ二柳のオペレーションは即席だったんだ。ティアもあんなのははじめてだっていってたし、心配してたよ」

「オレ、本当に十日間も寝てたのか？」

「ああ、そのあたりもふくめて大事をとった。コンディショナーでじっくりとケアさせてもらったよ。何箇所も骨折してたんだぜ？」

「校舎の三階か屋上から落ちた感じだった。二階から飛び降りたことなら何度かあるんだけどな。そのときよりも地面がうんと遠かった。いまピンピンしているのが信じられない」

「コンディショナーがあると思って体を粗末にするなよ？　って、ボクも片蔵さんにはいわれたことがあったっけ」

「シラヌイ……、デュアルだった人のことか？　確か医者だったとか」

「ここティアズ・スタンドでは風邪をひくのも恥だ」

「……そうだ、オレは宮木さんの分までここでがんばらなくちゃいけない。あの人に命を助けられたんだ。今日からなにをすればいいんだろう。計算は苦手だけど少々のことじゃへこたれないと思う。壁の外ではでっかいトラックを転がしてた」

「伊波総代と菊田司令官から、あとで二柳を連れてくるようにいわれてる。総代っていうのはティアズの代表者だ」

「伊波？　そんな名前、外じゃ聞いたことなかったな。……そうか、あたりまえか。飛び地に渡った人間のことは秘密だった。でも、一番偉い人の名前くらい世間に公表されてもよさそうだけどな」

「ヴェンダリスタに人質をとられると、やりにくくなる。憶えてるか？　二柳がティアズに向かってきているときにマイクで呼びかけた」

「ヘンな声だった。匿名インタビューみたいな」

「音声を変えてたけど、あれはボクだ。ボクにだって静岡で別れを告げてきた両親や妹がいる。いくら〝地球〟を捨ててきたっていっても、かけがえのない家族であることには変わりはない。片蔵さんのケースが最悪の例だ。ヴェンダリスタは、片蔵さんの息子さんを人質にとったんだよ。体を乗っ取ってね」

「だから負けたのか!?」

「じつはそういうことだ。行こう、先に紹介したい人……」

部屋の出入口にスラリとした若い女が立っていた。スーツなどで身を固めれば映えるのだろうが、上下不揃いのジャージ姿でもったいない。腕を胸の前で組み、もう何十分もそこで待たされているという表情だ。ひょっとしたらはじめからふたりの会話を聞いていたのかもしれない。佐久山が紹介したいという人間はおそらく彼女のことだろう。

「通路を歩きながらできなかった話かしら」

「ああ二柳、熊野さんだ。ボクと同じ渉外部の」

「二柳日々輝だ。よろしく。みんなからはビッキーって呼ばれてた。あと、たまにドジョウって呼んでくるヤツもいたな。オレはよく知らないんだけど、柳の下にドジョウは一匹しかいないらしいな」

「熊野良子です。ティアズでは古株。宮木さんの不幸には心で涙した口よ。あなたもそうしろとはいわないけど、ご冥福を祈ってさしあげて」

「そうさせてもらう。いっぱいがんばろうとも思ってる」

「思考の乱れはないかしら。記憶を失ってるはずだから、しばらくは混乱することもあるとだろう」

「オレはいままであんまり勉強してこなかったから、書きこむところがいっぱい余ってたん

思うの」

「うらやましいわ」といって熊野は笑わなかった。

部屋を出て細い廊下をひとまたぎすると一転して別世界になる。木材はおろか金属の風合いもない全面ガラス質の通路が続く。怪獣の攻撃をしのぐあのバリアと形成の原理はどうも同じらしい。自動で運んでくれる足下はいまはエネルギー節減で稼働していない。

さきほどの自分の部屋は生活部の人間がこしらえたものだ。被災地跡である飛び地から廃材を拾い集めてきて、大きな汎用スペースをいくつにも区切って個人の部屋にしたのだ。あまりプライバシーを気にしない者には雑魚寝の大部屋があるらしい。日々輝もそちらでいいと思っていた。

「部署に配属されるまで面倒を見るのが私たち渉外部の役目でもあるの。二柳くんはまだ半分地球からのお客さんのようなものだから」

「半人前だって話なら聞いた。手こずらせないようにする。それに早く役に立ちたい。さしつかえなければオレも渉外部に入りたいな。宮木さんの穴を直接埋められる」

「不可能ね」

「どうしてだ？」

「あなたには大いに発展の余地がありそうだから」

「そいつはありがとう。……じゃあなんで無理なんだ？」

日々輝がけげんな表情をしてみせると佐久山がそっと教えてくれた。発展の余地があるとは遠回しに頭が良くないということをさしているらしい。それにしても「不可能」とは「無理」よりもとげとげしい。

振り返れば、もう自分の部屋がどの辺りなのかがわからなくなっていた。交差した通路の数を憶えておかないと戻れなくなる。目印となるのは数字をあらわしているというウルトラサインの文字だけだ。これはウルトラマンに変身すればすぐに読めるはずだ。そのあたりの基礎知識はウルトラ・オペレーションでインプットされていると聞いた。

三年前の一二月一二日に夜空に並んだウルトラサイン。そのときから地球の近傍宇宙でギャラフィアンと光の国の戦いは始まったという。光の国の戦士は全長七kmもあるギャラフィアンの母船を無能化することを最大の目標にしていた。その目標は達成されかけたが、ギャラフィアンは自暴自棄の抵抗を見せ、敵味方を巻きこんでの消滅を選んだ。

ティアは光の国の聖女だ。戦士ではない。それなのに後にティアズ・スタンドとなるこの〝戦艦〟になぜか乗っていた。戦士はすべて倒れ、船体も故障して航続不能になり、やむなく地球に不時着した。

ギャラフィアンと光の国、戦いによりどちらも非常に大きな損失を負ったが、ひとりでも要員が生き残ったのならば痛み分けではない。光の国の勝利であり、ティアは勝利の女神といえた。

世界中で人々は沸き返った。ギャラフィアンの支配から免れ、移住した民族は再び自国に戻ってもとの生活をおくれるのだ。とりわけ日本はティアの来日を歓迎した。

ところが、ギャラフィアンがほんのわずかだけ残存していたのだ。ほんのわずかとはいってもティアがひとりであることを思えばよっぽど多い。つまり戦いの勝利はギャラフィアンへと逆転した。残存したのはすべてヴェンダリスタ星人だった。

ヴェンダリスタ星人のスペースシップも一隻だけだった。会談のためにパレ・デ・ナシオンに着陸したまさにあの船だったが、光の国との戦いをとおして被弾した跡はいちじるしく、かつての威容ある姿は見る影もなくなっていた。彼らはやはりなにかを伝えに予告もなくパレ・デ・ナシオンに着陸した。もはや夜空を黄緑色に塗りかえる力ももっていなかったようだ。

敵艦一隻ならばさすがに我々人類でも勝てると思った。それは逆にヴェンダリスタ星人の行動が裏打ちしているようなものだ。彼らだけで地球を壊滅できるならば実行にうつしていたはずだ。それなのに交渉をしにきた。

二度目の会談でもヴェンダリスタ星人は強弁にでたようだ。光の聖女を引き渡すか、あるいはなんと人類の手で彼女を討つようにと命じてきた。

いよいよヴェンダリスタ星人の足下が見えてきた。ティアは戦士ではないし、ティアのスペースシップは故障している。それにもかかわらず彼ら自身でティアに手をくわえられないということは、戦力がきわめて乏しいということだ。

しかしヴェンダリスタ星人も愚かなはずがなく、狡猾な駆け引きを使ってきた。嘘か真か、彼らはもうギャラフィアンの援軍を地球に呼んだという。ここで地球人類が従っておかなければ、ブラックリストに七十億人全員の名前が載ると。彼らは捕虜にすら成り下がらなかった。

これに対して、ティアもまた光の国に応援を求めたといった。

となれば、当面の問題はギャラフィアンと光の国の部隊のどちらが早く地球に到着するかということになってくる。そのあとの勝敗はそのあとだ。ただしギャラフィアンが先に到着した場合、人類は地獄を見ることになるかもしれない。

世界会議は慎重な議論を重ねた末、どちら側にも与しない中立を宣言した。

これに反発したのはもちろんヴェンダリスタ星人だった。彼らは凶悪な生物を解き放って地上を混乱させるといってきた。その凶悪な生物とは、廃船となって地球の静止衛星軌道に漂う光の国のスペースシップ内にいまだ幽閉されているという。これは後にティアから真相が明らかにされたのだが、決して光の国が幽閉しているのではなく、ギャラフィアンによって侵略された惑星の生物を絶滅から保護したものだ。

日本政府はティアと協議のうえ、ここで苦肉の策を実行する。ティアに練馬区の被爆地を支配してもらうのだ。つまりティアを地球の侵略者と位置づけ、ヴェンダリスタ星人に対して体裁を保つ。ティアにはこの被爆地一帯から出ることを認めない。出た場合にはさらなる侵攻と見なして攻撃対象にする。

いわゆるティアを籠城の状況に置くのだ。スペースシップのエネルギーが枯渇すれば、飢餓して死んでもらう。非常に消極的ながらティアに対する攻撃だ。これでヴェンダリスタ星人を納得させたかった。

ティアも事情をくみとり、被爆地を光の国の領土として宣言する。こうしてここに宇宙ケールの飛び地が誕生したのだ。

「ここが作戦司令室。変身しないと通り抜けられないわ。一種のセキュリティよ」

振り返った熊野がそういった。彼女が首を戻したときにはその後頭部が卵形のシルバーになっていた。そして扉のようにかたどられたバリアの壁を本当に通り抜けていった。

「服は通り抜けられるのか？」

「たんなる認証だから」

「それにしても中に入るためだけに変身するなんてめんどくさいな。扉になっているんならとっぱらったらいいのに」

「ハハハ……、いまだに開閉の仕方がわからないんだよ。光の国のシステムはボクらがウルトラマンになっても理解できないことが多い。——変身できるか？」

「ああ、たぶん」

廃屋で宮木がそうやってみせてくれたように、日々輝は胸に精神を集中させた。実際に胸にはなかば埋没した瘤のようなものがある。ちょうどシラヌイがもっていたカラータイマーと同じ位置だ。

手はシルバーに変わっていた。かたわらで難なく変身をすませた佐久山に続いて扉を通り抜ける。

――ここが作戦司令室。ガラス質の造りになっているのは同じだ。人影が十ほど。ブロンドヘアの白人男性がひとり混じっている。足下から一段高くなった場所にテーブルがある。くりぬきの五角形で、アメリカは国防総省のペンタゴンのようだ。さらに大きく一段高くなり、弧を描いたひと続きのテーブルに三人の女が等間隔に着いている。そしてそこからもう一段大きく高くなっている場所がある。

日々輝は変身を解いた。

「まるでひな壇だな」

「どういうことだ？」

「五人囃子(ばやし)に三人官女、お内裏様とおひな様」

「いわれてみればそうだな。お内裏様とおひな様が総代と司令官だ。伊波さんと菊田さん」

最上段を除く八人の男女は黙々とデスクワークをしている。奇妙に見えるのは、ときおりあちらでひとりこちらでひとりとウルトラマンに変身してはまた元の姿に戻るからだ。なにか光の国の資料かデータを参照するときにだけ一時的に変身するのだろうか。

しかし似たような顔だと思っていたのに違いが見えてくるものだ。目の形や顔を左右に分ける正中ラインの走りかた、頭部に鋲(びょう)のようなものをもつ者もいるし、ティアと同じく額にビンディをもつ者もいる。

　せっかちな熊野はもう最上段までのぼってしまった。佐久山の背中にしたがって中段をのぼるときに横の女がすっくと立ちあがったが、日々輝は気にとめずに最後の段差をのぼった。

「彼が二柳くんです」

　熊野が紹介した。

「よくきてくれた。本当に感謝している。私がここの総代を務めている伊波松男だ」

「二柳日々輝、お世話になります」

　伊波が右手をさしだしてきたので日々輝は握手に応じた。

　五十前後と思しき男だ。色白でひょろりとしており、見た目は頼りなさそうだが利発な雰囲気はもっている。フレームでも折れたのか、眼鏡のブリッジ部分をテープでぐるぐる巻きにしている。

「もともと私は役人として日本の中枢にいた。この宇宙船が不時着したあとに国家安全保障会議の専門委員会が喫緊で編成されて、私が外交官に抜擢されたんだよ。ティアと密な関係になったのはそのときだ」

「てことは……、地球人を捨てた第一号？」

「まあそんなところだ。――こちらが菊田さん。戦時の作戦と指揮を任せている」

「女でしかもこんな年寄りで驚いたかい？」

「年寄りだなんて。それにあんた、そこらへんの男より恐そうだ。オレはその手の嗅覚だけはもってる」

訪問着と思しき和服を着ている。女性だとか年寄りだとかというよりもこのスペースシップで着物姿を見られるとは想像していなかった。変身したときの姿を見てみたいものだ。

「希望があれば聞くが、特になければ二柳くんは当面生活部でがんばってくれ」

「渉外部が難しいところだっていうのはさっきわかった。とにかくオレはタダ飯は食わない。いまからでも働く。生活部っていったら部屋を作るのか。大工も得意だけど、他にはどんなことをしてるんだ？」

「植松（うえまつ）くん、ちょっと」

伊波が下にいる者を呼んだ。女はすでにこちらを見上げていたようで、すぐにのぼってきた。胸の前で手を合わせて上目づかいで見つめてくる。

「ビッキーでしょ？　私のこと、憶えてる？」

「……ああ………伊波さんが植松って呼んだくらいだから、植松さんだな。うまく思いだせないけど、まちがいなく知ってると思う。たぶん中学あたりでクラスが一緒だったか」

「そうよ！　植松鈴（れい）」

「頭の上で肝心なことがプカプカ浮かんでるみたいで、降りてきてくれない。植松さんの顔が、なんかのっぺらぼうに見える。記憶を失うってこういうことか？」

熊野と佐久山が口を結んだまま小さくうなずいた。

「忘れたものが目の前にあるなら、思いだせなくても補うことはできる。数学の公式と同じだな。そういった意味で二柳くんは軽傷だ」

伊波がとり繕うようにいった。

「……じゃあビッキー、生活部について簡単に説明するわね？　私自身が以前、生活部に所属していたの」

鈴の説明はわかりやすかった。ティアズ・スタンドをふくめた飛び地は無人島のような場所だという。無人島に約七百人が漂着した。生活に必要なものは皆で生産しなくてはならない。日本政府は不本意にも籠城の状況を強いたわけで、ヴェンダリスタ星人のてまえ、我々を支援することができない。水もガスも電気もない。科学が進みすぎた光の国のエネルギーならばある。服や布団が必要ならば生地や糸以前に綿花から栽培するしかない。被災後のゴミならばある。七百人が全員戦士となって怪獣と戦っているわけではない。まず衣食住を支える人間が四分の三を占めているという。

「がんばってね」と温かみのある口調でいって鈴が持ち場に戻っていった。

「それとこれは極めて重要な話なんだが、二柳くんには、怪獣と直接戦ってほしいと思っている」

「直接ってオレが!?」

「あがってきた報告によると、ウルトラ化したキミはファイタータイプのようだ」

「そうじゃないかと、じつは思ってた。鏡で見た姿がシラヌイみたいだったから。宮木さんがいってたな。みんな、全身シルバーなんだって？」

「個人差はあるがおおむねそうだ。誰もがあの怪獣と戦えるわけではない。前回のペンタパスにジョンソン氏という仲間が立ち向かってくれたが、彼は一撃で即死した」

「……ひょっとしてオレを助けようとして？」

「そうじゃないよ」

司令官の菊田がなにかを押し殺すような声でいった。

「宮木さんはみんなから慕われるような人だった。だからジョンソン氏も感情的になってしまったんだろうね。ウルトラ化は誰にでもできるけど、巨大化は自由にできるわけじゃない。片蔵さん以降は基本的に認めていないし、それに起爆装置が必要なんだよ」

「見せよう」

伊波が背後から手提げ金庫をとった。飛び地で拾ってきたものなのか熱で変色している。ダイアルも回さずに蓋はすぐに開いた。

「これが起爆装置のアイテムだ。デュアル・チェンジ・チャージャーと呼んでいる」

やはり透明ガラス質がメインの物体だ。黄緑がかっており、ラメのようなキラキラとしたものが中に混じっていて高価な装飾品のようでもある。

「デュアルに変身すれば東京の街を広範囲に破壊することも可能だろう。だからこれはいうなれば凶器だ。二柳くんは仲間になったばかりだから、我々がすぐにキミを信用できないという点は許してくれ」

「構わない」

「これを渡すのは、正直なところ恐い。しかしキミは、もう息のない宮木くんを担いでここを目指してくれた。ティアもキミにゆだねても大丈夫だろうといった。もちろんのこと、キミには拒否する権利がある」

日々輝にペンタパスの恐怖がよみがえった。あのとき自分はまさにアリのようだった。ペンタパスはただ移動するだけでも、こちらの生死ははじき飛ばされた瓦礫が直撃するか否かにかかっていた。

ウルトラ・オペレーションであの記憶が消えていたらすぐにチャージャーを受けとっていたかもしれない。

飛び地に渡ることで地球人であることを捨て、ウルトラ・オペレーションをうけることでヒトであることを捨てた。そして今度はデュアルに変身することでなにを捨てることになるのだろう。

「――いろいろ恐いけど、やってみるよ。ここには遊びにきたわけじゃない。生活部のことははじめて知ったけど、畑を耕すつもりでやってきたわけでもない。危険な戦いをすることを意識してきた」

「地球に光が届くまで、頼む」

そういって伊波がチャージャーを左腕にはめてきた。

作戦司令室の扉から誰かが入ってきた。入ってきたかと思うと赤茶色の置物を残してすぐに出ていった。

その一メートルほどの置物が動きだした。生きている。花咲ガニの甲羅をもっととげとげしくしたような体表だ。その面立ちはなんと人面に近い。

「ひょっとして……」

「ああ、ピグGだ。ピグモンのじいさん」

　佐久山がいった。

「確かティアともうひとりの生存者だったっていう」

「ボクたちよりもよっぽど頭がいい。光の国のテクノロジーをそこそこ理解できる。この船を無難に不時着させたのも彼だ。いまはボクたちと光の国の中間に立って、ちょうどインターフェースのようになってくれている。どういうわけか機嫌が悪くていつも怒ってるけどね。あまりボクたちのことが好きじゃないみたいだ」

　そのピグモンが鈴のかたわらに寄り添った。しばらくして——。

「菊田さん！　ディメンションケージに作動兆候ありです！」

「三井さん、前例比較は」

　菊田が鈴の隣の女に尋ねた。

「ブラックキング出現時に近いです！　日本政府および世界中立軍に通知しますか⁉」

「出現予想時刻は」

「——一六時四七分より六分前後します！」

「いまから四時間弱ってところだね。熊野さん、政府には何分前までなら申し訳がたつかね」

「ペンタパスなどの例もありますが、警報発令と西武新宿線の運行等がありますから三〇分は欲しいところかと。シルヴァンのスクランブルでしたらそれこそ三分前でも」

「通知は一六時でよろしい。ティアズの戦闘準備も一六時より。二柳くん、じゃなくってビッキー。あなたは英気を養っておきなさい」

「わかった。それだったらこのチャージャーの使い方を教えておいてくれ。小さいウルトラマンじゃ恐くて戦えない」


また客が歩道から手をあげてきた。予約車の表示をだしているのにタクシーをとめようとする。ハンドルを握る南城睦美はそれらを平然とパスしていくのだが、万が一にもヴェンダリスタ星人の場合には乗せざるを得ないと思っていた。黒い石板を高く掲げているか否かだけは確かめる必要があった。

世界中立軍に所属する南城としては、少女・伊波滴と接触するためにあの手この手を使わなくてはならなかった。彼女の正体だけはヴェンダリスタ星人に知られるわけにはゆかないからだ。

だから直接家を訪ねるようなことは絶対にしない。学校まで会いに行くようなこともしない。滴に仮病の通院をさせ、診察室でこちらが白衣と聴診器姿で待つことはある。いまからそうするように、タクシーの運転手を装って彼女を通りで拾うことはある。

金井原高校に通う滴は半分が滴で半分がティアだ。もう半分の滴とティアは、ティアズ・

スタンドにいる。

ティアに練馬区の被爆地を支配させ、侵略者という汚名を着せるという発案をしたのは官僚時代の南城だった。伊波松男と会議に同席し、誰もが思案に窮していたので末席の立場で発言したらそれが大筋で通ってしまった。しかし結果論でものをいえば、やはりこの方法がベストだったのではないかと南城はいまでも思っている。

ヴェンダリスタ星人は怪獣を地上に送りこんで世界を混乱させると脅してきた。それが神出鬼没では絶対に困る。人々は常にビクビクしながら生活をしなくてはならないし、こどもたちを安心して学校に送りだすことなどできなくなる。いったん世界は中立を宣言したのだから、ヴェンダリスタ星人の目標はティアに集中される。怪獣の出現を飛び地という局地に限定させることができる。ティアが侵略者で、ヴェンダリスタ星人に救世主の名誉をあたえることができる。

そしてヴェンダリスタ星人は本当に飛び地に怪獣を送りこんできた。サラマンドラという宇宙の再生怪獣だ。体長が六〇ｍもあり、いくつもの鶏冠を立てた凶暴な容貌といかにも頑強な体軀をもち、すさまじい火炎を吐いて飛び地周辺の住民を恐怖の底に突き落とした。

このサラマンドラにティアは直接応戦した。彼女は終始、目から光の涙を流しながらの防戦だった。そして最後にはサラマンドラを抱き寄せて葬ったのだ。まるで慈しむかのように。ティアという呼び名はこの戦いの様子からつけられた。奇しくも光の国における彼女の本当の名前にも近い。「涙を語り継ぐ者」という。

ティアに感動した世界中の人々からは中立撤回の声があがる。続発する市民運動は各国政府にとっては収束させがたいものだったが、冷静に事態を見守ることが徹底してうながされた。

確かに運動は強い熱を帯びたものだった。ティアに対する狂信的とも呼べる人間が五人分も十人分も声をあげるものだから、あたかも社会全体がひとつの意思をもったかのように錯覚させられた。しかしこの事態を分析する専門家は、実際に公共の場に集って拳を突き上げたことのある者は社会全体の一五％にも満たないとコメントした。そして仮に国民投票なら ぬ人類投票をおこなっても、中立保守が過半数を占めるだろうと予想した。

人間とは、遠い未来よりも近い将来よりも今日一日の安穏を求める生き物だ。光の飛び地から離れるほどにその性格は強くなる。

だからこそ東京都民の熱だけは時間がたっても冷めなかった。

このままでは暴動が起きてしまうと判断した日本政府は〝ガス抜き〟の方策を打ちだす。国民にティアと共闘する道筋をあたえたのだ。同時に人類が中立であるスタンスは保たなくてはならない。これを満たすために執られた処置が国籍剝奪だ。

ちなみにこの発案は南城のものではない。南城とは同年次に入省した熊野良子という女のものだ。彼女とは高校時代から成績面でのライバルだった。彼女はみずからの発案に則り、日本と地球を捨てて飛び地に渡った。責任をとったというべきか。

国民は政府が提示した条件に意気をくじかれた。すべてを捨てて戦う覚悟があるか、その問いに正義の回答を返せなくなった。家族を置いて行くことも愛する者と別れて行くことも難しいだろう。それでも行こうと思う者だけが行け——ここに熊野良子が将来的な問題まで見越していたことを、あの当時の南城には見抜けなかった。

飛び地に渡った第一団は、わずかに一一三人だった。いまでこそ八百人を超えるという数字は一般市民でも知るところだが。そのうちの百名近くはすでに命をおとしたともいう。

(え? ひょっとしていまのかしら)

南城はタクシーを歩道に寄せてとめると振り返って確かめた。

やはり歩道に立っているのは滴だ。彼女もこちらに気づいていなかったようで手をあげなかった。後退させてまで乗せるのは不自然なので南城はUターンさせることにした。向こう正面にさしかかったところでクラクションを鳴らすと彼女は気づいた。面倒だがもう一度Uターンさせる。

「お待たせ、滴」

「睦美さん、こんにちは」

滴が後部座席に乗りこむ。彼女は明朗快活なタイプではないが、声に温もりがこもっているので一緒にいる空間がそのまま温もるような気がする。

なぜ一度滴を見落としてしまったのか、その理由がわかった。背中までかかっていたはずの髪をばっさりと切っていたからだ。

「二週間ぶりね」

「はい」

「おなかすいてる？」

「えーっと、はい」

「じゃあドライブスルーに行こう」

「え？　タクシーでですか？」

「あら、私は運転手に入らせたことあるわよ？　いい顔はしなかったけど」

滴はまだ一六だ。二年前をいえば一四だ。幼く、まだ一生のことをひとりで決められない娘を、伊波松男はティアにさしだした。これははたして、許される行為だったのだろうか。

逆にティアは半分の自分をさしだし、半分の滴を〝地球〟に返した。

後部座席にいる滴がティアに変身するのは主に夜だ。学校ではトイレでさえ変身するわけにはゆかない。ティアの姿となり、飛び地にいるティアと交信する。そして内部の状態を情報として南城が預かるわけだ。その情報は吟味してから特定の人物に伝えられる。

「昨日までのことでいいわ。なにか変わったことはあった？」

「……虚栄の立脚獣の出現で、ふたりが亡くなられました」

「……そう。いちおう名前を聞いておこうかしら。どなた？」

「元イギリス人のマイク・ジョンソンさんと、宮木英太（えいた）さんです」

「宮木さん⁉　まさか春に国境で会ったあの人？」

「……はい」

たこと」

「渉外部で尽力されていたのよね。憶えているわ。あの人の目がいつまでも見送ってくれて

「それと、ひとり仲間に加わってくれました」

「あらそう。そこはさすが政府といわなくちゃね、その情報が漏れないとは。これもいちおう名前を聞いておこうかしら」

「二柳日々輝さんという方です」

政府は飛び地に渡った人物について完全に秘匿する。籍を抹消したという記録すら残さない。

「ファイターです。しかも片蔵さん以上の」

「そうなの⁉ やったじゃない！」

「………………」

ティアは怪獣との戦いを好まない。静止衛星軌道に漂うディメンションケージという容器に収められている怪獣は、すべて他の惑星において絶滅から保護したものだ。その怪獣にヴェンダリスタ星人が手をくわえて送りこんでくる。凶暴化させているものと思われる。

南城はハンバーガーショップのドライブスルーへとハンドルを切った。

「ここのバーガーとポテトが一番おいしいの」

「そうなんですか？　チェーン店ですよね」

「お殿様みたいなホールスタッフでね、よく焦がすのよ。そのウェルダン具合がいいのよ

ね」

「あっ！」

「どうしたの？」

「すみませんが、なんでもいいので注文しておいてください。私、ちょっと降ります。すぐに戻ってきます」

そういって滴は車を降りて走っていってしまった。勝手なことはしない少女なので、非常に珍しいことだ。

ルートに従って店の周りを半周すると、再び滴の姿が目にはいった。同じ高校と思しき少年と話をしている。しかし気心が知れた相手というわけではなさそうだ。滴のあたふたした様子がほほえましい。何度も執拗に頭を下げている。

「ごめんなさい。ダブルバーガーをひとつ追加できるかしら。至急至急」

睦美は受取窓口で店員にいった。

高校生の身分で異性とコミュニケーションをとる。南城はうらやましく思った。自分があの頃はもう大学受験を見据えていた。ライバルだった熊野の存在がなければ、もう少しスカートの丈を短くしてエンジョイしていたかもしれない。

熊野は日本国民の枠を越えて人類にティアと共闘する方策を編みだした。しかしさしもの彼女にも読みきれなかった。この制度を機に、ヴェンダリスタ星人が人間の意識を乗っ取りはじめたのだ。そして社会に紛れこんで人々の動向に目を光らせるようになった。

ここで内閣は責任をとって一度総辞職している。そしてしばらく戦々恐々の状態が続いた。ヴェンダリスタ星人が国家の中枢にはいってきたら隠密なことなどなにもできなくなる。しかしこの点に関しては最悪の事態とまではならなかった。彼らが乗っ取ったのはティーンエイジャーばかりだった。あまり加齢した肉体にはなじめないようだ。

滴が少年を見送っている。睦美は店員から品物を受けとると車を少し前進させた。そして後部ドアを開けた。

「ごめんなさい、勝手に飛び出しちゃって」

「あれくらいいいわ。ひょっとして、髪をショートにしたことと、なにか関係があるのかしら。私の深読みしすぎ？」

「先日、ヴェンダリスタ星人に目をつけられちゃって。少しでも見た目を変えるためです」

「ああ……、なんてこと。目をつけられるのだけは困るわ。まさかブラックリストに載ったの？」

「いえ、大丈夫でした」

「つまりさっきの男の子に助けてもらったわけね」

「……当たりです」

睦美は品物の紙袋を滴に預けると、少々乱暴に車を発進させた。

「ダブルバーガーが余分に入ってるわ。さっきの男の子、追いかけるわよ。ヒーローは大切にしなきゃね」

畑に出ていた耕作班を収容したのは四五分前。同時にティアズ・スタンドは戦闘準備にはいった。準備とはいってもそれをしなくてはならないのは司令部と機械室と交戦部隊の九〇名ほどだ。

ヴェンダリスタ星人はディメンションケージの中の怪獣を一体ずつ送りこんでくる。以前に凍結怪獣ガンダーとカニ座怪獣ザニカを同時に出現させたこともあったが、凶暴化していた二体は同士討ちをしてともに倒れてくれた。ヴェンダリスタ星人といえども、怪獣に攻撃対象をティアズ・スタンドのみに仕向けることは難しいようだ。

ディメンションケージを搭載している光の国のスペースシップは、このティアズ・スタンドとさほど大きさの変わらない船だ。そしてディメンションケージの中には数百の怪獣が保護されており、その数%は諸要素からなる地球環境に適合するのではないかとピグモンはいう。

しかし数百という怪獣などいかに詰めこんでも無理だ。容量的な計算があわない。

光の国とギャラフィアンは次元のスケールを操作するテクノロジーをもっている。空間座標を伸縮させることができるらしいのだ。彼らはそれを「光の後ろ姿」と呼んでいる。光に追いついてその背中を見たという意味だろうか。さらには追い抜いた。

光の伝播(でんぱ)とは決して速い現象ではない。たったの三〇万㎞を進むのに一秒もかかるのだ。天の川銀河で戦争をしていたという彼ら宇宙人は、数十光年・数百光年離れた地球までくるのに数十年・数百年をかけていない。おまけにそう遠くはない日に援軍がやってくるという。次元のスケールを操作することによって遠距離を超光速で移動できるようだ。

　世界二五箇所を同時に爆破させたのもおそらく光の後ろ姿だ。ピグモンの図説では、地上に投入された圧縮空間が元に戻ろうとするときに周囲のエネルギーを無作為に吸収し、ぴったりと二重空間が形成されたときに矛盾したエネルギーを発散させるらしい。いわば次元爆弾だ。

　ヴェンダリスタ星人はディメンションケージ内の怪獣を次元爆弾に込めて飛び地に落としてくる。せっかくの爆弾だからティアズ・スタンドに直撃させようとする。この直撃を避けるためにピグモンが高度なオペレーションをしてくれる。ティアズ・スタンドの位置座標を攪乱（かくらん）する機能を働かせるのだ。その機能もまた光の後ろ姿だ。

「植松さん、ケージの様子は？」

　司令官の菊田が上段から尋ねてくる。

「変わりありません。一六時四七分より前後七五秒まで確度があがりました」

「機械室に伝えておくれ。一六時四五分から帳（とばり）を六枚、無期限で展開」

「第一次から無期限ですか？」

「無期限で」

「……失礼しました」

　菊田祐子（ゆうこ）はデュアルⅡの初陣に懸けるつもりのようだ。まだ怪獣も二柳日々輝の実力も未知だというのに。

　植松鈴は二カ月前までは生活部にいたので、特に初期の作戦司令室の状況についてはよく知らない。しかし当初は伊波松男が指揮をとっていたことは聞いている。それが菊田にバトンタッチされた。

　とにかく菊田は度胸が良くて思いきりがいいらしい。それはこの部屋の誰もが口をそろえていう。瞬時の判断が要求されるときに迷わない。生死が懸かった場面で、人とは模範解答も正解も求めない。誤答でもいいから自信をもった答えが欲しいのだ。その一点のみでも彼女は適材と呼べる人物だった。

　鈴はコンソールに手を置きパネルに目を光らせた。どちらも光の国製だ。かたわらで立ったままのピグモンは目を閉じて眠っている。

　パネルに表示されたそれぞれのウルトラサインは、変身しなくてはまだ五分の一もわからない。数字ならばだいたいおぼえた。しかし単位量が違う。距離的な長さ、時間的な長さ。重さ。容積。鈴は円を三六〇分割するのは宇宙で地球人だけであることを、この作戦司令室にきてはじめて知った。

　一年が約三六〇日であるのは、地球が三六〇回自転したときに太陽の周りを一周するからだ。一日が二四時間であるのは月の満ち欠けから勝手に人間が決めたことだ。一時間を三千六百分割したものが一秒。一mの長さは北極や南極から赤道までの距離を一万㎞と決めたことによる。いずれも他の惑星や恒星系ではこれらの単位量は通用しない。

天の川銀河には統一されてとり決められた単位量がある。そこからいちいち地球のきわめてローカルな単位量に変換しなくてはならない。この煩(わずら)わしさを感じるとき、地球人類とはなんと井の中の蛙だったのかと鈴は思ってしまう。くわえて宇宙語を知らなかった。虫ケラのようにあつかわれてもしかたがなかったと、危うく認めかけそうになる。

変身した姿で日々輝が作戦司令室に入ってきた。ただちに変身を解いては精悍(せいかん)な表情を見せた。しかしそれも束の間、イタリア人のジャンパオロ・ノエから激励をうけてかなり戸惑っている。

まさか日々輝が飛び地に渡ってくるとは思わなかった。彼は中高生時代はやんちゃで、いわゆる非行少年だった。周りの雰囲気も風紀も乱すような少年だった。しかし人生のどん底に落ちた自分を勇気づけてくれたのは、彼の言葉だったような気がするのだ。その言葉がどうしても思いだせない。

かたわらからピグモンが肩を押し当ててきた。〝さっさと〟どけという意味だ。

そしてピグモンは次元爆弾を攪乱するオペレーションの準備を始めた。小爆発とはいえ、やはりその瞬間は緊張する。鈴は和光市の大爆発で被災したそのひとりだった。

伊波滴という少女が袋の中のハンバーガーをひとつ分けてくれた。友利三矢(ともりみつや)は自転車をこぎながらでも食べようと思っていたのだが、これが意外に大きかったので車道の路肩にとまって食べた。マッチ棒のような彼女は見かけによらず大食漢のようだ。

ヴェンダリスタ星人から他の生徒をかばったことはいままでに二度や三度はある。相手がたちの悪い西田里美の場合は手のつけようがないが、片蔵誉はヴェンダリスタ星人のなかでは比較的に話が通じるし、親友として自分が出ていかなくてはならないと思っている。

ブラックリストには、とっくに載ってしまった。父と母にはこのことはいっていない。知ったら嘆き悲しむだろう。

それにしても滴ほど重ね重ね頭を下げてきた生徒はいなかった。気持ちはわかるが、なにか他にも理由があるのかもしれない。

滴と別れてしばらくすると町中にサイレンがこだました。怪獣出現を予告する警報発令だ。早ければいますぐにでも、遅くとも一時間以内には出現する。

しかし人々に慌てた様子は特にない。ひとしきりサイレンを聞きとどけると、買い物袋を提げた主婦などはまた井戸端会議を再開したりする。慣れたものといおうか、異常事態に麻痺してしまっている。

飛び地のスペースシップはティアズ・スタンドと呼ばれているらしいが、その不時着地点からここまで八kmあまり離れている。したがって怪獣が出現しても余波が届くことは滅多にない。数歩先に小石が落ちてくることはあっても頭を直撃することはやはり稀だ。半径三kmの地帯を高い塀でとり囲んであるためだ。

東京都と埼玉県は大爆発によって約三〇平方kmという広大な土地を失った。その面積はまるまる光の国の領土になった。さらに両都県はその約四倍の土地まで手放している。飛び地の周りに四㎞の幅をもったドーナツ型のエリアを設定し、ここを立ち入り禁止の緩衝地帯にしたのだ。あわせて半径七㎞といえば池袋や新宿がすぐそこだ。こちらの損失のほうが東京都民にとってはよっぽと痛恨だった。人口だけをいえば一千万人を超えた神奈川県がいまや日本最大だ。

いまこの緩衝地帯には誰も住んでいないし、鉄道以外は建物自体がほとんどとり壊された更地（さらち）になっている。安全の確保のためと、飛び地とのあいだでこっそりと行き来する人間をださないためだ。くわえて非武装になっている。飛び地の壁を越えた怪獣をこの陸上から要撃したいところだが、兵器を常設すると何者かによってティアズ・スタンドが攻撃される可能性も生じる。何者かという部分はもちろんヴェンダリスタ星人のことだ。

警報が発令されると、怪獣との戦いを見ようと人々が集まってくるマンションがある。衝立のような構造で、住まいとしては人気も価格もガタ落ちの物件だ。空き家率は六〇%に近い。

三矢は今日までに五回以上もここからシラヌイの戦いを見てきた。夏休みにシラヌイが敗れたときにも、ここから見ていた。

エレベーターには行列待ちができていたので、三矢は非常階段を最上階まで駆けあがった。横腹がひどく痛むと思ったらハンバーガーを食べたためだ。

「こんにちは」

「おお三矢、今日もきたか」

廊下にはすでに浜本恒明（はまもとつねあき）という老人が姿を見せていた。彼はこのマンションのれっきとした住人で、最上階に住んでいるのは彼だけのはずだ。やはりいざというときには逃げないといけないので、高い階に住みたがる人間はいないのだ。

　飛び地で戦うウルトラマンをシラヌイと呼びはじめたのは浜本だ。その呼称がこのマンションにカメラを構えにきた報道記者に採用されたのだと思われる。シラヌイの初戦は夜間で、その戦いのなかでときおり闇がぽつぽつと点火する様子が不知火を連想させたのもあるが、それだけではこのネーミングに定着しなかったはずだ。

　それはさかのぼってサラマンドラと相対（あいたい）したティアの防戦にある。彼女はサラマンドラを葬るにあたり、超能力を発揮するための舞を披露した。それがどことなく相撲力士の動作や横綱の土俵入りを連想させたのだ。蹲踞（そんきょ）こそしなかったがしとやかに腰を落とし、力強い四股こそ踏まなかったが軽やかなステップを踏み、せり上がりこそしなかったがスピンをいれ、腕を伸ばした手の先を返して塵手水（ちりちょうず）のような作法は見せた。

　だからシラヌイとは横綱の土俵入りの型のひとつである不知火からきているものでもあるのだ。

　浜本はおまけに飛び地のことを土俵と呼ぶ。ぐるりととり囲む壁のことを俵と呼ぶ。幅四㎞の緩衝地帯を土俵下と呼ぶ。そしてここ東久留米市のマンションの辺りもそうだし、緩衝地帯と隣りあわせになっている三矢の町などを砂かぶりの町と呼んだ。いまいる最上階はいわば枡席（ますせき）。

「シルヴァンだ!」

廊下で誰かが叫んだ。マンションのほぼ直上を世界中立軍の攻撃機が一瞬で通過した。シルバー・ヴァンガードという名の機体で、純粋な攻撃機としては空対地最強といわれている。操縦しているのは日本人パイロットだ。

かつては、湾岸戦争にも投入されたA-10という地上攻撃機も飛んだ。しかしこれはこもり怪獣バットンの破壊光線を受けて新座市に墜落している。それ以来運用されていない。

「もう一丁!」

続けてもう一機。彼らが土俵の取組に水を差すことはないが、俵を割って土俵下に出た怪獣を攻撃することはあるし、いままでにも実際にあった。それは市民を守るためだ。砂かぶりの町には絶対に進入させてはいけないので、ありったけの火力をぶつけて四kmのあいだに仕留めなくてはならない。それは仮にシラヌイに対しても同じで、こちらは国境を守るためだ。

「見るか?」

浜本が双眼鏡を渡してくれた。

「ありがとうございます」

三矢はさっそく双眼鏡を覗きこんだ。

瓦礫の海に浮かぶティアズ・スタンドが夕日を乱反射している。あれは、すでにバリアを張りめぐらせているのではないだろうか。もうすぐ爆発が起きるのだ。

――臼状に地面ごとめくれあがった。そして内側から一転してはじけた。小さい爆発のように見えたがその範囲は二、三百mはあっただろう。ティアズ・スタンドはその縁にわずかにかかった程度だ。いつもながらに不思議と運がいい。

粉塵の中にまるでマジシャンのトリックで出現したかのような影がある。宇宙から落ちてきたはずなのに、こちらもいつもケロリとしているのが不思議だ。

一本、二本、三本、四つ脚だ。外皮のひび割れが多角形をなすひょうたん様の胴体をもち、そこから立ちあがる首がキリンに似て長い。頭部には絶え間なく伸縮する触覚のようなものが見える。円盤状になっているその先端がときおり光るのは反射のせいだろうか。それはひょっとすると目なのかもしれない。口を大きく開けるなどして威嚇している様子はなく、決してどう猛な雰囲気は漂わせていない。

ティアズ・スタンドのブリッジの根もとが激しく光った。

「出たか!?」

隣で三脚に望遠レンズのカメラを据えていた青年が叫び、そして連写した。廊下が下階までどよめき、ひと呼吸をはさんでから大きな歓声に変わった。

光の戦士だ。バリアを透過して出現した。その巨大化してゆく様子までが今日はじめて見えたような気がする。

「今度こそシラヌイだ！」

シルバーの体に赤と黒の模様。胸のカラータイマーがみなぎるように青く光っている。卵形の頭部には挑発的というべきか主張的な刃が顔の前面に向けてアーチを描いている。リーゼントではないのだろうが、ヘラクレスオオカブトの角のようではある。浜本にいわせれば丁髷や大銀杏になってしまうのだろうが。

シラヌイが怪獣と正面から組み、横へと豪快に投げた。

投げたシラヌイ自身が驚いている。自分の力だということが信じられないようだ。

「頼もしいね、二代目は」

三矢は双眼鏡を浜本に返した。

「どれどれ。――ほお、荒削りだがとにかく今度のは生きがいいな」

光の戦士は、飛び地に渡った人間なのではないかといわれている。少なくとも公式の発表では、スペースシップの不時着時に搭乗者はティアとピグモンだけだった。だからあの巨人は光の国からきた純粋なウルトラマンではないのだ。

三矢のこめかみから頬へと汗が伝った。

ひとりの人間があれほどの力をもつようになるのは、恐い気がする。人はあやまちを犯すことのある生き物だ。強大な力が常に正義のために使われるとは限らない。力をもってしまったがために本来の心を失うこともあるだろう。

ただ、誰もが超人的な力を発揮できるわけではなさそうなのだ。ペンタパスに倒されたシルバーの戦士がその例で、どれほど重傷を負ったのかは知らないが、その点では少しほっとしていた。

「これは一ラウンド三分でＫＯだな」

「相撲から今度はボクシング？」

「ほら、見てみろ」

三矢は再び双眼鏡を受けとると覗きこんだ。

「――本当、猛ラッシュだ。怪獣は……、唾（つば）のようなものを吐きかけているだけだ。なにも起こらないみたいだけど」

怪獣が及（およ）び腰になってきた。それでもなにかに駆りたてられるかのようにシラヌイに向かってゆく。対するシラヌイは余力をもって怪獣の突進を押し返してゆく。

飛び地はじゅうぶんに広いとはいえ、巨大なスケールをもった個体同士が激しく動けば土俵際もさほど遠くはない。土俵には上がることのできないシルヴァンが旋回しながら親方審判員のごとく目を光らせている。いつでもミサイルやロケット弾を放てる態勢は整えているのだろう。

攻撃を重ねるごとにシラヌイの両手から腕にかけて青白い光が度合いを増してゆく。シラヌイもその変化に気づいているらしく、しきりに気にしたり戸惑ったような仕草を見せる。

（あれ？　どうしたんだ？）

ティアズ・スタンドがにわかにバリアを解除した。液体のようになって型崩れしては蒸発した。するとほどなくして光の国の戦闘機であるＨＰＣが発進した。そして戦闘の跡を探索するかのように低速かつ低空飛行を始めた。

あの謎めいた行動は初代シラヌイの戦いのときにも三矢が知る限りで二度あった。その後に勝利を収めてきたので、なにか有益な意味があるのだろう。

「最後の悪あがきだな。それとも徳俵でうっちゃりでも見せるか?」

浜本が細めた目で飛び地を見据えながらいった。

怪獣が前後反転してうしろ脚でシラヌイを蹴り飛ばした。はじめてシラヌイにあたえたダメージらしいダメージだ。よろめいたシラヌイはすぐに体勢を整えたが、怪獣が頭を低くして突進していった。

そのあとのことが、三矢にはよく確かめられなかった。シラヌイが両手で突進を受けとめたようだが、なんとそれだけで怪獣が木っ端微塵に粉砕したのだ。まさか自爆したのだろうか。

怪獣は影も形もなくなったが、シラヌイもその場から消えてしまった。爆発の衝撃で後方に大きく吹き飛ばされたようだ。

そして火の固まりのようなものが立ちあがった。そうかと思えば苦しそうに地面を転がりのたうち回った。

——シラヌイが火だるまになっているようだ。なにが原因であれほどまでに体が燃えるのだろうか。戦いに勝ったというのに、これでは相打ちではないか。

怪獣の敗北だけを見とどけた二機のシルヴァンが埼玉県は吉見町にある基地に帰っていく。

彼らは攻撃する兵器は持っていていても救済する手段は装備していない。そもそも中立の立場でどちらかに荷担はできない。

それは高みの見物をしている人々も同じだ。むしろ救世主である怪獣のあと押しをすることは許される。しかし〝人〟が〝ヒト〟である限り、窮地におちいったシラヌイに手をさしのべることはできないのだ。飛び地をとり囲む壁はその高さ以上に高い。

本当に飛び地とは異星だ。折に触れてそう思わされる。

三矢は悔しさから握りこぶしをつくり、浜本に別れの言葉を残すと階段を駆けおりはじめた。

まだ自分は高校生だが、できることはある。飛び地の戦士たちをサポートすることだ。町中でスクラムを組んだあの夜と同じだ。〝様(さま)〟を見せなくては光の国は助けにこない。人類はこの地球を母なる星として守れない。三矢はそう思っていた。

炎上したシラヌイをＨＰＣが消火したという結果を、三矢は武蔵野市にある秘密のアジトに向かう途中で携帯電話のニュースから知った。

ティアズの現実

「私、吉岡さんを尊敬します。……あっ、もちろん三井さんのことも」

「おだてんといて。たんなる一日の長ってヤツや。鈴も無駄やと思っても日頃からデータベースは眺めておくんやで」

「無駄だなんてちっとも思ってないです。時間ができたときには私もかじりついてますから」

「そしたら三井さんどうしよ。これからはライブラリーをきっちり分担しようか」

「それがいいわね。いままでは興味本位でやってたけど、役割にすれば責任感をもって取り組めるし」

植松鈴と三井麻衣子は吉岡弥春を真ん中にはさみ、渉外部のある第七エリアに向かっていた。ここにはいま恒例の特設本部が置かれている。日本政府に対する戦後報告の準備のためだ。

二星間条約によると、この戦後報告は怪獣との交戦終了から七二時間以内におこなうものと定められている。ただし定例会談の日取りと近接した場合には一二〇時間以内まで柔軟に調整される。

怪獣との交戦は光の国の一部である飛び地で起きた出来事なので、本来はこの内容を地球世界に報告する義務や説明責任など発生しない。しかし怪獣の出現によって周囲の町を不穏にさせたことは事実だ。

この部分には「公式見解」という理不尽な事情が絡んでくる。怪獣たちは光の国によって罪もなく幽閉されてきた存在であり、強い復讐心をもっている。ティアの気配を近くに感じて暴れるのはそのためだ。——建前上はそういうことになっている。ヴェンダリスタ星人が様々な操作をしていることは明らかなのに。

ただ、真実がどのようであれ、怪獣の出現後に飛び地と日本政府が接触しなくてはならない理由はある。怪獣の生体サンプルを提出しなくてはならないのだ。

怪獣は遠い宇宙の出身なので、人類にとって未知のウイルスや細菌をもっていると思われる。いずれは人々を苦しめる病気が発生することもあるだろう。その対処法を事前に研究する道をあたえておくことは必要だ。ウルトラ・オペレーションをうけた鈴たちはウルトラ・コンディショナーもあって病死とは無縁なだけだ。

「ああ……。私、この通路嫌い。心拍数が二割増しになるの」

「ホンマ。何度足を運んでも緊張するわ」

吉岡と三井が互いにいたわるような目で見つめあった。

特設本部は緊迫感が漂った戦場のような場所だ。安易に立ち寄れば流れ弾のごとくいわれのないとばっちりをうけることがあるので、誰も好きこのんでこのエリアには近づきたがらない。だから作戦司令室の三人官女もやり玉にあげられないようにメンバー勢揃いで行くのだ。

「そうそう、二柳くんだっけ？　植松さんの知りあいなんやろ？」

「はい、ビッキーです」

「ほな私もビッキーって呼ぼうっと。──それで、大丈夫かな、体のほうは」

「………」

鈴は口を結んで顔色を曇らせ、そのままうつむいてしまった。過去の個人的な体験のせいもあって、背中ににじむ汗を感じる。

「熱かったやろうな。私は遠慮したいわ。いくらコンディショナーで治癒するっていっても、戦ってるそのときは痛いもんは痛いし熱いもんは熱いもん」

「彼、また戦ってくれるかしら。片蔵さんだって、部屋でひとり震えていたことがあったそうよ？」

「それ知ってる。ベムラー戦のあとやね。私も、ベムラーだけはいま思いだしてもブルッとくる。あれは二度とイヤだわ。そもそも光の国はなんであんな凶暴な種を保護したんやろう」

「ヒトと同じで個体によっていろいろな性格があるんじゃないかしら。温厚だったタイプを、ヴェンダリスタが操作したんだわ」

特設本部にはセキュリティ等の仕掛けはない。この部屋は当初から扉が開きっぱなしというべきか壁がなかった。作戦司令室とは逆に閉め方がわからないのだ。いまは飛び地から拾ってきた温泉マークののれんが掛かっている。拾ってきたといえば部屋に並んでいる机などの事務用具も同じだ。

今回はいつもほどは怒声が飛び交っていない。鈴たちはひとまず胸をなでおろし、吉岡を先頭に中へと入った。

半分から左側では活発に事務作業が進められ、右側では一二人ほどでちょうど会議中のようだ。しかもなぜか司令官の菊田祐子（きくたゆうこ）の姿もラウンドテーブルにある。いつもは加わらないはずなのだ。ひょっとしたらヒートアップしがちな特設本部の防火役として座っているだけなのかもしれない。

ふだん、四七名からなる渉外部に活をいれて尻を叩いているのは熊野良子（くまのよしこ）だ。彼女ひとりといっても過言ではなく、これは宮木英太（みやぎえいた）が生きていた時代から同じだ。

外務省出身の熊野は、ティアズ・スタンドをふくめた飛び地が一国であるという意識が強い。だから半・同胞ともいうべき日本政府からさえも侮（あなど）られることのないようにと努めている。トップ会談をするならば、事前の事務レベルの調整からしっかりと手はずを整えてゆこうとするのが彼女の精神だ。その点はかつて政府の中枢で勤めていた総代の伊波松男（いなみまつお）からは理解を得ていた。

「熊野さんのスタンスがボクにはよくわからないな。政府に対して下手にでたり、そうかと思えば今回は上から目線？　一貫性がないよ」

「外交とはそういうものです。いまは力関係のバランスを探っている段階なんです」

「そんな必要あるの？　ボクらは揉み手をしてでも政府にはヴェンダリスタの盾になってもらわなくちゃ」

「いつまでも地球が我々の味方とは限りません」

「……恐いことをいうんだな。孤立無援どころか四面楚歌じゃないか」

「それで熊野さんはなにを要求したいと考えているんですか？」

別の男が尋ねた。

「その件については改めて会議を設けます」

そして伊波が穏やかに口をはさんだ。さらに、

「解析班の女の子たちがきてくれた。待たせてはかわいそうだ」

吉岡が三井に目配せをしてから一歩前に踏みでた。

「では作戦司令部解析班より簡易報告いたします。詳細は持参いたしましたこちらの書面にて。昨日出現した第一九号怪獣は、皆様既知とは思いますが、ウルトラデータベースの第二ライブラリーに該当項目を改めて確認しました。以後すべて直訳にてあしからず。シリアル番号六万と飛んで三百五。出身惑星は『暁に映える星』。『射手育む第九十天』という人類

未確認の恒星系内に存在。怪獣たる個体種の名称は『大火まねく火気もたぬ火元』。タイプは地球上でいう草食系です」

ティアズ・スタンドに所蔵されていたウルトラデータベースには第一から第四のライブラリーがある。そこに登録された怪獣の総数は一七万を超える。ただしこれは宇宙のものさしで測ると芥子粒ほどにも値しない量だ。なにしろ、たとえば地球上だけでも数百万から数千万の生物種が存在するといわれているのだから。

吉岡と三井はデュアルⅠ（ファースト）の時代からこのデータベースに地道に目をとおしていた。途方もなく膨大と感じられる作業だったことだろう。

怪獣には光の国によって名前がつけられている。その名前は怪獣の性質を表すものがほとんどだという。というべきか、名は体を表すというように、名前とは本来そういうものなのだ。意味のない名前は記号にも劣る。

吉岡は「大火まねく火気もたぬ火元」という名をおぼえていた。あの怪獣がデュアルⅡ（セカンド）に唾液のようなものをかけている様子を見て、可燃性の液体であることを直感した。彼女は司令官の菊田に進言し、ＨＰＣを発進させて怪獣の正体を特定させた。

ティアズ・スタンドは怪獣を映像にとらえただけでそれを識別するほど万能ではない。怪獣のゲノムをウルトラデータベースと照合しなくては判明しない。デュアルⅡとの格闘のなかで飛散した怪獣の組織をＨＰＣが採取し、はじめてその正体と性質がわかったのだ。

デュアルⅡは人間がガソリンをかけられたような状態だった。しかし怪獣は火の気をもっていない。着火さえしなければデュアルⅡは安泰だった。ではデュアルⅡが火だるまになったのは最後の爆発のせいだったのだろうか。そうといってもまちがいではないが、正確ではない。

デュアルⅡは怪獣の突進を受ける直前からすでに燃えあがっていた。両手にみなぎっていたエネルギーのせいだ。あの両手をクロスさせて〝片蔵デュアル〟は何度か必殺光線を放っていた。デュアルⅡの場合はエネルギーに充ちた両手で突進を受けとめてしまい、それが結果として怪獣の粉砕につながった。

後に消火を早めたのもHPCを発進させていたおかげだ。「大火まねく火気もたぬ火元」との戦いは吉岡の殊勲といえる。

「なにかご質問はありますか?」

「いえ? あとはゆっくりと文書に目をとおさせてもらうわ。今日明日明後日で段取りは整えるつもりよ」

熊野が珍しく上機嫌で六枚からなる報告書をめくりながらいった。

「ところで、通称は決まりました?」

三井がほっとした様子で尋ねた。

「『ジジジラフ』よ。名付け親はそちらの佐久山さん。政府に伝える私の立場も一考してほしかったところだけど」

佐久山透が照れくさそうに頭に手をやった。

　そこへ渉外部の男が部屋に駆けこんできた。なにやら青ざめた顔をしている。

「すまない！　戦後報告の日取り、通常どおりの明後日で決まってしまった！」

「なんでよ!!」

　熊野がテーブルを両手で叩くと椅子から立ってヒステリックな声をあげた。

「定例会談とあわせてやるんじゃないの!?　アリゲラのときはそうだったわ！　こっちは一日余裕があると思ってたのに！」

「今月の定例会談に関しては中止を求めてきた。……官邸からは何度も連絡はしてたみたいだけど、戦いのあとに地中の回線ケーブルをつなぎ忘れてた。オレのチョンボだ」

「チョンボだなんて勘弁してよ！　とにかく化学班に生体標本の選定を急がせて！　私がこれから電話して、向こうから肉片だけをとりにこさせるんだから！」

　特設本部の部屋は一度に不穏なムードに包まれた。これは早々に退散したほうがよさそうだ。鈴がそう思っていたら、吉岡と三井の姿はすでにかたわらからなくなっていた。

　南沢の停留所にとまったが最後、伊波滴（しずく）を乗せたバスはそれきり前に進まなくなってしまった。この先が大渋滞だ。

　ときどき巻きこまれることがあるのだ。きわめて無意味な渋滞に。

　滴は腕時計と相談し、あと一分たっても動かないようならばバスを降りようと決めた。このままでは学校に遅刻してしまう。

周りで吊革を握る通勤の乗客たちも不審に思っているようだ。

「まさか御輿かしら」

「五十日でもないし、それっぽいわね」

「どうする？　降りて歩く？」

「誰か様子を見にいってくれないかしら」

滴は一分を待たずに運転手のもとに進んだ。そして授業に間にあわないという理由を告げて前扉を開けてもらった。

　そしてすぐに前方へと駆けだした。

　自分が自分であった頃、自分はどうしていただろうと滴はおかしなことを考えた。たとえバスを降りるにせよ、腕時計の針が一分を刻むまではじっと待っていたはずだ。しかしいまは半分のティアが待たなかったのだ。さらにはこうして走らせている。

（やっぱりそうだ）

　渋滞の先頭にはパールホワイトの高級国産車があった。その先の道は不気味なほどにクリアになっている。後続車両はこの先頭車両を追い抜くことができないし、クラクションを鳴らすこともできない。ナンバープレートに「V」のひと文字がレリーフされているからだ。ヴェンダリスタ星人の常用の車であることは誰もが知っている。

　大方の予想どおり、窓を開けた後部座席から上半身を乗りだしているのは西田里美だ。

「ほらほらもっと歯を食いしばって引っぱりなさい！　次にとまったらもう動かないかも

よ！」

　学生服を着た少年四人がロープで車を牽引させられている。人々が「御輿」と呼んで忌避する人力車だ。もちろん西田の車は故障しているわけではない。なにか朝から気に障(さわ)ることでもあったのだろう。その原因があの四人の少年とも一概にはいえないのだ。

「あなたたちは奴隷じゃないの！　――そうよ！　ピラミッドというものを知ってる⁉　墓づくりに従事していたのは奴隷じゃなかったの！　私を墓石だと思ったらいいわ！　それなら力がでるかしら⁉」

　少しスピードが上がって勢いもついた。それでも人が歩く速さといい勝負という程度だ。これではバスも車もなかなか目的地に着けない状況は変わらない。

　滴はさきほどのバスに戻って乗客たちにこの状況を伝えることにした。

「ひょっとして伊波さんじゃないの？」

　誰かと思えば自転車に乗った友利三矢(ともりみつや)が真横に滑りこんできた。

「……あっ、おはようございます、友利さん」

「これって御輿渋滞だよね。近づかないほうがいいな、特に伊波さんは」

「さっきまでバスに乗ってたんです。そうしたら巻きこまれちゃって。遅刻しそうだし、降りて様子を見にきたんです」

「それは災難だね。伊波さんもできれば自転車通学にしたほうがいいよ」

「私、バスのみんなに状況を伝えてきます」

滴はもときた道を走った。

ティアは地球が、そして日本がいまの状態になったことに責任のようなものを感じている。彼女は聖女だからだろうか、自分の行為によって生じる結果について、プラスマイナスの総和では考えないようだ。地球は光の国によってまちがいなく最悪の事態からは救われたというのに。

(あれ？　なんでだろう)

なぜかバスが徐行しながらこちらに向かってくる。見れば車道全体もかなり流れはじめたようだ。

「伊波さん、ヴェンダリスタの車、交差点を曲がったみたいだよ。今度は別の道が渋滞だな」

「うーん、いいんだか悪いんだか」

「どうする？　よかったらこの自転車に乗りなよ。かわりばんこで伴走しよう」

「本当ですか⁉　ありがとうございます！」

遠慮しようと思ったのに、いまのはティアがいわせたのだ。聖女であるティアも女の子の部分をもっている。

暗闇のなかに白い光がふたつあった。誰かがウルトラマンに変身したその両目だ。あらかじめ女性と聞いているのでウルトラウーマン。

「おっと、懐中電灯を持ってき忘れた。こういうときには変身しよう」
　ここがティアズ・スタンドの昇降口にあたるスペースらしい。佐久山が姿を変えながら中へと足を踏みいれる。日々輝もならって姿を変えた。
　とたんに暗闇にも明度がくわわり、スペースの突きあたりに立つ〝女性〟の立ち姿も見えるようになった。長袖のシャツを着てもんぺをはいており、胸にノートのようなものを抱いている。
《鳥居さん、待たせた？》
　佐久山がテレパシーを使った。
《いえ？　さっききたところよ》
《ひとり？》
《ええ、そうよ》
《ビッキーを下まで連れて行ってくれる？》
《いいわよ。そうするように聞いてきたから。ビッキーって呼んだらいいの？》
　日々輝は鳥居の前に足を踏みだした。
《ああ、二柳のビッキーだ。よろしくな》
《私は鳥居靖子。生活部の食料物品全般を管理しているわ》
《そうか。オレもいちおう生活部だから、畑の手伝いにきた》
《無理するなよ、ビッキー。ボクは医者じゃないから、それしかいえない。片蔵さんは医者

だったから、ご自分で判断されていた。もう一日、二日くらいは休んでいたと思うよ》
《気遣ってくれてありがとう。ここにきてからコンディショナーで眠ってばかりで、オレの知らないところで時間が過ぎている。体を起こして、動いていたいんだ》
《そうか。その気持ちは尊重するよ。ボクはこれから持ち場に戻らないと熊野さんがうるさい。じゃあ鳥居さん、あとはよろしく》
佐久山が片手をあげて昇降口のスペースから出ていった。
《さっそく行こうか》
《そうね。できればあと二、三人そろってほしいところなんだけど》
《どうしてだ?》
《昇降装置のエネルギーがもったいないから。いつも三〇人くらいで上り下りしているの》
《降りるだけなら飛び降りるか? 二階から飛び降りたことなら何度かある。ウルトラマンのいまなら……》
《地面まで二〇m近くあるわよ?》
それから一〇分ほど待ったが、同乗することになったのは耕作班の男がひとりだけだった。
昇降装置には作戦司令室と同じく扉をすり抜けて入った。つまりヒトの姿では使用できないということだろう。中は密室という点ではエレベーターのイメージに近かったが、降下した感覚がいっさいなく、ほぼ一瞬で地上に着いた。
装置から降りて変身を解くと、しばらくぶりに外の空気を吸ったような思いがした。それはじめてここ飛び地に入ったとき以来という印象だ。

実際にそのとおりなのだ。あの日から船外に出たのはジジジラフ戦の一度だけで、格闘のあいだは呼吸をしていなかった。巨大化しようがしまいが変身した時点で必要がなくなるのだ。飛び地の中を激しく動いても息がきれることはなかった。ただ、漠然としたエネルギーの消耗は感じていた。

飛び地の空気は腐臭もほのかに混じっていてあまりおいしくはないが、胸が肺が喜んでいるような気がする。

ティアズ・スタンドの船体下に広がる綿花畑では、生活部の人間が本当に摘みとり作業をしていた。よく見ればサツマイモ畑にもちらほらと人の影がある。

日々輝は男から手渡された麦わら帽子をかぶってマスクをつけた。

「なにをどうしたらいいいんだ？」

鳥居に尋ねた。

本来の姿に戻った鳥居は同い年くらいだった。今日までハードな運動からは距離を置いてきたという文学的な乙女の匂いを多分に漂わせている。

「難しくはないわ。説明もいらないほどよ。白い綿が覗いてるから、指でつまみとって、袋に入れてくれたら大助かり」

日々輝はさっそく綿花畑に入り、腰ほどの高さに生っている綿の房を手にとった。

「おもしろいな。こいつが糸とか生地になるのか。鳥居さんはスケッチをしにきたのか？」

「私は、このノートに収穫量を書きとめにきたの。あと、今後の収穫の見通しもチェックしなくちゃ。こっちと、あっちのサツマイモ。今日は夕飯の日だから、採れたてを調理したサツマイモが食べられるわよ？」

「な、なんだって？　夕飯？」

「あら、まさか知らないの？　金曜日の夜はご飯よ？　みんな楽しみにしている」

「それは楽しみだな。コンディショナーのおかげでいつも腹がほどよく満たされるから、食欲っていうものを忘れかけてた」

「泣きながら食べる人もいるわ。涙は出ないけどね」

涙が出ないと聞いて宮木の顔が思いだされた。感傷にふけりかけていたら、持ち場を離れた男たちが何人も周りに集まってきた。

「キミが新しいデュアルだって？」

「ああ、二柳だ。ビッキーって呼んでくれ。オレも生活部だから、作業に加わりにきた」

次々と握手を求められて自己紹介を聞かされた。名前はほとんどおぼえられなかった。

「入ったばっかりだっていうのに、このまえはたいへんだったな」

「あれは参った。もうダメかと思った。この先オレで務まるのか、まったく自信がない」

「それは無理もないだろうな。でもあんまり落ちこむ必要もない。まだビッキーのデュアルは赤ちゃんみたいなものなんだ」

「どういう意味だ？」

「そのままだよ。生まれたばかりで、これから強勒になっていく。片蔵さんもそうだった。だって考えてもみろ。ウルトラマンといったら宇宙空間でも単独で戦えるんだぞ？　高エネルギーの宇宙線が飛び交ってる真空の中でだ。過酷さという意味では、火なんてぬるいものだろう」

「そうなのか。あのときは地獄のように熱かったけどな」

熱さがすべて激痛となってほぼ全身を襲った。いくら動きまわっても逃れられなかった。なにしろ火の手が自分自身だったからだ。しかしあの苦しみは、なにか特別なものだったような気がしている。それがなんだったのか、思い当たらない。失った記憶の部分にあったのかもしれない。

「綿はだいたい確保したんだ。よかったらビッキー、サツマイモのほうを手伝ってやってくれないか」

「わかった。今日の晩飯になるらしいな」

「綿一kgとサツマイモ一kg、どっちが重いか知ってるか？」

「ああ、その問題なら高校入試にでた」

「おもしろい男だな。仲良くできそうだ」

さきほどまで綿花の生育状況を確かめていた鳥居が綿を詰めたメッシュの袋を数えている。見渡してみても、外に出ているのは男ばかりだ。全体では三割は女性だと聞いたので、ティアズ・スタンドのどこかに花園のような場所があるのだろう。

「鳥居さん、オレはサツマイモを掘ってくる」

「私も終わったから向こうに行くわ」

「畑に出てるのはみんないいヤツばかりだな。飛び地に渡る人間ていうのは、もっと血の気の多いヤツらばかりだと思ってた」

「そんな、乱暴をはたらく人なんてほとんどいないわよ」

「ああ、イメージが変わっ……」

「ダメ!!」

何気なく足を送りだしたところ、鳥居に突然に横から突き飛ばされた。日々輝は受け身もろくにとれずに地面にもんどりうった。

「ごめんなさい! 大丈夫!? 痛かったでしょ!?」

「イテテ……。意外に近くに乱暴者がいたな」

「頭は打たなかった?」

「多少は打ったけど、問題はない。それより、オレがなにかしたか?」

「ごめんなさい。私がちゃんと説明しておかなくちゃいけないことだったわ。そこの足下を見て」

見れば細い白銀のケーブルが走っている。それはどうやらティアズ・スタンドから延ばされているようだった。

「汎用ケーブルなの、光の国製の。いまは緊急時連絡用の通信機とつながってるわ」

「全然気づかなかった。踏んだらいけないってことか」

「そうね。万が一にも切れたり壊れたりしたら、たいへんだから」

「直すのが難しいんだろうな」

「難しいどころか、できないのよ」

鳥居が手を差しのべてきたので日々輝は少しだけ力を借りて立ちあがった。

「できない？」

「ええ、光の国のテクノロジーが、私たちにとっては進みすぎていて理解できないのよ。構造とか原理が理解できないから、一度壊れたら直せないの。ティアだって技術屋じゃないわ。かろうじて直せるのがピグGよ。以前はティアズの各エリアにコンディショナーが一台ずつあったわ。全部で二五台。でもそのうちの二台がいまでは調子が悪くなってしまった。自己修復機能らしきスイッチはあるんだけど、恐くて押せないの」

鳥居がサツマイモ畑へのルートをひととおり指し示してから歩きだした。

「ピグモン以外で、機械とか電気に詳しいヤツはここにはいないのか？　片蔵さんが医者だったみたいに、その手の分野のエキスパートが」

「そうね。それを訊かれると私も恥ずかしくなるわ。でもみんな、それなりに学歴をもっている人たちなのよ？」

鳥居がシャツの胸ポケットにさしていたものを抜きとった。それはボールペンだった。ノック式のボールペンだ。

「ビッキー、これを見て。飛び地で大量に拾ってきたその一本よ。このボールペン、どうやって作るのかしら」

「え、そりゃ……、いわれてみればわからないな」

「この透明なプラスティック、どうやって作るのかしら。グリップのゴムは？　具体的な原料とか配合がわからない。先端はクルクル回すと外れて分解できるわ。この細い螺旋の溝、どうやって一定に刻むのかしら。このポケットにさすためのクリップっていうの？　この微妙なカーブはどうやってつけるのかしら。インクはなにからできてるの？　インクを送りだす金属の小さな玉は？　それに見て？　透明なシールが貼られている。糊はなに？　この細かい注意書きはどうやって印刷するの？　『100』って書いてあるでしょ？　たったの百円よ？　私たちはいままで偉そうに千円をだしてお釣りをもらっていたものを、自分で作ることができないの」

「……確かに、専門技術の固まりだな、ボールペンていうのは」

「大量生産する必要はないし、精密とまではいわないけど、部品を作るにはそれぞれ専用の機械がいるんでしょうね。今度はその機械の作り方がわからない。これはちょっと大げさだけど、正しいボルトやネジ一本の作り方がわからない。ティアズにいる私たち七百人、一〇年後にこれとそっくりなボールペンを作れていないでしょうね。ポケットに入る携帯電話なんて作れると思う？」

「植松さんが、無人島みたいなところだっていってたな」

「私たちは地球を救いたいという思いでここにやってきたわ。人であることも捨てるという、極めて強い決意をもって。だけどそれでも甘かったのよ。──ビッキー、現実とはこういうものよ。人類が七百人になれば、もう一度弥生時代に戻るわ」

「…………」

ティアズ・スタンドの船内には便利な装置や道具がある。しかし壊れたら直せない。直し方がわからないし、補う部品や原料を調達できない。老朽化してゆくばかりだ。

「怪獣が現れたら、バリアを張ってひたすら船を守るでしょ？」

「ああ、オレは初日に入りそこねた。叩いたところでびくともしなかった」

「ティアズでもっともエネルギーを使うのが、あのバリアの展開らしいの。なぜ貴重なエネルギーを消費してまでそうするかというと、やっぱり船が少しでも壊れたらもう直せないからなの。二番目にエネルギーを使うのが、ＨＰＣから放射するブレンドレーザという兵器だと聞いたわ。ペンタパスを倒したのもそう」

鳥居は地上に降りるとき、ふたり乗りで昇降装置を働かせることを渋った。やはり船内に蓄えられたエネルギーには限りがあるからだ。ここ飛び地にはエネルギーがない。外部とは遮断されていて供給されない。たとえ奇跡の油田が湧いても、その先をどうしたらいいのかがわからないだろう。

「──私たちがデュアルに頼るのは、じつは経済的な理由が一番大きいのよ。私たちは光の国が応援しにきてくれる日まで、泥水をすってでももちこたえなくちゃいけない。ヴェンダリスタがティアの命を奪うことをなんらかの目的としているなら、私たちはティアを守り抜かなくちゃいけない。ティアが死んでしまったら、ひょっとしたら光の国はこんな地球なんかにはわざわざきてくれないかもしれない」

「……そうか。やっぱりまだ自信はないけど、デュアルとしてがんばってみようっていう気にはなってきたよ」

「ごめんなさいね。きてくれたばっかりなのに、過酷な現実ばかり教えちゃったみたいで。——来月で、私はここにきて一年になるけど、後悔してる。もちろんきたことに対してじゃないわ。もっと飛び地の状況についていろいろと想像をはたらかせて、準備をしてくればよかったってこと。でもヴェンダリスタに飛び地の状況を知られるわけにはゆかなかったから、外にはおおやけにされていなかったのよね」

鳥居はノートを胸に抱いて気弱な表情でうつむいた。

「いや、オレはそういうの好きだぜ？」

「え？」

「少なくとも、一年前にはここにくることがベストだと思ったんだろ？　そして鳥居さんは立ち止まらなかった。オレはとにかく動きだす人間が好きだ。やるまえに考え抜いてうまく結果をだす人間よりも、すぐに動いて後悔するおっちょこちょいが結構好きだ」

「ビッキー……」

「だったらきてよかったと思えるようにしようぜ。とりあえずいまはオレが芋を掘って鳥居さんが数をノートに書きとめるのがベストだ」

「うん！」


午前零時二七分。ここは世界中立軍の吉見基地内。コントロールセンターからぶっ飛ばしてきた単車を駐車エリアにとめる。一般道ならば即〝免取〟の速度だっただろう。そもそも南城睦美(なんじょうむつみ)は自動二輪の免許を持っていない。

シルバー・ヴァンガード専用B格納庫。シャッターが全開になっている。中から過剰に溢(あふ)れでた照明の光はむしろエプロンを照らすためにつけられているかのようだ。

北隣のA格納庫とひと組になって両者は二四時間態勢。四機と予備の二機を一二人のパイロットが交替制でアラート待機する。怪獣出現時に二機がスクランブル発進し、怪獣あるいはシラヌイが緩衝地帯に入ればもう二機が発進する。このときに怪獣の性質を考慮して再武装されることもある。

南城は足早に格納庫に入ると、ノーズアートのペイントが施されたシルヴァンの視線を感じながら内壁の階段へと進んだ。手すりをつかみ、中二階のアラート待機所を見上げる。防音構造になっているはずなのになぜか談笑する声が漏れてくる。扉が開いているのだろうか。

階段をのぼりかけたら待機所から男の影が現れた。格納庫内は基本的にパイロットの通行が優先のルールなのでいったん降りてほとりで待つ。階段とは対称の側はスクランブル時に使うカーブスロープになっている。そこを駆けおりていくわけだ。

パイロットスーツのつなぎだけを着ている。見覚えのある顔だと思えば霧島雄吾のパートナーだ。向井という男で、コールサインはキートだったはず。

「おつかれさまです」

「おっと……、ミスティの彼女だっけ。呼んでこようか？」

ミスティとは霧島のコールサインだ。

「いえ、上にいるとわかれば自分の足で」

「そう。ボクは交替だから営舎に戻って休ませてもらう。キミもこんな時間帯までたいへんだね」

向井はそういって救命装具室と並んだ更衣室に入っていった。

南城は気をとりなおして階段を駆けあがった。ノックをはぶいて扉を開く。すると大きな背中が壁になって立ちはだかっていた。

振り返った霧島が「遅かったな」と笑みをうかべる。そしてなれなれしく肩を抱いてきた。部屋には待機のパイロットや整備の男たちがいるというのに。この霧島とは表面的に恋人関係を装っているだけだ。

「何度ここに電話したと思ってるのよ。居留守使うのやめてよね。霧島くんからかけてきておいて」

小声でかつとがめるように霧島にいった。

「電話だったら電話で終わっちゃうだろ？　たまにはこうして会わなきゃ」

「それで、なによ。ちょっと、体重預けてくるのやめてくれる？　私ヘトヘトなのよ？」

そういえばこうする男だ。南城はベッドに運ばれるがごとく抱かれ、ぽっかりとひとつ空いたリクライニングシートに降ろされた。

「みんなでいまも話してたところだ。軍法会議が開かれるんじゃないかって」

「軍法会議？　知らないわ。総務部の私でも知らないのに、なんでそんなことをここの人たちが知ってるっていうの？　でもちょっと待って。確かにここ数日、私に職掌外の仕事が回ってくることがあったわ。誰かが事務局にでも吸い上げられて、そのしわ寄せかしら」

「Aチームの小浜（こはま）……」

「もちろん知ってるわ」

「とんと姿を見せない。ヴェンダリスタと私的に接触したっていう噂だ。かなりまえから内偵がはいってたみたいだ」

「なんてこと？　吉見基地から点取り屋がでるなんて」

ヴェンダリスタ星人のブラックリストに減点が載る者もいれば、その逆で点数を稼ごうとする者もいる。それはこの地球がギャラフィアンに支配された未来を見越してのものだ。

しかし一概に当人を非難することもできないのだ。たとえば家族が減点されて、それを埋めあわせるために正義を売ることもある。そもそもヴェンダリスタ星人と私人が接触することと自体は違法ではない。ただ、光の国に加勢する条件が国籍剝奪ならば、ヴェンダリスタ星人に情報などを渡す行為に対してなんらかのペナルティが生じてしかるべきという議論はある。

軍法会議とはいっても、おそらくカーテンの内側になるだろう。そして小浜の処遇も難しい。ヴェンダリスタ星人が物申してくる可能性はじゅうぶんに考えられる。小浜に左遷なりの処分をするならば、この事態をぼやかすために無実の誰かがセットにされて飛ばされるかもしれない。

「誰がパイロットとして補充されるのかな、と思ってね。狭い世界だから、名前くらいは知ってるヤツだとは思うけど」

機付長を務めている男がこちらを見ていった。

「パイロット選定にあたっては総務部はおろか人事部すらいっさいタッチしていません。それこそ決定後に名簿を書き換える事務処理くらいです」

「ひとり入れ替わっただけで演習が余分に増えるんだよな。おまけにテント張っての絆キャンプだぜ？」

「お察しします。とにかくデリケートな問題ですから、皆さんもこの内緒話はほどほどにしておいてくださいね。ではきたばかりですが、夜分も遅いので私は失礼します」

テーブルを離れれば霧島があとをついてくる。階段を下って格納庫を出る。そのまま単車をとめてある駐車エリアへ。

霧島が先んじて単車のシートにまたがってしまった。

「いまなら滑走路ががら空きだ。やるか？　トップガン」

「いったでしょ？　いまヘトヘトだって」

南城はせめてコントロールセンターまで送らせようとリアシートにまたがった。

「今夜も仮宿所か？」

「いえ、砂かぶりのマンションに帰るわ」

「ということは、浜本（はまもと）さんだっけ」

「ええ、早めに伝えておかなくちゃいけないことがあるの。もう先に河野（こうの）さんも行ってるはずだから、なおさら急がなくちゃ。あのふたり、絶対にお酒飲んじゃうのよ。私が遅刻したせいにして。できあがってたら話にならないわ」

「さっき待機所で話したけど、気をつけろよ。内偵があるってことだ」

「私はヴェンダリスタに与（くみ）してるわけじゃないわ」

「しかし睦美がやってることは裏工作以外のなにものでもない。不穏な動きと思われたら、洗いざらい調べられるさ」

「……霧島くんの、いうとおりね」

「じゃあこんなときにはどうしたらいいんだ？」

南城はしかたなく背後から霧島の腰に強く抱きついた。

霧島雄吾三九歳。この男、自称・熊野良子の元恋人だ。彼女だけを光の国に飛ばし、自分は地球に残った。

一度職場のコントロールセンターに立ち寄り、霧島はわざわざゲートまで送ってくれた。

この時間帯ならば一台や二台は待っているタクシーに南城は乗り換えた。

南城がじつはそうであるように、霧島も飛び地を外から支援する組織の構成員だ。「序の口」という秘密組織。防衛省OBの河野竜太という男が結成した。航空自衛隊のパイロットだった霧島を引きこんだのはある程度は自然の流れだ。

シルヴァンのパイロットである霧島がどうやって飛び地を支援するのかというと、ここぞというときに怪獣を攻撃するのだ。ここぞというのはシラヌイが窮地に立たされたとき。その機会は今日まで彼にはめぐってきていないし、パイロット全員にもめぐってきていない。緩衝地帯に進入した怪獣を攻撃する程度は大したレベルではない。

霧島には良くも悪くも大きな勲章がある。彼だけが、片蔵シラヌイに攻撃したことが一度あるのだ。もちろんこれは南城を介しての両者の打ち合わせと了解があった。霧島はガトリング砲で確実にシラヌイのカラータイマーを狙い、シラヌイは左右に避けることで確実に急所を外すことができた。

この実績により、霧島はヴェンダリスタ星人から高い評価を得ている。だから彼がパイロットのメンバーから外されることはほぼないだろう。しかし市民から大きな反感を買った彼の家は、投石によりいまや窓ガラスがほとんど残っていない。放火されなかっただけでもマシだ。

しかし霧島は序の口の戦力としては確実性の点で期待されていない。一二人もいるパイロットの内のひとりでしかないからだ。出撃パイロットは時間交替制であり、彼の出番を狙って怪獣が出現するわけでもない。

南城のマンションからは飛び地への見晴らしがいいものだから、怪獣が出現すると野次馬がたくさん集まってくる。ジジジラフのあとだからだろうか、地面に落ちたゴミも目につく。管理費をふくめて家賃が三万円の部屋だ。清掃員も週に一度しかこない。

エレベーターからはこのような時間帯に少年が降りてきた。

「あら？」

南城が驚いていると少年はけげんな表情をし、「おやすみなさい」といってそそくさと去っていった。

いまの少年、伊波滴を助けたというヒーローだったような気がする。このマンションに住んでいるのだろうか。

南城の部屋は最上階にある。表札は出していない。隣が浜本恒明(つねあき)という構成員の部屋だ。

南城はいったん玄関から自分の部屋に入り、ショルダーバッグをリビングに落としてベランダに出た。隣とを隔てる災害時避難壁はすでにぶち抜いてある。浜本の部屋を訪れるときはいつもこの経路だ。

案の定、河野と浜本はカーペットに大の字になって眠っていた。テーブルにはカップ酒とビール缶が並んでいる。起こしたところではたして起きてくれるだろうか。

このふたり、大学以来の親友同士と聞いている。河野は当時の防衛庁に入り、浜本はここ東久留米市の市議会議員を九期も務めた地元の元政治家だ。

南城は冷蔵庫のあるキッチンに向かい、氷をとりだしてふたり分のお冷やと冷たいおしぼりを用意した。それらをテーブルに置いてから浜本と河野の順に体を揺すって起こした。

「ああ……、ウチの娘かと思った」

河野が腕時計の時刻を確かめる。浜本はせっかくのお冷やをふたり分も飲み干してしまった。

「遅刻したのは申し訳ありません。けれど素面で待っていてくださいとは何度もお願いしてあるはずです」

「これは全部浜本が飲んだんだ。私は医者からとめられている」

赤ら顔でいわれてはあきれるしかない。

「今回は遅かったな」

浜本がおしぼりで顔をふきながらいった。

「このところ、長時間の残業が続いていたもので。適当に見切りをつけたかったところなのですが、周りがまじめで私だけ抜けるわけにもいきません。なにしろ政府と中立軍はパイプが太いようで細くて、上司の須藤も来年吉見基地にいられるという保証すらないんです。そうなれば私も……」

「そうか。南城くんはもう霞ヶ関を退官した身だったな。須藤くんは就業時間に融通は利かせてくれないのか？」

「私にはティアとの接触もありますから、その出張事由をつくるだけで須藤は精一杯です。

なんだかんだといって偽装工作は四半日がかりですから」

　南城は胸ポケットから四つ折りのコピー用紙をとりだした。

「これが今回のリストです。二週間以内に用意できますでしょうか」

ティアズ・スタンドが渇望している物資の要求リストだ。これをなんとしても供給してやりたい。このような〝密輸〟は今日までに一一度成功させてきている。

河野と浜本がそろってタバコをくわえながらテーブルのリストを覗きこんだ。

「金額はともかく、問題はいつも重量だな。米だけで千二百kgか……。浜本、これどれくらい時間がかかる？」

「――ひとりで運ぼうと思えば延べ八百時間。そこを何人で手分けするかだな。三百人も動員すれば一往復の四時間で終わる。もちろん三百人なんて現実的な数字じゃないがな」

　飛び地に物資を搬入しようと思えば、飛び地の縁まで地下路を使うしかない。現在では都営地下鉄である大江戸線だけだ。もちろん運行されていないので、物資を担いで真っ暗な線路上を歩いて行くことになる。

　かつては東京メトロの有楽町線／副都心線もあったが、サソリ怪獣アンタレスとの戦いで坑道が一部で崩落したと聞いている。ただ、このルートもいずれは復旧するだろう。ティアズ・スタンドのメンバーで夜な夜な瓦礫撤去の作業をしているはずだ。力作業に関しては彼らは重機を必要としないし、落盤事故が起きても死ぬことはない。

「何回に分けるかは明日にでも至誠館と相談してみる。河野のほうは、警備の抱きこみ、なんとかなりそうか」

「なりそうかもなにも、なんとかするさ。期日が決まっているんだから待ったなしだ」

「ワシの顔が利くのは地元周りだけだ。官公庁関係は河野の人脈をあてにするしかない」

地下路に入るにはもちろん白昼堂々というわけにはゆかない。夜間でも侵入者を見張る警備が拳銃を持って立っている。そしてこの作戦行動は絶対にヴェンダリスタ星人の耳目に触れさせてはいけない。

「とにかく南城くん、ありがとう。この件はいつものように私と浜本に任せてくれ」

「よろしくお願いします」

「サファリパークに棲まわす猛獣にも肝の味を覚えさせておくことは重要だ」

南城はその言葉を自分なりに咀嚼してからうなずいた。

ふとカーペットに手をつこうとしたら小指になにかが当たった。古いアルバムのようだ。

「なんですか？　これ」

「ああ、私たちの学生時代のだ」

南城は膝にのせるとおもむろに分厚い表紙を開いてみた。

「え？　おふたりとも応援団だったんですか？　どちらが団長？」

「私が旗手長で浜本が副団長だ。どちらでもない」

団員がそろった写真の中央に、冗談かと思えるほどの高下駄を履いた学生がどんと腕組みをしている。学ランの上にひとりだけマントを羽織ったこの学生、なんと女性だ。

「団長ってまさか」

「ああ、我が校応援団の歴史で最初にして、そして最後になるだろう。女の団長だ」

「いったいどんな方ですか？」

「そうだな。ひと言では語れない。なあ浜本」

「ああ。その団長は、飛び地に渡った」

「……参考までに、お名前は？」

「そこに名前が載ってないか？　菊田祐子だ」

「菊田さん!?　……同一人物かはわかりませんが、菊田という老婦人といえばティアズの作戦司令官を務めていると聞いています。お伝えするべきでしたか？」

河野と浜本が目を合わせたかと思うと、次の瞬間に大声で笑いはじめた。

「やっぱり菊ちゃんだよな！　どこに行っても下っ端にはならないぞ！」

「ああ！　どうりで砦が落ちないはずだ！　おい河野、飲み直そう！」

ふたりの言葉を聞いてティアズ・スタンドに関しては少し憂いが減った。しかしこのふたり自体は大丈夫なのかと南城は疑わしく思った。

野生のライオンはシマウマの肉を好んでは食べない。好んで食べるのは内臓と骨髄だ。そこにこそ栄養があることを知っており、その血なまぐさき旨味がライオンに野性を維持させる。

ヒトであることを捨てて飛び地に渡った者たちに対しても、人間であることを忘れさせせない努力が必要だ。それはきっと熊野良子が危惧した将来に通じている。

「植松さん、動きは」

上段から作戦司令官の菊田が尋ねてきた。

「ありません。生命反応もなし。外部とは棺様筐体によって完全にカットオフされていると思われます」

「では機械室に伝えておくれ。一枚を残して帳を上げませ」

「伝えます」

現在、午前二時四一分。小爆発が起きたのは午前〇時四分で、もう二時間半もまえだ。次元爆弾に込められていたものは出現したが、それは高さが八〇mに迫る巨大な固まりであって、暴れるどころかすぐには動かなかった。怪獣であるか否かの判断もできなかった。

午前〇時八分。和服姿の菊田は脇に日々輝を従わせ、どんと腕組みをしたその姿で作戦司令室の全方位スクリーンを静観し続けた。一〇分も二〇分も。

はじめから生命反応はなかった。固まりの表面はその主成分が炭素で、有機化合物は全体のスケールから見れば生体と呼べるほどには存在しない。生物がいるとすれば固まりの中であり、カタツムリやヤドカリのように殻に閉じこもっているものと思われた。

ウルトラデータベースの心当たりについて話し合っていた吉岡と三井を除き、作戦司令室の全員がスクリーンなり机上のモニターを見つめていた。そこに変化はなかったはずだ。しかし菊田は日々輝に「行っておくれ。一分で一度戻っておいで」といった。

日々輝はデュアル・チェンジ・チャージャーを胸の前で起爆させ、その場に衣服だけを残し、光となって船外へと巨大化していった。

デュアルⅡの出現を察知したからなのか、あるいは菊田だけがなんらかの兆候を読みとっていたのかはわからない。とにかく絶妙のタイミングで正中線と呼んでもさしつかえないものが固まりに走ったのだ。

デュアルⅡは適度な距離をとり、本体が出てくるのを構えて待った。しかし再び〝扉〟は閉まりはじめたようだった。デュアルⅡはエレベーターの扉をこじ開けるがごとく両手を差しこんだが、このときに右手の四指を詰めてすべて落としている。

そして誰も見ていなかったが、菊田は変身したようだった。そしてみずからテレパシーでデュアルⅡに帰艦するようにいった。これは本船のシステム監視を担当するジャンパオロ・ノエがそのやりとりをたまたま聞いている。デュアルⅡは最後にひと蹴りだけ見舞い、固まりは横転した。作戦司令室に戻ってきた日々輝は救護班によってただちにウルトラ・コンディショナーへと運ばれた。

そして現在午前二時四一分。

「町(まち)さん、デュアルから怪獣のゲノムはとれたかい」

ＨＰＣの管制と通信を担当する町が菊田に尋ねられて目を丸くしている。若干彼の担当外だが、怪獣のゲノム情報はいつもＨＰＣから伝えられるので彼以外にいない。

「すみません、いましばらく!」

ややあって、

「菊田司令官、残念ながらビッキーの体には付着していなかったそうです!」

「吉岡さん、怪獣の心当たりは」

菊田に尋ねられて今度は吉岡と三井が互いに自信がなさそうな顔を見合わせる。

「堂々といってごらん。一七万もあるんだから当たるとは思っていない」

「『孤独をこよなく愛する者』です」

そう答えて吉岡がスクリーンに怪獣のデータを表示させた。

あの巨大な固まりからは想像もつかない中身の姿も立体で描かれる。ただしこの立体画像はあまり信用できない。写像ではなく、あくまでもゲノムとその遺伝子からシミュレートされたものだからだ。ジジジラフの場合も各部において実物と異なっていた。マルチーズとチワワくらいの差ならばあらわれてしまう。

伊波が歩み寄って菊田と相談を始めたようだ。

「このままではらちがあきませんね、菊田さん」

「ああ、帳を一〇枚降ろしてでも一分で終わってくれたほうがよっぽど良かったね」

「孤独が好きなら近づけばまた閉じこもってしまうということです」

「引っ張りだしたいね」

「天岩戸のようには?」

「最終的には倒すんだから、騙すようなことはしたくない」

「〝揺りかご〟を飛ばしますか」

「ビッキーが戻ってきてから決めよう。――植松さん、ディメンションケージの様子は」

鈴はビックリして心臓がとまるかと思った。もう怪獣が送りこまれているのだから、ディメンションケージの状態などノーマークだった。しかし菊田の頭には奇襲となる第二弾の可能性までしっかりとはいっていたのだ。

「――作動兆候ありません！」

「田島さん、デュアルのショルト・ストライクで怪獣の棺桶は焼けるかい」

「未体験ですが、ビッキーのですか？」

「片蔵さんのデータで」

「――どちらにせよ、こればかりは当ててみないとわかりません」

「じゃあ田島さん、――ああ、ビッキーが戻ってきてくれた。ビッキーにショルト・エッジを指南してやっておくれ」

その場から日々輝が菊田に向かって右手をあげた。再生した四指を見せるように。しかし彼の表情に笑みはない。

片蔵正平という男はみずからの戦いの記録を文書に残している。そこにはデュアルに宿った超能力を実戦のなかで試行錯誤した跡が随所に見られた。

インテリの医師による表現だから、ドイツ語のカルテではないが、日々輝には読んですぐに吸収できるものではなかった。五人囃子(ばやし)の情報班の男たちが噛み砕いて教えてくれるのだが、それぞれに感性が異なるので誰のアドバイスを選んだらいいのかが悩ましい。

耕作班の男もいっていたように、日々輝はまだデュアルの赤子だ。超能力を正しく引きだすことができず、逆に抑えることもできないので、ジジジラフ戦ではエネルギーで両腕が勝手にみなぎってしまった。

超能力どころか省エネルギーで運動することもできていない。それはデュアル・チェンジ・チャージャーの状態にも表れている。完全にチャージされると青になるらしいが、黄、赤とその中間色の五段階でいまは黄だ。前回よりも一段階落ちた。

このデュアル・チェンジ・チャージャーはいつも日々輝が左腕にはめている。プラグをなにがしかの装置に差しこんで充塡(じゅうてん)しているわけでもない。起爆剤がどのようにして溜まっていっているのかは誰も知らない。とにかく〝光熱費〟はタダだ。

「いや、まだ右の指が思うように動かないんだ。生えてきたばっかりだから」

「じゃあ左手だ。とにかく手刀の部分に意識を集めるんだ」

「ダメだったらまた戻ってくる」

「それは……、菊田さんに了解をとってくれ」

日々輝は情報班のペンタゴンのデスクを離れると上段へと駆けあがった。そして菊田のかたわらに並んだ。

この作戦司令室の中でどこが一番気持ちが落ちつくかというと、それは菊田の隣だ。何故か不安や恐怖心が和らぐ。怪獣と彼女、どちらが恐いかを無意識に比べているのかもしれない。より恐いものが味方だと思えば平常心をとりもどせる。

「菊田さ……」

「植松さん、機械室に。帳を五枚追加。ビッキー、頼んだよ」

「……ああ、自信はないが」

「みんなはどうしろと?」

「この左の手刀に意識を集めろって」

「どれ」

菊田が左手をとってきた。そして手刀の部分を強く握ってはこすった。

「ここだ。おぼえたね?」

およそ還暦をすぎた女の力ではない。

「忘れたくてもな」

「応援しているよ」

信頼を預けてくるようなその声色を腹で受け、日々輝はこれ以上ここにとどまっている理由を失った。

「チェンジ・デュアル!」

胸の前で左腕が光で爆発する。ウルトラ化と巨大化はほぼ一瞬で完結し、不快な感覚が印象として残る。ヒトの姿であることを強制的に奪われるからだろうか。

シルヴァンが北東の夜空に一機。南西の夜空にもう一機。一度は交替したのか、あるいは同じパイロットが操縦桿を握り続けているのか。

日々輝は怪獣がこもっている固まりを見つめた。意識を集中しろといわれても、呼吸ができなければなかなか難しいものだ。

左手を眼前に上げ、菊田の力を思いだす。

(きた)

まさにこどもが大人に手をとられて導かれたという印象だ。手刀が青白い光を帯びる。歩を進め、倒れた固まりにまたがる。左手を突き入れれば、メスの切れ味とまではゆかないものの、力をこめただけ中に入っていった。

ローマにあるという真実の口ではないが、突然に嚙みつかれそうで気味のいいものではない。日々輝は切断を急いだ。

正中線が走った部分を軸に逆コの字を書く。固まりの中からは特に気配は伝わってこない。逆に不気味だ。

日々輝は手刀の光を収めるまでにしばし時間を要した。それから意を決して左手一本で蓋を引きはがしにかかった。渾身の力をこめたものだから蓋を跳ねあげて自分は派手に尻餅をついた。

——怪獣が中から出てくる様子がない。

日々輝は立ちあがると慎重に近づいていった。

《ビッキー、上だよ！　とっくに飛びだしてる！》

五人雛子の鳥栖がテレパシーで伝えてきた。作戦司令室では最年少の彼はなぜかこの能力に長けており、相手を特定してひとりだけにメッセージを届けることができる。

即座に見上げれば月のなかにそのシルエットはあった。人型から大きくかけ離れてはいないが、腰の辺りから蜂の腹袋のようなものをふたつぶら下げている。

落下しながら、その速度を減じる翼を広げた。こちらをめがけてきているのがわかったので日々輝はあとじさりした。

《くるんじゃねえ！》

背を向けて逃げれば背後から勢いよくのしかかってきた。

日々輝はうつぶせの状態で地面に倒された。怪獣はあれだけ高く飛びあがったのだから決して重たくはない。しかしどのような未知の技をくりだしてくるのかと思うと平常心は失われ、下敷きの状態から一心不乱にもがいて脱出を図った。

そのあとも日々輝は見苦しい攻撃をひたすらくりだし続けた。ときおり鳥栖から冷静になるようにうながされたが、怪獣はどこに目鼻があるのかがわからないほどにおぞましい面立ちだ。殴って蹴ってノックダウンさせて早く関わりを絶ちたかった。

怪獣に対してダメージはまちがいなくとおっていた。しかしそれは日々輝も同様で、疲労感を暴露するかのようにやがて胸のカラータイマーは赤の点滅を始めた。

チャージエネルギーが枯渇しても命をおとすわけではない。巨大化が解けるだけであとは逃げまわればいい。しかもペンタパスのときのような生身ではない。

怪獣がねぐらである巨大な固まりに戻ろうとする。背後からつかんでそれを阻むと過剰に反発を示した。こちらに気味の悪い顔面を向け、口をいっぱいに広げた。外したように落としたそのあごは、日々輝の頭が丸ごと食われるほどの大きさだ。

怪獣になにをされたのかはわからなかった。しかしウルトラマンの目をもってしても見えないものを浴びせられたのは確かだ。頭がくらくらとし、立ってはいられなくなり、日々輝は左から右へと順に膝をついた。

怪獣は脚を引きずりながら固まりへと進み、しばし状態を確かめていたようだった。もう使い物にならなくなったと判断したのか、翼を広げて羽ばたきはじめた。

どこかへ飛び去るつもりのようだ。それならば、それでもいい。土俵から外に出てくれたら、勝ちは勝ちだ。シルヴァンが撃墜してくれることになっているはずだ。

《ビッキー、見逃すのか？　できれば倒してほしい》

《ちょっと待ってくれ。まだめまいのようなものが残ってる》

《強力な超音波を受けたようだね》

これも赤子ゆえの脆弱(ぜいじゃく)さだろうか。揺れる視界の中で怪獣もまた不安定な飛行をしているようだ。翼を広げた背中がブラウン運動をしているように見える。

《情けないけど、膝が立たない。どうしてもやらなきゃダメか？》

《……後々のために》

日々輝は怪獣に狙いをつけて左腕を伸ばした。うまく定まらないので、指の動かない右手を台にして固定した。

片蔵正平の手記に従い、意識を左手の指先に集める。光弾が放たれそうな予感はあるが、はじめてのことだから一度で命中するわけがない。あとは放物線を調整しながら火元に届けるホースの放水のごとくだ。

（ショルト・ショット！）

日々輝は光弾が六つ飛びだしていったところまでは見とどけた。七つ目でチャージエネルギーが完全に底をつき、巨大化が解けた。怪獣の断末魔の叫びが飛び地にとどろいたので仕留めたことはまちがいない。二機のシルヴァンが北の空に飛び去っていく。

飛び地を囲む巨大な壁には関所と呼べる箇所がふたつある。ティアズ・スタンドを中心として四時と六時の方角にひとつずつ。

六時の関所は新たに飛び地に渡ってくる者のためにあり、ここでいわば新弟子検査を経て関取になる。あくまでも入門するだけの一方通行だ。

かつては「としまえん」の辺りだった四時の関所では双方向に出入りがある。通常は渉外部の人間が戦後報告や定例会談のために通行し、稀（まれ）にティアズ・スタンドを会場にした場合には閣僚をふくめた政府の人間が通行する。これを特に出稽古とは呼んでいないが。

四時の関所を出ると、あらかじめ政府の車が迎えにきている。運転手のいない無人のライトバンで、会場まで自動運転で運んでくれる。とはいってもほんの四百mほどの距離しかなく、しかも直線だ。もちろん更地（さらち）の中なので目的地もはじめから見えている。練馬区役所跡に日光館という建物がある。怪獣の生体サンプルは車の中に置いていくことで引き渡しが完了する。

熊野良子(くまのよしこ)は今日までに何度もここを訪れている。ティアズ・スタンドのメンバーのなかではもっとも多いはずだ。

今回は第二〇号怪獣の戦後報告なので、閣僚や政務官はやってこないことになっている。地球側のテーブルに着いているのは外交官に任命された四人の官僚だ。ついでにいえば、ヴェンダリスタ星人も同席していない。当然のことといえばそのとおりだが、当初は定例会談とあわせて傍聴することをヴェンダリスタ星人は要求してきたのだ。地球と飛び地の密約とそして蜜月関係を生じさせないためだ。

日本政府は中立の立場を根拠にヴェンダリスタ星人を日光館から排除している。パレ・デ・ナシオンから光の国が排除されている点に対する平等だ。しかし対話の様子はすべてビデオカメラで撮影され、あとでヴェンダリスタ星人によって検閲されることになっている。

この場でオフレコのやりとりをしようと思えばいくらでもできるが、それはしない。たとえば地下路を用いた密輪という極秘の交流はある。しかしこれはあくまでも飛び地の人間と市民の関係であり、たとえヴェンダリスタ星人に知られても、将来ギャラファィアンに滅ぼされるのは日本一国ですむ問題だ。それに対して会談とは日本が代理国となった星間公式外交なので世界中を巻き添えにしかねない。

対話形式は少々特殊だ。熊野たちはビデオに素顔をさらすことを避け、ウルトラマンの姿に変身している。変身すると発声できなくなるので、キーボード入力で外交官に伝えることになる。このキータイプは熊野の役目だ。こちらからの主張と質疑応答は伊波松男の代理であり渉外部の部長である時枝が担う。熊野たち三人とテレパシーでちょっとした相談をはさんでからコメントを決めることもあるし、時枝のコメントに熊野がこっそりと私見をくわえて相手のモニタに表示させることも稀にある。

「第二〇号怪獣『コフバット』との戦闘に三時間ほどかかりましたね。この妥当性についてご説明いただきたい。これまで最長だったベムラー戦の一一二分を比較対象にしていただいても結構です」

《我々はいたずらに戦闘時間を引き延ばしていたわけではありません。戦闘終結は早いに越したことはなく、今回の百七十六分は総合的に勘案したうえでの最速だったものと評価しています》

　熊野は時枝の回答をキーボードにそのままタイプした。

「――一度目となる光の巨人の出現および消失後、休戦状態が約二時間半続いています。確認したところによりますと、涙の砦に展開されていた防壁も最低レベルまで解除されています。この間、当方に長期戦見通しの一報をいただくことはできませんでしたか？」

《我々のバリアは全包囲です。官邸との唯一の通信手段が有線である以上、不可能です》

　熊野はやはり時枝の回答をキーボードにそのまま並べた。

「――一度目と二度目の光の巨人は同一ですか？」

《熊野さんと岩田くん、彼らの趣意はなんだと思う？》

《おそらく政府はデュアルⅡの四指の切断まで観測したものと思います。それが二時間半とはいえ短時間で再生したのかという点に興味をもっているのだと思います。脅威を感じていると申しますか》
《岩田くんは》
《私はそこまでの考えにはおよびませんでしたが、熊野さんの見解に同意です》
《戦力に関することなのでコメントはさしひかえる、と回答してくれ》
《わかりました》
　モニターでその回答を確認した外交官のひとりが席を立って部屋の隅に進んでいった。戦後報告の途中で電話をかけて官邸に確認をとるのはよくあることだ。それはこちら側もテレパシーを使えばできないことはない。
「――コフバットの国外逃亡を一時は容認した節が認められましたが、この点のご説明がありましたらお聞かせください」
《戦闘員（デュアルⅡ）の一時的不調によるものであり、故意ではありません》
《時枝さん、ここは強気にいくべきだと思います。我々に怪獣討伐の義務はありますが、土俵の外に押し出したわけではありません。ヴェンダリスタの元に怪獣がみずからの意思で泣き帰っていったという解釈がとおります》
《どう思う、岩田くん》
《一時的不調といってしまうと、コフバットの超音波がデュアルⅡに効果があったことをヴ

エンダリスタに教えることになります。熊野さんの解釈についてですが、これにはボクは反対です》
《どうしてかしら》
《怪獣は、本来の性格をヴェンダリスタに操作されたものです。しかし現状、日本政府の公式解釈では、残念ながらそのようにはされていません。そうである以上、ヴェンダリスタと怪獣のあいだに良好な関係性を我々が認めるべきではないと思います》
《……難しいところだな。では菊田司令官には事後承諾を得るとして、しっぽを巻いて退散する相手を攻撃することに対して我々集団内に葛藤があった、と伝えてくれ》
《わかりました》
電話をかけに席を離れていた外交官が戻ってきた。特に彼らのあいだで会話はなく、うなずく程度で確認しあったようだ。
電話の声だが、じつは熊野にはすべて聞こえていた。ウルトラマンに変身中はその気になれば携帯電話のマイクロスピーカーの音声すらひろうことができる。やはり彼らはデュアルⅡの再生に興味があるようだ。デュアルⅡ自体が再生能をもっているのか、あるいはティアズ・スタンドが生化学技術としてもっているのか。答えはウルトラ・コンディショナーである後者だ。〝出来映え〟に目をつむれば、コンディショナーの設定でもっと速めることさえできる。
「――光の巨人が最後に放った光弾により、国境壁が一部損壊しました。ご存じのとおり修復作業はすでに着工していますが、あの攻撃にあたっての安全確認はじゅうぶんだったのでしょうか」
《熊野さん、つまり彼らは我々のことを心配してくれているということだろうか》
《そういうことだと思います。光線系の技が人命に影響をおよぼすと、かつて都庁舎の件でデュアルⅠに対してそうしたように、彼らはデュアルⅡに対しても使用制限を課さざるを得なくなります》
《岩田くんは》
《壁近くまでショルト・ショットが届いたということで、彼らのいう安全確認とはシルヴァンに対してではないでしょうか》
《ふむ。中立軍の攻撃機に対する安全確認は二星間条約にはふくまれていないものと記憶している。光弾が緩衝地帯までは越えないことはじゅうぶんに考慮されていた。この線でどうだ》
《よろしいかと思います》
外交官たちがこちらからの回答を表示させたモニタに目をやってうなずいた。
「――光の巨人はエネルギー欠乏により最終的に戦闘不能になったように見受けられましたが、仮にたったいま怪獣が出現した場合にも応戦できますか？」
《我々は即時応戦できます》
時枝のコメントを熊野も即打した。ヴェンダリスタ星人という敵に弱みは絶対に見せられない。

制止も振りきってラトがファミリーレストランにひとり入っていってしまった。

西田里美(にしださとみ)という少女の姿をしたラトはここ杉並区界隈(かいわい)でも有名だ。いまや石板を掲げなくとも人々は恐れて従う。

三〇秒もたたないうちに店の扉からは客がぞろぞろと出てきた。いくらなんでも早すぎるので精算もしていないのだろう。彼らのこの後の行動といえばだいたい察しがつく。いまは平然とした表情を装っているが、店から見えない場所まで到達したとたんに走って逃げるはずだ。

キップは最後と思しき男性客と入れ替わりに店に入った。男性客は振り返りざまになにかを忠告しかけたようだが、やはりこちらの正体に気づいたらしく足早に去っていった。

——ホール内はものの見事に貸し切り状態だ。

店のスタッフが総出でテーブルの食器類を片付け、モップを手にしたスタッフもいる。大きな売上損失だろうが、さきほどの客たちといい、それを表情にださない日本人とは見上げたものだ。

「ラトは相変わらず容赦ないね」

「東京ドームに比べたら、占領したスペースなんて微々たるものよ」

「デーゲームの途中に球場をいきなり貸し切るのはもうやめよう」

「あら、涙を語り継ぐ者の占領地に東京ドームが何個入ると思ってるの？　それこそこの店が何軒入ると思ってるのよ。私たちは借りたものはその日のうちに返してるわ」

「ものはいいようだけど、それはラトが正しいな」

黒のスーツを着た男がふたりのテーブルにやってきた。ここの店長だろう。

「ようこそ当店にお越しくださいました」

心にもないことをいえるものだ。

「最高のコースを用意してご覧なさい。死にものぐるいで。まだそれほどおなかはすいてないから、時間ならあげる」

「か、かしこまりました」

ここはセレブ御用達の高級レストランではない。庶民のファミリーレストランだ。レギュラーのメニューはいちいち調理していない。電子レンジで解凍してプレートを加熱しているくらいのはずだ。

ラトはこれまでに何度この手の試練をあたえてきただろうか。

しかし日本人とは不思議なものだ。一〇の事例があれば、そのうちのひとつやふたつはポジティブな思考をもつ。〝高難度のクエスト〟をクリアしたことで自信がついたなどということもあるのだ。その実績をアピールして売上アップにつなげたりもする。

「次回の攻撃、急がせてるのかしら」

「もちろん」

「孤独をこよなく愛する者との戦いで、ウルトラマンはガス欠をきたしたわ。おまけに二代目は燃費効率が悪い。ここ数日のあいだなら登場しても即退場でしょうね」

ラトのいうとおり、エネルギーチャージに関して、片蔵正平（かたくらしょうへい）が変身した初代シラヌイにも同様の傾向があった。しかしこの理由がよくわかっていない。船内に活動エネルギー源がストックされているのならば、毎回フルチャージされていてもよさそうなものだ。その充塡処理に時間がかかるというのは光の国の技術力からはやや考えづらい。

キップは手のひらに石板を出現させた。それをラトにも見えるようにテーブルに置き、指先でなぞって操作する。石板は卓上ライターのような炎を虚空に浮かばせた。

ラトと炎の光を見つめ、宇宙語であるそのなかから様々な情報を抜きだす。世界中に散らばった同胞からの連絡、ディメンションケージの作業進捗状況、地球に向かっているギャラフィアンからの連絡。

「イタリアでメイスの『宿体（しゅくたい）』が命を奪われた、ですって。人間て愚かね。宿体が死んでも私たちが死ぬわけじゃないのに。別の体に乗り移ったらいいだけで痛くもかゆくもないわ。なかなか居心地のいい体を見つけるのは難しいけどね」

「国によっては宿体に対する殺人罪が人間同士でそのまま適用されるらしいから、一時（いっとき）の感情に走る行為は本当にバカげているよ。それにしてもメイスの宿体が命を奪われたのはこれで何度目だ。……九度目か。ラトよりも多いんじゃないか？」

「彼の心のなかにも性悪な部分がたくさん混じっていたってことよ。私と同じで」

地球の近傍宇宙における光の国との戦いを経て、生き残ったヴェンダリスタ星人の数はわずかに七。そのうちのふたりは船に残っており、さらにふたりはディメンションケージの船に乗っている。そしてキップやラトやメイスの三人が日本を中心として世界中に散らばっている。キップだけでも七万人ほどの人間にとりついている。片蔵誉はそのひとりでしかない。

七万に分かれたキップはおおむね同じ性格や思想や価値観をもっているが、目の前にいるラトのように、例外的に性悪なタイプもいる。目の前のラトも七万分の一であり、ひとつになった彼女とひとつになったキップは基本的に似た者同士なのだ。

その点では人間も同じだ。誰の心にも必ず悪魔が潜んでいる。ただし人間の場合は、明らかにひとつの体に様々な性格を同居させすぎている。地球という世界にも様々なタイプの人間が同居しすぎている。だからいざというときにひとつの目標に向かって一団となって進めないのだ。これが人類とヴェンダリスタ星人の最大の違いだ。

「次の怪獣、矯正が思ったよりも進んでないみたいね。まだ五日もかかる、ですって」

「当然この先にいくほど難しくなるさ。ベムラーやブラックキングはもともと凶暴な一面をもっていたからすぐにでも送りだせたけど、残っている怪獣は穏やかな性格だから矯正に時間がかかる」

「次は……『滅びるために生まれし者』。キップ、この怪獣を知ってる？」

「『いちじるしき潮汐に肌削る星』。『一角翔る第二十一亜天』。亜天といったら人工太陽だな。光の国同様、かなり科学技術が進んだ恒星系だ。もちろんそういった恒星系内に野蛮な怪獣の棲む惑星が存在することもざらにある。とにかくボクらがこの星を訪れたことはないはずだ」

「矯正も遅れていれば援軍も遅れてる。また水切り点でタッチ&ゴーに失敗したのね。これで三度連続だわ。光の国が妨害しているんじゃない？」

「水切り点は超光速航行の最重要ポイントだ。宇宙警備隊が配備されていても不思議じゃない。でも交戦があったんならそのことを伝えてくるはずだけどな」

「とにかく早くきてほしいわ。いますぐにでも滅ぼしたい町がいくつかあるの」

「それは人類のためにも早くきてもらわなくちゃね。日を追うごとに減点が増えていって、いずれ全滅になりかねない」

キップは石板の炎に指を近づけた。ラトも同じく指を近づけた。これでこちらから伝えたい連絡は完了だ。

厨房のほうは大わらわの様子だ。制服を着たスタッフが表の通りを駆けていく。食材を買いに走ったのか、まさか出前を注文に行ったわけではあるまい。

客はひとりもやってこない。おそらく閉店休業の立て看板でも出したのだろう。

一時間もすれば日は完全に落ちてしまった。食材を刻む音から次第に香り漂う工程に進んだ頃、店のドアがにわかに開いて店内に来客を告げるチャイムが鳴った。

入ってきたのはしがない身なりをした若い男だった。

その男は店長の制止を振りきってこちらのテーブルにやってきた。目の色を見ればだいたい男の目的はわかったので、キップは店長を厨房に引き下がらせた。

「ありがとうございます。ヴェンダリスタ様とお見受けします」

まちがいなく点取り屋の密告だ。

「なんの用かしら」

「どうしてもお耳に入れておきたい情報が」

「いってご覧なさい」

ラトが珍しく優しい態度にでた。自分が座る長椅子を少し譲って男にかけるようにうながした。ディメンションケージの作業や援軍の遅れで若干弱気になっているのだろう。

「失礼します。私、岡地（おかち）と申します。中野区の役場に勤めています」

「砂をかぶってお仕事？　たいへんね」

「ありがとうございます。——最近、気になる市民団体の動きがありまして」

「どういった？」

「代議士を通じて、国政にティアとの共闘手段を拡大するように求めています」

「拡大か……。つまり飛び地に渡ってウルトラマンになりたくはないが、外から支援はしたいってことだね？」

「そうです」

「光の国の住人のような化け物にはなりたくないわよね。でも具体的にどうやって支援するっていうの？」

「世界中立法における我が国の条を改正させ、私人に対する罰則をなくすというものです」

「罰則をなくしたらやりたい放題じゃない」

「市民団体の解釈としましては、飛び地を支援した者に対してはいずれヴェンダリスタ様やギャラフィアンによって直接天誅が下るわけですから、人間が別個に裁く必要もないというものです」

「つまりそういった輩は、やるだけやって、あとは光の国の勝利に賭けるわけか」

「はい」

ギャラフィアンの勝利に賭けたこの男とは正反対の考え方だ。ただしこの男の場合は光の国が勝利しても失うものはなにもない。

「誰が主導者になっているんだい？」

「あろうことか私の上司です」

「キミ、手間をかけるがその上司とやらの身元を洗ってくれ。家族・親戚関係をすべて。これればかりは最大級の圧力をかけさせてもらう。一族総ブラックリスト入りといえば襟を正すだろう」

「キップだって容赦ないじゃない？」

そういってラトはテーブル上の石板を男の前に滑らせた。

「その炎に指を入れてご覧なさい。怖がらないで、熱くはないわ。あなたの功績を登録するだけ。将来、人類の中枢的立場になれるかもよ？」

「ありがとうございます！」

男は喜んで人さし指を炎に入れた。

知らないとはいえ愚かな男だ。彼のような卑劣な背徳精神が、ディメンションケージの中にいる怪獣の凶暴化に使われるというのに。

キップたちはずるい人間の出現を待てばよかった。こちらから背徳行為を募りたければ、ちょっとしたことで人間をブラックリストに登録してゆけばいい。そうしたら点数をとり戻すためにこっそりと内部告発をしてくる。怪獣もパワーアップしてくれるので一石二鳥だ。

男の退店を待って料理は運ばれてきた。オードブルのまえにムースのアミューズから始めるという力のいれようだ。

上機嫌に舌鼓を打っていたラトも、澄みきったコンソメスープを口にした頃からしとやかになっていた。魚料理の説明をする料理長を見上げ、ひとつひとつうなずくほど誠実な態度にもなっていった。

時計の針はもう二〇時に近い。

「……キップ、私またやっちゃったみたいね」

ラトが顔をしかめていった。

「今日もやめておけとはいったんだけどね。ボクはいつもラトのために忠告してあげているんだよ？」

夜が遅くなるにつれて、ラトの体は少しずつだが西田里美の人格が支配的になってゆく。

だから逆に朝のラトなど凶悪だ。車をロープで引っ張らせるし、騎馬戦の騎馬を組ませて遠路登校することもある。パトカーをタクシー代わりに使うことだってあるのだ。

　そのようなラトをキップがどのように思っているかというと、残念ながら相容れない存在だ。西田里美にとりついたラトは、七万からなる〝総体のラト〟からもいずれ分離されるだろう。それがヴェンダリスタ星人なのだ。

　今日は師範が道場に姿を見せないので、組手の見本には師範代から友利三矢が指名されていた。合気道では技ごとの組手練習のまえに指導者が説明と実演をおこなうのが基本スタイルだ。だから三矢は生徒たちに模範となる「受け」を披露しなくてはならない。

　この師範代だが、合気道にして剛の色合いが濃く、技のひとつひとつが本当に応える。入身投げをされたあとに呼吸ができなくなることがままにあるのだ。

「せい！」

　三矢は右半身の構えから踏みこんで師範代に正面打ちを浴びせにかかった。

　こちらの都合としては、正面打ちの意識などほどほどにして受け身の準備だけをしていたいのだ。しかし師範代はそれを鋭く見抜いたときなど、軽く身をひるがえすだけで攻撃をよけ、げんこつ代わりの手刀で頭を叩いてきたりする。そして道場の玄関で正座をしておくように命じるのだ。

　道場は古い木造で、プロレスのリングほどではないが床がバウンドする。畳の上に生徒は男女の大人からこどもまで常時二〇人以上おり、バシンと大きく耳に響く音と震動に等しく震えあがる思いをしているはずだ。

師範代の技を受けて三矢の視界が一瞬で天井にきりかわった。こどもたちが見ているてまえ、その天井をいつまでも眺めているわけにもゆかない。ゆがんだ顔を正して体を起こし、一度立ちあがってから改めて師範代と向き合って正座した。

「では正面打ちから入身投げ」

同じく正座した生徒たちが「お願いします！」と声をそろえて礼をする。そしてペアとなった相手との組手の練習が始まる。三矢の相手はもちろん師範代だ。

三矢はここ至誠館道場に中学三年生のときから通っている。入学した金井原高校にも合気道部があったので一度至誠館はやめたのだが、逆に合気道部を退部して今年の夏休みからまた戻ってきた。

この変遷には砂かぶりのマンションに住む浜本恒明の存在がある。シラヌイの戦いを観戦するなかで知りあい、人間性を信用してもらえるようになり、彼が密かに飛び地を支援していることを教えてもらった。そのアジトというべきか本部が至誠館道場だと聞いてびっくりした。

至誠館道場の師範と浜本には学生時代に体育会のつながりがあったのだ。もちろん師範は合気道部で、そして浜本は応援団だったという。

至誠館道場では練習のさなか、ときおりひとりが二階に消えていっては別のひとりが降りてきて練習に加わる。とはいっても二階との間を上り下りするのは三矢をふくめて八人だけだ。

この八人にとっては、真剣に練習に取り組む姿を見せることもまた飛び地を支援する一環なのだ。合気道の道場などどこにでもあるものではないが、心身を鍛えている場所であることを表にそしてヴェンダリスタ星人にアピールし、密かな工作から注意をそらすためだ。

「友利くん、ちょっと上を手伝ってくれる？」

生徒のひとりである婦人が階段から顔を覗かせて手招きをした。

「はい！」

師範代の地獄の組手練習から逃れられ、三矢は喜んで階段を駆けあがった。

二階の広間には九人の男女大人たちが山積みになった段ボール箱に埋もれて作業をしていた。ほとんどが道場の生徒ではなく、いわゆる有志の構成員だ。

「衣類を真空パックしてあるから、箱に詰めていってくれる？」

「わかりました」

「運ぶ人には申し訳ないんだけど、重たくなっても箱の数を少なくするほうを優先したいの。詰め終わったものから階段のてまえまで運んでちょうだい」

「任せてください」

いままでに密輸する物資を見てきたから、もしも自分が飛び地に渡ることになったときになにを私物として持っていけばいいのかがわかる。布団を担いでいけなくともシュラフは持っていったほうがよさそうだ。服はとにかくほころびにくく長持ちするものがいいだろう。靴は予備もふくめて二、三足。三矢は眼鏡をかけていないが、ティアズ・スタンドでは壊れたら直せないようだ。洗剤や石けんのリクエストはあるのになぜか歯磨きセットを要求してきたことがない。風邪薬や絆創膏がリストに載ったこともない。思えばトイレットペーパーもない。そして食料のリクエストが少なすぎる。飛び地にサツマイモ畑があることは有名だが、千人近くもいれば毎日のおやつにもならない収穫量のはずだ。

「この紙包装は真空パックされていませんけど、詰めてもいいんですか？」

「それは浜本さんから頼まれた上等な黒留袖だから、別の箱を用意しているわ。私がやるからそのままにしておいて」

誰が和服でオシャレをするというのだろう。かなりの贅沢品だし、戦闘するイメージにもそぐわない。

十日ほどまえの深夜、またシラヌイはコフバットという怪獣に勝利してくれた。応えてくれるのだから、この道場からまた支えてやらなくてはならないという思いになる。きっとシラヌイも同じのはずだ。

それにしても今回も段ボール箱の数が多い。この道場だけではなく、米などの食料は別の倉庫で準備が進められているはずだ。

ティアズ・スタンドは決してこれほどの量を要求してはいない。しかし二百くれと求められたらなんとしてでも三百をあたえる。それが支援なのだと皆はいう。三矢もいつしかそう思うようになっていた。

食堂スペース前の通路には鳥居靖子のもんぺ姿があった。あのもんぺは植松鈴が作戦司令部に異動する際に譲ったものだ。

鈴は駆け歩きで近寄って肩をポンと叩いた。

「どう靖子、順調？」

「ああ……、鈴こそ」

「元気ないじゃない」

「生地の生産、見積もりの計算をまちがっちゃって。長袖のシャツが半袖になっちゃう」

「いいわ、私はタンクトップでも」

鈴は苦笑いをする鳥居の腕を引いて食堂スペースに入った。

「いつもいっぱいね。週一の夕食だけは遅刻してくる人がいないもの」

「今日はカレーですって。おかわりもできるそうだから」

「知ってる。変身したときに超能力で匂いがわかったわ。——え？　大盤振る舞いってことは、近々密輪があるの？」

「密輪なら昨夜から始まってるわ。もう物資は約束の場所に全部届いてて、あとは生活部の選抜メンバーが四日に分けてこっそりと運ぶだけ」

「それは知らなかったわ」

「そりゃそうよ。鈴だって生活部のときにいちいち作戦司令室にまでは報告しなかったでしょ？」

「それはそうだけど、伊波総代から全部伝わるものだと思ってたわ。……でもやっぱり困る。搬入中にディメンションケージが動きだしたらたいへんだもの」

　盛りあがっている一郭があると思えばその中心にいるのは二柳日々輝だ。怪獣との戦いを再演しているのか、サツマイモを掘っているところを演じているのかはわからない。

「ビッキー、人気者よね。彼には偏見とか固定観念とかないのかしら。『あの人は気むずかしいから注意して』っていっても平気で声をかけて打ち解けちゃったりしてるの。私も彼と話していたら元気になるわ。鈴ってあまり彼と話をしないの？　知りあいなんでしょ？」

「それが、私のことをあまり憶えてないみたいなの」

「ウルトラ・オペレーションで忘れちゃったってこと？」

「そうなのかな……」

　日々輝の周りはすべて席が埋まっているので、しかたなく鈴と鳥居はかなり離れた隅のテーブルに着いた。

　鈴も日々輝と話をしてみたいと思っているのだが、自分も過去に彼からもらった大切な恩を忘れてしまっているようで、薄情者だと思われたくなく、通路などですれ違ってもついつい消極的になってしまうのだった。

「あっ、カレーのワゴンがこっちにもきたきた。やっぱり自分の口にご飯を入れて、自分の歯で嚙んで、自分の胃で消化して、自分の腸で吸収して、できればトイレにも行きたい！」

「鈴ったらヤダ。食事のまえよ？」

「だってコンディショナーになにもかもお世話されるの、つまらないじゃない。——そういえば第八エリアのだったかしら、また一台調子が悪くなったんだって？」

「そうなの。鈴のついでにいうけど、コンディショナーから出たあとにも残尿感があるんですって」

二人は口を押さえて笑った。

「ピグGは直してくれないの？　一度作戦司令室のみんなで頭を下げてお願いしてみようか」

「無理だと思う。ピグG、基本的に私たち人間のこと嫌いだもの」

「なんでだろうね。私たちからは親切にしてるつもりだけど。と、噂をすればピグGもきた。カレーを大盛りにしてもらってご機嫌とってみようか」

鈴は声をあげてピグモンを自分たちのテーブルに招いた。

ピグモンもまたギャラフィアンの侵略をうけて種の絶滅危機に遭いかけた生物だ。しかしディメンションケージ内で保護されることなく、この船内でギャラフィアンとの戦いに協力してきた。出身惑星はわからない。いまのところはウルトラデータベース内に登録情報が見つかっていない。

鳥居が給食係に耳打ちしてピグモンのカレーを大盛りにさせた。

「はいピグG、福神漬けもたくさんどうぞ」

礼のひとつもいおうとしない。早くもスプーンでカレーを口に運んでいる。人間ならばこれほど不機嫌な表情でカレーを食べられる者もいないだろう。

「じゃあ私たちもいただこう。って、靖子だってもう食べてるじゃない！」

「ゴメン。じつは今日、コンディショナーの昼食を抜きにしてたの」

「その気持ちわかる。私も一度やったことある。でも第八エリアのだったかしら、また故障しちゃったらしいわよね。直してくれる素敵な王子様はどこかにいないかしら」

鈴はわざとがましくいった。しかしピグモンの横顔ときたら相変わらず不機嫌の極みだ。

はやる気持ちを抑え、鈴もスプーンのひとすくいを口に運んだ。

辛（から）くも甘い日本の味。少し大げさだが、近くて遠い故郷が思いだされる。給食係に作ってもらうのもいい。週末に外食するのもいい。母に作ってもらうのもいい。しかしいまは、できれば自分で作って自分で食べてみたいと思う。それが人間の営みであり、営みを守ればこそ人であったのだとしみじみ思う。

「おいしいね、靖子」

「うん。おなかのまえに胸がいっぱいになっちゃう」

その胸の中のものがこみ上げても涙は出ないのだ。

おかわりができるともいってやったのに、ピグモンはカレーをとっととたいらげるとテーブルを離れていってしまった。ヴェンダリスタ星人ともわかりあえないように、異星人であるピグモンとも心を通じあわせることは難しいのだろうか。

そのようなピグモンを出入口まで追いかけて話しかけたのは日々輝だった。彼はピグモンの頭になにやら花輪のようなものを載せた。外の畑に出たときにでも摘んで編んだのだろうか。意外にまめなことをするものだ。

「ピッキー！　ピグGにプロポーズか!?　おまえにそっちの趣味があったとはな！」

耕作班の男がふざけて日々輝をからかった。すると食堂内に笑い声があがった。

「あれ？　オレなんかおかしいか？　だってピグモンて女だろ？」

そして食堂内はさらなる笑い声につつまれた。しかしひとしきり笑ったあとには、一転して水を打ったような静寂につつまれた。

鈴と鳥居はスプーンを皿に戻して見つめ合った。

「そうだったの？」「そうだったの？」

二二時六分。ティアズ・スタンドからの怪獣出現予告が首相官邸を介してここ吉見基地に伝えられた。ただちにコントロールセンターはアラート待機をしているパイロット四名にシルバー・ヴァンガードのスクランブル発進を下令した。

便宜上はスクランブルと呼んではいるが、通常は待機所と格納庫に切迫といえるほどの緊張感と慌ただしさはうまれない。それはかつて米軍の横田基地から出動していた時代も同じはずだ。怪獣出現までには時間的な余裕がある。一〇分をきってから予告が届いたのは不死身怪獣リンドンとペンタパスの二度だけだ。

しかし第二一号となる怪獣の出現は、六分後を一五秒の誤差で前後すると伝えられた。アラート任務に就いていた霧島雄吾（きりしまゆうご）はさすがにパートナーの向井（むかい）と先を争うように待機所の扉を飛びだした。それは北隣のA格納庫でもおおむね同じ状況になっていたと思われる。

先発組はA・B両チームのどちらか一方であることがタイムシフトであらかじめ決まっている。先発組の二機が飛び立ったあと、残る二機は怪獣とシラヌイの越境時に備えて滑走路でスタンバイする。

今回は霧島たちが先発するはずだった。ところが僚機である向井の機体に異常が認められ、本来スタンバイであるAチームが、約三〇㎞離れた飛び地の緩衝地帯へと滞りなく飛び立った。上層部からは大目玉を食らうエラーだが、両チームに常時発進準備をさせる安全策をとっていたことによって事なきを得た。

シルバー・ヴァンガードは対地戦闘に特化した攻撃機だ。「九・六」の世界同時爆発の日にちなんでA-96という制式名称がある。全長一六m。同じく主翼幅が一六mで、前縁に二〇度と後縁にもわずかな後退角をもつ。首都東京の上を飛ぶこともあるので、とにかく安全性を重視した帰投飛行能力を高めている。二機のターボジェットエンジンと二枚の垂直尾翼を備えて片方が損傷しても確実に吉見基地までは帰れる。翼下には一〇ものハードポイントをもち、ミサイルとロケット弾、あるいは機関砲のガンポッドを武装することができる。これら最大四・八トンを搭載しても最大五・二Gの機動が可能で、とり回しという点では一八

○度旋回を最速一五秒程度でおこなうことができる。
向井が無事に予備機に乗り換えたようだ。機付長がこちらに手信号を送ってきた。

「Keat, Silvan 03, check radio」

〈2, All right, Misty〉

向井から正常な無線の音声が返ってきた。

「YOSHIMI TOWER, Silvan 03, 2 A-96, ready. request taxi」

〈Silvan 03, YOSHIMI TOWER, runway 16R taxi to W-1〉

「Silvan 03, taxi to W-1」

航空管制は——エプロンのグランドコントロールからディパーチャー、そして要撃まですべて——タワーのあるコントロールセンターが一括しておこなう。飛び地からの国境侵犯が認められた場合、ここにいる幕僚監部が攻撃指令を下せば、あとは二機編隊のリーダーである霧島が僚機の向井に指示して戦闘を展開してゆくことになる。

霧島はパーキングブレーキを外した。すでにエンジンの出力が上がっているのでじわりと機体が前に進む。スロットルレバーをわずかに押して滑走路へのアプローチを開始する。

このスロットルレバー、気分的に重く感じられる。いつものことで、演習との決定的な違いだ。先発組として時間的な余裕が少ない発進のときのほうがマシだ。余計なことを考えずにすむ。

シラヌイが怪獣を無難に倒してくれないだろうかと思う。パイロット誰しもの本音がそうだ。戦闘で命をおとすことに対する恐怖。もちろんそれもある。

緩衝地帯の幅があと二㎞広がればかなり精神的には楽になるはずだ。しかし四㎞だけではプレッシャーが強い。人間が歩けば一時間の距離だが、怪獣によってはその気になれば走り抜けるのに二〇秒とかからない。ちなみに単純なスケール換算ではシラヌイが全速力で走れば亜音速に迫り、そうなればこのシルヴァンではとうてい追いつけない。くわえてシラヌイは超人だ。大気密度の高い地上付近ではミサイルすら置き去りにされる可能性もある。さすがにそれはないだろうが。

〈Silvan 03, runway 16R, line up and wait〉

「Runway 16R, line up and wait. Silvan 03」

霧島は計器パネルの時計をいちべつした。すでに飛び地では怪獣が出現し、Aチームも緩衝地帯の空域に到達しているだろう。

「1 canopy armed」

〈2 canopy armed〉

パートナーの向井と世界中立軍の攻撃機パイロットの任務に就いたのは一年とひと月前だ。第七号の二面凶悪怪獣アシュランからになる。

飛び地における本格的な怪獣との戦いが始まった当初から、攻撃機チームを純日本人のパイロット構成にするべきだとの声が国内にはあった。しかし基本的に、適性をもった人材が航空自衛隊には少なかった。日本は専守防衛の性格上、上空からの対艦戦闘ほどに対地戦闘が想定されていないからだ。霧島たちはこの養成プログラムを修了するために半年近くを要している。

横田基地から要撃に飛び立ったのはほとんどがアメリカ空軍のパイロットだった。五度の機会のなかで、その砲弾なり近距離ミサイルが砂かぶりの町に被害をもたらしたことはあったし、極めつきの出来事として地上攻撃機のA‐10が新座市に墜落して市民から八四人の死者をだしている。

これはパイロットを日本人にすげ替えたところで被害の縮小にはつながらないだろう。しかし国民感情の違いは大きい。

いまは、砂かぶりの町に怪獣なりシラヌイが出てしまった場合、いったん攻撃は中止し、多国籍の軍人からなる幕僚監部の指示を仰ぐことになっている。その幕僚監部も首相官邸とコンタクトをとった後に判断を下す。ともすれば家で眠っている市民が、怪獣に踏みつぶされて死にたいか、あるいはミサイルを受けて死にたいかという選択になるが、少なくとも世界を守る立場でひとりの市民に向けて即座に銃弾は放てないのだ。たとえその先に一万人の死者を生む可能性が広がっているとしても。

長さ千九百mの滑走路。左右に分かつ中心線灯が霧島を待ち構えていた。この方角のまさに延長線上にあるものとはティアズ・スタンド。敵は怪獣ではなく、まるでティアであることを宣戦布告しているかのように。

霧島は滑走路の中央左側に機体を入れた。しばらくして向井の機体が右側に並んだ。

「YOSHIMI TOWER, Silvan 03, 2 A-96, ready」

〈……wait〉

管制官が応答に一拍をはさんだ。

以前にもあった。このようなときは飛び地で先発組に変化があったのだ。

霧島は向井のシルエットに目をやった。彼にも同じ予感があったらしく、コックピットからこちらを見てうなずいた。

それにしても複雑なシステムをつくってくれたものだ。熊野良子と南城睦美(なんじようむつみ)——。

向こう意気の強い者はいう。たった数人のヴェンダリスタ星人などスペースシップとともに葬り去ればよかったのだと。そして援軍でやってくるというギャラフィアンなど迎え撃てばいいのだと。逆に、いまからでもティアを捕らえてヴェンダリスタ星人にさしだせという者もわずかながらにいる。ヴェンダリスタ星人を人質にとってギャラフィアンと交渉すればよかったのだという者もいる。最初に命令されたとおりに、赤道をはさんだ南北緯五〇度の領域を無人にしてギャラフィアンの到来を待とうという者もいる。いろいろな考え方がある。平均を求めることはできないが、世界の首脳が決定した「中立」はそこから大きく隔たってはいないはずだ。

熊野と南城の方策は人類がスタンスを一貫させるためのいわばオプションだ。彼女たちは人類絶滅という未来を最大限に避けたのだと思う。消極的に、そして積極的に。

熊野が飛び地に渡るだろうことは、じゅうぶんに予想されていた。彼女は他力本願を好まない。みずからの言動と心中してゆく女でもある。

いままでに何度となくケンカをしてはその場でそっぽを向き合ってきたが、あのときばかりは感情を抑えて根気よく引き留めたつもりだった。頭を下げて頼みもした。彼女もこちらの変貌ぶりに驚き戸惑っていた。しかしだからこそ彼女は事の重要性を再認識し、対立する自分の主張を強めていったのではないかといまになって思う。そして霧島は、〝考え方が異なる者は別れるしかない〟のだろうという結論をだしてしまったのだ。

〈Silvan 03, border violation occurs. Beat it immediately. Wind 140 at 6……〉

何者かが飛び地の壁を越えて緩衝地帯に入ったようだ。

霧島はいま一度向井のシルエットに目をやった。

「Keat, here we go」


ディメンションケージに作動兆候が認められたとき、最後の密輸物資をとりに行っていた生活部の選抜メンバーはまだ地下にいた。ティアズ・スタンドからは東南東に一㎞あまり離れた練馬春日町駅の辺りだ。

ティアズ・スタンドは小爆発と怪獣の出現に備えてバリアを展開しなくてはならない。とはいえ、選抜メンバーも物資などいったん捨て、急いで戻れば船内にかろうじて収容されていたタイミングだった。それなのに彼らは地下にとどまることを選んだ。

賢明な判断とは思えない。金を握りしめて死ぬような愚かさだ。

二柳日々輝は作戦司令室にいたので、菊田祐子をはじめ、ひな壇の下にいるメンバーの様子も見ていた。ところが彼らのなかにも帰艦をうながす者は特にいなかった。それが奇妙に思えた。

日々輝の左腕でデュアル・チェンジ・チャージャーは黄の光を宿していた。見ようによっては黄緑の域にさしかかっている。一度枯渇して赤になってから一〇日しかたっていないというのに。

次元爆弾は予測されたほぼその時刻に落ちてきた。ピグモンは地下に残ったメンバーをじゅうぶんに考慮し、練馬春日町駅の方角に対して一八〇度の線上に爆心地をずらした。〝彼女〟が両手をあげて喜んだ様子には一同あ然としていた。

作戦司令室の全方位スクリーンは怪獣のシルエットをすぐに映しだした。激しく体を揺さぶっている様子は闇に糸を引く眼光の軌跡でわかった。怪獣が暴れるのは地球の環境に苦しんでいるためだという説もあるが、とにかくコフバットのような中に閉じこもるタイプではなさそうだった。戦いとしてはそちらのほうが組みやすい。

日々輝は変身に続いて一気に巨大化し、デュアルⅡとなって怪獣の前に躍りでた。寸前に植松鈴が下段から仰ぎ見てなにかを告げようとしていたが、その主旨はすぐにわかった。スクリーンを見て想像していたよりもはるかに巨大ということだ。

先発組としてやってきた二機のシルヴァンがこの大怪獣を中心に旋回を始めた。

――ジジジラフやコフバットのときのように翻弄できない。まるで巨漢のあんこ型力士に挑みかかる小兵のそっぷ型力士だ。せめて足技で体勢を崩せればいいのだが、頑丈な二本の脚にくわえて先端にかぎ爪をもった二本のしっぽを接地させていてびくともしない。そしてショベルのような大きな両手で逆にもてあそばれた。

上から落とされた頭突きは強烈だった。とびきり固い突起がいくつもあり、ひたいに穴があいてしまったかと思ったほどだ。

頑丈な胸部や腹部に攻撃をくわえるのはあきらめ、日々輝は光を帯びさせた手刀で自分の頭よりも高い位置にある喉を何度か狙った。

――怪獣が明らかにひるんだ。実際に肉を少し裂いたような感触があった。

背を向けて逃げようとするのでそこにもたすき掛けに手刀をおろしてやった。正面とは違って背中はそれほど固くはなく、四指がすべて皮下に沈んだ。すると割れた背中からなんとゼリー状の液体が大量にこぼれ落ちた。背負っていたものがごっそりと脱落したような具合で、粘りけのある水たまりを足下の広範囲につくった。ラクダのように蓄えていた脂肪かとも思った。

怪獣は視力がそれほど良くなさそうだった。ティアズ・スタンドのバリアに激しく突進したのは暗闇で琥珀透明のそれが見えていなかったからだろう。

五人囃子のなかでは最年少の鳥栖が怪獣をティアズ・スタンドから遠ざけるようにとテレパシーで伝えてきた。

もっともだ。それに地下に残っているメンバーのこともある。日々輝は怪獣の二本のしっぽをそれぞれ腋にかかえて動きを阻止しつつ、手綱のごとく進行方向をコントロールした。

とそのときから、また戦況が変わってきたのだ。

背後でなにかがうごめく気配を感じた。振り返ればさきほどの水たまりから怪しげな複数の影が這い出ていた。そのうちに空を飛ぶようになるらしく、すでに地面を離れているものもあった。

まさか怪獣の出産を手伝ってしまったのだろうか。しかし子は似ても似つかないシルエットだ。クリオネを二股にしたような姿で、透明の体内から赤と緑の発光があり、弧を描いて飛びながらメルヘンチックな雰囲気を振りまいている。侮れず、その飛行技術がみるみる向上してゆくのがわかった。

（くるのか？　くるのか？　こっちくるな！）

そのうちの一体が飛んできて日々輝の無防備な背中にペトリととまった。幼児が甘えて負ぶさってきたような格好だ。ひょっとしたら親と勘違いしているのかもしれない。

一方、肝心の怪獣はティアズ・スタンドに沿って東の方角に爆走を始めた。その力が桁外れに強いものだからとてもとめられない。まるでこどもをおんぶしながら手押し車をさせられているかのようだ。

（結局こいつもコフバットと同じじゃないか）

手頃なポイントに到達したらしく、怪獣が大きな両手で地面を掘りはじめた。地中に潜るつもりのようだ。こちらのことなどお構いなしに瓦礫を後方に巻き上げてくる。

日々輝は腰を落として渾身の力で踏ん張った。それなのにじりじりと引きこまれてしまう。片蔵正平のデュアルIは要所要所でもっとパワフルだったはずだ。まだ自分は潜在能力をうまく引きだせていない。

エネルギーを司るという胸のカラータイマーに意識を集め、そして体の各部に充当されるようにイメージした。ところがなぜか背中だけに熱が帯びてゆくのを感じた。

(違う!)

そう思ったときにはもう手遅れだった。背中に負ぶさっていた〝クリオネ〟が突如として破裂した。爆発といってもいい。

日々輝は怪獣と掘削中の穴を大きく越えて前方に飛ばされた。無様に地面に落ちれば左の二の腕から肩のあたりにペトリとなにかがひっついた。その正体は再び起きた爆発によって判明した。別の個体がやってきて自爆したのだ。

クリオネたちは怪獣を守り、地中への逃亡を助けようとしている。生まれたばかりの子が親を?

かなり遠方でも爆発が起きたようだ。空中で大きく広がる爆炎が見える、幸いティアズ・スタンドは狙われていない。あれは飛び地の外だ。曳光弾を混ぜたシルヴァンのガトリング砲がビームのごとき赤い砲弾を緩衝地帯に突き刺している。強力なミサイルを撃ちこむほどターゲットは大きくもない。

また新たな一体が腹に付着して同時に爆発した。日々輝にはこの三度目の衝撃がかなり応えてしまった。
しかしじっとうずくまっていたのが幸いしたのか、それ以上にクリオネたちはくっつきにこなくなった。ひょっとしたら動くものに反応しているのかもしれない。戦場はシルヴァンが飛び回る緩衝地帯に移っていた。
《ビッキー、戻ってきてくれ》
《怪獣が地面に潜ってしまった。まだ深くまではいってないはずだけど、穴がふさがってる》
《ああ、潜っていてもせいぜい体ひとつかふたつ分だ。地中はそんなにやわらかくない。揺れもおさまったから動きがとまったってことだ》
《わかった。不甲斐ないが戻る》
《そのまえにだけど、怪獣の体液を少し持ち帰ってきてほしい》
《あのクリオネを生んだ水たまりのことだな？》
《そうだ。ゲノムを調べたい》
折しも胸のカラータイマーが点滅を始めた。タダで手にはいるエネルギーとはいえ無駄に使ってしまった。
ウルトラ・コンディショナーの治療をうけた二柳日々輝が熊野良子を伴って作戦司令室に戻ってきた。

日々輝は……、部屋の片隅で筋トレなどを始めたようだ。筋力も体力も一夜漬けでアップするものではないが、気持ちは理解できる。怪獣との力勝負ではまったく敵わなかった。しかしそれはしかたのないことだ。相手の体重は三倍から四倍、あるいはそれ以上あったと思われる。

一方の熊野だが、部屋を出ていこうとしない。厳密なことをいえば渉外部の彼女は部外者だ。ここは用もなく自由に出入りできる場所ではない。いちおうは佐久山透とともに日々輝の記憶のケア係にはなっている。しかし日々輝の場合は重度の混乱も起きなかったようだし、観察期間はとうに過ぎている。

熊野は日々輝が帰艦したときにも作戦司令室にやってきた。そしていまもそうしているように、全方位スクリーンを見上げてその場に釘付けになっていた。どうやら興味があるのは日々輝のことではなくシルヴァンの要撃のようだ。

「鈴、そっちのライブラリーは？」

「まだ該当ありません。もう少し時間がかかります。あと二〇と数%です」

「吉岡さん、こっちに片方が引っかかったわ。シリアルナンバー一一万四千百二十六。——『滅びるように……生まれた……人』？」

「それやったら思いだしたわ。『滅びるために生まれし者』やね。まさにクリオネの自害行動に一致してるわ」

三井麻衣子の持ち場に鈴と吉岡弥春は集まった。

「生態データの項目、ほとんど空白ですね」

「光の国の生物学者にも調べきれなかったってことやね。生まれたとたんに死んじゃうんだから調べようもないか」

　吉岡がウルトラウーマンに変身してひととおりの項目に目をとおし、そして上段にいる菊田祐子のもとに報告しに走った。出身惑星は「一角翔る第二十一亜天」という恒星系の「いちじるしき潮汐に肌削る星」。

「三井さん、やはり大怪獣とクリオネは別々の生物ということでしょうか」

「そうみたいね。クリオネは大怪獣を宿主とする寄生生物ってところかしら」

「ではクリオネはなぜ大怪獣の逃亡をサポートしたのでしょう」

「そこまではわからないわね。想像することならできるけど。たとえばアリとアブラムシのような共生関係を築いているとか」

「……あっ、私のライブラリーの検索、終わったみたいです」

　今度は鈴の持ち場に三井とともに移動した。

「該当なし？　いずれのライブラリーにも登録されていない怪獣……」

「そういうことになるわね。片蔵さんの時代にも一度あったのよ。――司令官！　地中に潜った怪獣の登録情報には行き当たりませんでした」

　三井が菊田に告げた。ふと思いだした鈴は慌ててディメンションケージの状態を確認した。

――作動兆候はなさそうだ。

折から全方位スクリーンの一部が発光した。シルヴァンがまた一体を撃墜処理したようだ。緩衝地帯における要撃が始まってからかれこれ九〇分になる。二機ずつ交替して吉見の基地と一度や二度は往復しているはずだ。さらに予備機を二機用意していると聞くので、六機すべてを投入しているのかもしれない。

菊田と伊波松男がピグモンまでくわえて話し合っている。問題は地中に潜ってしまった怪獣だ。大きく動いていなければティアズ・スタンドから東北東に六百mの辺りに潜伏している。それなりの距離だが怪獣のスケールを考えれば目と鼻の先だ。

最年少の鳥栖がやはりなにかを伝えに菊田のもとに駆けあがってゆく。密輪に向かった選抜メンバーと交信していたようなので恐らくその旨だ。諸々の衝撃で地下トンネルが崩落などして生き埋めになっていなければいいが、彼の明るい表情を見る限り事態は悪くはなさそうだ。

選抜メンバーは、またカレーライスが食べたくて物資に執着したわけではない。飛び地の外部から支援や応援があれば、ティアズ・スタンドは命がけで応えなくてはならない。それが唯一といってもいい司令官・菊田の方針なのだ。彼女はなぜか応援する側とされる側の関係をひときわ重視する。

その点で、滅びるために生まれし者の殲滅役をシルヴァンに預けてしまったことは悔しい。熊野がほっとした横顔を残して作戦司令室からようやく出ていった。政府に戦後報告をしなくてはならない彼女のことだから、シルヴァンが撃墜した回数でもおおよそ数えていたのかもしれない。

「片付いたってことじゃないかしら。シルヴァンが基地に帰ったんだわ」

「帰ったってことは壁の内側もですか？　結局何体いたんでしょう」

「三〇から五〇ってところでしょうね。気になるのは、一五分くらい沈黙した時間帯があったじゃない？　たぶん、緩衝地帯を越えて町に出たんだわ」

「だとしたら、はじめてですね。砂かぶりに達した怪獣は」

「渉外部はいまから徹夜ね。ビッキーが倒したクリオネが三体。それ以外の大半の逃亡を許したとなれば、政府もこの点を糾弾せざるを得ないと思うの。ヴェンダリスタのてまえね」

「空を飛ぶ怪獣は本当に面倒ですよね」

　話し合いが終わったらしい。吉岡が冴えない表情で戻ってきた。部屋の片隅では汗をかき終えた日々輝がデュアル・チェンジ・チャージャーを険しい目で見つめている。橙にまでおちたその充塡レベルでは巨大化を保てても長くて二分だろう。

　皆が菊田に注目した。

「これにて戦闘終了。ティアズは開帳するけど、情報班は交替で余震を見張っていておくれ。解析班は報告用に怪獣データの文書化と本戦闘の時系列表の作成を。それと、クリオネの出身惑星を手掛かりに地中の大怪獣のデータをもう一度探しておいておくれ。私は生活部の第四エリア、伊波さんは渉外部の第七エリアにしばらくいるからね」

　作戦司令室の空気に特別な変化はなかった。戦闘が終わったあとにはそれなりに沸きあがるものなのだ。しかし今回は後味の悪い結果に終わった。怪獣をたくさん葬ったのはシルヴァンだし、砂かぶりの町に影響がおよんだ可能性もある。そして宿主の大怪獣を地中に逃がして後顧(こうこ)の憂(うれ)いを残してしまった。

鈴はモニター上から機械室にバリアの解除を要請した。

作戦司令室を出ていこうとする菊田と伊波に日々輝が歩み寄っている。申し訳なさそうに謝っているようだ。菊田も今日のような戦いについて責めたりなじったりする女ではない。首を横に振っているので慰めているのがわかる。

結局、日々輝は菊田に連れていかれたようだ。

「鈴、先にコンディショナーに行ってくれていいわよ。しばらく警戒態勢だから、今夜はお布団では眠れないわ」

「それでしたら吉岡さんたちこそお先にどうぞ」

ウルトラ・コンディショナーに入れば、三分ほどで生理代謝諸々のケアに加えて睡眠もとれる。悔しいことに、この睡眠が布団で休む以上に効果がある。頭がすっきりと爽快になるのだ。

しかし、まどろみを楽しむことはできない。このままでは会社に遅刻してしまうと思いつつも、しばしのまどろみを味わっていたかつての生活は極上の幸せだったのだ。

セカンド・ステップ

友利三矢（ともりみつや）はまどろみのなかで自転車のベルを聞いていた。季節はずれの風鈴だと思えば決して耳障りでもない。ひかえめに鳴らされては、またしばらくたってからひかえめな音が届く。

深夜のテレビ実況とニュースを見とどけたせいで寝不足なところだ。そもそもシルヴァンの音といったらターボジェットエンジンだけでも凄まじかったし、戦闘状況からも避難指示がでそうな気配だったので、砂かぶりの町にぐっすりと眠れた住民などいないかもしれない。

しかし今朝はがんばってベッドから出なくて本当に良かった。母が二階の部屋まで上がってきたが、叩き起こしにきたのかと思えば休校になったことを伝えてくれた。

小型の怪獣が砂かぶりの町に紛れこんでいるらしい。深夜に一度緩衝地帯を越えたという報道ならば確かにあった。しかしその個体をふくめて最終的にはシルヴァンがすべて撃墜処理をしたといっていたはずだ。つまり夜が明けてからとりこぼしが見つかったということだろう。

砂かぶりの町とさらにその周辺の町は都知事からの声明で外出の自粛がかかっている。強制ではないが車などの運行は禁止されている──などと夢うつつのなかで母はいっていたような気がする。怪獣は動くものを攻撃するらしいのだ。

シラヌイが敗れた。命はおとしていないだろうが、戦場から砦に撤退してそれきり再登場はなかった。極めて残念だ。

亀のように甲羅に閉じこもっているのならば、それは本当に籠城そのものになってしまう。その籠城を支えるための密輪にも意味はあるのかもしれない。しかし消化不良の感と釈然としない気持ちはどうしても残ってしまう。

まどろみのなかでまた自転車のベルが鳴った。さきほどから同じ調子と音色だ。

三矢はベッドから体を起こして窓の外を眺めた。──雪花が舞っているではないか。

見下ろせば家の門の前に金井原(かないはら)高校のブレザーを着た女子生徒がいる。自転車のハンドルを持ってサドルの脇に立っている。ヘルメットをかぶっていて顔がよく見えないが、伊波滴(いなみしずく)に似ている。

三矢はまだ寝ぼけ気味の頭で考えた。

(こりゃいけない!)

ベッドと部屋から飛びだして階段を駆けおりはじめる。そしてその中ほどで一度足をとめた。怪獣は動くものを攻撃してくるという。まさか家の中にまで襲ってくるはずがないと思い、再び駆けおりる。

「滴!?」

玄関の扉を勢いよく開ければ、滴はほっとしたような表情から笑みをうかべた。

「どうして!?」

「三矢さん、おはようございます。私、今日から自転車通学なんです。これ見てください。新しいのを買いました。なんと電動ですよ？　登り坂もスイスイなんです」

滴が白い息を吐きながら嬉しそうにいった。

「……よく、無事にたどり着けたね」

「え？　どういう意味ですか？」

「いま、東京都から外出禁止令みたいなのがでているんだけど、知らないの？」

滴がまだ扱い慣れていない自転車のスタンドをぎこちなく立てた。

「ちょっと待て！　動かないほうがいい。目立たないように、ゆっくりゆっくり。家の中においで。時間をかけてもいいから」

三矢はサンダル履きにパジャマ姿のままでそろりそろりと滴を迎えにいった。

「今日、学校休みだよ？」

「そうなんですか？　通学する生徒の姿をひとりも見かけなかったのでおかしいな、とは思っていたんですけど」

「バスとか車とか、走ってなかったんじゃない？」

「確かに、大通りはとまっていました。てっきりまたあの渋滞かと思っていました」

滴が前かごのカバンから携帯電話をとり出して確認する。怪獣に関する緊急速報は政府から携帯電話にはいってくることになっている。

「滴の家、テレビとかないの？　ニュースで流れたと思うんだけど」

「ニュースのまえに家を出たのかもしれません。自転車の試運転をしたかったから、かなり早く出ました」

「……よく、無事にたどり着けたね」

「ありがとうございます」

滴は無邪気に笑った。彼女の独特の雰囲気と口調に体が温もるような錯覚がある。

「外は危ないから、とりあえず上がってよ。ボクはこのとおり、いまのいままで布団に入ってた。これからどうするか、テレビのニュースでも見ながら考えよう」

「ではお言葉に甘えて、おじゃまします」

キッチンのテーブルでは母が朝食をとっていた。出勤した父からはまだ連絡がないらしい。西武新宿線がストップしたので田無駅で足止めになっているのではないかと母はいう。

「あら、同じクラスの子？」

「いや、ひとつ下なんだ」

「どうやってきたの？　親御さん、きっと心配してるわよ？」

「伊波です。はじめまして。三矢さんには以前に危ないところを……」

「ちょっちょっちょっと！　この子とは、通学でよく一緒になるんだよ。今日は迎えにきてくれた」

ヴェンダリスタ星人の片蔵誉（かたくらほまれ）や西田里美（にしださとみ）から滴をかばったなど、おいそれと母にはいえない。それはブラックリストに載ってしまったことを意味する。

「いますぐ家に無事であることを伝えたほうがいいわ。さっきもトレーラーが大炎上したっていう速報が飛びこんできたところなんだから」

滴がさっそく携帯電話をかけたが混線していてつながらなかった。そこで試しに家の電話を貸してやった。

三矢はテレビ画面に目をやりながらテーブルに着いた。ニュース原稿を読むアナウンサーの背後で報道部の部屋がひどく慌ただしい。

——空の画像が紹介された。その中心に映っているものが緩衝地帯を出たという怪獣だ。あまり鮮明ではないので拡大されたものだろう。

「荒川区上空!?　砂かぶりどころじゃないじゃん！」

「もうあれからたいへんよ？　交通機関が軒並みとまって大パニック。地下鉄くらいは動いているのかしら」

「何匹いるのさ」

「いまのところ一匹じゃないかとはいわれてるけど、そんなことわからないわよね」

一匹などと数えてしまったが、生まれたばかりなのに体長が五ｍくらいあるらしい。地球上の生物ではクジラの赤ちゃんくらいしかいない。それが生まれてまもなく空を飛び、自爆などをする。深夜はシラヌイもその攻撃を再三再四うけたらしい。

「三矢さんのお母さん、母がお電話にでてくださいと」

「あらそう。じゃあちょっとお話ししてみるわ」

三矢は手渡される受話器を恨めしい目で見つめた。滴の母親が余計なことをいわなければいいが。

「わあ、三矢さんの家は朝から肉まんですか？　サラダスパゲティにお味噌汁」

「ああ……、国際的だろ？」

「学校が休みなら、私もここで今日のお弁当を食べようかな」

「もう？　滴って、結構食いしん坊だよな」

「え？　そんなことありませんよ。小腹がすいたのは自転車でグルグル回ってきたせいです」

「あっ！　ライブ映像だ！　カメラが怪獣をとらえた！」

どうりで見落とされていたはずだ。にじんだ緑や赤の発色をする胸以外はほとんど無色透明の体をしている。羽を背中と胸にもっている。便宜上は重力に逆らっている側を背中というのだろうか。腕や手に該当する部位はないとアナウンサーの横で有識者らしき男が語っている。脚も二股に分かれているだけで機能はなさそうだ。どうせすぐに自爆するので必要ないのだろう。

「滅びるために生まれし者……」

「――なにそれ」

三矢はかじりかけた肉まんを口から離して滴の横顔に目をやった。

「え？　私、なにかヘンなことをいいました？　気にしないでください」

ひどくとり乱した滴はテーブルの肉まんに手を伸ばしかけてはその手を引っこめた。

「食べていいよ。ほとんど冷めてるけど」

「……では、ひとつだけ」

テレビカメラがちょっとした火の手をとらえた。宅配業者の軽トラックからあがっているようだ。

「いまの！　……怪獣の仕業だってさ。まさか爆薬だけ何度も落とせるのか？　そんなのずるいじゃないか。シラヌイとシルヴァンはなにしてるんだ」

「地上に被害がおよぶといけないから、うかつに攻撃できないんだと思います」

「深夜はシルヴァンがバンバン撃ってたけど？」

「あれは緩衝地帯だからです」

「――意外に詳しいね」

「え？」

しかし滴のいうとおりだ。たとえば現代の東京上空にB‐29などの爆撃機が飛んでいて、即座に戦闘機を仕向けて撃墜できるかといえば躊躇（ちゅうちょ）するだろう。ひとまず現場一帯から市民を避難させることが先決だ。

「二三区の中だったら落とせる場所なんてほとんどないぞ」

「ヘリコプターで海に誘導するしかないと思います」

「――滴って、見かけによらず詳しいよね。ひょっとして朝まで報道番組でも見てたの？」

「そ、そうじゃなくて……、ただの一般論です」

「でっかい怪獣のほうだけど、じゃああれはどうなったと思う？」

「あれは……、知りません」

テレビカメラがとらえた火の手は放置されたままだ。消防車一台を向かわせることもできないのだろう。〝だるまさんが転んだ〟状態で東京の町は冬空の下で動きが凍りついている。

わずか一体の小型怪獣が町に出ただけでこのありさまだ。ベムラー級の凶暴怪獣ならばそのたびに練馬区を飛び地にしたほどの被害になるかもしれない。

話を終えた母が戻ってきた。

「なにかいってた？　滴のお母さん」

「迎えにくるから、それまで預かっておいてくださいって」

「それだけ？」

「少し学校の話をして、我が家の場所を教えたくらいよ？」

「ふうん。そういえば滴のお父さんは無事なの？　ウチのお父さんみたいに駅とか電車で足止めされてるんじゃないかな」

「……大丈夫だと思います」

それから二〇分ほどして、滴のいったとおりに三機の軍用ヘリコプターが出動してきた。シルヴァンと同じく吉見基地が装備している機体だ。攻撃機のA‐10が新座市に墜落するまでは頻繁に併用されていた。

ヘリコプターの出動は計ったようなタイミングで、小型怪獣は墨田区から荒川上空にさしかかっていた。小型怪獣が滴下した爆薬によってさらに四箇所で被害が発生していた。

「川に落とすのか。考えたな」

二機が小型怪獣の前方に出て誘いをかけている。残る一機が機関砲を浴びせる作戦だろう。ヘリコプターがかなり低空を飛んでいる。というべきか、小型怪獣の高度がかなり落ちてきている。あまり元気に羽を動かしていないようだし、無色透明だった体が白く濁ってきた。そのせいか緑や赤の発色が見当たらなくなった。

「爆薬を使い果たしたんじゃないかな。それにもう寿命っぽいよね」

「一日も生きていられないなんて、セミよりもはかないわね。でもじゅうぶん人騒がせな怪獣だったわ」

――川面にすさまじい水柱が立った。機関砲を連射したのはほんの二、三秒だ。シルヴァンがガトリング砲を命中させたときのような爆炎は発生しなかった。

放っておいても小型怪獣はいずれ息絶えていただろう。しかし世界中立軍はそのまえに攻撃をくわえて仕留めた。〝本土上陸〟も許さなかったのだからかろうじて面目を保ったといえる。

「この様子だと外出の自粛も解禁ね。というわけでお母さん仕事に行かなくちゃいけないから、お化粧してくるわ。あなたたちはここで少しでも勉強を始めなさい。伊波さんのお母さんもそのうちに迎えにこられるはずだから」

「やれやれ。ウルトラサインのときを思いだすよ。こどもたちはなにが起きても勉強勉強だもんね」

「そうよ。それが大人たちがだした答えなの。怪獣が出ても日常的な営みを。怪獣が出てもこどもたちには教育を。あなたたちが宇宙時代の未来を背負っていくんですもの」

そのためにティアに練馬区の一帯を支配させて光の国の飛び地にした。誰が編みだした方策かは知らないが、失敗ともいえる今回のケースで逆に成功が証明された。シラヌイを自爆攻撃した個体が三。シルヴァンが撃墜した個体が三七と報道されている。そしてたったいま最後と思われる一体が荒川に散った。これら四一もの〝爆撃機〟が、ヴェンダリスタ星人によって世界のどこかに突如として送りこまれていたかもしれないのだ。被害は車両四台の規模どころではすまなかっただろう。

「滴は、三年前のあの日の夜はどうしてたの？　いわゆる一二・一二」

「私は、スクラムの輪に入っていました」

「え？　そうなんだ。隣町からわざわざ？」

「話だけは聞いていたので、母とふたりで参加しにいったんです。そういう人たちは他にもいましたよ？」

「へえ、驚いた。じつはあのイベントを企画したのはボクたちなんだ」

「本当ですか⁉」

「といっても一〇〇％誉の主導。あのときのボクは金魚のフン」

「ホマレ？」

「片蔵誉、一番の友達だ。――ああ、ヴェンダリスタに乗っ取られた翔鷹学院の彼」

「………」

「ボクは誉に人間として大きな影響をうけた。誉ならこうするだろうと思うことを、いつも意識しているつもり。そんな誉はやっぱり、家で親父さんの影響をうけてたと思うんだ。親父さんは立派な人だったし、だから飛び地に渡ったことも立派だった。ティアズ・スタンドではきっと、みんなの中心になって奮闘されてるはずだ」

　滴はなぜか顔色を曇らせた。

　誉の状況を知ったら、父親はどうするだろう。地球に戻りたくてももう戻れない。苦悶するしかないはずだ。たとえ戻れても誉を救うことはできない。医師の腕をもってしてもおそらく。三矢は何度も誉との対話を試みて内側を揺さぶったつもりだった。しかしダメだった。彼の自我はキップというヴェンダリスタ星人に閉じこめられている。

　しかしいまや絶望も悲観もしていなかった。もう誉の正気をとり戻す試みをやめたのは、その最後に彼の瞳からサインの光を感じたような気がしたからだ。それがなんであるのかはわからないが、彼もきっと戦っているのだと信じている。

一一時が近づき、母もしびれをきらしはじめた頃に滴の迎えの者が家を訪ねてきた。それは彼女の母親ではなく親戚を語る女だった。母は不審がったが、なによりも滴がうなずくので家を預けて仕事に出かけていった。

三矢にはこの女についてのおぼろげな印象があった。女も女で驚きを隠しきれない様子だ。

「ここが、キミの家だったの?」

「そうですけど」

「氷川台のマンションで、深夜にキミを見たわ」

「そうか……、思いだしました」

「てっきりというか、ひょっとしたらキミも住んでいるのかと思ったんだけど」

「ボクの家はここだけです。でもキミもとは?」

「私はれっきとしたあのマンションの住人よ。ちょっと、玄関で話せないかしら。長居はしないわ」

「……どうぞ」

仕事の途中にでもやってきたようだ。門前には営業用と思しき車がとまっていた。そのボディには「医薬漢方」の文字と見知らぬ社名が記されていた。迎えにきたというが、滴が自転車に乗ってきたことを知らないのだろう。

「せっかくなので上がってください。寒いですし」

「いえ、ここでいいわ。それよりキミ、私のマンションになんの用だったの？」

女がやや強い口調で尋ねてきた。不穏な空気を悟って滴が彼女の顔を覗きこんだ。

「それは……、いえません」

今度は滴が不安げな表情でこちらの顔を覗きこんでくる。

女がやや頭上に目をやった。なにか記憶をたぐり寄せようとしている様子だ。

「——ごめんなさい。私は南城睦美という者よ。本業は世界中立軍勤務」

「中立軍……」

「あのときエレベーターは、かなり上階から降りてきたような記憶があるの。違うかしら」

「それも……、いえません」

「そう。嘘より黙秘を選ぶキミは信用できるわ。むしろ私のほうが滴の親戚だと嘘をいってしまった。キミはあのとき、浜本さんの部屋を訪ねていたのね？　だったらキミと私は『序の口』の仲間よ」

「……なんだ」

三矢はほっと胸をなでおろした。

「よろしくというのもヘンね。メンバー全員を把握している人間は、組織にはいないと思うわ。トップの河野さんですらね」

「南城さんもあのあと浜本さんの部屋を？　もうふたりとも眠ってしまったところでした」

「私はお隣さんでもあるの」

「最上階に住んでるのは浜本さんだけかと思ってました」

「中立軍は二四時間態勢。私は滅多に帰れないの。表札も出してないわ」

「滴も、序の口なの？」

「違うわ」

滴に尋ねたのに南城が答えた。

三矢の頭は少し混乱した。秘密の組織である序の口の話をメンバーではない人間の前で話すとは。では滴はいったい何者だというのだろう。

女は車で小一時間ほど走ってくるといい、滴を連れていってしまった。

外は一度はやんだ雪花がまた舞いはじめていた。濡らしてはいけないと思い、三矢は滴の新品の自転車を軒下に入れておいた。ベルを鳴らしてみたが、滴がそうした風鈴のような音色はでなかった。


ティアズ・スタンドの第二〇エリアは船体前方の中層部にあり、航行の推進力を生む動力部になっている。かつては動力機関を保護する緩衝材としてバリアと同じ物質で充たされていたらしいが、いまはすべて排出されてたんなる余剰スペースが生まれた。

ピグモンいわく、動力機関はもはや修復不可能らしい。つまりティアズ・スタンドは飛ぶことができない。これは飛び地から脱出しなくてはならない事態に直面したときなどには絶望的な現実となる。

　しかし修復不可能だとわかっているからこそ、ティアズ・スタンド内では唯一〝壊してもいい〟場所になっている。二柳日々輝（ふたやなぎひびき）は畑で汎用ケーブルに足を引っかけそうになったが、その手の神経を尖らせる必要がないのだ。

　皆がここで体をのびのびと動かして憩（いこ）いの時間を過ごす。ドッジボールやバレーボールなどの球技が人気だ。なぜか男女対抗が慣例になっている。べつに仲が悪いわけではない。

　女たちはウルトラウーマンに変身できるルールで、これがいい勝負どころか生身の男たちがだいたい負ける。ドッジボールの投球はうなりをあげるし、バレーボールは手加減しないとスパイクでボールが破裂しそうになる。

　それがファイタータイプではないとはいえウルトラマンの実力なのだ。野球のキャッチボールにしても、心得のある者が投げれば軽く二百㎞くらいの球速はでる。ウルトラマンに変身していればその剛速球を鼻歌まじりでキャッチすることができる。

　デュアルに変身した日々輝は身体能力の点では別格だ。それでも宇宙の怪獣にはさらに上をいくものが存在するのだ。

「どうしたビッキー、湿（しめ）り顔だな。ゲームには加わらないのか？」

　渉外部の佐久山透（さくやまとおる）だ。ここで会うのははじめてなので、ふだんは滅多にやってこないのではないだろうか。

「ひととおり女の子にボールをぶつけられたところだ」

「デュアルともあろう者が情けないな」

日々輝が手のひらを返してうながせば佐久山も横に腰をおろして壁に背中をあずけた。

「ハハハ……。ビッキー、いまの見たか？　あの星条旗のトレーナーは北村くんだっけ」

「え？　ああそうだ」

「キャッチする瞬間だけ変身したよな。器用なもんだ」

「常習犯だ。あとで倍返しされるのに懲りないヤツだ」

「生活部はみんな仲が良さそうでいいな。それに機械室と救護班の連中もかなり混じってるじゃないか。交戦部隊の面々は……、やっぱりきてないか」

「いいのか？　こんなところで油を売ってて」

「熊野さんなら日光館に出向いた。鬼の居ぬ間になんとやらだよ」

「熊野さんたち、政府の人間に油を絞られるのか」

「そのあたりの受け答えは部内のリハーサルでさんざん練習した。ボクたちの仕事だ。ビッキーは心配する必要はない。——どうした。怪獣の前で体がうまく動かないのか」

「いや、体は動くんだがもともと頭が働かない。怪獣はビックリ箱みたいなものだ。突然飛び出てきて、オレはどう対処したらいいのかがとっさにわからない。その点で片蔵さんは偉かったんだろうな」

「ベビボンの生態についてはしかたがないさ」

「な、なんだって!?　ベビボン？」

「ああ、クリオネのことだ。東京の街にも出た。滅びるために生まれし者。いつの間にかボクがネーミング係になっちゃってね。地面に潜った怪獣のほうはモグルマム」

佐久山のいうモグルマムは一日に二、三度は微震動を発生させる。ティアズ・スタンドの中にいてもそれと感じる揺れだ。まちがいなくまだ生きている。

作戦司令部の十人は会議を開き、モグルマムの放置を正式に決定した。いまの状態では現実的な対処方法がない。ならば日々輝の成長に期待し、モグルマムにはそれまでおとなしく眠っていてもらおうという算段だ。

ただし船外に出て継続的に地下調査はおこなう。調査のアクションを見せつつ、それに乗じて一方では密輸の工作を進めてゆく。中長期的なものとしては悪くはない方策だ。

「確かにビックリ箱とはよくいったものだな。モグラの背中から飛びだしたノミが爆発するなんて、地球上の生物では考えられない。だからビッキーはあまり気に病むなよ」

「そういってくれると救われる。ただ、オレはまだ生まれたての赤ちゃんなんだけど、それにしては成長が実感できないんだ。ジジジラフの炎に包まれたときみたいに、ベビボンの爆発は本当に腹に応えた。モグルマムの頭突きなんてレンガの角で殴られたような感じだ」

「まだ二カ月ほどなんだ。焦るなよ」

「あともうひとつ……」

日々輝は左腕のデュアル・チェンジ・チャージャーを佐久山に見せた。

「四日前からチャージが全然進まない。むしろ橙色だったのが逆に赤味を帯びた」

「……それは、心配だな。作戦司令部の情報班に相談してみたらいい。片蔵さんがそのあたりの手記を残しているはずだ」

「ああ、相談してみようと思っていたところだ」

佐久山は立ちあがると腕まくりをし、矢のような球が打ちこまれる男性陣の内野に入っていった。日頃から運動不足のはずだから、数分後にはウルトラ・コンディショナーの世話になっていることだろう。

船内の中層部と上層部のあいだには本来の用途が不明の隙間がある。隙間といってもじゅうぶんに民家のひとフロア分はある。ここはもっぱら移動時に使う決まり事になっている。ウルトラマンに変身して、単純に走るのだ。人類の世界記録くらいは誰にでもだせて目的エリアに素早く到達できる。

デュアル・チェンジ・チャージャーの状態については司令官の菊田祐子には伝えてある。さきほどは佐久山にも打ち明けたが、彼もそのことはすでに知っていたはずだ。さらにいえばほとんどの人間が知っている。たとえば通路などですれ違うと、顔と目を見てきたあとに左腕に視線が移るからだ。誰もがチャージャーの状態を気にしている。

作戦司令室の前には鳥居靖子のもんぺ姿があった。壁に貼り紙をしようとしていたが、こちらに気づいてそれを後ろ手に隠した。

「あらビッキー。ボール遊びはどうだった？　私もあとで仲間にいれてもらおうと思ってたんだけど」

「思いっきり投げた球を軽々と片手でキャッチされたよ」

「男の人をこてんぱんにできるから女の子にはたまらないのよね」

「なにか作業があるんなら手伝うけど？」

「いえ、私の分担も、もうここでおしまい」

そういって鳥居は申し訳なさそうに壁に貼り紙をした。

「なになに？　二月になったら省エネ月間か……。明かりをこまめに消せばいいんだな？」

「あと、ボール遊びとかもできなくなるの。遊びに使ったカロリーは、コンディショナーで補われるわけだから。でもその代わりに夕飯の回数を増やすことになってるの。金曜日と、月曜日だったかしら」

「悪いことばかりじゃないな」

鳥居は笑顔を振りまきながら去っていった。最後にはしっかりとチャージャーの光に目をやっていた。

日々輝が貼り紙の意味に気づいたのは作戦司令室の扉を透過するときだった。

いま怪獣が現れても、日々輝は巨大化して戦うことができない。となるとHPCで戦うしかないだろう。そこで必要となるエネルギーを日ごろの省エネ努力で捻出しようというわけだ。

以前に鳥居がデュアルに期待するのは経済的な理由が大きいといったが、期待はずれだったということだ。

菊田と伊波松男（まつお）の姿がない。情報班の五人囃子（ばやし）はペンタゴンの中央に円柱モニタを展開させて議論しているようだ。解析班の三人官女は植松鈴のひとりだけ。吉岡弥春と三井麻衣子のふたりがいない。ピグモンが三井の席に座って働いている。

元イタリア人のジャンパオロ・ノエは四七歳。戦闘時に本船のシステム監視を一手に担当している。母国では人間工学のエンジニアだった彼は、アマチュアながらトライアスロンの選手でもあった。大会ではじめて来日したときに日本選手の女性と知りあっている。結婚して日本国籍を得て、その妻はノエ春菜といっていま生活部にいる。いつも笑顔を振りまいている明るい女性だ。ふたりは飛び地に渡るまえは湘南でマリンショップを営んでいたという。

最年少の鳥栖は二六歳。戦闘状況をとらえるカメラを操作するのが主な役目だ。大学院生だった彼は就職の内定もうけていたのにその未来を捨ててきた。気分の浮き沈みの激しい彼は噂によると失恋が動機になったようだ。ウルトラ・オペレーションの記憶障害が比較的に少なかった彼は、単純に飛び地にやってきたことを後悔して配属までに時間がかかったという口だ。そのときにケア担当だった渉外部の未亡人にいまは熱をあげており、ピンポイントのテレパシーを送って口説いている。

ＨＰＣの管制と通信を担当する町は年齢不詳。独身らしく年齢に触れたがらない。しかし五〇間近であることは誰の目にも明らかだ。ノミの心臓であることは自身が認めている。最上段の菊田から名指しされるたびに肩をビクッと震わせている。潔癖症のところがあり、ウルトラ・コンディショナーにはこまめに通って体を清潔にしている。こまめに通うのはもうひとつの理由があり、禿げあがっていた頭から髪が生えてきたというのだ。この手の悩みや持病を解消したというケースはティアズ・スタンド内ではよく聞く話だ。

田島はデュアルの戦闘情報を収集・管理している。片蔵正平の時代から二人三脚で超能力の開発をしていた。ふたりは歳も近く、デュアルIが逝ったときにもっとも悲しんだのは彼だったといわれている。彼には地球に守るべき家族がもういない。妻は先立ち、ひとり娘の結婚を待ってから飛び地にやってきた。

情報班のリーダーは小林という男で、センサを操って怪獣のみならず戦闘に影響をあたえる情報を集めて吉岡たち解析班に流している。彼は組織替えをするまえは解析を担当しており、いまはその席に鈴が配置されている。タフな男で、町とは対照的にあまりウルトラ・コンディショナーに足を運ばない。ぶっ通しの労働が利き、地中に潜ったモグルマムの監視は一日をとおしてほとんど彼がやっているのではないだろうか。

鈴が中段の席からまたこちらに視線を送ってきた。五人囃子の話しあいはまだひと区切りがつきそうにない。そこで日々輝はまず彼女に相談してみることにした。

「仕事の邪魔か？」

尋ねると鈴はわざとがましく左右を確認して見せた。

「私？　私なら全然大丈夫よ？」

「さっき、オレのこと見てた？」

「え!?　見てないわよ？　見てたかしら。……見てたかも」

「このブレスレットを見てたのか？　みんな見るんだ。オレもなんか、〇点とった答案用紙を背中に貼りつけてるみたいで、格好悪いんだ」

「そんなことないと思うけど？　べつにビッキーが悪い点をとったわけじゃないし」

「本当にそうなのか？」

　鈴は返答に窮して目をそらした。

「――よくわからないみたいなのよ。デュアル・チェンジ・チャージャーについては。でも傾向はあるみたいなの」

「どんな？」

「怪獣に快勝すると、そのあとの充塡が早いみたい」

「じゃあ、負けたらドツボにはまっていくってことか？」

「貧すれば鈍する。富める者はますます富む。そういう傾向。あくまでもよ？」

「コフバットのときだったたな。鳥栖がテレパシーで伝えてきた。後々のためにオレの手で倒せって」

「ビッキーには、そのあたりのことをあまり意識させないようにしてるんじゃないかしら。だってプレッシャーになって、力んじゃうでしょ？　デュアルの場合は、カラータイマーという時間との戦いもあるわけだし。片蔵さんも、意識しすぎて負のスパイラルにおちいりかけたことがあるらしいの」

「意識させないようにっていっても、オレにはあとがないどころか、チャンスがあるかどうかもわからないいな」

「ビッキーは二足のわらじを履いてて、生活部でもちゃんとやってるんだから、堂々と胸を張ってほしいわ」
「そうか……。田島さんたちはまだ忙しいみたいだから、ちょっとひとりで考えてみるよ」
日々輝は作戦司令室を出ると省エネ月間の貼り紙を見つめた。
《待ってビッキー》
なぜか鈴があとを追ってきた。
《どうしたんだ》
《ちょっとふたりで気分転換しよ？》
《いいのか？　宇宙にいる怪獣を見張ってなくて》
《ピグGが行っていいよって。ピグG、ビッキーのことひいきだもん。あっ、GってギャルのGよ？》
そういって鈴が右腕をとってきた。そしてなんと、宙へと導いたのだ。
《ど、どうなってんだ!?　浮いてるぞ！》
《フフ……、浮力のおすそわけ》
《植松さん、飛べるのか。生活部でも聞いたことないぞ》
《いまのところ、飛べるのは私だけみたい。そんなに難しいかな》
《どうやってるんだ》
《うーん、水中を浮いているように、ただ身を任せてる、かな？》

鈴はそういいながらもスピードを上げて牽引しはじめた。歩くよりもよっぽど速く、通路を折れるときにはちょっとしたスリルすらあった。
《ビッキーは、なんでティアズにきたの?》
《早い話が、ブラックリストに載っちまったんだ》
《そうかあ……。ティアズの仲間はほとんどがそうだよね》
《みたいだな。どうせギャラフィアンに処刑されるんなら、レジスタンスになってヴェンダリスタと戦ったほうがいい》
《ブラックリストに載ったっていうけど、ヴェンダリスタを殴っちゃったの? 乗っ取られた人の体を》
《そのあたりの記憶が怪しいんだけど、植松さんて妹いただろ?》
《いるいる。理央(りお)のことでしょ?》
《そう、理央ちゃんだ》
《理央を知ってるの?》
《オレが働いてた地元の運送会社に新人で入ってきた。威勢のいい子だった》
《え? ひょっとしてビッキー、ヴェンダリスタから理央をかばってくれたんじゃない?》
《ああ、なんかそんな気がするんだ》
《あの子、私以上にケンカっ早いもの。絶対にそうだわ。ゴメン、ビッキー。ゴメンじゃすまないか。本当にありがとう。でもなんてこと? あの子にはさんざんいい聞かせてからき

たのに》
《堪忍袋の緒が切れたんだろう。オレはあのとき、理央ちゃんに近づくことのほうが恐かった。そんな記憶ならある》
　未使用の第六エリアに入った。噂によると光の国の戦士の霊安室らしい。しかし安置された遺体はなく、真夜中に訪れる学校の理科室のような場所だ。明かりがほとんどないので日々輝と鈴は視力を最大限に働かせた。
《いっぺん腕を放してみてくれ。オレも飛べるかもしれない》
《いいの？　じゃあ着地の準備をしてね》
　鈴が腕を放せば日々輝はフワリとフロアに落ちた。いまのいままで重力を感じていなかったのでじつに不思議な感覚だ。
《オレはなにをやってもダメだな。自信なくすぜ》
《そんなことないよ。いま、ちょっとゆっくり落ちた》
《そうか？》
《うん。靖子にもしたことがあるからわかる。ビッキーはちょっと飛んだ》
《水中に身を任せるんだったな》
　心のなかでプールにザブンと飛びこむ。そして浮き上がろうとももがこうともせず、ただ水と同化する。すると、確かに少し体が軽くなったように感じた。
　手をさしのべれば鈴が再び腕をとった。

《うんうん。さっきよりビッキーの体、軽いよ。おすそわけが減った》
《オレは男に言葉で教えてもらうより、女の子に手とり足とり教えてもらったほうが飲みこみが早いみたいだ。菊田さんの馬鹿力はいまでもオレの左手に残ってる。だから手に簡単にエネルギーを集められるんだ。その代わり戻すのが難しいけどな》
《空を飛べるようになったら、断然有利に戦えるよ？》
《そいつは、少し楽しみになってきた》
鈴はどこに導こうとしているのだろうか。あるいは本当に気分転換の空中散歩か。
《植松さんは、なんでティアズにきたんだ？》
《私は……、私はね？　もうなにがなんでも行かなくちゃって思った》
鈴の口調にはやや違和感があった。
《実際に九・六では私の家は半壊したの。でも家族みんなが一階で寝てたから、すぐに逃げだせたの》
日本では九月七日の朝に起きた大爆発だ。世界的には「九・六」と呼ばれている。
《ビッキーは無事だったの？》
《オレはアパートにひとりで住んでたんだけど、まさしく砂かぶりの程度ですんだよ。天井から埃(ほこり)が降ってきたくらいだ》
《ビッキーと私のクラスメイトっていったら、美和ちゃんと、育菜ちゃんと、あと委員長の高島くんが亡くなったって聞いた》

《柔道部の平田もな》

《………………》

《あいつとはケンカするたびに痛い目にあわされた。でも高校のときはいつも連んでたんだぜ？　爆発の二日後か……、あいつが運ばれた病院を聞いたから行ったんだ。そしたら遅かった》

腕を握る鈴の手に少し力がこめられた。

《ビッキーは、ギャラフィアンが憎い？》

《……憎い。でもギャラフィアンの誰が平田の命を奪ったっていうんだ？　おそらく次元爆弾のボタンを押したヤツは光の国との戦いで宇宙の塵になってる。だったら残ったヴェンダリスタを憎めばいいのか？　ヴェンダリスタの誰だ？　結局地球にいるあいつら、少ないのか多いのかもわからない。そしてオレたちが実際に戦っているのはギャラフィアンの犠牲になった怪獣だ》

《……そうね》

鈴は通路の突きあたりへと導いた。降りようとしないのでこのまま進むらしい。作戦司令室のように壁がセキュリティの認証扉になっているのだろう。

日々輝は鈴と一緒に壁を透過した。

《第二エリアっていう表示は読めたけど、ここはどの辺りなんだ？　途中から方向感覚が怪しくなった。まだひよっこのせいかな》

《船の後方よ》
《なにがあるんだ？》
《HPCの格納庫よ。交戦部隊の人たちが詰めているの》
《交戦部隊か……。生活部にいてもほとんど話題にのぼらないな。何人くらいいるんだ？》
《九人だったと思うわ》
鈴は通路に降り立ち、そしてなぜか変身を解いた。日々輝も倣って変身を解いた。
「ここの人たちはあまり格納庫から船内に出てこないの。だからこうやって、ときどき私たちのほうから訪ねるの。通信やテレパシーでやりとりできることも、足を運んでじかに伝えるの。今日は飛んできたけど」
「会うことは大切だ」
鈴が歩きだす。
「でも、なんで出てこないんだ？　金曜日の夕飯にはくるのか？」
「いつも、いないと思うわ」
「コフバットみたいに、閉じこもるのが好きなのか？」
「彼らをそうさせている動機はいろいろあると思う。九人ひとりひとりが違うかもしれない。でもひとつ共通した要因があるの。――それは彼らが、私たちよりも一段階ウルトラ・オペレーションが進んだ存在であること。私たちがファースト・ステップなら、彼らはセカンド・ステップなの。より光の国の人間に近いわ」

「どういうことなんだ？」

「そうね。作戦司令室には認証扉があって、さっきも格納庫の第二エリアに入るために同じ扉を通ったでしょ？」

「セキュリティになっているんだよな」

「ええ、部外者を侵入させないためのね。HPCはさらにセキュリティが厳しくなっていて、ファースト・ステップのウルトラマンでは操縦や操作ができないのよ。ヴェンダリスタ星人でも操縦できないようになってる。この船の艦橋（ブリッジ）なんかもそうよ」

「怪獣をたくさん入れてる装置はヴェンダリスタにも操れるのか？」

「ティアとピグモンの話によると、あのスペースシップは私たちの世界でいう輸送艦だったみたいなの。ディメンションケージはいわば倉庫ね。奪われてまさか武器として使われるという想定はなかったんだと思うわ」

「そういうことか」

「ティアズでは当初、セキュリティの制約で船内の環境がなかなか整わなかったそうなの。私たちがある程度快適に生活するためのね。だから交戦部隊の人たちは、ううん、ウルトラ・オペレーションのセカンド・ステップに進むことを志願してくれた人がそのまま交戦部隊にもなったの」

「セカンド・ステップに進んだら、夕飯を食べにこなくなるのか？」

「ウルトラ化したときの燃費効率が上がって、体を戻したときのほうは逆に下がるそうよ？

そしてウルトラ・コンディショナーでカロリーをとったほうが経済的らしいの。彼らはふだんもウルトラマンの姿でいるわ」

認証扉の前で再びふたりは変身した。そして見つめうなずきあってから中に入った。

——いきなりHPCの影が飛びこんできた。しかもただならぬ閉塞感だ。HPCの幅がそのまま格納庫のスケールになっているといっても過言ではない。発進に滑走路が必要ないということだろう。

《オレはこういう場所がちょっと苦手だ。しかも暗いな》

《こっちよ。——なんだ、吉岡さんと三井さんもここにいたんだ》

服を着たウルトラウーマンがふたり、服を着ていないシルバーのウルトラマンがふたり。飛び地から拾ってきたものだろうか、キャンプ用のテーブルと椅子に座っている。残る七人はどこにいるのだろう。どこか他に部屋がない限りはHPCの中ということになる。

《みなさんごきげんよう。今日はビッキーを連れてきました。ビッキー、塩路(しおじ)さんと福本(ふくもと)さんだよ?》

《二柳日々輝だ。あいさつにくるのが今日まで遅くなった》

塩路と福本が椅子から立ちあがって握手を求めてきた。

《ビッキーの活躍は知ってる。我々の出番が減ったことは、ティアズ全体を考えたときには喜ばしいことだ。もちろんビッキーひとりに負担をかけてしまうことになるがね》

《みんな大人のコメントをしてくれて助かってる。でもふがいなさは自覚してるつもりだ》

《チャージャーの状態は菊田司令官から聞いている。無理して怪獣に立ち向かう必要はない。しばらくは我々に任せてくれ》
《そうか。――よし、おかげで気がかりが減った。けど、ここにきて別の気がかりができた》
《なんだ》
《塩路さんも福本さんも、それに他の戦闘員も、こんな薄暗くて窮屈な場所にいて平気なのか？》
《ここか……。なに、住めば都だよ》
《ティアズには窓がない。でも生活部の仲間がファイバーを引っ張ってきて、日の光を採り入れるようにした場所ならある。たとえば球遊びができる第二〇エリアとか、雑魚寝の大部屋なんかもそうだ。オレも最近そっちの部屋に移ったんだけど、自然の光で目覚めたときは気持ちがいいぜ。みんな、金曜日のご飯は楽しみにしてる。オレは壁の外にいるとき、サプリメントに頼るのはイヤだった。やっぱり自然にできた食材から自分の体に栄養をあたえたい。これ見てくれよ》
　日々輝は服の胸をはだけさせて肌着を見せた。
《生活部で作った下着のシャツだ。ちょっと体に馴染まないんだけど、温かい。順番はおかしくなったけど、こういうのを衣食住っていうんだろ？　人間の営みだ。この格納庫には生活の匂いがない。あたりまえか……。オレたちは戦ってるんだもんな》

《私もビッキーに賛成です。でも、塩路さんと福本さんの気持ちも、わかってるつもりです》

塩路が立ちあがり、なんと頭部だけ変身を解いた。人によって特技が異なるものだ。四〇代半ばと思われる男の顔は、毅然とした様相で寂しさを覆い隠しているかのように見える。

「まだビッキーがやってくる一年以上もまえ、我々も皆と一緒に平時を過ごしていた。植松くんも知っているよね」

鈴がうなずく。

「当初、我々に対するみんなの態度はもちろん友好的だったし、同情的だった。よりヒトから遠ざかってしまったという同情だ。一方、我々は二度目のウルトラ・オペレーションで、また人格が変わってしまったらしい。総じて淡泊になったらしいな。もとの私に人間としての深みがあったのかは大いに疑問だが、あっさりとしてしまったのだろう。そのうちにみんなの態度に変化があらわれたように、私には感じられた。人格が淡泊なほうに変化したことに、生物としての異種性を錯覚してしまったのではないかと思う。ヴェンダリスタのような、わかりあえない宇宙人だ」

今度は福本が頭部だけ変身を解いた。どうやら彼らの特技のようだ。福本も塩路と近い世代の男だ。

「みんなはボクたちを見たり、そして話したりして、自分たちがまだまだヒトなんだと安心していたところがあったと思う。ボクたちはそういう意味で安らぎをあたえていたのかもしれない。でも一段階進んでいるボクたちはやがて、ヒトを捨てることの意味をみんなに再認識させる存在になってしまったんじゃないかな。ボクたちからちょっと距離を置こうとするのは一種の現実逃避のあらわれだ。だからボクたちもあまり近づかないほうがいいんだ。塩路さんとちょっと違うけど、ボクはそういう考えだ」

「ビッキー、この格納庫は、より光の国に近い飛び地なんだよ」

なにか視線を感じると思えばＨＰＣ下部の開いたハッチに光源があった。それは交戦部隊のメンバーのものと思われる七対の目だった。こちらを見ていたそれらの目は、しばらくして一対また一対と消えていった。


スクーターにまたがった大柄な少年が車道を追い抜いていった。けたたましい排気音が、あたかも重みに耐えかねる悲鳴のように聞こえた。

その少年が二〇ｍほど先にある花時計の前でスクーターをとめた。誰かと思えばヴェンダリスタの同胞であるメイスだ。今朝はまさにその花時計を待ちあわせ場所にしていたところだ。

「おはよう、キップ。オレのほうが早かったな」

「どうしたんだい？　そのスクーター。いつも乗ってたっけ」

「じつは待ちあわせに遅刻しそうになったから、ついさっき借りたんだ」

「持ち主に同情するよ」

「こころよく貸してくれたけど？」

メイスはシートのトランクからレジ袋をとりだした。途中でコンビニエンスストアに立ち寄ってきたのだろう。ファストフードがたんと詰まっている。こころよく献上させられた店に同情するばかりだ。

さっそくメイスはチョコチップ入りのスティックパンを二本まとめてかじりはじめた。

メイスの宿体になった水尾勇樹という少年はかつては優形だった。このようなあんこ型になってしまったのは食欲旺盛なメイスのせいだ。以前の宿体などはバレリーナ志望の少女で、松葉のような体型が会うごとにふくよかになっていって最後は目も当てられなかった。メイスは欲望のおもむくままに食べておきながら、体の動きに不満を感じはじめたら別の宿体に乗り移る。

「今日はラトがなにをしようっていうんだ？」

「さてね。ボクにも教えてくれなかった。たぶん、例の市民団体に対する制裁だろう」

「国政に法改正をはたらきかけていたっていう件か。あろうことか中野区の役人が音頭をとっていたとか。涙を語り継ぐ者と気軽に共闘できる日本社会にしたいんだって？」

「うん。原田という問題の役場職員だけど、ボクからの通告にまったく耳を貸さなかった。『脅しには屈しない』だとさ」

「見上げた心意気だな。それで、ラトはどんな制裁をすると思う？」

「どうだろうね。ただひとつ確かなことは、西田里美のラトはなにをしでかすかわからないってことだ。特に朝はね」

　メイスは空っぽになったスティックパンの袋を手放して足下に落とした。そしてオーバーコートのポケットからはペットボトルを抜きだした。強めの炭酸飲料だというのに真っ逆さまに喉に流しこんでゆく。

「怪獣、また役に立たなかったな。『弧月の鼓動』と『滅びるために生まれし者』。しかしパワーだけを評価すれば前者には目を見張るものがあった。飛び地の戦士をこども扱いにしたからな」

　今度は空っぽになったペットボトルが足下に落とされた。

「人間の裏切り行為が大怪獣の力を底上げしたんだよ。滅びるために生まれし者のほうは東京の街を混乱させたということで、まあ及第点だね。人間どもも改めて怪獣の脅威を認識したんじゃないかな。ボクたちは日本の中くらいならどこにでも送りこむことができる」

「日光館の戦後報告を鵜呑みにする限りは、涙の砦は弧月の鼓動と一緒に潜った最後の一羽に気づいていないみたいだな。今後地中を調査するとはいってるみたいだけど」

「そのようだね。しかし最後の一羽についての期待度は未知数だ」

「対話ができない怪獣を従わせるのは難しいな」

「まったくだ。共通語を知らなかった人類しかり」

「あーあ、早く援軍はきてくれないものかな」

「メイスもラトと同じことをいうんだね。ボクはどちらかというと逆なんだ」

「まさかこの星の生活が気に入ったのか？」

「そうじゃない。ギャラフィアンはボクたちを許すだろうか、と思ってね。なにしろ大陸をも壊せるあの貴重な戦艦を失ったんだ。そしてヴェンダリスタの同胞は、ボクたちをかばってくれるだろうか」

「オレたちに制裁をくわえるためにわざわざやってくるっていうのか？」

「この星を拠点にすることははじめから決まっていたんだ。どのみちやってくるよ。だから、ボクたちはせめてティアの首を用意して待っておかなくちゃならない」

「V」ナンバーをもったパールホワイトの車がやってきた。ラトの車だが本人の影がないように見える。

運転手が降りてきてうやうやしく後部座席の扉を開いた。

「おはようございます、キップ様。……失礼ですがそちらのお方は」

「ああ、この界隈のメイスだ。メイス、岡地だ。ラトの新しいお抱えで、もっぱら運転手をやってる」

「ファミレスで密告してきたっていう男だな？　上司を売って職場にいられなくなったのか」

「幸いにもラト様に拾っていただきました」

「ラトを上司にするくらいなら、まえのほうが良かったんじゃないか？」

キップとメイスは鼻で笑いながら車に乗りこんだ。岡地が運転席に回ってただちに発進させる。

「ところでそのラトはどうしたんだい？」

「すでに金井原高校にお送りしてきたところです」

「ふーん、大筋で読めてきた」

「オレにはさっぱりわからないけど、どういうことだ？　キップ」

「原田という役場職員だけど、その長女が金井原高校に通っているんだよ」

「なるほど。オレたちヴェンダリスタと違って人間は我が子を大切にするからな」

人間は遺伝子が近いというだけで我が子を慈しむ。ヴェンダリスタ星人は思想が同じならば他者のこどもでも慈しみ、異なれば我が子でも未練なく袂を分かつ。

「それよりさっきの話だけど、オレも少し焦ってきたよ」

「だったら行動に移そうじゃないか。ただ暴れるだけの怪獣を送りこむんじゃなくって、常時コントロールしたいものだ。そう思わないか？」

「まさか、怪獣を宿体にするっていうんじゃないだろうな」

「そのまさかだ」

「想像しただけでもおぞましいよ」

「メイスのなかから人格を提供してくれないか」

「なんでオレなんだ!?」

「……そうだな。ボクが判断の基準にしたのは、問題児の数だ。ラトなんかは西田里美を宿体にしたような問題児のラトがいる。いいたくはないけどメイスにも多い。世界で宿体の命が奪われた事例を数えると、ラトよりも多いよね。命を奪われるほどやりすぎてるってことだ」

「納得。キップの考えは正しい。賛成するよ。——わかった、ちょうどいい。オレのなかから不良分子をかき集めて怪獣を宿体にさせよう。怪獣は凶悪になるだろうし、間引きもできてせいせいするよ。一石二鳥だ」

「いますぐというわけじゃない。考えておいてくれ」

前方がつかえて車が進まなくなってきた。もう金井原高校の校舎は見えている。校内に入れないらしく、大勢の生徒たちが正門へと続く歩道にあふれている。

メイスがシートのあいだから身を乗りだした。

「パトカーがきているのはわかるけど、消防車が中に入ってるのはなんでだ？　しかもあの影ははしご車だ。校舎から煙が出ている様子はないな。ラトはいったいなにをしたんだ？」

「——あれだ。屋上を見てごらんよ」

金井原高校の女子生徒と思われる人影が屋上の金網を越えた際(きわ)に立っている。金網の内側にもひとつとふたつ人影がある。

「キップ、あれはいわゆる身投げか？　大人たちに説得されてるみたいだけど」

「うーん。ラトの凶悪性を考えると、あの女子生徒はおそらく原田の娘だろう。そしてラトは西田里美を離れて原田の娘を一時的に宿体にしたんじゃないかな」

「……まさに凶悪だな。もしもあのまま飛び降りたら、怪獣を宿体にさせる一番手にはラトを指名してくれよ？　オレのなかにはあんな悪魔は潜んでいないと信じたいな」

「――キップ様、あの男です。原田です」

「ああ、ボクも気づいていた。父親のお出ましだ。脅しには屈しないといったからには、娘の最期をしかと見届けるくらいの気概は見せてくれるんだろう」

　悲壮感の漂う表情で原田が生徒をかき分けて正門へと近づいていく。――制止も聞かずに閉じたゲートを乗り越えて入ったようだ。

　キップとメイスは車を降りると黒の石板を掲げながら生徒たちの群れへと歩を進めていった。

「見ろキップ。ラトがダンスなんかを始めた。しかもかなり様になってる。いつの間におぼえたんだ？」

「それにしても足場がきわどいな……。見てられないよ」

　ダンスに気づいた女子生徒たちも周りで悲鳴をあげはじめた。

「宙返りした！」

「……父親のほうは膝がくだけたな。立てるか？」

「ゲートを開けろ。オレたちを誰だと思っている」

　メイスが手を払えば中から教職員の男が慌ててゲートをスライドさせた。

「もう閉める必要はない。開けておけ。生徒を全員、至急グラウンドに集めるんだ」

キップは強い口調で教職員にいった。せっかくだから生徒たちにもインパクトを与えておくべきだろう。最近は同胞がらみの騒ぎでもいちいちマスコミが食いつかなくなってきた。消防が落下に備えて救助用の空気式クッションを膨張させはじめたが、やるだけ無駄というものだ。ラトがそこをめがけて飛び降りるはずがない。

(おっと、あんなところにあったか)

花壇の柵に西田里美の体が折れて伏している。ラトから解放されてまだ気を失ったままのようだ。というわけでやはり屋上で踊っているのはラトでまちがいない。

そして娘を心配して駆けつけた父親のなんと情けないこと。見ようによっては屋上の動きに合わせて踊っているようではある。右へフラフラ、左へフラフラ。懇願し、娘を神のようにあがめて合掌している。

「おいおまえ、ボクをおぼえているか?」

キップは原田の背後から声をかけた。すると振り返った彼はいきなり両手で胸ぐらをつかんできた。しかしそれも束の間、表情をこわばらせてただちにその手を離した。

「娘を……、いますぐにやめさせてください」

原田が目を伏せて拳を握りしめた。

「それはどういう意味だ? 純粋に、ボクたちに解決する実力があるという意味か? それともおまえは、この常軌を逸した事態をボクたちのせいにしているのか? おまえの娘が自分の意思で起こした行動だろう」

「…………」

「まあいい。この際、しらをきるつもりはない。それにしても、脅しには屈しないといったおまえの宣言はなんだったんだ？　軽い気持ちで正義ぶるんじゃないぞ。おまえの覚悟なんて所詮はその程度だ。だから日常の範囲内で光の国を支援しようなどという発想がうまれるんだ。——屋上を見てみろ、飛び降りるのは時間の問題だぞ」

ラトが楽しそうに走りはじめた。校舎の端まで走り詰め、チキンレースのごとく寸前で足をとめる。そしてまた折り返して今度は全力疾走。宿体の心臓が爆発してもラトにとっては痛くもかゆくもない。

「わかりました！　考えを改めます！　私が、まちがっていました」

「本当か。本当にそう思うなら、ここに誓え。炎の中に指を入れろ」

キップは黒の石板を男の目の前に突きつけた。

「無論、おまえの団体とやらは解散だ。責任をもって解体しろ。そして今日からはおまえがこの手の類似行為を広く監視しろ。日本中だ。撲滅運動の旗印になれ」

「誓います。なんでもやります」

「光の国との戦いにおける功労者は人間とて重用する。頭を柔軟にしろ。むしろいい機会になったじゃないか」

「……そんな気も、してきました」

原田は顔に戸惑いの色をうかべつつも最後には割りきった様子で炎に指を入れた。

キップは心のなかでほくそ笑み、屋上のラトに状況を伝えるためにやはり炎に指を入れた。見上げればラトはもう走るのをやめていた。こちらからの連絡に気づいている様子はないが、なにか不都合でも生じたかのように不安げな表情で飛び跳ねている。

そのラトが指をさした。先にあるものといえば正門から大挙して入ってくる生徒たちの影だ。

「どうしたんだラト!」

メイスが大声をあげて尋ねた。

「私の! 私のお気に入りが!」

キップはもしやと思って花壇に目をやった。——さきほどまであったはずの西田里美の体がない。

再び生徒たちの群れに目を移せば、その中を逆行する不自然な影があった。自転車にまたがっている他校の制服姿は西田里美。その背中を押しているのがここ金井原高校の男子生徒。

(また彼か……)

友利三矢だ。自転車で西田里美を遠くにでも逃がそうというのだろうか。

そのとき叫声まじりの大きなどよめきが起こった。

(今度はなんだ? 忙しいな)

結局ラトは屋上から飛び降りてしまったようだ。ただし消防が用意した空気式クッションに。

「キップー！」

ラトが足をもつれさせつつ駆け寄ってくる。心配した父親が近づいていったが、彼女の回し蹴りを腹に受けて地面に両膝をついた。

「今日はサプライズだったよ、ラト。でもあらすじくらいは教えておいてほしかったな」

「そんなことより、キップもメイスも私の体を捕まえてきて。もうこの体、居心地が悪くて吐きそう。限界なの」

少し大げさだが気持ちはわかる。宿体によっては馴染めない場合がある。それは宿体からの拒絶反応ではなく、じつはまったくの逆であり、相性がいいからこそ宿体から二度と抜けだせなくなるという危機感が居心地の悪い印象をあたえてくるのだ。

キップはグラウンドに整列しはじめた生徒たちの様子に目をやった。

「ラトはもうちょっと辛抱していてくれ。メイス、ここの生徒を登録したことはあるかい？」

「ひとりかふたりってところじゃないかな」

「ラトは？」

「一〇か二〇ってところかしら」

「……メイスには尋ねるまでもなかったな。それだけいたら足りるだろう」

自転車にまたがった西田里美の姿がない。もう校外に逃げだしたようだ。校門に立つ友利三矢が東の方角を見送っている。

キップはラトとメイスを引き連れて生徒たちを一望できる朝礼台にのぼった。教職員の男が急いでスタンドマイクを用意する。

「前置きは省略する。いま、八幡(やはた)高校の西田里美がこの校内から自転車に乗って東のほうに去っていった。西田里美といえば誰でも知っていると思う。キミたちに、彼女を捕まえてここに連れてきてもらいたい。全員でとはいわない。この石板に心当たりのある者だけでいい。キミたちがブラックリストと呼んでいるものだ。参加者は漏れなく減点を帳消しにすることができる。もちろん他の者も有志で参加してくれてもいい。その場合は点を稼ぐことができる。点の使い道は自由だ。身内や仲間内で困っている人を助けられるんじゃないかな」

生徒たちがざわめきはじめた。周りの者たちと顔を見合わせている。家族や親戚そして交友関係をたどればひとりくらいは石板に登録されている者がいるはずだ。

——ひとりが駆けだしたようだ。呼び水となってもうひとり。こうなればあとは早い。二〇という数をはるかに上回って列を離れていった。ひとクラス分くらいは優にグラウンドから減っただろう。

校門では友利三矢がとおせんぼをしているが、イノシシの大群がごとき進行はとめられないようだ。最後には倒され踏み越えられていったらしく、うつぶせになって動かなくなった。いままでどこにいたのか、女子生徒がひとり現れて介抱しはじめた。なんとなく見覚えがあるのだが記憶とぴったり一致するものがない。

「残った大半のキミたちは教室に入ればいい。中立大いに結構。しかし天の川銀河でそのスタンスはマイナーだ。憶えておけ」

それから約五〇分後、捕獲に向かった生徒のうちの小グループが西田里美を連行してきた。ここにくるまでのあいだ、彼女はかなりわめき散らしたようだ。声が嗄れており、顔は涙でぐしゃぐしゃに濡れていた。

その間、校舎の中では授業がおこなわれていたようだった。人間たちが保ちたがる日常とはなんなのかといつも思わされる。現実から目を逸らせるこの特技はヴェンダリスタ星からは久しく失われていたものだ。

ラトから解放された原田の娘が気を失ってかたわらに崩れた。替わっていままで泣きわめいていた西田里美の目には性悪なラトの光が宿った。ほんの少し、涙の跡に戸惑いを示しただろうか。そのような〝彼女〟は夜になれば今日一日を振り返って自己嫌悪におちいるはずだ。

一時間目の終了を告げるチャイムが鳴った。我関せずの校舎内と背徳心が集うグラウンド。涙を語り継ぐ者と飛び地の戦士は、次に出現する怪獣をとおしてこの金井原高校と戦うことになる。

《畑に出る昇降口と同じだ。あっという間に飛行制御室に着く》

《ファーストのオレでも乗れるのか？》

《ああ、制御系以外のセキュリティなら問題なくパスする》

《福本さん、あんたは乗らないのか》
《ボクは非常時に備えてここに残ってやることがある》
《そうか、じゃあ行ってくる》
《みんなをよろしく頼む》
HPCからフロアまで降ろされた昇降装置に二柳日々輝は軽くひと乗りした。
円筒内の壁面がただちに淡いブルーから淡いグリーンの発色へと変わる。それで目的の位置まで到達したことを意味した。
飛行制御室では座席に着いた交戦部隊の六人がHPCの発進準備と思われる作業を進めていた。スペース中央に帯状に展開されたコンソールパネルを手とそして眼光で操作している。照明は灯されていないが色とりどりの光点であふれている。頭上と足下にもほのかな発光が認められるのは格納庫のランプだ。つまり全周囲が外部映像のスクリーンになっているということだろう。
この機体には「愛でたき皇子の揺りかご」という名があり、ティアズ・スタンドではHPCあるいはたんに揺りかごと呼んでいる。現在、搭載されている唯一の戦闘機で、対艦機であって決っして怪獣相手を想定したものではない。隣接する格納庫にはかつてひとり乗りの小型戦闘機が一六もあったらしいが、ギャラフィアンとの戦いですべて失われたようだ。
《エレベーター回収。ハッチロック完了》
《防御システムすべて正常》

《エネルギー残量四〇から四一%……》
《チャージ不要。推進テストを開始してくれ》
塩路が着席するように手でさし示してきた。そこはいうなれば機長席にあたるポジションで、中央にあって六人の姿がひとつの視界に入った。
日々輝が腰をおろすと座席に吸い寄せられて体がほどよく固定された。
ややあってブリッジ全体が微震動した。これは地中に潜ったモグルマムによるものではない。怪獣出現時の小爆発によるものでもない。
《推進テスト終了。全方向正常なり》
HPCはまだ格納庫のベースに固定されている。その状態でちょっとした飛行のデモンストレーションをおこなったのかもしれない。
《司令室に状況を報告します》
ディメンションケージの作動兆候を感知したのは二時間あまりまえのことだ。その時点で司令官の菊田はHPCの出動を決定していた。デュアル・チェンジ・チャージャーの充塡がまったく進んでいなかったからだ。デュアルについて詳しい情報班の田島の見解では、いまの状態ではいったん巨大化はできても三〇秒と活動できないのではないかという。
そのような日々輝に菊田はHPCに乗るようにいった。
《みんな、見てのとおりビッキーもきてくれた。心強いじゃないか》
《いまのオレじゃあ文字どおりお荷物だけど、応援ならさせてもらう》

《我々の戦いぶりを見ていてくれ》

《出現予想時刻まで六〇秒を……きりました》

座席にさらに強く吸い寄せられた。

そして六〇秒とは経っていないタイミングで小爆発による震動は起きた。

《約二〇秒後にクレイドルゲート、開く予定です》

《発進用意。開口と同時にベースプラップ固定解除》

機首を下げるかたちで機体がやや傾いた。それにともなって全方位スクリーンに映る格納庫のランプがスライドした。前方には開口するゲートと思われる部分に光の国の数字が表示された。いわゆるカウントダウンであり、その時間単位は一秒よりも小さい。

最後に「健闘を祈る」を意味するらしいウルトラサインが表示され、壁面が十字に割れて開いた。

《クロール開始》

HPCが雪山の斜面を滑るがごとく進みはじめる。そしてゲート部に突入したとたんに大きく加速した。ヒトの体では、耐えがたかったのではないだろうか。

斜め下方に向かって飛びだしたHPCは船外に出ると一転して上昇した。重力加速度としてはさらに大きなものだ。制御室には横から日の出直後の淡い陽光が射しこんできた。

飛び地も、そして東京の街も珍しく一面銀世界だ。

日々輝は両膝のあいだから地面の様子を見た。――はっきりとした怪獣の影がない。しかし爆発痕の周囲に一番乗りでつけた足跡のようなものならばあった。
《白い個体だ》
いわれて日々輝も視覚をはたらかせた。白い雪面と同化しているが確かになにかが存在している。それは朝日をうけて伸びる影が目印となった。
ＨＰＣは飛び地の境界すれすれで旋回し、高度を落としながら怪獣のまさに背後から接近していった。
《グリズルレーザ、発射準備完了》
《安全策をとって怪獣の側面に回ろう。ティアズに当たってはいけない》
怪獣はまだこちらの存在に気づいていないようだ。再びバリアを展開し終えたティアズ・スタンドに対しても興味を示していない。むしろ飛び地の外を飛ぶシルヴァンに気をとられている。
体高が七〇m近くあるだろうか。ティアズ・スタンドの艦橋と比較するとほぼ同じ高さだ。光を乱反射させていて具体的な体の形がよくわからないが、直立しているのはまちがいない。地面付近に鉄色の二本足がほんの少しだけ覗いている。ヒトでいう足首の辺りまでだろうか。そこから上はおそらく体表が露出していない。白銀の鎧をまとっているかのようだ。全体としても部分としても左右の対称性が乏しい。鎧のあちらこちらから蒸気のようなものをしきりに噴出している。
ＨＰＣからグリズルレーザと呼ばれるものが照射されたようだ。肩の部分に命中して噴煙が広がった。その煙幕を回収するかのように、HPCは急接近してはかすめるように怪獣の横を通過した。

しばらくして――

《ディスクレシャン、失敗》

《もう一度行こう》

《なにを失敗したんだ？》

日々輝は思わず尋ねた。

《ああ、怪獣の組織を採取しようとしたんだ。ウルトラデータベースと照合できれば、生体情報からたまに弱点がわかることがある。消費エネルギーを最小限にして倒すことができる》

宇宙空間での対艦戦闘にこのようなオペレーションはないはずなので、塩路たちがHPCの機能を分析して考えだした方法なのだろう。

それからさらに二度失敗を重ねた。

このHPCを、具体的に誰がコントロールしているのだろう。日々輝は不思議に思った。少なくとも、代表して操縦桿を握っていそうな者がいない。自動で飛行しているのではないかと思えるほどに六人の手はおろそかだ。ただしコンソールパネルと彼らの両目のあいだでしきりに〝光通信〟はおこなわれている。

怪獣は氷のようなもので全身を防御しているらしい。表面を砕いてもすぐに再生されるので肉質にまでダメージが届きにくいようだ。届きにくいようなのだが、グリズルレーザはいたずらに神経ばかりを逆なでして怪獣を次第に凶暴化させていった。
《ディスクレシャン、成功！》
《よし、司令室に解析を頼もう》
　HPCは一転して怪獣から距離をとり、飛び地の縁でホバリング状態に移行した。
《これである程度のめどが立ったってことか？》
《そうだな。ゲノム情報からデータベースの検索に引っかかってくれたらいいんだが》
《怪獣の弱点といっても、心臓か頭を集中的に攻撃すればいいんじゃないのか？》
《それはそうなんだが、より効果的な攻撃で仕留めたい》
《あくまでも省エネにこだわるんだな。確かに今月は省エネ月間だ》
《ディメンションケージ内で保護されていた怪獣は、ピグGの話では電磁波で生かされていたらしいんだ。簡単にいえばそれが餌だな》
《へえ。冷凍保存されてたわけじゃなかったのか。オレはてっきりそう思ってた》
《怪獣にとっておいしい電磁波とマズい電磁波。それは補色の関係にある》
《そういう難しい話はオレにはわからないな》
《青い光が好物なら黄色い光が食わず嫌い。赤い光が好物なら青緑の光が食わず嫌い。ウルトラデータベースにはその手の餌が登録されているから、我々はその補色のレーザ光をブレンドしてぶつけてやるんだ。ブレンドレーザといってね。効果はあるような気がする。これ

はいままでの経験則だ》
ひとりが席を立ち、おぼつかない足どりでブリッジを出ていってしまった。
《どうしたんだ？　いまの人》
《ああ、HPCの操縦は非常に疲れるんだよ。ウルトラ・コンディショナーにかからないと回復しない》
《塩路さんたちには失礼だが、オレにはそうは見えなかった。司令室の植松さんのほうがもっと忙しなくしているぜ》
《いまもそうだが、HPCの制御装置は、我々が命令するたびにその回答となるプランを提示してきて、選択と実行の許可を瞬時に求めてくる。極めて面倒な手続きだが、それがセキュリティなんだ。光の国の人間にしか操縦できない仕組みになっている。そこにきて我々はセカンド・ステップとはいえ半人前なんだ。ちょっと大げさだが、脳みそが溶けそうになる》
《塩路さんたちでそうなら、オレはたとえセカンドになっても操縦できないだろうな》
《実際、格納庫に残った福本くんなどはデュアルI時代の連戦で、脳に障害を負ってしまった。じつは彼、指を折って数えないと数字の計算がほとんどできない》
《………………》
《ビッキーはファーストのままでいてくれ。セカンドにはステップするべきじゃない。我々はもう、ヒトには戻れないんだ》

《……どういうことだ？　ファーストなら戻れるのか？》
《ティアに戻す能力はないらしい。しかし銀十字軍の隊長クラスならば、ひょっとしたらできるかもしれないという》
《銀十字軍……》
《そうだ。ウルトラ・コンディショナーの扉に十字の紋章があるだろう。あの装置は銀十字軍のものだとピグGからは聞いた》
《それにしても塩路さん、あんたたちって……》
《同情はいらない。我々が手を挙げていなければ他の誰かが買って出ていただろう。ティアズにいる仲間は、みんなそういう気持ちをどこかでもっている》
《しかし……》
《ついでにビッキーにだけは教えておこう。これは我々や総代の伊波氏、そして菊田司令官くらいしか知らないことだ。――片蔵さんも、セカンドにステップしたんだ》
《なんだって!?》
《ベムラー戦を前半と後半に分けるならば、後半の片蔵さんはセカンド・ステップだった。どうしたってベムラーには勝てなかったんだよ。あの個体はベムラー種のなかでもおそらく特別だった。あらゆる攻撃に光の後ろ姿が関係していた。次元爆弾だ》
　――なにか遠方で異変が起きたようだ。
《ティアズか!?》

塩路が尋ねた。
《違う。シルヴァンが攻撃されたみたいだ。墜落するぞ》
《怪獣は飛び道具を持っているのか?》
《……わからない。この録画映像だと、空中で突然なにかに衝突したみたいだな。氷山? 氷塊といったらいいのか?》
《我々も接近時は気をつけよう》
離れた場所に氷塊を出現させるなど怪獣のなせる技だろうか。ヴェンダリスタ星人が特殊な能力を付け加えたのかもしれない。
《ウルトラデータベース、該当あった模様! 怪獣は『無二の氷像』》
《モンスターズミルクを逆転ブレンド。ベイビーボトル用意》
再びＨＰＣは移動を始めた。
ティアズ・スタンドから南南東の方角は中野区の辺りから黒煙が立ちのぼっている。微妙な距離だが緩衝地帯のさらに外かもしれない。
《怪獣がティアズを攻撃したようだ》
《司令室はなんといってる》
《町さんは寒いといってる》
《冗談じゃなさそうだな。急ごう。船を冷蔵庫にされてしまうぞ》
ウルトラ・コンディショナーでケアをすませたひとりが戻ってきた。そのひとりと入れ替わるようにまたひとりがブリッジから出ていった。
《みんな、辛(つら)いが集中してコントロールしていこう。シルヴァンが落ちるくらいだから、氷塊に当たればこっちも無傷じゃいられないぞ》
そして機体が損傷すればもう直せないかもしれない。
——ティアズ・スタンドに展開されたバリアが中央部から白銀に凍りついている。
《ティアズから怪獣の意識を逸らそう。一発見舞って我々に向けるんだ》
塩路の思惑どおりにはなった。しかしいったんこちらに矛先を向けた怪獣の攻撃は凄まじかった。
《正面ばかりに氷塊を出してくるぞ！　私の神経がもたない！》
《交替しよう！》
《どんどん遠ざけられている！　まさか我々を飛び地の外に押し出すつもりか⁉》
《シルヴァンに撃たれるなんてシャレにならない！》
ＨＰＣがほとんど直角に進路を変えることがある。操縦者の判断が追いつかず、機体が防御機能を働かせて強引に回避しているのだろう。日々輝は機長席に座った状態で何度もむち打ちになりかけた。
《接近すらできなくなった。なんという怪獣だ》
《高々度に消えてから捨て身の急降下で行くか。こうなったら脳天にブレンドレーザを落としてやる》

《待て、オレが行く》
《ビッキー?》
《三〇秒くらいなら怪獣の動きをとめてみせる。その間に接近して、一発で決めてくれ》
《巨大化が解けたら、死ぬかもしれないぞ》
《そのときは死にものぐるいで逃げる》
《……頼めるか》
日々輝は座席から立ちあがった。
《みんな、いままでたいへんだったんだな》
《…………》
《あんたたちは、ティアズ全員を仲間だと思ってる。だから他のみんなにも、あんたたちが同じ仲間だということをもっと思うようになってほしい。——今度の金曜日、オレがカレーを作ることにするよ。だからみんな、食堂に食べにきてくれないか。真ん中で食べてくれ》
《ビッキー……》
《行ってくる》
《三〇秒、がんばってくれ。応援している》
とそのとき、デュアル・チェンジ・チャージャーの光が心なしか色合いを変えた。赤だったものがわずかに黄味を帯びた。
《チェンジ・デュアル!》

日々輝は光と化して瞬時に怪獣の正面に降り立った。

胸のカラータイマーははじめから点滅をしていたが、むしろいままでの戦い以上に時間的な余裕を錯覚することができた。その余裕は視界を広くもした。やや高い位置にある怪獣の頭部とその厳つい形相を見上げている気がしなかった。

怪獣が口から冷気を吹きつけてきた。とっさに左手でガードすればその左手は凍りついて氷の固まりになった。しかし少し力をこめただけで氷は粉々に砕け散った。

そして日々輝は反撃に転じた。

もうエネルギーは残りわずかだというのにまちがいなく体が軽い。

交戦部隊の事情を知るほどに気がかりは増えてゆく。彼らにはもうヒトに戻れる望みがない。その点において彼らはティアズ・スタンドの中にあって異星人だ。格納庫は異国であり、彼らは〝他国〟との交流に消極的になっている。しかしそのような彼らも心のなかではティアズ・スタンド全体としての仲間意識をもち続けている。

片蔵正平については気持ちは複雑だ。彼はどこまで自分の意思のもとに〝デュアル〟だったのだろう。ファイタータイプであったが故にひとり怪獣と対決した。そしてベムラー戦を乗り越えていくためにさらに光の国の戦士に近づくことを選んだ。その後は連勝街道を突き進んだわけだが、あの時代の彼と生まれたての自分を比べていただけに気負いはとり去られた。

日々輝は手刀をさんざんくりだして怪獣の胸から頭まで氷の鎧をすべて砕き落としていた。

《あとは頼んだ》
最後に怪獣の胸を踏み台にして大きくさらに大きく後方に宙返りをした。植松鈴がいってくれたように、空中を浮いて長く弧を描けたような気がした。
着地を待たずにHPCからはブレンドレーザが照射されていた。まるで掘削するかのように怪獣の硬い胸をバリバリと爆音をたてて掘り進んでゆく。少し威力が足りないと思った日々輝は、左胸の前で両腕をクロスさせると、残りのエネルギーでショルト・ストライクをコラボレーションさせた。

波乗りの戦士

　南中した太陽が高くなったものだと南城陸美はふと思った。まだ一度や二度は寒波の到来をひかえたこの時季に、春遠からじの兆しを日射しの角度に感じる瞬間が毎年のようにある。それがまさにいまだ。

　スクランブルが一年三六五日の二四時間態勢ならば、今週明けの三日間は除雪要員が二四時間滑走路ににらみを利かせていた。その除雪車の影もいまはない。千九百mの一直線が春遠からじの兆しを反射している。

　シルバー・ヴァンガードが轟音を置き去りにして離陸していった。その後退翼にはポッドをずらりと懸下していたが、怪獣など出現していないのでスクランブルではなく演習目的と思われる。ノーズアートのペイントは施されていなかったように見えた。横田基地から届いたばかりの機体だったのかもしれない。

　――シルヴァン墜落――

あの朝、この報をうけて吉見基地には激震が走った。

第二三号怪獣「コオルダー」とはまだ交戦していない時点でだ。こうもり怪獣バットンにすれちがいざまに撃墜されたA-10のケースとは比較にならない。なにしろシルヴァンとコオルダーとの距離は三千m以上も離れていた。常識ではちょっと考えられない。

「やれやれ、たいへんだったな」

上司の須藤辰雄が自動販売機で買った缶コーヒーの一本を差しだしてきた。彼もまた河野竜太や浜本恒明を筆頭とする序の口のメンバーだ。

「ごちそうになります」

南城は受けとると須藤のタイミングに合わせてプルタブを開け、おもむろに口にしながらさきほど離陸したシルヴァンの機影を上空に探した。

「まさか警察が入ってくるとは思いませんでしたね」

「死者の数よりむしろ火災の規模だな」

緩衝地帯の上空で突如として操縦不能になったシルヴァンは、JR中央線を越えて中野・杉並両区のほぼ区境に墜落した。住民から死者二九人をだし、その数よりも多い民家三六棟を焼いた。パイロットは操縦座席を射出させて命に別状はなかった。しかし即現場復帰というわけにはゆかない。

「はじめから正直に答えておけば良かった話です」

「A-10の墜落ケースでは幕僚監部からふたりが辞任しているからな。嘘もつきたくなるだろう」

　シルヴァンが墜落したのは緩衝地帯上空に到着して二分前後のことだ。怪獣要撃の運用規約を破って燃料を満載していた。じつに四トン以上だ。この量を半分と答えてしまったものだから被害の規模とつじつまがあわなくなった。屋根の積雪を溶かすほどに木造家屋がよく燃えたのだ。

　首相官邸も肩をもち、内閣官房長官が「戦争中」という単語をコメントに混ぜて都民に理解を求めた。このコメントは様々な方面で物議を醸した。全国紙の新聞社は「勝つまでは欲しがるな」と訳した見出しを載せてヴェンダリスタ星人の怒りを買った。コオルダー出現から一週間が経ったいまは緩衝地帯の拡大にまで議論が発展している。

「広げるのでしょうか」

「五百m膨らませるのに移住等の生活保障だけでも最低二兆円だ。しかし操縦桿を握る霧島くんなどは以前から二kmと主張している。一〇兆円？　無理だろう」

　土俵と主に土俵下をつくるために国家予算の半額に相当する費用がかかった。これを国は三七年かけて返済する。ヴェンダリスタ星人の陰で「幸せ国債」と呼ばれている。一〇年二〇年後に借金で首が回らなくなっている状態とは、ギャラフィアンに地球を征服されていない幸福な世の中という意味だ。

　もともと緩衝地帯の幅四kmという数字には安全を保証するうえでの明確な根拠がない。本来は幅五kmだったところを、やはり予算の都合上からシェイプアップされたという裏話ならばある。飛び地で起きる出来事が自然災害ならば観測史上の最大値を採用することはできる。しかし遠い宇宙からやってきた怪獣のなすことは想定不能だ。ひとまず線引きをして、死者がでればそのたびに後退させてゆくのが標準的な対策というものだ。犠牲者の誕生が後手後手にルールを変えてゆく。

都民はお門違いだとわかっていても政府と世界中立軍を非難しなくてはならない。この事態をすんなり受容してしまうと、後々に犠牲者が増えることはあっても減ることはない。

と、このように、コオルダーの出現は様々な悪影響をもたらしたのだが、その一方で人々を活気づけた部分も大きい。それはシラヌイの奮闘だ。ティアズ・スタンドの戦闘機ともいいコラボレーションを見せた。

「話は変わりますが、Aチーム・パイロットの小浜優斗、先月末で依願退職になっていましたね。私にはいつ軍法会議が開かれたのかすらわかりませんでした。顚末をご存じですか？」

「ああ、じつは上層部に内偵をうながしたのは私だ」

「——それは驚きました。霧島くんも、知ったら驚くと思います」

「小浜のような行為にはふだんから私も序の口の使命だと思って目を光らせている。飛び地の場外乱闘に唯一干渉できるのはここ吉見基地だけだからな。さらにいえばパイロット。霧島くんのような存在がいれば逆もいる」

「つまりここぞという場面でシラヌイを攻撃するよう、ヴェンダリスタから指示されていた？」

「そうだ。ブラックリストに載った近縁から陳情されて小浜もやむを得なかったらしい。親族ということで彼自身も知らず知らずにブラックリストに載せられていたみたいだな。そのあたりの情状を酌量して、表向きには視力低下による操縦者不適任を理由に配置換えの処遇にした。しかし彼は辞めた」

「ヴェンダリスタは決まって血縁を突いてきますね。金井原高校の飛び降り騒ぎも同じです」

「金井原高校といえば、彼女は大丈夫だったのか」

「目立たないようにと私からは口を酸っぱくしていっていますが、なにしろ彼女の半分が半分ですから、体が動いてしまうこともあるようです。でも友利くんという少年には彼女を守ってくれるようにお願いしておきました。序の口にこどもが交じっていたこと、ご存じでした？」

「いや、私は知らない。そもそもメンバーで顔と名前が一致するといったらせいぜい一〇人だ」

　足音に振り返れば霧島雄吾のパイロットスーツ姿があった。てっきり格納庫のほうからやってくると思っていたのに意外だ。

「どこに行ってたの？」

「幹部に呼びだされていた。今回の一件をふくめて外ではベラベラしゃべるなって釘を刺された」

「口が軽いものね、霧島くんは」

「霧島くん、例の話だが、やはり難しい。パイロットには当然としてアラート待機がある。キミのスケジュールにあわせることはできない」

「あわせていただく必要はありません。非番と重なったときに、一度でも」

霧島は密輪に参加しようとしている。搬入は毎回人手不足なのでひとりでも増えることは大歓迎だ。

貴重な休暇を返上して感心するといいたいところだが、霧島には熊野良子に近づきたいという女々しい下心がある。彼女は密輪には関わっていないのでどうせ会えないといってやったのに。

あと、しばらくしたら滴を飛び地に送り届けなくてはならない。滴とティアは生き別れになったふた組の双子のようなもので、いったんふたつが元に戻り、異なる環境で生じた差を埋めあわせる必要があるという。去年の春にも一度実行している。密輪よりもはるかに神経を遣うミッションだ。

須藤と霧島が格納庫に向かって歩きはじめた。

「いまも特別な訓練のようなものは始めていないか。ブリーフィングレベルなどでも」

「ありませんね。オレたちは国境線防衛の特務部隊として完全に切り離されているようです」

「そうなると自衛隊か……。そっちの方面の話はなにか耳に入ってこないか?」

「ないです。もちろん、それとなく探ってはいますよ? 空自の連中を飲みに誘って。しかしもしも飛び地制圧の作戦なるものが本当に存在するなら、要員として名を連ねている本人はおくびにもださないでしょう。オレの耳に入るとしても又聞きになると思っています」

「陸自のほうは河野さんが探っておられるが、やはり存在するならば機密なんだろうな。霧島くんと同じく、それらしき話はでてこないといっていた」

「というわけだ」

霧島が振り返っていった。

「結構よ? なければないで」

どのようなかたちであれ、ギャラフィアンと地球の問題はいつの日か終止符が打たれるだろう。それは五年後かもしれないし一年後かもしれないし、今日かもしれない。

そのときに飛び地に渡った人間をどう扱うのか、という議論が永田町でも霞ヶ関でも水面下で交わされていることは事実だ。なにしろ、日本と世界は今日まで飛び地を見殺しにしてきた。それでいて彼らが友好的な感情をもち続けてくれていると思うのは期待過剰というものだ。

議論の根底にある問題とは、飛び地の人間がヒトよりも進んだ存在であることだ。早い話が政府は彼ら「超人」を危険視している。遠い将来、彼らが数において支配的になるとは考えていないだろうが、文字どおり支配的な行動を起こす可能性は否定できていない。ギャラフィアンやヴェンダリスタ星人に代わる地球征服だ。その手の思想をもちはじめるひとグループが飛び地の中から生まれても不思議ではない。

飛び地に渡るまえから熊野はこの未来を見越していた。彼女は国境の壁がとり除かれても政府は〝ティアの子たち〟を野に放たないかもしれないといっていた。

「密輪があるたびに、睦美はいちいちオレに教えてくれよ」

「耳にタコができているでしょうけど、会えないわよ？　手紙でも送ったほうがいいんじゃない？　それくらいだったら、ダンボール箱に一緒に詰めてくれるはずよ？」

「コオルダーのときは、オレは滑走路でスタンバイしていた。モグルマムとベビボンのときみたいに、逆にAチームの代わりにオレたちがスクランブルしていた可能性もあった。オレがコオルダーの氷塊に正面衝突していた可能性もあったんだ。世論はシルヴァンを放棄して脱出したパイロットに冷たいが、あれは生還できたことが奇跡だった。だからオレにも命があるうちに、もう一度良子に会っておきたいんだよ」

――東京メトロ地下鉄赤塚駅付近。箱型の地下トンネル内はいったん携帯ライトを消せば宇宙よりも暗い空間。視覚を最大限にはたらかせても見えないものは見えない。

ただしこれも飛んだりピンポイントでテレパシーを伝えたりするように、固有の超能力で視界を手にいれる者もいる。したがって比較的に暗所を苦にしない者がいままで密輪の選抜隊になってきた。

駅の周りは足を踏みだせばドブネズミが蜘蛛の子を散らすように走る不衛生な場所だ。地上に比べれば雨風がしのげるだけでも快適な環境を想像していたらとんでもなかった。ところによっては湧き水と浸水によって足下がひどい状態になっている。汲み上げ用のポンプがとめられているので、飛び地の地表と同じく水が逃げていかないのだ。駅間のトンネルには勾配があり、低い場所などはレールが冠水している。もうひとつのルートである大江戸線もおそらく同じ状況と思われ、密輸で物資を担いでやってきてくれた序の口という支援者のことを思うと頭が上がらない。

瓦礫除去作業のあいだ、生活部の男たちはずっと同じ話をしていた。飛び地に渡ってきた日の思い出話だ。国籍放棄の同意書にサインをしたあとは誰もがあの国境のトンネルをくぐってきた。だからここにくるとつい思いだしてしまうそうなのだ。

当初は百人くらいの単位で移ってきていたが、その勢いは右肩下がりになり、二柳日々輝(ふたやなぎひびき)を最後に新人は入ってきていない。

ティアズ・スタンドは新たにくる者を拒まないし、大歓迎をする。これは仲間はひとりでも多いほうが心強いからだ。ただし、いま加わるひとりに、ひとり分以上の生産性を期待できるかというと疑わしい。エネルギーの収支が黒字か赤字かでいえばおそらく赤字だ。

《ここはA線の天井がいつ落ちてきてもおかしくないな》

《A線が落ちたらB線も長くは保(も)たないだろう》

かつてデュアルIとサソリ怪獣アンタレスは、後に「板橋大乱闘」と呼ばれる土俵際の激しい戦いをした。いま日々輝たちがいるちょうど真上だ。このときにデュアルIは徳俵(とくだわら)を割って土俵下に押しだされている。そこへシルヴァンが国境侵犯を理由にガトリング砲を浴びせたのだ。この霧島雄吾というパイロットはマスコミの取材に対して武力行使の正当性を臆面もなく語り、国民から大いに反感を買った。

しかし総代の伊波松男(いなみまつお)の話によると、霧島はなんと味方らしい。序の口の一員だ。この組織についてはあと数人のメンバーを聞いたが、河野と南城という名前くらいしか頭に残っていない。

《ビッキー、ありがとう。あのコンクリート柱の残骸だけはどうしてもとり除けなかったんだ。やっぱりファイターは力が違うな》

《今度はオレが戦いのなかでこのトンネルを壊すこともあるだろう。そのときは遠慮なくいってくれ》

《じゃあティアズに戻るか》

《国境近くまで行ったヤツらはどうするんだ？　オレは石ころだろうが落ち葉拾いだろうが手伝うぜ？》

《いやいいんだ。その気持ちだけで》

地下鉄赤塚駅は階段が完全にふさがっているので鋼鉄製のチェーンを懸垂して上り下りしなくてはならない。したがってここから物資を地上に運びだすとなるとたいへんだ。

《ビッキーから上ってくれ》

《オレはいい。ちょっと見ててくれよ》

　そういって日々輝はロープに平行して浮上した。
《飛べるようになったのか！》
《ああ、植松さんの直伝だ。ヴェンダリスタにはまだ内緒だけどな》
　地上に出ると、ほぼ満月に近い月が東の空から高く昇っていた。二時間ほど地下トンネルで作業をしていたことになるのだろうか。
　ティアズ・スタンドとのあいだに小さな光が点々としている。六名からなるモグルマムの調査班だ。最近はモグルマムを震源とする地震の数がめっきりと減った。しかしゼロになったわけではないので地中で生きていることはまちがいない。
　日々輝はロープを上ってくる仲間たちを次々に引きあげてやった。
《さあ帰ろう》
《本当にいいのか？　まだ残ってるヤツらを待たなくて》
《いいんだ。彼らにも仕事をあたえてやってくれ。ティアズに貢献したいという思いはみんなもっている》
《その気持ちはわかる。特に密輪は重要な仕事だ》
《この東京メトロの地下トンネルを密輪に使うことは、たぶんないと思う》
《じゃあなんのためにレールの上をきれいにしたんだ？》
《使うとすればティアが使うんだ。ビッキーはまだ知らなかったか。ティアはふたりいるんだよ》

《そうなのか!?》
《ああ、去年は地下トンネルの国境付近でティア同士が会ったそうだ》
《──驚きだな。つまりもうひとりのティアは壁の向こう側に住んでるわけか》
《私も詳しいことまでは知らないが、そういうことになるんだろう》
モグルマムの調査班が手招きをしている。なにか発見があったようだ。
《ビッキー、ちょうどいい。この地面の音を聞いてみてくれ》
《耳にはそれほど自信はないけど、聞けばいいんだな？》
日々輝は地面に耳を当てて聴覚を研ぎ澄ませてみた。
《モグルマムはおそらくこの真下なんだ。一五mと潜っていない。怪獣のスケールでいえば布団をかぶって眠ってるようなものだ》
《……ああ、この音か》
《どんな風に聞こえる》
《食べたものが腹の中を流動してるような音だな。あんまり調子は良くなさそうだ》
《そいつだ。以前はそんな音はしなかったんだ》
《手当たり次第に土でも食って腹をこわしたんじゃないのか？》
《ハハハ……。だといいんだがな》
いずれは地中から引きずり出して決着をつけなくてはならない。しかしいまの自分では歯が立たない。ファースト・ステップのままで実力を上げてゆくしかない。

ティアズ・スタンドの下には自衛隊の軽機動車が三台とまっていた。今日は日光館ではなくティアズ・スタンドを会場とした定例会談が開かれることになっている。ここ数日は渉外部の人間はピリピリと神経質になっていたし、比較的に柔和な佐久山透でさえ話しかけにくいオーラを放っていた。

対照的に作戦司令室はリラックスした雰囲気だった。ティアズ・スタンドが会場のときに怪獣が送りこまれてくることはないらしい。日本政府とヴェンダリスタ星人のあいだでとり決めがあるのかもしれない。

各車両の運転席には自衛官と思しき影がある。船の中に入るには昇降装置のセキュリティなどが面倒なので留守番だろう。入るのが面倒だし、いったん入った〝ヒト〟は今度は自力で外に出ることもできないのだ。

ウルトラ・コンディショナーには順番待ちのちょっとした行列ができていた。一度に三人までしか処理できないので、トイレや空腹が我慢できなければ別のエリアに行くしかない。霊安室のある第六エリアなどは気味悪がってほとんど誰も使わない穴場になっている。

銀十字の扉が割れて中から出てきたひとりはもんぺ姿の鳥居靖子だった。

「あらビッキー、お疲れさま。メトロのトンネルはどうだった？」

「もう電車が客を乗せて走れるような場所じゃなかったな。トンネル自体がでっかい下水路みたいになってる」

「そう……。新しい大江戸線でさえ、当初は駅とその周辺がひどかったらしいわ。死体が残っていたっていう話も聞くし。シールド工法だからトンネルチューブは頑丈なんだけどね」

「最近は劣悪な仕事現場ばかり見せられて、怪獣相手に弱音を吐けなくなった」

「いろいろな役割があることを知るのは大切よね。——そうだ、いまならまだ会談を傍聴できるはずだから、行ってみない？」

それから鳥居に連れていかれた場所は第八エリアだった。渉外部のある第七エリアとはまさに隣りあわせになっている。

「つまみ出されやしないか？」

「そんなことないわ。傍聴はれっきとした私たちの権利なの」

会場の傍聴席とやらはすでに二〇人ほどで埋まっていた。そこで日々輝と鳥居は壁に沿った高所の回廊から見下ろすことにした。

会議机には政府側が六人と背後の小テーブルに三人、渉外部側はいつも日光館におもむくメンバーに伊波などを加えた五人だ。会談形式は特殊だと聞いていたがいずれも素顔をさらしている。

「さすがに総理大臣はきてないみたいだな。オレは去年の秋まで外で暮らしてたけど、知ってる顔がいない」

「トップ会談のひとつ手前の閣僚級会談ね。政府の代表は外務大臣だと思うわ。あとは国家安全保障会議を構成するメンバー。いわゆる日本の中枢で、かつては内閣官房だった伊波さんも事務方としてあのなかのひとりだったの」

「トップ会談のときはティアも出るってことか？」

「私がここにくる以前にそういうことがあったとは聞いたわ」

「こんな秘密の会議を傍聴することが、オレたちに権利としてあたえられてるのか？」

「もちろん日光館まで行くことはできないけど、ティアズで開かれる会談は許されているの。むしろ私たちは現場に立ち会って、伊波さんや渉外部の外交をチェックしなくちゃいけない立場にあるの。だって彼らに任せきりだと、ティアズ全体が危険な方向に進んでいくかもしれないでしょ？」

「危険な方向か……。そんなの疑ったことなかったな」

「ティアズはいままで大きな問題こそ起きなかったけど、人の配置や生活のルールなんかは基本的に伊波さんの独裁よ？　個人の希望がすべてとおってきたわけじゃないし、決して民主的とはいえなかった。いちいち希望や意見を聞いていたら事が前に進まなかったはずだけどね」

「――さっきから難しい顔をしてなにを話し合ってるんだろう。声が聞きとりにくいな」

「私が変身して聞いてあげる。ビッキーはダメよ。鶏冠でデュアルだってバレちゃうから」

ややあってにわかに会議机の境界が乱れはじめた。相手の席に押しかけて少人数の話し合いになったようだ。

とげとげしい熊野の声だけはよく聞こえる。シルヴァンといえども飛び地の上空に入れば攻撃対象にする、などといっている。かなり不穏な発言だ。それに対して政府の男はたじたじの様子で困惑した表情をしている。そのあたりの事情はなんとなく日々輝にも読みとることができた。世界中立軍は日本政府の軍隊ではない。政府に軍事行動の統帥権はないのだ。

「熊野さんたちは、どうも怪獣との戦い方についてもめてるみたいね。政府の要求としては、とにかく休みなく怪獣に攻撃をくわえて、敵意をデュアルなりＨＰＣに釘付けにしてほしいみたい」

「確かに前回はコオルダーをほったらかしにした時間があったな。その間にシルヴァンが落とされたんだ」

「あの墜落で東京はたいへんなことになってるみたいね。被害以上に世論が。でもこれは私たちにとっても政府にとっても決して悪い流れじゃないわ」

「どうしてだ？」

「私たちが政府の要求に応えることに対して、政府も私たちのなんらかの要求に応じなくちゃいけない。それが外交というものだわ。政府は都民から犠牲者をだすわけにはゆかないという大義名分のもとに、ヴェンダリスタのてまえでも公然と私たちを支援することができるようになる。たぶん熊野さんはそのあたりの条件を絞りだそうとしているんだと思う」

「伊波さんのほうはなにを責められてたんだ？　熊野さんも熊野さんならあの大臣もふてぶてしいな」

「光の国の援軍はいつくるのかって、核心に迫られていたみたいね」

「いつくるんだ？　オレも知りたい」

「ギャラフィアンと大差のないタイミングだろうって」

「たったの一日でも前後で大違いだよな」

なぜか会場にピグモンが入ってきた。彼女を見慣れていない政府の人間たちが次々と目を向けてゆく。ピグモンは伊波のかたわらへと進み、なにかを告げはじめたかと思うと、虚空からは光のシャワーが降り、なんとティアまでが現れた。

ちょっとした歓声があがった。

日々輝にとってもティアの姿を見るのは久しぶりのことだ。飛び地に渡ってきた日以来になる。

「知ってるか、鳥居さん。ティアは両手をうしろに回してるだろ？　光の羽衣に隠れてるけど、手錠のようなものをはめられているんだ」

「嘘……、そんなの知らないわ。サラマンドラと戦ったあとにはめられたってこと？」

「ティアはオレを助けてくれたときも、両手の自由を奪われてた」

「まさか伊波さんに捕らわれているのかしら」

「わからないな。いつか話す機会があったら訊いてみようと思ってる。そういえば、ティアがふたりいるっていう話もさっきはじめて聞いたところだ」

「その話は、一番の秘密だから」

ティアはなにをしに現れたのだろう。ピグモンが片言（かたこと）でティアの意思を政府の人間たちに翻訳しているようだ。

つぶさに伝わっているとは思えないが、外務大臣などはなにより意見を聞きいれようという態度に変わっている。論より証拠の百聞は一見にしかずとでもいおうか、神々しいティアには存在そのものに相手を従順にさせる力があるように思える。

やがてティアは光となって四散した。大役を果たしたピグモンもいそいそと会場を出ていった。

「ピグモン、なんていってた?」

「……そうね。私たちは世界を守るために戦っている。手段は異なれど、あなたがたも世界を守ろうとしている。私たちは同志です。そういう主旨だったように聞こえたけど」

もっともなことだ。しかしあの会議机を境界にして両者が自分の立場ばかりを主張しあったら言い争いになってしまうのだろう。折に触れて同志という関係を確認しておくことは重要だ。

「分かれて作戦会議を始めたみたいだな」

熊野だけはひとり席から立って政府側と逐一確認をとっている。政府側は小テーブルに着いた役人と思しき男たちが有線の電話で話をしている。およそ公式とは思えない会談がそれから一〇分も二〇分も続いた。

「あれ? 伊波さんたち、変身していったな。なんでいまさら?」

「撮影の準備を始めてるから……、たぶんいまからが本番なんじゃないかと思う」

「え!? つまりいままでのは舞台稽古か? めんどくさいな。怪獣退治のほうがマシに思えてきた」

「伊波さんのお母さん、ごちそうさまでした。おいしかったです」

「……いいえ、おそまつさま」

「すぐに帰るつもりだったんですけど、おじゃましてしまいました。じゃあ滴、また明日ね」

「うん、表まで送っていく」

友利三矢が家を訪ねてきてくれたのは二一時も間近だ。母の一美も仕事から帰って間もなかったが、とり急ぎ冷蔵庫の中身で夕食を作って彼にあたえた。

三矢は至誠館の稽古帰りだった。また密輸の準備が始まったという。飛び地のティアからテレパシーで受けとった内容を南城睦美に伝え、南城からは浜本恒明に伝わり、浜本から至誠館に要請され、そして三矢に協力が求められたという流れだ。自分から直接伝えることができれば八日もまえの朝だったところなのに。

「引っ越さなくてもすみそうな雲行きだけど、滴はどっちが良かった？」

「私は……、わからない」

「ボクはいまの家で生まれ育ったから、良かったよ。砂かぶりは危険な場所だけどね」

そういって三矢は自転車のペダルを漕ぎだし、立ち並ぶ街灯の向こう側へと消えていった。

飛び地と政府のあいだで大規模な政治的取り引きが交わされた。緩衝地帯の拡大プランに難渋していた政府は、逆転的発想で飛び地の縮小を打診してきた。巨大な壁の内側に向かって幅五百mを地球に返還せよというものだ。

これは飛び地の総面積の約三〇%にもあたるが、ティアズ・スタンドの人間たちを圧迫しようという目的ではない。たんに砂かぶりの町から国境を遠ざけるためだ。シルヴァンの要撃も開始のタイミングを早めることができる。コオルダーのアクシデントを基準にしても市民には被害がおよばない計算だ。

父の松男はこの打診をいったん拒否し、幅三百mかつ貸し付けの線まで譲歩した。そして貸し付けの対価として政府に電力の供給を約束させた。これではヴェンダリスタ星人が納得するはずがないので、表向きには飛び地から政府に対する脅迫という関係を偽装することで合意した。

決していい取り引きではない。脅迫ではイメージが悪すぎ、世界からの〝支持率〟はまちがいなく低下する。そして電力の供給を要求することは、ヴェンダリスタ星人にティアズ・スタンドの苦しい内情をたんに暴露することになる。電気をダイレクトに使える機器や装置など、ティアズ・スタンドの生活では嗜好を満たす程度にしかないのだ。

「滴、お友達を夕食に招くなら今度から早くいってちょうだいね。お母さん、恥ずかしかったわ」

「どうして恥ずかしかったの？」

「滴のお弁当用の総菜とイワシの煮付けがメインディッシュになっちゃったじゃない」

「大丈夫だよ。三矢さんの家は朝から肉まんを食べるんだよ？」

一美はこの家で一五年も専業主婦だったが、松男が飛び地に渡ったあとには働きに出るようになった。ケーブルテレビの地元放送局でアシスタントをしている。パートタイマーの身分ながら政府の力添えがあって生活は逼迫していない。

力添えとは松男の功績に対するもので、初期の二星間交渉から一番乗りの国籍放棄がそれにあたる。その政府でさえも伊波家に残されたひとり娘がティアであることは知らない。


二年前のあの日は第一号怪獣・サラマンドラ出現の三週間後だ。授業中に教員に呼びだされた。松男から電話がかかってきているという。電話口で実際に話をしてみると、いまから迎えを寄こすからくるようにといわれた。説明はそれだけだった。

正門の前で待っていたところ、車を横付けにしてきたのがまだ官僚時代の南城だった。南城からもいっさいの説明はなかった。ハンドルを握る彼女の横顔は極めて険しく、その形相が尋ねることを無言ではねつけていた。

スペースシップが遠方にわずかに見え、被爆地の縁まで一㎞と迫った辺りで車を乗り換えた。岩山でも走れそうなオフロードタイプの大きな四輪駆動車だった。

なぜかリアハッチから乗せられた。運転席と助手席にはスーツを着た男がひとりずつ座っていた。後部座席から松男が乗り越えてくるとラゲージスペースは少し窮屈になった。

松男もまた家では見せたことのない険しい表情をしていた。

「よくきてくれた、滴」

「お父さん、なんだか恐かったよ」

「悪かったね、滴。お父さんが悪い」

松男が髪をなでてきた。まるでそれを合図にしたかのように車が動きだした。

「いいかい、滴。これからするお父さんの話を聞いてくれ。せいぜいあと二〇分くらいしかないだろう。その間に気持ちの整理をしてくれ」

「なに？　やっぱり恐いよ」

「これから練馬被爆地の宇宙船に行く」

「え？　ヤだ……」

バックミラーを介して運転席の男と目が合った。松男も、南城も、男も皆同じ目をしている。交渉の余地をもたない目だ。

「お父さんは今日まで三度あの宇宙船に行っている。しかし今日のようなチャンスはもう二度とない。政府から認められていない人間をこっそりと連れていけるチャンスがね」

「私は連れていかれたくない」

「ギャラフィアンの出現は、世界がいまだかつて直面したことのない大きな問題だ。一年後に人類が全滅している可能性だって否定できない。だからお父さんはみんなから大事な役割を任されている人間として、その悪夢のような未来に抵抗しようとしている。重要な鍵は、ティアを生きながらえさせることだ。ティアがもしも死んでしまったら、光の国はもうこんなちっぽけな地球を助けにきてくれないかもしれない——」

「だから？」

「ギャラフィアンがやってくる日まで、これからごく一部の人間が代表してヴェンダリスタと戦っていくことになるだろう。ティアを、その代表者たちを、密かに応援していかなくちゃならない。滴にも協力してほしい」

「どうやって？」

「滴の半分を、あの宇宙船に乗せておきたい」

「半分て？　私がふたつに切られちゃうの？」

「白いゴマと黒いゴマ、ひと握りずつをグルグルかき混ぜて、同じ量に分ける。滴の半分は宇宙船ですごし、もう半分はいまの家ですごす。宇宙船がどこかに飛んでいってしまう心配はない」

「そんなのイヤだよ。気持ち悪いよ。白いゴマと黒いゴマってなに？」

「滴とティアだ。滴とティアのハイブリッドを、ふたつ誕生させる」

「イヤだよ。いくらなんでもイヤだよ」

「またいつか元に戻れる」

「お母さんはなんていってるの？　賛成してるの？」

「お母さんには話していない。反対するに決まっている。いまは相談している暇もない。今日が最初で最後のチャンスなんだ」

「じゃあお父さんの無理矢理じゃない」

「そうだ。まさに無理矢理だ。お父さんはね、今日のことは限りなく人をあやめる行為に近いと思っている。お父さんは、一番かわいい滴をあやめなくちゃならない……」

松男は膝の上で拳を力ませ、うつむいた拍子に涙を落とした。

「滴、お父さんはそのうちに家を出る。そしてあの宇宙船に住んで、ティアと一緒にヴェンダリスタと戦う覚悟だ。だから半分の滴とはすぐに会える。半分の滴にはお母さんがいる」

「イヤだよ。なにもかもイヤだよ。またギャラフィアンがくる日まで、せめてふつうに暮らしたいよ」

車が被爆地を走りはじめたあのときの激しい震動が、いまでも強烈な印象として体に残っている。不安定になった車内にあって、かたわらで松男が正座をしているのもまた印象的だった。

自我が、ふたつに分けられる。想像もできないことだ。それはいまでこそ易しい解釈の仕方がある。双子もさかのぼればひとつの卵だったということだ。

いま車に揺られている自分はどちらに行くのだろう。宇宙船に住むことになるのか、家に帰れるのか。半分が宇宙船に住み、半分が家に帰れる。あるいはひとりが両方の住処を得る。

——わからない。気味が悪いという印象ばかりが頭を支配する。

時々刻々と近づいてくる宇宙船が本当に恐ろしかった。松男はもはや味方ではない。最前列に座るふたりの男もおよそ味方ではない。抵抗することもできずに命を奪われる心境を、擬似的に体験させられていたのだと思う。

　おぞましい大怪獣と戦った、巨大な光の聖女。いまからあのティアとひとつになり、ふたつになる。

　痛いのだろうか。自分が自分であることを覚えていられるのだろうか。ティアとひとつになったあとに自分の意思は尊重されるのだろうか。もうひとつの自分は、再び送りこまれてくるだろう大怪獣と戦わなくてはならないのだろうか。

　泣くしかなかった。理不尽な思いを涙とともに流し出さなくては正気を保てなかった。

「着いたよ、滴。ティアが待っている」

　物心がついたときからあのときほどダダをこねたことはない。それを誰かに代弁してほしかった。この車から降りたら最後だと思い、後部座席にしがみついた。世界に七〇億人も人間がいるのになぜ自分なのだ。ティアに熱狂してデモを繰り広げている人間がごまんといるのだから彼らのなかから選べばいい。

「お父さんはここでヴェンダリスタと戦う。しかし世界のためでは、勝てる自信がない。滴をとり戻すためなら……、勝てる気がする。きっと勝ってみせる。だから滴、いまは泣いてくれ」

　あのとき、どうやって車を降りたのかは憶えていない。誰の手も借りずに自分で降りたような気はする。巨大なスペースシップの下では、巨大ではないティアが待っていた。

　ティアの腕につかまるようにと松男にうながされた。それから瞬きひとつで光の海の中を進み、さらに瞬きひとつでガラスの空間に着いた。

ふたりきりでティアと向かい合い、互いにうつむき合ったまま時間は流れた。また涙がこぼれてとまらなくなった。ティアも光の涙を足下に落としていた。その涙を見たからだと思う。ふと自分のことから離れ、彼女のことを考えられるようになったのだ。

ティアもまた、理不尽な思いをいだいているのではないだろうか。戦士の戦いに巻きこまれ、故郷からはるか遠いこの地球にぽつんと残された。——そう、はじめはそのような涙だとてっきり思っていた。

あまりにも美しい光のしずくだった。まだ足下でわずかな輝きを放っているそれを指先ですくってみた。するとその光に溶けていたなにかが心に伝わってきた。ティアは、この自分のために泣いてくれていたのだ。

「ティアは、涙で話ができるの？　涙で思いを伝えられるの？」

こちらから足を踏みだせばティアも歩を詰めてきた。そしてふたつの体は厚く重なったのだ。

「滴、今度はいつ飛び地に行くことになるの？　お母さんなにもできないけど、いちおうお休みをとるわ。だから日取りが決まったら教えてほしいの」

「いまから訊いてみるね。でも睦美さんたちが調整するから、一週間くらい待って」

まもなく二三時だ。滴は自分の部屋へと階段を駆けあがった。西向きの窓には雨戸を閉め、南向きの窓にはカーテンを引く。そして部屋の明かりを消し、ベッドに腰をおろした。

静かに目を閉じ、ティアに体を譲る。これから飛び地のシズクと話せるひとときをむかえる。


シズクはやはり、自宅での生活がうらやましいようだ。この地球上でもっとも特殊な場所にいながら、松男以外に誰とも接することのない退屈な時間を送っている。

新しい出来事について事細かく尋ねてくる。まるで失った記憶をとり戻そうとするかのように。何色の自転車を買ったのか、三矢は優しいのか、どの道を通学しているのか、三矢は芸能人の誰に似ているのか、連載漫画の続きはどうなったのか、合気道を習っている三矢の道場はどこにあるのか……。

ていねいに答えてやらないと、すぐに怒る。口げんかになったことは何度もある。自分とけんかをするなどおかしなものだが、同じ相手だから勝負がつかない。

春になればシズクと会うことができるだろう。そこでまたひとつになり、またふたつになる。白いゴマと黒いゴマ。いまこの部屋にいる自分は、半分くらいがティアズ・スタンドに住むことになるのだろうか。

《私たちは涙のしずく》

飛び地と政府のあいだで交わされた取り引きにより、新たな国境線が無期限で引かれた。その目印となる高さ約三〇mのコンクリート柱が、ティアズ・スタンドを中心に一二時と三時と六時とそして九時の方角に立てられた。

当初は時計のごとく一二本を立てる予定だったが、二時の方角にはちょうど東京メトロ地下鉄赤塚駅があり、ここから目を遠ざけるためにも工事計画を縮小させた。目印がなくて困るのはデュアルⅡに変身して戦う日々輝だ。しかし戦闘中にティアズ・スタンドからのサポートがあれば特に問題はない。シルヴァンはGPSと自前のレーダーの連動から判断するので必要がないくらいだ。

ひな壇の最上段に立つ菊田祐子の横で日々輝は出番に向けてストレッチを繰り返していた。ディメンションケージはすでに百分ほどまえに作動していた。

「三月の三日ってことは今日はひな祭りだな。お内裏様がいないようだけど、伊波さんはどこに行ったんだ?」

「じきにくるだろうよ」

「コオルダーに快勝したから、今回はフルチャージだ。みなぎってる」

「頼んだからね」

「ああ、暴れてくる」

「怪獣ばかりに気をとられないようにするんだよ」

「他になにがあるんだ?」

「基本的にシルヴァンは敵だからね」

「オレはシルヴァンとは戦わない。操縦してるのは人間だ」

「向こうもそう思ってくれているんだろうけど、やむを得ずルールや約束事を優先しなくちゃならない場合もある」

　そのルールを破って腹を立てるのはヴェンダリスタ星人だ。

「間もなく一一時二一分。六〇秒後に出現予想時刻の誤差範囲にはいります」

　下段で解析班の三井麻衣子がいった。

「怪獣を釘付けにしなくちゃいけないんだったな」

「最終的にはその約束まではしていないと聞いているよ。いままでどおりでいい。土俵が狭くなっただけだ」

「手刀のときみたいに、なにか力をくれないか」

「もともと私に力なんてないよ。ビッキーが飛び立ったあとは、ここからスクリーンを見つめて、心のなかで応援している」

「そいつを知ってよかった。心強い。なによりだ」

　ティアズ・スタンドがかすかに震動した。小爆発が起きたのだろうがたいしたことはない。ピグモンが遠くに逸らしたようだ。

　日々輝はいちおう植松鈴の後ろ姿を確認した。振り返ってなにかを告げてこないところを見ると、巨大だったモグルマムのような注意すべき個体でもないのだろう。

「チェンジ・デュアル！」

　デュアル・チャージャーが青く爆発する。日々輝は光の渦を巻きこみながら巨大化していった。

——怪獣は四つん這いになっているようだ。土管のようなものをいくつも背負っており、その背中はでこぼことしながらも全体として盛りあがっている。一見して重装備の印象だ。

早速こちらに向けてなにかを発射してきたのがわかった。放物線を描き、近辺に六つ着弾すると色違いの激しい炎を上げた。初っぱなからこの精度で砲撃してくるとはセンス自体は極めて優れている。

しかし威力は目を見張るほどではない。天頂に打ち上げそこねた花火といったところだ。

日々輝は駆けだしから一気にスピードを上げると急接近した。そして最後は手前からスライディングをきめ、勢いをそのまま足裏に集めて怪獣の頭部から首にかけての部分に当てた。手応えは申し分なく、怪獣は粉塵を巻き上げながら二、三百mは優に転がっていった。

野球の線審のごとくシルヴァンがめざとくやってくる。今日は高度がいくぶん低いように感じる。コオルダーに墜落させられたあとだから、怪獣との距離をとるならば高く飛びたいところだろうが、高く飛べば遠くへ墜落してしまう可能性も高まる。彼らも辛い立場で任務を遂行しようとしている。

怪獣はいわゆる大砲を六つも背負っていることがわかった。取り付けタイプの武器や道具ではなく、れっきとした生体だ。再び連射してこないところを見ると早くも弾切れか充塡に時間がかかるのだろう。

日々輝は慎重かつ大胆に距離を詰めた。すると怪獣は後ろ脚で立ちあがり、体を広げて威嚇のポーズをとった。しかしそれも見かけ倒しでこちらからの打撃が容易にとおった。

そして一方的な格闘は続いた。力量は大人とこどもの差があった。弱い者いじめをしているようで快くはないが、飛び地から逃亡させるわけにもゆかないし、ティアズ・スタンドの置かれた状況を考えると白星をギフトする余裕などない。必死だ。

――怪獣が突然に砲口を向けてきた。

(こいつ、腕にも大砲つけてやがった!)

いち早く気づき、日々輝は辛うじて顔面への直撃を避けることができた。左手でぬぐえば頭のてっぺんに付着したなにかには強い粘りけがあった。

(なんだこれは……)

そして怪獣が忽焉と目の前から消えた。

《大丈夫か、ビッキー》

《どこに消えた》

《怪獣ならほとんど動いていない。ビッキーが向きを変えたんだ》

日々輝には自分に起きた異変が理解できなかった。怪獣に向かおうとしているのに逆にあとじさりしてしまう。

《下がっちゃダメだ!　国境を出るぞ!》

《前に進もうとしてるのにうしろに下がるんだ》

《じゃあうしろに進もうとすれば前に進めないか!?》

鳥栖がアドバイスするように感覚の異常は単純なものではない。「あとじさりしろ」という脳からの命令は「尻餅をつけ」という命令になった。さらにはまともに両手で受け身すらとれない。
まちがいない。怪獣の両腕についた大砲の攻撃によるものだ。神経がおかしくなってしまっている。
日々輝には左手に衝撃が走ったことすらわからなかった。コフバット戦では右手の四指を失ったが、今度はなぜか左手がすべてなくなっている。まさか国境を越えてしまい、シルヴァンが警告の意味でガトリング砲を浴びせたのだろうか。ガトリング砲といえば戦車すら破壊する威力だからファースト・ステップの体には凶暴この上ない。
辛うじて立ちあがれたものの怪獣の両腕から再び粘着弾を放たれた。怪獣は力は弱いがじつはクレバーで、明らかに狙っていたのだ。両膝から下にべっとりと付着し、完全に地に根を下ろしてしまった格好になった。
《ビッキー、国境外だ！　せめてシルヴァンの攻撃をかわしてくれ！》
《両脚が動かない。地面に縛りつけられた感じだ》
《固定されたわけじゃない。神経が麻痺しているだけだ》
動かないという意味では同じだ。
怪獣が低く四つん這いになって六つの大砲を構えた。その砲口がすべて正確にこちらを向いている。背後を一機のシルヴァンがスルーした。しかし彼らも二度見逃すことはできなかったのだろう。もう一機のシルヴァンが火を噴いた。臀部（でんぶ）の側面から加熱極まった鉄棒をねじ込まれる思いがした。続いて正面から怪獣の砲撃を六度浴びた。

（堪（たま）らねえ）

《ビッキー、飛べるって聞いたよ》

　菊田だ。

《いいことを思いださせてくれた》

　不自然な姿勢ながらも日々輝は地面を離れた。初飛行はもっと格好良くきめたかったがしかたがない。

　怪獣がこちらの高度にあわせて大砲の角度を変えてくる。一〇度……二〇度……三〇度……。日々輝は東京タワーから東京スカイツリーほどの高みまで上昇し、直下に怪獣を入れた。すると怪獣はバランスを崩して仰向けに倒れた。

（爆弾のお返しだ）

　日々輝は右腕一本に光を集め、水中を浮くイメージから離れると自由落下に身を任せた。

（ショルト・メテオ！）

　日々輝自体が火球と化した凄まじいエネルギーは、怪獣に拳を当てるまでもなくその影を微塵にしていた。

　飛び地の戦士が高々と浮上し、そして隕石のごとく落下した。あの攻撃をまともに受けて無傷でいられる怪獣は、少なくともディメンションケージの中にはいないし、キップが宇宙の旅をとおして知る限りのなかにもいなかった。

戦士は徐々に成長している。そのポテンシャルは片蔵正平（かたくらしょうへい）以上だ。さらなる成長を遂げてゆくだろう。そのまえに叩いておくべきか、あるいは……。

ラトは私用車のルーフに乗って石板を操（あやつ）っている。たんに虫の居所が悪いようだが、キップは彼女の行為に口をはさまなかった。怪獣を〝追加注文〟したのだろう。

飛び地は戦い終えたところで必ず油断している。今日までに解き放ってきた怪獣は二四体。二体同時はあったが立て続けに送りこんだことはなかった。人間は初めての事態には失敗するものだ。こちらも初めて二体を送りこんだときには同士討ちをされて失敗したが。

「キップ、あなたは賛成なの、反対なの。いちおう」

ラトがルーフの上から石板を差しだしてくる。総意を決定するための一票だ。しかし日本の、さらには東京にいる同胞の一票は現場を見ているだけに重い。

キップは炎の中に指を入れた。その指先に雨粒が落ちてきた。遠くでは雷鳴がとどろいている。

「あら？　メイスは？」

「向かいの中華飯店に入っていった。彼は彼で投票していると思うけど、様子を見てくるよ」

「私はこれから遠出をするわ。それじゃあメイスによろしくね」

「伝えておくよ」

「岡地！　行くわよ！」

　どこへ行くのだろう。同胞間の連絡ならば直接会う必要もない。しかし重要度によっては面と向かって対話することもある。たとえばラト個人のあいだでだ。ラトにもいずれは怪獣を宿体にしてもらうことになり、それは総意として決定している。そのあたりの宣告を受けにいったのかもしれない。

　じきに正午だというのに中華飯店の中にはメイスを除いて客がひとりもいない。店から客が出ていった様子もなかったのでもともと人気がないのだろう。しかしメイスのテーブルには家族で食べるほどに料理が並んでいる。

「今日は朝食を抜いてきたのかい？」

「この体は燃費が悪くてね。キップもそこに座って食べなよ」

「とりあえずそうさせてもらおうかな。そうだ、ラトがよろしく伝えておいてくれって」

「一緒に食べにくればよかったのに」

「彼女はこの店でもフレンチを注文するよ」

「準備が整い次第、送ってくるそうだ」

「送ってくるって、料理の話じゃないよね。……え!?　まさかもう決定したのかい？　ボクはさっき投票したばかりだっていうのに」

「ほとんど総意はまとまっていた。飛び地と政府のあいだであんなギブアンドテイクのやりとりをされてはね。ここはなんらかのかたちでお灸を据えてやらなきゃ。シラヌイとやらが倒れたら人間たちも意気消沈だろう。またゴマをすってくる」

メイスはひとつなぎになった餃子をごっそりと箸ではさみとるとそのまま口に運んでしまった。

「――しかし飛んだな」

「シラヌイのことかい？」

「どこまで重力から離れられるだろう。怪獣たちの輸送艦までやってこられるかな？ディメンションケージを破壊されると、ちょっと困りものだよな」

「光の戦士のひとりやふたりくらいだったら追い払えるらしいよ。それにディメンションケージを破壊することは涙を語り継ぐ者が認めないだろう」

「そっちの心配はいらないってことか。でも輸送艦から未確認物体遭遇との報告があったじゃないか。この件については、キップはどう思う？」

「人間たちにそこまでの実力はないだろうし、光の国の船団がもう到着したとも思えない。これればかりは謎だね」

地球人類は歴史のなかでいわゆる宇宙生命体と遭遇したことがなかったという。歴史が浅いという事実はあるが、基本的にこの近傍はローカルな宇宙だ。だから静止衛星軌道に漂う光の国の輸送艦が未確認物体と遭遇したという報告はたいへん気になる。

「連絡がきた」

そういってメイスはテーブルの皿を一枚ずつ持ち上げてはどこかに隠れてしまった石板を探した。

「ほぼ準備が整ったみたいだ。……ああ、この怪獣か。よく憶えている。オレたちもひどい目に遭ったな」

「あれは『嵐と静寂の星』。まさか光の国がこの個体まで保護していたとはね。飛び地のヤツら、面食らうぞ」

激痛の苦しみから発する日々輝の叫び声とうめき声を聞き、誰もがやはりあのベムラー戦を思いだしたはずだ。

一度は敗れた片蔵正平は巨大化が解けた状態で戦場にとり残された。この彼を救出するために七一名の志願者がティアズ・スタンドを飛びだした。そしてベムラーが繰りだす光の後ろ姿の渦に抱かれた。即死を免れつつも致命的な傷を負ったそのうちの六八名は、生をあきらめたのだろう。そしてまったく同じことを考えたに違いない。「最後はヒトの姿で死にたい」と。変身を解いた瞬間に深手に耐えかねて命をおとしたのだ。

日々輝は興奮冷めやらぬ状態から巨大化を解き、さらには変身まで解いてしまった。シルヴァンの攻撃によって失われていた左手の痛みとその現実に彼は半狂乱した。生身の体に対してはウルトラ・コンディショナーもただの箱。救護班も日々輝に変身をうながす術を知らず、ただ狼狽するばかりだった。

日々輝の様子に激しく心を動揺させた鈴も、ディメンションケージの状態確認だけは怠らなかった。平常心を失ったときにこそこの作業をするのだと頭に深く刻みつけていたからだ。

——「六戒の処刑者」の戦いから立て続けの第二波がくる。しかも五一分後に。それから四〇分あまりが経っていた。

「機械室に帳の要請はしてあるかい?」

「はい、すでに。七分後より三枚降ります」

「町さん」

「は、はい!」

「HPCはどうだい」

「現在発進準備を進めています!」

「すぐに出すことはないから、待機と伝えておくれ」

「了解、伝えます」

「イヤな胸騒ぎがするねえ。伊波さん、あなたどうだい」

「胸騒ぎといわれたら、私は特に……。しかし先だっての取り引きが、ヴェンダリスタには不愉快だったのでしょうね。こんな波状攻撃を仕掛けてくるとは」

太陽が南中した一二時台だというのに空は暗い。低く垂れこめた灰色の雲と、さらに一段低い位置にかかった薄い雲が異なる向きに流れている。激しい雨で視界は不良。ときおり閃く稲光が巨大国境壁を亡霊のように浮かび上がらせる。

菊田が感じる悪い胸騒ぎとはこの不穏な天候がもたらすものなのだろうか。にわかに鈴の緊張度も高まっていった。

「ああ、ピグさんひとまずお願い」

出番に現れたピグモンに鈴は席を譲った。彼女もなにかを感じているらしく、ふだんは見せたことのない細かい口の動きで意味不明の言語をつぶやいている。

そのピグモンがこちらにいちべつをくれた。

「ミテゲ」

「なに？　見ておけってこと？」

次元爆弾に対する座標攪乱(かくらん)を伝授するという意味だろうか。

鈴はとっさにメモ帳とペンを手にとった。さらには変身した。

パネルには変身しても理解が難しいシンボルが点々と表示される。ウルトラサインの八つのパラメーターナンバーがゼロをまたいで時々刻々と上下する。ピグモンがその平均値あるいは標準偏差を求めているのはなんとなくわかる。しかしコンソールからどのような機能を働かせて計算しているのかがわからない。――まさか自分の頭で計算しているのか。そこまでマスターする自信がない。

「出現予想誤差時間七秒、間(ま)もなくきます！」

ここでピグモンが次元爆弾の照準を割りだした。照準とはもちろんこのティアズ・スタンドになっているのだが、コアのピンポイントで落とされるわけではない。ヴェンダリスタ星人も毎回巧みに変化をつけてくる。攪乱がやぶ蛇となって直撃してしまう可能性がある。だから狙われた座標を正確にはじきださなくてはならないのだ。

ピグモンが光の後ろ姿を作動させた。パネル上からいったんティアズ・スタンドのシンボルが消える。それから数秒後、小爆発による振動が起きた。

「怪獣出現。スクリーンにだします」

カメラを担当する鳥栖が告げた。

雨のおかげで砂煙は巻き上がってはいないが、その雨自体が映像を不明瞭にしている。

下半身は三脚。ややすぼまった腰。三脚とバランスをとった三本の腕をもち、その上半身を右に左にねじる運動をしている。前後がわからない頭部。よく見えないが、これも三面にバランスがとられていると思われる。

上半身の運動がやんだ。そして今度は三脚が動きはじめた。一方向に進むわけではなく、さまざまな方向に足を踏みだして体の調子を確かめているかのようだ。

皆が全方位スクリーンの様子を見守るなかで、やがて怪獣は完全に動きをとめた。動物が、植物のようになった。

「不気味だねえ。私はＨＰＣを出すのもためらわれるよ」

鈴は振り返って最上段の菊田を見上げた。

おそらく菊田の胸騒ぎは六〇年あまりの人生経験からくるものだ。そしていま、鈴も異なる情報源から同じ胸騒ぎを感じはじめていた。

「治療の途中ですが、ビッキーを出しますか」

伊波が菊田のかたわらから提案する。鈴は思わず首を横に振って抗議した。

「怪獣はなにもしてこないんだから、モグルマムと同じだ。寝た子を起こす必要もないだろう。ビッキーも死闘を終えたところだ。完治するまで寝かせておいてあげたいね」

鈴は胸をなで下ろした。そして平積みにしている七冊のノートをごっそりと手前に引き寄せた。

あの怪獣は、おそらく自分の担当だ。ウルトラデータベースの第三ライブラリーに該当ファイルがあったような気がする。ゲノムシミュレーションのとあるシルエットが頭にうかんでは消える。印象が残っているということは要注意種なのだ。

——焦る。ノートのページをめくれど見つからない。下手なイラスト、クセのある字。どちらも自分の手によるものなのに解読が進まず、眉間にしわばかりが寄る。

「菊田司令官、HPCより塩路さんが発進志願をしています」

「……そうかい。では細心の注意を払うということで、ひとまず正体だけを探ってもらおうかね」

「もう少し待ってください！　私が責任をとります！」

鈴は菊田とそして町に向けていった。

「そういうことだ、町さん」

「は、はい」

鈴はもう一度はじめのノートにさかのぼった。

ゲノムシミュレーションだから、マルチーズとチワワくらいの差ならばあらわれてしまう。自分には絵心がないものだから、三本脚を尻尾付きの二本脚と描いてしまうこともありうる。要注意種と頭では認識しておきながら、いざノートにはその印を書き足し忘れることもありうる。

もう少しといった時間が一〇分も一五分もすぎていってしまった。いつの間にか背後には吉岡弥春（よしおかみはる）と三井が気をもんで立っていた。

「私らも、手伝おっか？」

「いいえ。それよりもビッキーを……、ビッキーが飛びださないように捕まえておいてください」

「ビッキーなら、このエリアのコンディショナーだと思うけど。――わかった、別のエリアに運ばれたかもしれへんから、ちょっと救護班に確認してみるわ」

少しずつながら頭の中で記憶がリンクしはじめた。いくつかのキーワードがうかんでくる。「生涯不動」「静寂の反動」「生と死の例外的概念」……。この怪獣の三本の腕を自分はプロペラのようにイラストで描いてしまっているはず。ノートの表紙には三艘でもヨット。

鈴は確信をもって三冊目のノートを手にとった。そしてドッグイヤーのページを後ろから順にあたった。

「（あった！）わかりました！　当怪獣は『死して躍動する者』！　準ベムラー級！　攻撃は

いっさいタブーです!!」

とそのとき、スクリーンが最大の光量をもってフラッシュした。

「ビッキーが出ました！」

「ダメよビッキー!!」

鈴はスクリーンに向かって叫んだ。その肉声が届かないことに気づいたところでもう遅かった。

デュアルⅡは最後に具現化した右足に光をとどめ、中空から着地がてらに怪獣の首根っこを足刀で断った。――そう、これで死して躍動する者はあっけなく絶命したはずだ。

鈴はいったん変身した。

《ビッキー！　飛んで逃げて！》

再びスクリーンが強い光量をもってフラッシュした。落雷の光の中で、暗転したデュアルⅡの首が百八十度ねじれた。

「どうしたい！」

菊田が誰とはいわずに強い口調で尋ねた。

「怪獣の打撃です！　ビッキー、一撃で落ちました！　マグニチュード換算三・四〇二七一――！」

「生きてるかい！」

「わかりません！　眼光消失！」

リーダーの小林が立て続けに答えた。

「怪獣、こちらに進行！　マグニチュード三の前に三枚帳は無力です！」

「六枚でどうだい！」

「即壊（そっかい）です！」

「一〇枚！」

「五撃ともちません！」

「ひな祭りだ！　十二単（ひとえ）でめかしこみな！　最速再生モードでエネルギー残量の九割まで注げ！」

「いま一度確認させてください！　一二枚降ろしますか！」

「一二枚降ろせ!!」

まるで光の国の援軍を明日にひかえるとわかっているかのような最終防衛態勢。菊田はティアズ・スタンドのエネルギーをほとんど使い切る覚悟だ。

しかしその決断が正しく、最善の対処であり、その処断ですら生命を保証するには心もとないものと知ることになる。

「バリア最速再生モード開始！　優先度の低い機器およびモジュールから熱源が断たれます！」

まずは作戦司令室の照明がおちた。全方位スクリーンがひと回りもふた回りも小さくなった。なんと鈴のコンソールとパネルまでがダウンした。解析班で残っているのは吉岡のものだけだ。

その吉岡のもとに向かおうとしたら足下が激しく揺れた。

デュアルⅡの首をねじ曲げた攻撃がいよいよティアズ・スタンドに浴びせられた。

鈴は振動に耐えかね、しゃがみこんでは両手をついた。「九・六」で被爆したあの絶望的な恐怖がよみがえる。雨も風も寒さも暑さからも守ってきてくれた壁が屋根が、凶器へと一変して容赦なく体を巻きこんでくる。連続する怪獣の攻撃はそのシーンをストップモーションで脳裏に再生した。

「エネルギーは何分もつね！」

「概算で九分前後です！」

今日までの戦いでティアズ・スタンドは当初のストックエネルギーの五五％を消費してきたという。その残り四五％がわずか一〇分程度で枯渇しようとしている。

怪獣はいつになったら〝死すら終えて〟くれるのだろう。絶命したあとの躍動がとまらない。激しい震動とセットになって周囲に不吉な音が走る。それを聞く限り、ティアズ・スタンドの船体はまちがいなくダメージをうけている。

とそのときだった。

「上空に未確認物体！　降下しています！　シルヴァンではありません！」

鳥栖が全方位スクリーンの映像をメインカメラからサブに切り替えた。

稲妻が横走りする雲から人型をしたなにかが降りてくる。足下から彗星のような尾を引きながら両腕でバランスをとって立っている。まるでスノーボードかサーフィンをしているかのように巧みなラインを描いてこの飛び地を目指している。

「ナヴィガーレ……」と口にしたのはシステム担当のジャンパオロ・ノエだった。「光の戦士ではないでしょうか！」と今度は伊波が菊田に向かって興奮気味にいった。

ティアズ・スタンドが怪獣の攻撃を受けるたびに映像が激しくブレる。しかしその姿は光の戦士でほぼまちがいない。

ついにやってきてくれたのか。ギャラフィアンよりも早く。

状況を把握しようとしているらしく、波乗りを続ける戦士はティアズ・スタンドを中心に飛び地の上空を旋回した。

「ピグさん、あれは光の国の人なの？」

「チゲ」

ピグモンが体ごと左右に振って否定した。

「違う？　じゃあギャラフィアン？」

「チゲ」

光の国でもギャラフィアンでもない。ではいったい何者なのだ。

「ビッキーの眼光が復活しました！」

小林の報告に作戦司令室が一転して明るく沸いた。

デュアルⅡが、日々輝が、生きていた。まだ思いどおりに体が動かないらしいが、ひたすら重力に逆らって立ちあがろうとしている。

上空からは励ますかのようなジェスチャーをとる波乗りの戦士。しかしその行為が、意識をとり戻したばかりのデュアルⅡの前では裏目にでてしまった。デュアルⅡは空を滑る見慣れぬ存在を新手の怪獣と認識し、クロスした両腕でショルト・ストライクの狙いを定めはじめた。

鳥栖がテレパシーでデュアルⅡに伝えている。しかしまったく疎通しないのか、やがて彼は頭をかかえた。

デュアルⅡがとうとう上空に向けて光線を発してしまった。それに対し、上下を反転しては進行方向を鋭角に変えるターンまで見せる波乗りの戦士。本場の光の戦士というものを実際に見たことはないが、あの戦士も超人と呼んであまりある実力だ。

それにしてもなんと歯がゆいのだ。波乗りの戦士に助けを期待しては他力本願になるが、せめてデュアルⅡには正気をとり戻してほしい。怪獣に浴びせるべき光線のエネルギーを無駄に上空へと放出している。

「鳥栖さん、謎の宇宙人にコンタクトをとってみておくれ。怪獣の陰に飛びこんでくれないかい、と」

鳥栖が最上段の菊田を仰ぎ見てうなずいた。

菊田の描いたシナリオは理解できる。ショルト・ストライクの矛先を怪獣へと誘導するのだ。それが実現すればティアズ・スタンドはいまの猛攻から解放される。そして波乗りの戦士が少なくとも敵ではないことが判明する。

　鳥栖が拳を突き上げた。すると波乗りの戦士が光のサーフボードを捨ててダイブした。デュアルⅡがクロスした両腕でチェイスする。そしてその光線は本命の敵に阻まれた。そこで正気をとり戻したのか、デュアルⅡの目が一段光度を増した。大きく体を開いては改めて両腕を構え直し、ショルト・ストライクが強烈に叩きこまれた。

　巨体にサイケデリック調の模様をもった波乗りの戦士。その二の腕にはめてあるブルーのリングが点滅を始めた。デュアルⅡとしばし向き合った後、彼は雷雲が待ちうける空へと飛び去っていった。

切り札と架け橋

目覚めると、かたわらには誰かがいた。ノートに隠れていて顔がわからないが、表紙にはニンジンの絵が描かれており、その横には「植松鈴(うえまつれい)」の名前があった。

ここは、かつて使っていた個室だ。ふすまのある個室。なぜ自分がこうしているのか、二(ふた)柳日々輝(やなぎひびき)にはよくわからなかった。ひとつひとつの出来事は思いだせるのだが、その順番に自信がもてない。

三本の腕を持った怪獣から信じられない強烈な回転パンチを受けた。八つの大砲を持った怪獣にまんまと土俵外に出された。そのあとにシルヴァンからガトリング砲を突き刺されたのは順番として正しいと思う。そして上空を滑るように進む——サイケデリックな色模様をもった——あのウルトラマンは何者だったのだろうか。

日々輝は顔の前に左手を掲げた。人生の傷ひとつない、愛着のもてない左手。

「ビッキー、気がついたのね？　よかった」

ノートを捨てた鈴がその左手を両手で握ってくる。

「オレを看てくれたのか」

「うん、菊田司令官の言い付けで。ビッキーの命が危なくなったのは、私の責任だから。いっぱい怒られちゃった」

「植松さんはなにも悪くない」

『オンドール』の正体を、私がもっと早く突きとめるべきだった……。オンドールというのは佐久山さんがつけた名前で、三脚三腕の怪獣。死して躍動する者。トカゲのしっぽみたいに、もう生きてはいないんだけど、生涯の最大パワーで暴れるの」

「最大パワーか。確かにモグルマムの比じゃなかったな……。あの日は、ダブルヘッダーだったような気がするんだけど」

「そう、一試合目は『八つ樽』。六戒の処刑者という怪獣。『鈍色の五番星』という惑星では、いわゆる死刑執行人のような存在だったとウルトラデータベースにはあったわ。その戦いのなかでビッキーはシルヴァンからの攻撃を受けて左手を失った」

「オレの体はそのうちに全取っ替えになるかもな」

「代わってあげたい。私だって女の子相手のけんかなら負けないのよ?」

「中学時代のそんなイメージが、なんとなくあるよ。そうだ、あのウルトラマンは?」

鈴は「うーん」と首をかしげて少し考えこんだ。そして「よくわからない」といって無責任な笑みを満面にうかべた。

「ビッキーは、ナヴィガーレとテレパシーで話したの？　彼のことよ」

「いや、謝ったくらいだ。危うく撃ち落とすところだったからな。ナヴィガーレっていうのか」

「ええ、波乗りナヴィガーレ」

「あのウルトラマンは、特になにもいってこなかったと思う」

「そう……。でもそれを聞いたら鳥栖さんが喜ぶわ。鳥栖さんは彼に作戦をお願いして、了解の返事があって、そのことを自慢して食堂では人気者だったの」

「しまった！　晩飯の日、一日逃したのか」

「ウフフ、大丈夫よ。電気がいくらでもきているから、冷蔵庫にとり置きがあるでしょうし、電子レンジでいつでもチンできるわ」

　握り続けていた左手を鈴がそっと放した。

「ツルツルの手だろ。産毛も生えてなければ爪も生えてない」

「ええ、私も経験したわ」

「ティアズにきて、植松さんも大けがをしたのか」

「ビッキー、やっぱり私のこと忘れちゃったのね。いまの私のこの姿、見た目っていえばいいのかしら、昔と全然違うのよ」

「どういうことだ？」

「中学二年のときに、私のアパートは火事になって、私は全身に大火傷を負ったの。だからジジジラフ戦で火だるまになったビッキーの苦しみが私にはよくわかった。火事のあと、私は救急車で病院に運ばれて、何日も集中治療をうけて、さらに何日も入院を続けて、退院したあとも誰の目にもすぐにそれとわかるような顔だった。夏も長袖長ズボン。こどもの頃から続けていたスイミングもやめたわ。オリンピックに出るのが夢だったんだけど」

「ああ………、そうだったのか。植松さんは、二度もひどい災害に遭ってきたんだな。オレもジジジラフ戦で火だるまになったとき、熱さ以上のなにか特別な苦しみがあった。あれは植松さんの過去が絡んでいたのかもしれない」

「ビッキーは、ひとりで何度もお見舞いにきてくれたのよ？　授業をサボってきてくれたこともあったんじゃないかしら。いつも窓から泥棒のように入ってきた。私の病室は二階よ？」

「そうか。じゃあきっとそれからだな。オレに二階から飛び降りる癖がついたのは」

「ウフフ」

「ウルトラ・コンディショナーに入ってるうちに、火傷の痕が治っていったってことか。町さんなんかは髪が生えてきたらしい」

「私はウルトラ・オペレーションをうけたその日に、コンディショナーでいっぺんに治してみたらどうかって、片蔵さんに勧められたの。ふだんの生活が、楽になるはずだっていわれて。体を動かすのが楽に、気持ちがうんと楽に」

日々輝は額に手を当てた。

　飛び地にきてくれた宮木（みやぎ）が、鈴のことについて話していたように思う。話していたということは、自分のほうから尋ねたに違いない。鈴はウルトラ・オペレーションの弊害で苦悩したひとりだと宮木はいっていた気がする。

　それにしても、なぜ鈴のことばかり忘れてしまっているのだろう。

「植松さんは、ウルトラ・オペレーションで記憶を失って、苦しんだケースか？」

　鈴は目を逸らしては落とし、しばらく考え続けた。

「ヘンなこと訊いたかな」

「……私がここにきた理由を、話したわよね」

「居ても立ってもいられなかったんだよな。正義感に燃えたってことだろ？」

「あれは、本当じゃないわ。中学のときから、生きているのが辛かったし、おまけに被爆して、体の具合がおかしくなっちゃったし、ギャラフィアンがきて世界はふつうではなくなったけど、みんなと同じ環境で生きていくことから、逃げたかったの。飛び地はその絶好の場所だった」

「オレは責めない」

「いまはこのとおり健康よ？　被爆して具合が悪かった腰もコンディショナーで治った。でも火傷の痕は本当に治すべきだったのかと、あとからさんざん考えたわ」

「気持ちが楽になれたんだとしたら、良かったんじゃないのか？」

「うん、そう思う。でも後悔する部分も、ほんの少し残るのよ。いいことも、悪いことさえも、それは私だけのものである、人生だったんだって」

「オレたちは、ヒトであることを丸ごと捨てた。いままでの人生を捨てた」

「そう。その丸ごとのなかになにもかもふくめかけていた自分を、慎重になって反省したの。ウルトラ・オペレーションによる記憶障害は、ほとんどなかったわ。でも一番忘れたくないものを、忘れてしまったの。それはビッキーがくれた言葉よ」

「オレが？」

「うん、私の宝物。私はその言葉を胸に、大人になるまで生きてこられたような気がする。火事を経験するまでは〝脳筋〟少女だったのに、学習机に向かうようになった気がする」

日々輝はふと思いだした。鈴に渡してくれと、彼女の妹の理央（りお）から預かっていたものがあったはずだ。それはきっと、飛び地に渡ってきたときに背負っていたリュックサックに入っている。あのリュックサックも宮木と同じく自分の命を救ってくれたものだ。ゾウが一頭入れる穴にいまも埋まっているに違いない。

コクリコクリと、いつの間にか鈴が船をこいでいる。ずっとかたわらで看ていてくれたのだろう。日々輝は上体を起こし、鈴を少し寄せては胸を貸してやった。

ウルトラ・オペレーションを経て、自分はヒトであることを失った。鈴のことを思いだせないのは、それだけ彼女が特別な存在であり、自分を人たらしめていたのが彼女だったからではないかと思いはじめている。

ベランダから突然に物音がして友利(ともり)三矢(みつや)は反射的に身構えた。すると腰をかがめた男の影がヌッと現れるのがガラス戸越しに見えた。ここはマンションの最上階。男が侵入してきたのは南城睦美(なんじょうむつみ)の部屋のほうからだ。三矢は横で寝息をたてている浜本恒明(はまもとつねあき)の体を慌てて揺すった。

「んー、どした」

「誰か入ってきました。強そうな男の人が」

「得意の護身術で追(お)っ払(ぱら)ってやれ」

「これは冗談じゃないですよ」

男が開けてくれとばかりにガラス窓をノックしている。

「三矢、開けてやってくれ。彼は仲間だ」

「序の口のですか？　でもボクあの人、なんか見覚えがあるな……」

三矢はベランダのガラス戸に向かう途中で思いだしていた。この男はかつてシルヴァンでシラヌイを攻撃した悪名高いパイロットだ。

三矢は凶器でも持っていないか男の両手を確認してからガラス戸を開けた。

「いちおう、お名前は」

「霧島(きりしま)だからミスティだ。するとキミのコールサインはどうなる？」

「英語にすればいいんですか？　でしたらフレンド……、トリプル・アローズあたりに」

「じゃあアローだ。よろしくな、アロー」

霧島はずかずかと入っていき、早速浜本と話を始めた。彼がどうやって隣からやってきたのかはすぐにわかった。ふたつの部屋を隔てる災害時の避難壁がそっくり破られていたのだ。ただ南城の部屋に彼が入れたカラクリまではわからない。ひょっとしたら、いま彼女も隣にいるのだろうか。

やがて浜本は霧島に密輪の説明を始めた。三矢は同じ内容を至誠館で昨日聞いたところだった。これから日が暮れたら動きだすことになっている。

三矢が運搬要員に加わるのははじめてだ。なぜこのタイミングで抜擢されたのかはわからない。いままでも人手不足だったが、こどもという理由で裏方に回らされてきたのだ。

今回の物資にはかなり変化があった。たとえば肉や魚のリクエストが増えたと聞く。乾燥食品に替わって冷蔵が必要な食品になったといっていい。つまりいままでティアズ・スタンドでは冷蔵庫が稼働していなかったのだろう。それはそうとして、水分をふくんでいる食品は重いと想像される。

ところで霧島は、このような場所にいていい人間なのだろうか。怪獣が出現したらシルヴァンで飛びださなくてはならないはずだ。ここから吉見基地の距離を考えれば飛び地のほうがよっぽど近いわけだが、さすがに機体だけを誰かに送り届けてもらうわけにもゆくまい。

先の戦いでシルヴァンが性懲りもなくまたシラヌイに砲弾を撃ちこんだ。以前に霧島の家がめちゃくちゃにされた例もあってか、今回は張本人のパイロットがメディアに出てきていない。ひょっとしたらまた霧島なのかもしれない。

浜本の携帯電話が鳴った。——そして、

「もう迎えが下までくるそうだ。ご苦労だがふたりで行ってきてくれ」

いくら人手不足とはいえ高齢の浜本は密輸の実働隊には加わらない。行動が隠密なので逆に多くてもいけないのだ。

「三矢は東堂（とうどう）さんを知ってるな？」

「はい」

「彼が今日のまとめ役だから、紹介するところまで霧島くんを頼む」

マンションの表にはマイクロバスがとまっていた。巡回して拾い集めてきた序の口の男たちが、窓の影を見る限りではすでに二〇人前後乗っていた。

霧島は国民からの嫌われ者だ。顔を隠したほうがいいといってやったのに、無神経なのか度胸があるのか気にするそぶりを見せない。東堂への紹介をすませると、さっさとその東堂を誘って前方のシートに向かってしまった。

三矢はペコペコとお辞儀をしながら最後尾のシートにひとり座った。

賑やかな車内だ。昨日の至誠館もそうだったが、雰囲気がいい。ティアズ・スタンドがはじめての同日連戦に連勝した。シラヌイが飛んだ。そして新たなウルトラマンが現れた。この存在についていまだ政府から公式の発表はないが、ティアズ・スタンドの味方であることはほぼまちがいない。浜本が名付けずとも新聞各社はそろって「ウンリュウ」と書いた。

一部の目撃情報によると、ウンリュウは雷雲（らいうん）から降りてきたという。つまり宇宙からと考えてもいいのではないだろうか。三矢は援軍の先鋒ではないかと思っている。近い日に本隊もやってくるに違いない。

世界の首脳たちはいつまで中立の体制を保守するのだろう。仮にウンリュウが光の国の戦士だと判明したくらいでは動かないと一般にはいわれている。光の国の船団が地球をとり巻いても動かないのではないかとさえいわれている。光の国の側につくのは早くともギャラフィアンの再襲来を退けたあとだ。それが人類がもっとも多く生き残れる方法らしい。

しかしそこに正義はあるのかと、三矢は大いに疑問に思うのだった。

霧島が最後尾に移動してきた。案の定、通路を進む姿を見て彼の素性に気づいたような者もいた。

「しかしまあ、大所帯だな」

「現地ではこの三倍くらいになると思いますよ。ひとり二〇から三〇kgは担いで、リアクションプレートの上を延々と行くそうです」

「プレート？　……ああ、いわれてみれば大江戸線はリニアだったな」

「東堂さんと、なにを話してたんですか？」

「ちょっとした大人の交渉だ」

「こんなところにいるってことは、ひょっとしてパイロットをクビになったんですか？　シラヌイをまた攻撃したのはミスティですか？」

「アラートおよび要撃任務についてはプライベートでは口外できない」

「アンタレスとの板橋大乱闘では、ミスティはなぜシラヌイを撃ったんですか？」

「新聞にすべて書いてある。書いてあることが市民が知るべきすべてだ。むしろオレがインタビューに答えすぎた部分すらある」

「ミスティに正義はないんですか？」

ここまで調子よく答えてきた霧島もそこで口ごもった。

「――もう辞めてしまったが、かつての同僚にヴェンダリスタと対話した人間がいた。その人間は、ヴェンダリスタにこんなことをいわれたらしい。『正義とは悪に育まれるものだ』と」

「どういう意味ですか？」

「さてな。だがオレはこうじゃないかと思う。この世にもともと正義は存在しなかった。先に悪が生まれ、このままではイカンということで正義が生まれた。悪が強くなるとそれに遅れて正義が強くなる。正義とは単独では存在し得ないんだ。悪にその存在を依存している」

「つまりミスティにとって、ヴェンダリスタは悪ではないと」

「そうじゃないが、正義がこの世でもっとも尊いものではないということだ」

「もっとも尊いものってなんですか」

「それは人それぞれだ。しかし少なくとも地球人類七〇億の命と正義は釣りあわない。手放すに惜しまざるものだ」

片蔵誉と力を合わせ、町の住人で実現させたひとつのスクラム。あのときの「なにかをしなくてはならない」という誉の思いを否定されたような気がした。

一二月一二日の夜にギャラフィアンから世界中を爆破されてもおかしくなかった。スクラムを組んだところで護身の効果を発揮するわけでもない。どうせ死ぬならばという前提があったことは確かだ。どうせ死ぬならば、人としてのプライドや〝様〟を示しておきたかった。ここは矛盾しているが、生に対して絶望していなかったということだろう。たとえ生き残れても、プライドを捨てた自分は一生胸を張ることができなくなると思ったのだ。

「思想や主義によって、ひとつの世界がふたつに分かれた。ひとつの星がふたつに分かれた。その一方が飛び地だ。それまでひとつだった国が主義によってふたつに分かれた前例なら歴史上にある。しかしそれはその国に住んでいたすべての人の意思が反映されたものではないし、自分の主義に反するからといって線の向こう側に移り住むことができない場合が多い。そこにきて、飛び地にはヴェンダリスタと戦う主義の人が住みましょうという、ものの考え方によって人類がふたつに分かれたはじめてのケースなんだ。さらには飛び地に渡るためには肉体的にヒトであることを捨てなくてはならない。実質的にもひとつだった人類はふたつに分かれたんだ」

「本当に分ける必要があったのか、ボクにはときどきわからなくなることがあります」

「アローのように、ヴェンダリスタやギャラフィアンと戦いたいと思う人間もいるだろう。戦いたくないという人間もいるだろう。戦いたい人間が好き勝手に世界中で局地戦をしたら、それは人類の総意とうけとめられかねない。特に幼いこどもがとばっちりをうける。だから戦いたい人間とそうでない人間を分けた」

「………」

「しかし中立の地球に住んでいるからといって、命を保証されると思ったらそれは脳天気な思考だな。オレはこっちにいる限りは、光の国からのげんこつを覚悟している」

「光の国は、中立の地球を許しますよ。みんなが期待しているとおり、許しますよ。あの夏休みの最後にウルトラサインを送ってきて注意喚起をしたくらいですから。ミスティが覚悟しているげんこつなんて、せいぜいデコピンです」

霧島はすっかりと日が落ちた外の夜景に目をやり、窓ガラスを相手に再び口を開いた。

「――飛び地は、ふたりの女から生まれた。これは自慢じゃないが、その女はふたりともオレの彼女だ。オレは彼女たちが生んだ飛び地の秩序を守る。怪獣が外に出ても、シラヌイが外に出ても、撃つさ」

そのひとりが南城ということになるのか。飛び地のシステムを生んだひとりが南城。序の口のメンバーであり、伊波滴(いなみしずく)と特別な関係にある女。

マイクロバスが新宿に出ると、東堂がマイクを握って説明を始めた。現場には資材を積んだ引っ越し業者のトラックが到着する予定だという。地上で人目につく作業ができる時間をせいぜい一五分とし、非常階段を使ってとにもかくにも資材を地下に運び入れるということだ。

山手通りの地下に都営大江戸線は通っている。ちなみにさらなる深部には首都高速の中央環状線が通っている。

大江戸線は「6」の字状の路線で、現在運行されているのは都庁前駅を起点とした環状様部分だけだ。あとの放射部は閉鎖されており、この部分はティアズ・スタンドを時計の中心に置くと四時の方角から緩衝地帯に突入する。放射部の終着が車庫もある光が丘駅であり、ティアズ・スタンドからは目と鼻の先だ。もちろん光が丘駅まで資材を運ぶ必要はない。緩衝地帯の縁にあたる落合南長崎駅のやや手前から、国境の豊島園駅までだ。直線ではないのでリアクションプレートの道のりは五㎞ほどある。

東堂が通路を進んで後部座席にやってきた。

「友利くんは、地下に荷を下ろすところまで手伝ってくれ。終わったら、地上に上がってきてくれ」

「ボクも今日は線路の上を行くつもりできました。やっぱりこどもだからダメなんですか？」

「このあと私と、そして霧島くんと三人で、国境である平和台の先まで行く。東京メトロのだ」

「なにをしに？」

「キミたちの下見のためだ。春に、極めて重要なミッションがある。ティア同士が会うんだ。その同伴役として、ティアが友利くんを指名してきた」

「さっぱり意味がわかりません」

「とにかく、上がってきてくれ。詳しくはまたあとで話す」

　マイクロバスが現場に到着した。公園の前には引っ越し業者のトラックがとまっており、別便で先着した序の口の男たちによってすでに運びだしが始まっていた。

　三矢もすみやかにトラックのもとに向かった。列に加わり、コンテナから配分される荷を担いだ。女性をおんぶする程度までは覚悟していたが、肩にギリギリと食いこむほどに重い。

　皆が二宮金次郎のようになって公園に入っていく。公園の隅には一見して公衆トイレとまちがえる謎の棟（むね）がある。それが大江戸線の地下トンネルにつながる非常口だ。扉を開けて迎える男が中の状態を確かめながら手振りだけで信号の役目をしている。

　三矢も手すりを頼りながら階段を慎重に降りはじめた。

　ティアが、なぜ自分のことを知っているのだろう。町中でスクラムを組んだあの日の夜、宇宙から見ていてくれたのだろうか。そのようなはずはない。そしてティア同士が会うとはいったいどういうことなのか。国境壁をはさんで内側と外側にティアがひとりずつ。

　国境壁を造ったのは南城。滴と特別な関係にある南城。以前にその南城から滴を守ってくれと頼まれたことがあった。

（まさか……滴がティアなのか）

　第六エリアの霊安室を抜け、格納庫のある第二エリアに向かっていたときのことだった。

　交差する通路の角から伸びる人影のようなものが視界をかすめた。霊安室の幽霊だとはさすがに思わなかったが、なにかとんでもないものと遭遇するような予感が日々輝にはあった。

気づかなかったふりをしてしばらく通路を進み、そして立ち止まると同時に振り返った。

まんまというべきか、やはり角から人が姿を現していた。

しかし日々輝は自分の目を疑った。薄暗くてその容姿ははっきりとはしないが、少女であることくらいはわかった。

ワンピースのスカートをひるがえし、その少女が裸足で逃げはじめた。

「おいちょっと待て！」

日々輝もすかさず追いかけた。

ティアズ・スタンドの最年少は鳥栖なのだからこどもはいないはずだ。

走るのはこちらのほうが速いのに通路を折れるたびにまた遠ざかる。日々輝にとってはきたこともないエリアだし、迷いのない少女は船内を知りつくしているかのようなフットワークだ。

（どこに行った？　あれか！）

一瞬ながらスカートの裾が通路から一室に吸いこまれる様子が見えた。日々輝はただちに駆け寄った。

（ここはどんな部屋だ？　セキュリティで扉が閉まってるな。あの子はどうやって入ったんだ）

日々輝は変身した。しかしてっきり入れると思ったら壁にあえなく跳ね返された。

（ファースト・ステップじゃ無理ってことか？）

壁をノックしてみる。――中から気配は伝わってこない。聴覚を最大限にはたらかせても音を拾うことができない。やはり特殊な部屋だ。

ややあって、扉から変化を感じた。特に光ったわけでもないが、セキュリティが解除されたように思えた。

日々輝は慎重に手で確かめながら扉を透過した。

――たいへん広い部屋だ。天井も高く、ひな壇をとり除いた作戦司令室ほどもある。そのほぼ中央といってもいい。光の衣をまとったティアが立っていた。やはり後ろに手を回している。

《ティアの部屋だったのか。それはすまない》

《かまいません》

《こうして会うのは久しぶりというか、はじめてだな。このまえの会談のときに、ティアの姿を見たことは見たんだ》

《今日まで、よく皆を守ってくれました。感謝しています》

《礼にはおよばない。戦っているのはみんな一緒だ。もっとたいへんな仕事をしている仲間もいる。――そうだ、この部屋に女の子が入っていったと思うんだけど、見まちがえかな》

ティアがなにもいわずに背中を向けた。すると光の衣をまとった裸体の少女に変わり、まだあどけなさを残した横顔をこちらに見せた。さきほどの少女だ。

日々輝はとっさに頭が回転しなかった。

ティアもまた、ヒトから変身する存在なのだろうか。光の国の聖者や戦士は皆そうなのだろうか。ティアは光の国のものさしでは少女の年代なのだろうか。

姿を戻して向きなおったティアはテーブルに誘って椅子を勧めてきた。日々輝は頭の整理がつかないままに腰をおろした。

《いまの私は、半分が涙を語り継ぐ者であり、半分がシズクという少女です》

《……もっとわかりやすく頼む》

《もともとひとりの滴とひとりの私がおり、ふたりがいったんひとつになり、そして混ぜ合わせた後にふたつに分かれたのです》

《飛び地にきた日、オレはティアの体に触れた。あのときのちょっとした違和感は、シズクのせいだったのかもしれないな。それで、もうワンセットはどこにいるんだ。──そうか、飛び地の外か。そしてふたつはまたひとつになる。やっぱり会談の日だ。あのときに聞いた話はこのことだったたか。ティアがふたりいるっていうのは》

ティアはゆっくりとうなずいた。

《いろいろミステリアスだけど、一番気になっていたことを訊いてもいいか》

《どうぞ》

《なぜ両手の自由を奪われているんだ。オレがはじめて飛び地にきた日、ティアは助けてくれた。あのときも、ティアは両手を後ろに回していた。まさか宇宙に逃げないように、ずっ

と捕らわれてきたのか》
《そうではありません。この両手は、私自身が施したものです》
《なぜだ》
《それは、私がサラマンドラの命を奪ったからです》
《第一号怪獣のことだな。倒さなきゃティアが逆の目に遭っていた》
《それが正しかったのかもしれません。ですから、私は同胞からの裁きを待っているのです。そのときまで、自分で自分の自由を放棄したのです》
《……そうか。なかなか真似のできない精神だ。同胞っていうのは、光の国の聖者たちのことか》
《そうです》
《オレたちがウルトラマンと呼んでいる光の戦士と、ティアのような聖者はどう違うんだ。たんに職種の違いか。それともアメリカ人と日本人の違いか》
《違いに関しては、少し複雑です。もともと両者はひとつでした。そこから一歩足を踏みだした存在が戦士たちで、私たちはその場にとどまった存在です》
《戦士たちは進化してより強力な力を得たんだな？》
《はい。その代わりに彼らが失ったものがあります。それは涙と、命を奪う能力です》
《ん？　よくわからないな。戦士だから、宇宙警備の戦いのなかで相手の命をさんざん奪ってるんじゃないのか？》

がで《たとえば、ビッキーが怪獣の命を奪おうとします。ただし怪獣はその行為に抵抗することができます。しかし私たち光の聖職者の前では、いかなる者も抵抗することができません》

イメージを直感して背筋が寒くなるような思いがした。

《そんな存在を聖者というのか？》

《私たちが命を奪う能力を使うことは基本的にありません。狂気の能力をもっていながら使わないからこそ光の国では聖職者と呼ばれています。そして地球の文化的概念と光の国のものは同一でもありません。これは私もあとからわかったことですが、地球の人々が聖者と呼んでいる存在は、むしろ光の戦士のほうが近いと思います。銀十字軍がその象徴的な存在です。彼らなどは、生命を与えることができます。この生命を与える行為に対しても、いわずもがな抵抗することができません》

《死んで動けないんだから、確かに抵抗できないよな》

《生殺与奪において相手の意思を完全にないがしろにする、この能力をもっている点において光の国の住人は広い宇宙にあっても極めて特殊です》

《ヴェンダリスタはパレ・デ・ナシオンでいったらしいな。干渉してきた光の国に一方的な価値観を押しつけられたって。この〝一方的〟の部分だけど、あながち嘘でもなかったってことか》

《それはビッキーの、個々人の判定にゆだねられます。後にギャラファィアンとなる惑星人たちが勢力を拡大し、武力による侵略を繰り返していったことは事実です。光の国の宇宙警備隊は動きだしました。このままでは大戦争になると危惧した私たち聖職者は、警備隊よりもひと足先に彼らのもとにおもむき、四箇所で四星人との話し合いに臨みました》
《どうなった》
《三つの使節団が、無残にも全滅させられました》
《……そうか》
《残ったのが、ヴェンダリスタ星人のもとにおもむいた私たちの使節団であり、最終的には私だけでもあります》
《まだまともなほうじゃないか、ヴェンダリスタは》
《彼らは私たちの能力に目をつけて、捕らえようとしたのです》
《そしてあとからやってきた宇宙警備隊に救われた。その後に戦争にならないほうが不思議だな》
《私たちが先走って動いてしまったことがいけなかったのでしょう》
《いや、オレはそういうおっちょこちょいが好きだぜ》
《ありがとうございます。でもやはり、ふだんから警備隊そして戦士たちともっと連携しあえていれば……》
《仲が悪いのか》
《それほどでもありませんが、ひとつの星の中にあって、いまやビッキーのいうアメリカと日本のような異国民の関係ですから。確かに戦士たちのなかには私たちの存在を疎(うと)んでいる者もいます。否応(いやおう)なしに命を奪うことができる私たちの能力が、光の国全体のイメージを歪(ゆが)めている部分もありますから》

ティアは椅子から立ち、額(ひたい)から発した光で虚空になにかを書いた。ウルトラサインだったように思う。

すると床と天井が反応し、立体像を現しはじめた。光の国の戦士のようだが、オーストラリアやアメリカに出現した戦士とは一風異なっている。

《本来の姿ではありませんが、私の兄です。名を架け橋(ブリッジ)といいます。将来、戦士と聖職者のあいだを渡す架け橋になれるようにと両親に名づけられました。私は実際のところ、兄とは一度も会ったことがありません。私が生まれるまえに、両親と兄は船の大事故で離ればなれになっています。その後に兄は、孤児として、宇宙警備隊に育てられました。切り札という名で》

《それはまた、複雑な人生だな》

《私の両親は事故から生存した事実を伏せ、兄を宇宙警備隊にゆだねました。その名のとおり、架け橋になれるものと信じて》

《なれるといいな》

《ありがとうございます。——少し待っていてください。シズクも、ビッキーと話がしたいみたいです》

ティアがテーブルを離れてオブジェの向こう側に入っていった。すぐに少女と入れ替わり、着替えているらしく、ときおり顔だけを覗かせてこちらの様子を興味深げにうかがっている。

準備は整ったはずなのに、オブジェの陰からいっこうに出てこない。いまさら恥ずかしがっているのか、それでも顔だけは覗かせるのだ。日々輝は変身を解いてみせたが、やはり彼女は出てこようとしなかった。

「シズクっていうのか？」

尋ねれば少女は誰かに背中を押されたかのように陰から躍りでた。真っ直ぐに歩いてくればいいのに、くねくねと進んできてようやく椅子に腰をおろした。行儀よく両膝に手をつき、しばしうつむいていた顔をもちあげては歯を見せてはにかんだ。

「ホッとする笑顔だな。なんか温まる。オレは二柳日々輝。ビッキーだ」

「伊波シズクです」

「伊波⁉　まさか伊波総代のか？」

「はい、娘です」

「……そういうことか。総代はいろんなものを犠牲にしてきたんだな。——もうひとりのシズクはどうしてるんだ？」

「滴は家で母と暮らしています。ときどきテレパシーで連絡をとっています」

「なるほど。それで密輪のカラクリがわかった」

「ビッキー、聞いてください！」

突然に声が強くなった。

「ど、どうしたんだ」

「滴ったら、私に無断でボーイフレンドをつくったんです」

「……そういう場合は、どうなるんだ？　ややこしいな。シズクのボーイフレンドでもあるんだから、いいんじゃないのか？　その代わりシズクはティアズでボーイフレンドをつくらないほうがいいぞ？　二股になってもっとややこしくなる」

「滴ったら無断ですよ？　いいわけありません。親が決めた許嫁(いいなずけ)のようなものです」

「たぶん……、気に入ると思うぜ？　同じもうひとりのシズクが選んだんだから」

「そういう問題じゃありません！」

シズクがテーブルをバンと叩いた。

要するに、ひとりが半分に分かれ、ティアズ・スタンドにきたほうはハズレくじを引いたということなのだろう。本当はそのあたりのことを訴えたいに違いない。

「でも、もうすぐ会えます。そのときに三矢さんも連れてきてくれることになっています」

「地下トンネルの整備なら、仲間たちがしっかりやってたはずだ」

シズクがほころびかけそうな顔を正しながらいった。

「去年は、片蔵さんがついてきてくれました。だから今年はビッキーにお願いすることになると思います」

「オレが？　でもそうだな。いざというときに体を張って守れる人間のほうがいい。その点で向こうの滴は大丈夫なのか？　三矢っていうのは、ボーイフレンドっていうくらいだから同い年くらいなんだろ？　遊びじゃないんだから、もっとしっかりした大人についてきてもらったほうがいいんじゃないのか？」

「私が連れてきてくれといったわけじゃありません。滴が、一番信頼してるみたいだから」

「信頼か。それは確かにマッチョなボディガードよりも優先すべきことだな」

シズクがホッとしたように笑った。やはり三矢という少年に会ってみたいのだろう。

ふと気配を感じて扉のほうに目をやれば変身した伊波松男が入ってきた。彼はただちにその変身を解くとフレームの壊れた眼鏡をかけた。こちらに気づいて驚いた表情をしている。当然だろう。

「ビッキーか」

「ちょっとお嬢さんの相手をしていた。都合が悪ければ出ていく。ここのことは誰にも話さない」

「いや、シズクの話し相手になってくれてありがとう。じつは、ビッキーを捜していたところだ。一度格納庫まで行ったんだが」

「そうか。目的はだいたい察しがつく」

「もうシズクのほうから話がいったか。まあそういうわけだ。ふたつに分かれたティア、ふたつに分かれた滴、定期的に整合をとらなくてはいけない。別々の環境で違いが大きくなるほど、戻るのがたいへんになってしまう」

「責任重大だが、この件は引き受けた」

「すまないな。怪獣との交戦がある一方で」

「いや、オレが謝らなくちゃいけない。伊波さんをちょっと疑ってたところがあった。ティアの自由を奪ってるんじゃないかって。それはさっきティアとも話して全部わかった。しかしビックリ仰天するようなことをしたもんだな」

「飛び地の中と外でホットラインをもっておくことは重要だ。これがなければ心細くて戦えない。皆も密輪の物資をとおしてもとの世界とのつながりを感じてくれているんだと思う。実益以上の精神的効果があるはずだ」

「まったくそう思う。しかし伊波さんは今日までティアズ全体をまとめてきたやり手だ。そんなあんたでも心細くなることがあるのか？」

「私にはこうして、いつもシズクがいる。心細いと感じたことは一度もない。感じている暇がなかったというべきかな？　できれば一日でも早く、もう半分の滴をとり戻したいと思って必死にやってきた」

美しく、勇ましいセリフだ。しかしどこかしらその表情と嚙みあわないのはなぜだろう。

伊波親子は、おそらく心細さを感じている。それはともすればティアズ・スタンドの誰よりも。見ればシズクも顔色を曇らせて目を伏せている。

「なにか煩わしい問題をかかえてるんだったら、こんなオレにでもいってくれ。七百人以上の人間がいるんだ。伊波さんの舵とりは非の打ち所がないんだろうけど、それをおもしろくないと感じる変わり者もなかにはいるかもしれない。そういう人間には、オレがあいだに入ってもいい。自分でいうのもおこがましいが、その手の才能はもってるつもりだ。交戦部隊の連中も食堂にきてくれるようになったし、たまに大部屋に混じって勝手に雑魚寝をしてることだってある」

「ビッキーがきてくれて以来、ティアズの雰囲気が良くなった。雰囲気が良くなかったという点では、その直前にピークをむかえていた。デュアルの片蔵さんを失っていたことがなによりも大きい。この先どうなるのか、誰もが不安をかかえていた。どんと構えていたのは菊田司令官くらいだった。ティアズの仲間は、私の姿を見かけては個人的に尋ねてきたものだった。『光の国はいつくるんですか』と」

「このまえの会談で、ギャラフィアンと大差のないタイミングだって、大臣に答えてたらしいな」

「あれは…………、偽りだ」

「偽り？　じゃあ……」

「援軍は呼んでいない。この船にその機能はなかった。せいぜい光速の電波だ。仮に光の国に届くとしても千年以上かかる」

「…………」

「先の戦いで、新たに宇宙人が現れた。ノエさんはイタリア語でナヴィガーレと呼んだ。作戦司令室でひとり小躍りしたのは他でもなく私だった。しかしナヴィガーレはどうやら光の国の戦士ではない。ピグモンも、ティアさえもそういっている。私はまた、船内で仲間から尋ねられることにビクビクする日をおくらなくてはならない」

シズクが詫びるように頭を下げた。総代の娘として詫びたのか、ティアとして詫びたのか。

日々輝は椅子から立ちあがり、いまだ床から浮かび上がったままの立体像と向き合った。

このブリッジがやってきてくれたら、それは疑いなく光の国の援軍であるのに。

「みんなは、ティアを守っている限り助けがくると信じてるみたいだな。確かにそうかもしれない。でもオレはちょっと違うんだ。助けじゃない。オレたちがギャラファィアンに、ヴェンダリスタに立ち向かってる限り、共闘しにきてくれると信じてる。だから伊波さん、あんたが〝い〟の一番にここに乗りこんできたことは、絶対にまちがいじゃないぜ。オレはみんなと力を合わせて、あんたのおっちょこちょいを正解にしてみせたい」

「ビッキー……」

「シズクもそう思うだろ？　お父さんはまちがってなかったって」

シズクは天井を仰ぎ見てはしばらく考え、なにかの記憶に思い当たったのか、今日最高の笑顔で大きくうなずいた。

「V」ナンバーの車で東京を走ると、二三区の中で千代田区だけはさすがに警察と消防がぴったりとマークしてくる。ただし彼らが進路を誘導するなど積極的に干渉してくることはまずない。臨機応変に交通整理を買ってでたり、けが人がでた場合にすぐに搬送できるようにするためだ。

首都高速に乗るとまずは救急車が任を離れ、新宿線を追跡し続けてきた白バイとパトカーも高井戸ＩＣを降りてからはすぐにその影を消した。

ラウンジのようなリムジンカーの車内では、四名からなるラト一行がL字型の革張りシートにだらしなく体を沈めていた。左ハンドルを握るのは岡地（おかち）で、慣れない彼の運転のせいでロングボディの左側はへこんでいる。

宿体となった少年たちは西田里美（にしださとみ）をふくめていずれも高校生。とりついたヴェンダリスタ星人はラト、ラト、ラト、ラト。彼らは今日まで日本で目にあまる行動を繰り返してきたために、本体のラトからすでに追放の烙印を押されている。

いまここには四人しかいないが、同じ烙印を押されたラトは日本全国と全世界から集めれば百六十人あまりになる。それでもラトが七万の集合体であったことを考えれば〇・二％ほどだ。この程度ではヴェンダリスタ星人として再び実体化することはできず、他の生物を宿体とするしか生存の術はない。これは死刑宣告ではないが島流しに値する処分だ。

このような存在をヴェンダリスタ星では〝くずれ〟と呼んでいる。メイスくずれは怪獣を宿体にしてひと暴れすることをいさぎよく決めている。ラトくずれは腹をくくることもできず、今日は東京の街を豪遊しながら日が暮れるまで人々にフラストレーションをぶつけてきたところだ。

「オレたちがそんなに悪いっていうのか？」

「まったくだ。生ぬるいやり方で今日まで支配できたと思ってるんだからめでたいよな」

「はっきりいって、怪獣を強力にしてきたのは私たちよ」

「メイスくずれには及ばないかもな。だけどキップはいい子ちゃんすぎた」

ヴェンダリスタ星人は個人そのひとりのなかで、思想の異なる分子を追放してこれをくずれにする。一度に追放する分子の割合が一定以上になった場合はくずれも肉体をもったれっきとした個人になる。このような個人が方々から寄り集まって種族を形成することもあるが、そのケースの大半は反社会的な存在として駆逐されてしまう。その結果、ヴェンダリスタ星の社会はほぼ同じ思想で統一されてゆく。したがって光の国の宇宙警備隊が〝十把一絡げ〟でヴェンダリスタ星全体を相手にしようとしたのは事実なのだ。

「それで、どうするんだ。メイスくずれのあとに、オレたちも怪獣を棺桶にしなくちゃならないのか？」

「怪獣を宿体にするなんて屈辱だぜ。しかもこんな宇宙の片田舎で」

「トップバッターのメイスくずれが意外とがんばってくれたりしてな」

「……それはないな。飛び地の戦士は死して躍動する者の攻撃からも立ちあがったんだぜ？」

「オレたちでティアの首をとれば、同胞もオレたちの存在を尊重せざるを得なくなるはずなんだけどな。それどころか地球にやってきたなかでは下克上の最上位だ」

「逆転ホームランでティアを討てないものかな」

「あのカラフルな戦士はどうなんだ？　利用できないか？　光の国の戦士でもなさそうだ」

「最終的には飛び地の作戦に協力した様子だったし、望み薄だな。むしろこれからオレたちの敵になる可能性が高い。ディメンションケージの輸送艦が遭遇したっていう未確認物体は、おそらくあの戦士のことだろう」

「――なんかいったらどうだ？　西田里美さんだっけ？」

「フフーン。ひょっとしたら下克上とやらが現実になるかもかもなの」

「なんだって？　それ本当か？」

「どんな方法でいくんだ？　詳しく聞かせろよ」

「そうね。まず涙の砦の現状を想像すると、エネルギーの面で余力が乏しくなっているということ。それは政府に電力の供給を要求したことからも明らかだし、先の防戦で欠乏は輪をかけてすすんだはず。輸送艦にもあるバリアの検証データを参考にすれば、涙の砦のエネルギー残量は一五％前後と推定されるってことくらいは知ってるでしょ？　これまでの防戦で惜しみなく展開してきた結果ね」

「兵糧攻めは当初の作戦どおりだからな。光の国の超人はエネルギーがきれたら案外コロッといく。その点では地球の人間のほうがよっぽどしぶとい」

「涙を語り継ぐ者も、万が一のことを考えて人間の体を借りている可能性はあるわね」

「宿体にする能力があるっていうのは聞いたことがないけどな。光の国の超人に」

「キップの話では、融合の技なら使うことがあるそうよ」

「よく知ってるな、キップは」

「そしてここからが本題なんだけど、減点でちょっと締め上げてやった生徒からこんな密告があったの。飛び地に、外部から物資が供給されているんじゃないかって」

「まさか政府か？」

「それはわからないわ。公認なのか、非公認なのか」

「物資が供給されることははじめからじゅうぶんに想定されたから、政府には釘を刺しておいたはずだ。根拠や証拠は？　証拠があるならこの国には連帯責任をとってもらわなくちゃな」

「飛び地の様子をとらえた写真のなかにいくつか怪しい点があるらしいの。たとえば外で作業をしているメンバーに服装の統一性がいくつか認められたり、肌着に最新の年号がカラープリントされていたり、収穫物を入れる段ボール箱に新商品の名前やロゴがあったり。これらは国境壁が築かれたあとに外から持ちこまれた可能性が高いわ。飛び地はあのとおり瓦礫の海。文化的にはとまってるはずだもの」

「だったら早速政府を締め上げてみようぜ」

「その程度の手柄じゃ下克上は無理ね」

「確かにな」

「そこでここ最近、運転手の岡地に調べさせていたのよ。そうしたら思わぬ収穫があったの。

まずは外部からの物資の搬入、いわゆる密輪ね。岡地は砂かぶりの町である中野に住んでいるんだけど、彼のアパートから徒歩ですぐのところに地下への入口があったそうよ。都営地下鉄のね。密輪が実際におこなわれているその現場もバッチリ目撃している」

「船を吹き飛ばせるものでも運びこませるか？　ビックリ箱みたいにして」

「それもいいけど、岡地がもっとおもしろそうな情報を手にいれたわ。飛び地へは、もうひとつの地下ルートがあるでしょ？　東京メトロの路線が。そこに、同じ日に密輪目的ではない三人が入っていったそうなの。そのひとりがなぜか少年。この子きっと、特別なんだわ」

「誰だかわかってるのか？」

「いま岡地が関連のある場所に車を走らせてるわ」

「やるじゃないか岡地！　お手柄だ！」

運転席の様子はわからないが、岡地の耳には届いたらしい。機嫌がよさそうなクラクションが鳴らされた。ところが一転、あまりにも不快な音とともにリムジンは震動しはじめた。

「おいおい、塀かなにかにボディを擦(こす)ってないか？」

「まったく岡地ったら、雑な運転なんだから」

やがてリムジンは中途半端に右折し、こまごまとした後退と前進と衝突を繰り返した後にとまってしまった。

「――走行不能になったか」

「脱輪しなかっただけでもマシね。よくやらかすのよ」

「まさかオレたちが本体から追放されたのって、岡地の減点もふくまれてるんじゃないだろうな」

リムジンを降りてみると、案の定、曲がりきれなかった車体は住宅街の丁字路を完全にふさいでいた。

「ラト様、申し訳ありません」

「目的地は？」

「この先すぐです」

「だったらもうこの車は捨てていくわ。案内しなさい」

ラト一行は使い物にならなくなったリムジンを次々と乗り越えていった。

道幅も狭ければ古そうな木造家屋が建ち並ぶ住宅街だ。この辺りに世界中立軍の戦闘機が落ちたらさぞかしよく燃えるだろう。街灯が暗く、閑静な雰囲気があるのだが、ときおりドシンと大きな物音が伝わってくる。

「岡地、なんの音なの？」

「まさにあれが目的地です。おそらく柔道場かなにかになっていて、相手を畳に叩きつけたときの音だと思います」

「例の少年がその道場に通ってるわけね？　手強いじゃない」

その民家の門前には一〇台以上の自転車が整然と並んでいた。門には表札があり、玄関の表側には至誠館と書かれた看板が掲げられている。至誠館という武道場だ。

人間たちがこの時世に武道を修練することにはどのような意味があるのだろう。想定されるギャラフィアンの襲来に立ち向かえるとでも思っているのだろうか。あるいは、異常事態時にさえ彼らが守ろうとしている日常のひとコマなのだろうか。

「庭が明るいわね。入ってみるわよ」

地球人類は中立を保つことが種の存続につながる最善の方法だと考えている。それは未来を予測できない場合において、もっとも高い確率を選択したという意味では不正解ではない。しかし、そもそも選択肢のなかに正解がふくまれていない場合もある。いわゆる〝詰み〟の状態だ。特に地球人類などはみずからの恒星系内から出ることもできない。それではあまりにも非力だ。

また、ギャラフィアンは地球人類が想像しているような甘い存在ではない。ギャラフィアンは対立することを認めないのだ。その性質はヴェンダリスタ星人を除いた三星人が、説得しにきた光の国の聖職者を即座に葬(ほうむ)ったことにあらわれている。ただこの点において、地球人類が宇宙語を理解できずに手をこまねいたことは彼ら地球人類にとって幸いだった。少しでも対立の姿勢を見せようものならば、ＳＴＡＧＲＥＮＧＳ(スタグレングス)とＣＡＲＤＯＷＲＩＴＤＹ(カードウリトディ)の三星人が容赦なく地球を壊滅させていただろう。

――庭に面する母屋部分が縁側になっている。白い道着姿の男や婦人やこどもたちが格闘している様子が見える。

「戦闘訓練?」

「いわゆる稽古ですが、柔道ではなく合気道だったみたいですね。護身術です」

「人間て身を守るのが本当に好きね。それで、どの子なの？」

「おそらく……、黒い袴をはいているふたりの若いほうです。ええ、彼でまちがいありません」

「──どういうこと？　大男を投げ飛ばしたわ」

「あらかじめそういうシナリオになっていますから」

（あの子確か……）

背後から肩を叩かれた。

「なに？」

「もう今日はこのあたりにしようよ」

ラトたちの目つきがいずれも丸くなりつつある。二〇時も迫っているので、本来の人格が少しずつ顔を覗かせはじめる頃だ。

「シンデレラタイムね。岡地、帰るわよ。とりあえずカボチャの馬車を探さなきゃ」

「わかりました」

「岡地は今日からあの子を徹底的にマークしなさい。他のお抱え運転手を総動員してもいいわ。あの子は金井原高校二年の、友利三矢よ」

誰かに声をかけられたような気がして鈴はふと顔を上げた。

隣では三井麻衣子も作業に没頭していたようで、なおも没頭している。そのまた隣は吉岡弥春の姿がないと思ったらひな壇を降りていくところだった。声をかけてきたのは彼女だったようだ。こちらに気づいて「プッチャ」といった。ウルトラ・コンディショナーで〝プチ・チャージ〟をとるという意味だ。

作戦司令室はいわずもがな二四時間態勢だ。最低でもひとり、ディメンションケージだけは見張っておかなくてはならない。ひとりでは、うっかり居眠りをしてしまったり、体調不良でダウンするケースもありうるので、必ずふたり以上は常駐する。

生活部から移って半年になるが、この勤務は精神的にはもちろん、肉体的にもかなり辛かった。ウルトラ・コンディショナーがあったにもかかわらずだ。

休暇というものがない。これは皆同じ。羽を伸ばしにどこかへくりだすこともできない。これも皆同じ。皆同じだから、誰も口にしない。口にすることに抵抗も感じている。生命の危機を本能が訴えてくる。油断は寿命に直結する。ティアズ・スタンドは怪獣を擁するヴェンダリスタ星人と戦っているのだ。これはスポーツの試合ではない。そこには開始時刻も制限時間もルールもない。

「三井さん？」

呼べども反応は皆無。三井はすっかりと自分の世界に入ってしまっている。彼女はその病的ともいえる集中力で夕食の機会をむざむざ棒に振ることがある。

三井は純粋な日本人のなかではもっとも遠方から飛び地に渡ってきたひとりだ。札幌の私立中学で教師をしていたと聞いている。過去には東京で大学生活をおくっており、そのときに出会った恋人とは将来まで約束していた。その恋人は「九・六」の大爆発で命をおとしている。

意外にこの弔い合戦のようなケースは少ない。それに比べれば、鈴のように、万人と同じ〝土俵〟で戦うことから逃げてきたケースのほうがむしろ多い。そもそも三井に敵討ちの意識はないのかもしれない。それはやはり、出来事のスケールがあまりにも大きすぎて怨敵の絞りこみができないからだろう。

情報班では当番になっている町が席を立ったようだ。こちらを見上げ、そして髪をかき上げながら「プッチャ」といった。彼の休憩には育毛の下心があるだけに笑顔で見送れない。

その町と出会い頭のようになって鳥居靖子が作戦司令室に入ってきた。もう深夜も二時を回っているので生活部はとっくに就寝している時間帯なのだが。

鳥居がなにかおいしそうなものをトレーにのせているので鈴はひな壇を駆けおりた。

「なになに？」

「四六時中お疲れさま。差し入れよ？」

「これって靖子……、どっちだっけ」

「ボク、おはぎ大好き」

休憩に行くはずの町が引き返してきて鳥居の背後から覗きこんだ。

「おあいにくさま。春の彼岸はぼた餅です。町さんは半年後をお楽しみに」

「そんなあ。意地悪しないでよ。季節で呼び名が違うだけだろ？」

「これどうしたの？　立派なスイーツじゃない」

「今度の夕食に添える予定だから、試作と試食会をしていたの。そうしたらもう深夜になっちゃった」

「役得。でも、ぼた餅に合うメインのメニューってなんなの？　カレーはちょっと」

「大丈夫。今回はマグロが丸ごと届いたから……」

「ボク、鉄火丼大好き」

「おあいにくさま。酢飯とまではいかないから銀シャリのマグロ丼です」

ひな壇の横に小さな座卓を据えて町とふたりでぼた餅を食べた。相変わらず三井はウルトラ・データベースを表示させたコンソールパネルとにらめっこをしている。彼女は非番のときのほうが本気をだすような気がする。

「もう一個食べちゃおうかな」

「それは吉岡さんと三井さんの分です」

「吉岡さんてプッチャに行ったんだろ？　じゃあどうせ満腹で食べないよ」

「女の子には別腹があるんです。町さんはそういうところがあるからモテないんです」

「うわあ、傷ついた。植松さんも恐いな。いっぺんに苦手になった」

「そういえば町さんは、どうしていつも菊田司令官にビクビクしているんですか？」

「えっ……。してるかな」

「してます。上から見てたらよくわかります」

「――これは絶対に内緒にしておいてくれよ？　じつは菊田さんは大学の大先輩なんだ。菊田さんはボクなんか全然知らないだろうけどね」

「へえ、町さんとはひと回りくらい離れてそうですけど、菊田司令官て大学で有名だったんですか？　それにかなり昔の話ですよね」

「菊田さんはなんと現役時代に応援団の団長だった」

「本当ですか？　女性でもなれるんですね」

「ちなみにボクも一年の夏までは応援団に入っていた」

「みじか！」

「夏合宿の厳しさに耐えかねてやめようとしたんだけど、やめさせてくれなかった。ボクは退学して次の年に別の大学を受験しなおしたよ」

「なんで自慢げなんですか？　超格好悪いじゃないですか」

「菊田さんの伝説はよく残ってた。学生横綱から一番とったとか、チアリーダーに鉄下駄を履(は)かせて鍛えたとか、いきさつはわからないけど、自分の頭にキャベツをのせてスランプの弓道部員に射貫かせたそうだ」

「生きておられるのが不思議ですね」

「対抗戦野球の雨天試合では延長までもつれこんだ一七回のあいだ、一五畳敷き以上の大応援団旗を代役で掲げとおしたっていう話もある。そのせいで両腕の腱を切ったらしいけどね」

「そこらへんの男性よりも恐そうだっていってたビッキーの嗅覚って、当たってたんですね。ビッキー、菊田司令官の前ではワンちゃんみたいになってるもの」

吉岡がすっきりとした表情で戻ってきた。しかしウルトラ・コンディショナーの小休憩にしては少し長かっただろうか。彼女はめざとくぼた餅に気づいて一直線にやってきた。

「わあ、ぼた餅なんて何年ぶりやろ。おなかすいてへんけど別腹で食べたろ」

「ほら町さん、私のいったとおりじゃないですか」

「やれやれ、おじさんはコンディショナーで涙を乾かしてもらうか」

町は背中を丸めて作戦司令室を出ていった。それを見とどけた吉岡は少し口元を吊りあげた。

「鈴には教えたげるわ。第八エリアのコンディショナー、調子ええよ」

「直ったんですか？　去年から故障してたはずですけど」

「ピグGが直してくれた。さっき一番乗りで使うたら、シャキッとした。キレが全然ちゃう」

「……最近、ピグさんどうしちゃったんでしょう。一日中働きどおしっていう印象です。食堂周りなんて生活部の人たちが眠ってるあいだに全部電化させちゃったし、開かずの扉も第一五エリアを最後になくなったんじゃないでしょうか。そういえば聞きました？　その第一五エリアで小型のディメンションケージが見つかったそうです。なにが入ってるんでしょう」

「棚からぼた餅にならへんかな。ティアズでは花より団子や。なにか入ってるとしたらお宝よりも実用的なものがええな」

吉岡はひとつ残ったぼた餅を見やり、三井に声をかけるつもりなのかひな壇をのぼっていった。

吉岡が作戦司令室のメンバーになったのは鈴を除けば一番遅い。しかし飛び地に渡ってきた順番では伊波松男を除けば作戦司令室内では一番早い。彼女はウルトラ・オペレーションによって幼少期の記憶をたくさん失い、ティアズ・スタンドで働き手になるまでに時間がかかった最たるケースだ。そのことは彼女を担当したという渉外部の宮木から生前に聞いた。

人格がかなり変わったようだ。以前までは相手の目を見て話すことがほとんどなかったという。解析班のリーダーとしての役目を存分に果たすいまの吉岡からは想像できない。

「もうお彼岸の時期？　年明けからあっという間ね」

「すみません、三井さん。お先にいただいちゃいました。いちおう声はかけたんですけど」

「一番大きいのを残してくれたんでしょうね」

「それは町さんの胃袋の中です」

「……いないところを見ると、町さんはまたスカルプケアに行ったのね」

そのとき、心なしか作戦司令室の照明が明るくなったような気がした。吉岡と三井も感じたらしく、逆に艦内機器の異常かと身構えた。

「たぶん、ピグGが改善してくれたんやと思う」

「なにか起きたらヤだから、そのまえに食べちゃおう」

そういって三井は本当にぼた餅を丸ごと口に入れてしまった。彼女が飲みこむのを待ってから尋ねる。

「三井さんは、非番なのになにをされていたんですか？」

「私はねえ、モグルマムの件であれこれやっていたのよ」

「モグルマムやったら、調査班の報告もあわせていちおう死亡扱いで落ちついたはずやけど？　もう地震も異音もなくなったわけやし」

「だから非番の時間を充てていたの。どうしても気になりはじめちゃって」

「そりゃ掘り起こして死体を確認するまでは気持ち悪いっていえばそうやけど」

「ベビボンはモグルマムを助けたわ。でもなぜ？　もはや助けることに意味があるの？　ベビボンの動機としては恩返しくらいしかないじゃない」

「確かに、ベビボンがたんに動くものに反応していたなら、宿主だったモグルマムに自爆攻撃を仕掛けてもおかしくなかったですよね。三井さんの疑問はもっともです」

「ベビボンはどうやって子孫を残すのかしら。滅びるために生まれてくるのに」

にわかに吉岡の目つきが変わった。

「――生殖能をもった、女王蜂候補のような存在がまだモグルマムの体内に残ってたってことやね？　それを種の存続のために特攻兵が守っていた」

「ええ、そうじゃないかと思いはじめてきたら眠れなくなったの」

「小さいベビボンであの爆発の威力やろ？　親玉はかなり恐いな。体長を一〇倍にしたら単純計算で威力は千倍？」

「もう地中にいるわけですから、ディメンションケージの予兆もありません。前触れもなく出現して爆発されたら無防備のティアズは吹っ飛びますよ」

「それで、三井さんはどうしようと思ってたん？」

「ベビボンのゲノムに表出していない遺伝情報が山ほどあったの。たぶん、完全体になるためのDNAよ。そこを片っ端から有効にしてゲノムシミュレータを走らせようとしてたんだけど、逆に生命体として成立しなくなっちゃって」

「ほなたいへんやけど、いまから三人で女王蜂のモンタージュ作ろか。飛び地で爆発させるわけにはいかへんわ」

「やりましょう」

そこへ小休憩を終えた町が作戦司令室に戻ってきた。その彼がすがすがしい表情で前髪をかき上げたものだから、

「ひとり追加」「四人で」「町さんも入れて」

足音がたたぬよう、三矢は壁を頼りながら真っ暗な階段をそろりそろりと降りていった。

春休みにはいって六日目の今日は一日中家にいた。入学式の準備委員のハズレくじを引い

ており、本当は打ち合わせのために登校しなくてはならなかったのだが、仮病を使ってドタキャンした。滴を国境まで連れていく大事な日なので、ちょっとしたアクシデントにも遭いたくなかったのだ。

玄関先に座って靴を履き、リュックサックを背負ったところでパッと天井の明かりが灯った。心臓がとまる思いがした。

「どこに行くんだ、三矢」

振り返れば父と母が立っていた。

「……用事」

「こんな夜中にか」

「…………」

「ときどき、ひどく帰りが遅いな。至誠館で、稽古が終わったあとも道場の手伝いをしている。それはお父さんも電話で師範に尋ねて聞いたことがある」

「三矢、あなた本当はなにをしてるの？」

「…………」

「お父さんとお母さんに、話してみなさい。問題によっては力になれるかもしれない」

「それじゃあダメなんだ。話を聞いてから『やめた』じゃダメなんだ」

「そんな危なっかしいことをやってるのか。――世界はいまこんな状態だから、想像がつかなくもない。だが三矢、おまえはまだこどもだぞ」

「大人がやらないならこどもがやるしかないじゃないか」

「………」

「ヴェンダリスタに目をつけられたら終わりよ？」

三矢はすっくと立ちあがり、父と母に体を向けた。

「今日まで黙ってたけど、ボクはもう、ブラックリストに載ってる。しかも上のほうに載ってると思う。でもやけっぱちになってヴェンダリスタに盾突いてるわけじゃない。誉はヴェンダリスタに乗っ取られちゃったわけだけど、誉の魂がボクのなかにはいつもあるんだ。誉はギャラフィアンに立ち向かう姿勢を見せた。ボクたちは町中でスクラムを組んだ。あの気持ちが、光の戦士に伝わったんだとボクは信じたい。世界中にもきっと、誉のような人間がいたんだ。だから伝わったんだ」

もう南城たちと落ちあう時刻が迫っている。三矢は唇を噛んで玄関の扉に手をかけた。

「待て三矢」

「行かなきゃ」

「行ってこい」

「………」

「モヤモヤをかかえたままじゃ三矢も後ろ髪を引かれるだろう。だからお父さんとお母さんはいまは気持ちよく見送ってやる。その代わりに帰ってきたら話してくれ。必ず力になってやる」

「――ありがとう。行ってくるよ」

桜木のつぼみがようやく春色の花びらを覗かせた頃だ。まだ夜風は肌に冷ややかだった。吐く息が白くなろうかというその風を切って三矢は走った。

片蔵誉が友達で本当に良かったと思う。彼と行動をともにしていなかったら、地球の近傍宇宙でギャラフィアンと戦った光の戦士のことを神風だと思ってしまったはずだ。そしてまた同じことを期待していただろう。しかし事態が地球の枠を越えてしまったとき、少なくとも神頼みは現状をなにひとつ変えないということを覚ったつもりだ。

その誉との出会いを経て、滴とも出会った。もはやこの運命に背中を向けるほうがおかしい。

ティアとの融合という重要な役目を押しつけられたとき、滴の退路はほとんど断たれた状況だったという。しかし最終的には自分の意思でその役目を買った。まだ彼女には当時のことがすっきりとは消化しきれていない。だからこそ人間には涙があるのだと意味深なことをいう。

背後を車がついてくるのでてっきり南城かと思えば違った。彼女のものと思しき車は指定された待ちあわせ場所にピッタリととまっていた。

車内の人影は三つ。すでに滴も後部座席に乗っているようだ。そして助手席の影は霧島だ。彼はやはりシルヴァンのパイロットをクビになったのではないだろうか。

滴が中から扉を開けてくれた。迎えてくれたその表情にはいつものように温かみがある。

車内はエアコンが効いていてジャンパーを着てては汗ばみそうだ。そしてなぜか前の席でやりあっている南城と霧島の口論が熱い。

「みなさんこんばん……」

南城が霧島に向けるべき恐い目つきをバックミラーでおくってきた。彼女はシートベルトのジェスチャーを示しただろうか。三矢がモタモタしているあいだに車は乱暴に発進した。

去年の春は、密輸のリーダー格である東堂と、南城と、そして至誠館の師範代が同行した。今年はメンバーが半分替わってしまった。この構成に南城は数日前から不安をかかえていたようだ。それはこどもがもうひとり増えたという点が大きいのだろう。しかし滴が安心できるというのだから、それに応えてやるしかないと三矢は思っていた。

「リュック、大事そうにしてるね。なにが入ってるの？」

三矢は滴に尋ねた。

「お母さんからのおみやげ。中身はわからない。開けてのお楽しみ。去年も持たせてくれたんだけど、私はこっちに帰ってきたから、やっぱり中身はわからずじまい。シズクは意地悪をして教えてくれなかった。でも去年の中身は、いまからわかる」

「それはつまり……、いまからふたりの滴はいったんひとつに戻るから、ふたつの記憶は共有されるってわけか」

「そう」

「ティアズ・スタンドに残ることになる今度のシズクも、帰ってくる今度の滴もボクのことを知っている」

「いまの半分の私は、三矢さんとしばらくお別れ」

「カラクリも複雑なら、気持ちも複雑だな」

「うん」

「またふたりに分かれることになる滴とシズクは、どっちがティアズ・スタンドに残るか家に帰るかでけんかをしたりしないの？」

「するに決まってるから、ティアが表に出て、私が中に入ってるあいだに決めちゃうの」

「ティアはどっちがいいんだろう」

「どっちかというと、たぶん私の家にくるほうがいいみたい。ティアも女の子だから。しかも年頃の。だから戦場である飛び地よりはね」

「そうかあ、ティアも女の子かあ。じゃあボクじゃやっぱりダメだろうな」

「どういうこと？」

「滴の代わりにボクがふたりに分かれてもいいかな、って思ったこともあるんだ。ティアがボクの中に入って」

　滴は目を丸くしてしばらくこちらを見つめた。そのような発想をいままでにもったことがなかったのかもしれない。

「ありがとう。でも私はこれからもティアとともにいる。ティアは私を哀れんで泣いてくれたんだ」

「そうなのか」

「涙って、ちょっぴり恐いんだよ？　それを見た人には責任がかかるの。だから私のお父さんも、私の涙の分をがんばってる。ティアが流してくれた涙の分、私は役目を果たさなくちゃいけない」

ティアは、サラマンドラとの戦いのなかで涙を流した。その涙は人によってうけとめ方が様々だった。サラマンドラが恐ろしくて泣いた。光の戦士が全滅して心細くて泣いた。戦士でもないのに戦わなくてはならない運命を憂えて泣いた。

いまではそれらいずれの見解も主流ではない。ティアはサラマンドラを慈しむように抱いて葬った。命を奪うことが本意ではなかったのだ。

あの涙を見て世界中の人々は反応した。それは滴のいうように、悲しみを見て見ぬ振りはできないという、ひとりひとりの心にある責任感が衝動となってはたらいたものなのかもしれない。

南城がウィンドウのワイパーを動かした。雲がかかっているのは夜空の一部で、ほんの通り雨だろうと思われる。しかし遠方に雷雲があるのか、にわかに淡い光が広がった。その淡い光に三矢も南城も霧島も敏感に反応した。

「南城さん」

「なにかしら」

「中立軍は、ウンリュウにも攻撃するんですか？」

「私よりもそっちの霧島くんが専門だから、訊いてみたら？」

「ミスティは、任務に関しては口外できないそうです。新聞を読めと」

「新聞に書いてあるとおりよ。飛び地に出現する限りは、煮て食うも焼いて食うも主権は光の国にあるわ。残念ながら私たちには、まだウンリュウとのあいだに外交のパイプがないの。どの星からやってきた宇宙人なのかもわかっていない」

「オンドールとの戦いのとき、ウンリュウは宇宙からきたんでしょうけど、通ってきたコースをいえば日本の領空でしたよ。だったらアプローチのあいだは日本に主権があったはずです」

「どうしようもないわよね。怪獣とは違って、出現の兆候がないんだから。隕石を撃ち落とせないのと大差はないわ」

「だったらシルヴァンの目の前で、改めて飛び地から出た場合はどうするんですか？」

「どうなの？　ミスティ」

「いまのところ適用される法律がない。ちなみに前回、ウンリュウが飛び立って一秒後から二秒後のあいだにマッハ五を超えていた。ミグ25でも追いつけない」

「ですって。二三区の上をただサーフィンしている限り、シルヴァンは静観して、吉見基地の幕僚監部の指令を待って、幕僚監部はいちおう官邸にうかがいをたてて、官邸は臨時閣議でなんらかの決定を下すでしょうね。でも最終判断はあくまでも幕僚監部がするわ」

「政府の決定よりも強いんですか？」

「どうなの？　ミスティ」

「日光館などにおける二星間交渉は、日本政府が世界の代表として出席している。では怪獣退治になぜ日本の自衛隊が乗りださないのか。それは武力行使だけは惑星間の戦争に即つながりかねないからだ。日本はそこまでは責任を負いきれない。だから世界に委譲した」

「そういうことよ。いま永田町などで問題になっているのは、ウンリュウと飛び地のあいだで良好な関係が築かれていった場合にどうするのか」

「いいじゃないですか」

「いいんでしょうけど、ヴェンダリスタはウンリュウに自由人のポジションをあたえておくことを認めないと思うの。つまりウンリュウを飛び地に属する存在として、私たちには平等の対処が迫られる。ウンリュウが日本の領空を飛んだら、被害をもたらさなくても攻撃しなくてはならなくなるでしょうね。政治家たちがひとえに恐れているのは、そのときのウンリュウのリアクション。万が一にも過剰な反撃をされたらどうするの？　シルヴァン一機が落とされるくらいならいいけど」

「おいおい。こっちの身にもなってくれよ」

「ごめんなさい。いまのは悪い冗談だったわね」

どこかで誰かの携帯電話が鳴っている。南城のもののようだが運転中なのででられない。

彼女が左脚を上げると霧島がその下に手を伸ばしてとった。

滴はいつの間にか眠ってしまっている。これから地下の往路だけでもたいへんだというのにリラックスしているものだ。水たまりなどいたるところ。膝まで濡らしながら進む箇所がふたつある。国境ではフェンスを越えるために梯子をのぼっておりる必要がある。そして彼女の場合は融合して分裂しなくてはならない。南城いわく、そのオペレーションは決して安産ではなかったという。去年の話だ。

「東堂さんがちょっと急いでくれってさ。警備の交代要員がそろそろ向かってくるそうだ」

「交代？　それがどうしたっていうの？」

「配置転換があったらしく、ひとり、序の口の息がかかっていない」

「アクシデントはつきものね。先が思いやられるわ。霧島くんじゃなくって、当初の予定どおり東堂さんがきてくれていたら私のプレッシャーも半分になるんだけど」

「もうその話はいいだろ」

「もしも良子がきても、私的な目的を優先しないでね」

「ちょっとくらい目をつむってくれよ」

良子とは誰だろう。霧島が二股をかけているという恋人のことだろうか。そして南城とともに飛び地を生んだ女。その恋人が、みずからが生んだ飛び地に渡っている？

要町通りを示す掲示板が見えてきた。もうすぐ到着だ。それなのに滴はかたわらであまりにも安らかな寝顔をしている。少し気が引けたが三矢は肩を叩いて起こした。

コインパーキングの入口に東堂らしき人影があった。南城はそのコインパーキングに車を入れた。

三矢は真っ先に車を降りると滴を迎えた。彼女の身なりをチェックし、シューズのかかとを踏んでいたので正させた。靴紐も結び直させた。顔を隠すマスクをつけさせ、ヨットパーカーのフードをかぶせてやった。おみやげはどうしても自分が届けるというのでリュックサックを背負うのを手伝ってやった。

「あっ……。懐中電灯、家の玄関に忘れてきちゃった」

「大丈夫。誰かが忘れてきたらいけないと思って、ボクがふたつ持ってきた」

「三矢さん、完璧。私は去年一度きてるのに、三矢さんのほうが経験者みたい」

「ボクだって一度下見をしてるんだ。まだルートもだいたい頭にはいってる」

あたかも兄と妹それ以上に、三矢はちょっとした保護者気分だった。滴の護衛だと思えばおのずと武道のスイッチが入り、やや半身の体勢になって彼女を誘いながら南城たちのあとに続いた。

ふとなにかを感じて夜空に目をやる。もちろんそこにウルトラサインは出ていない。思いだされたのは、町中でスクラムを完成させるために走り回ったあの夜のことだ。一気に大人に近づけたような錯覚があった。再びいまがそうだ。そしてこの役目を無事に果たし終えたとき、その錯覚が本物になるような強い期待感があった。

「あれ？」

「どうした？　滴」

「去年はこの横断歩道は渡らなかったと思う。ここ、要町の駅だよね」

「南側の出入口は溶接されて完全に封鎖されたらしいよ。このまえ東堂さんがいってた。池袋の地下にでっかい車庫が完成したらこっちの北側も封鎖されるんだって。だから東京メトロのルートでアクセスできるのは今年が最後だ。大江戸線のほうは、地下水で冠水が広がってるらしいな」

「来年からどうするんだろう……」

滴が不安げに顔色を曇らせる。三矢は横からそっと手をとって握った。

しかしとぼけているとも思えないが、一年後までティアとの共生を想定しているとは忍耐強いものだ。南城などはギャラフィアン到来の想定範囲に〝たったいま〟をふくめている。

一方で世の中の人々は、まだしばらく先だという漠然とした予想をたてている。それは天災にみまわれる確率のようなもので、明日大きな火山噴火や地震が起きる確率よりも起きない確率のほうが高いのと同じだ。このままギャラフィアンの地球侵攻がうやむやになるのではないかという楽観めいた空気も一部では拡がっている。

「大扉の錠前を外してくる。キミたちはこの辺りであまり目立たないようにしていてくれ。私は事をすませたら素知らぬ顔で立ち去る。そうしたらキミたちがタイミングを見計らって出発してくれ」

「私たち、帰りは出られるのかしら。警備のメンツが変わったそうですけど」

「キミたちが往復しているあいだに河野さんが手を回してくれるはずだ」

そういって東堂はひとり要町駅の地上入口に近づいていった。そこは越えがたき関門という意味では実質的な国境だ。彼は警棒を持って立つふたりの警備員のかたわらを素通りして階段をおりていった。交わされたのはアイサイン程度だったように見えた。

三矢たちは小雨をしのぐのもかねて店舗の軒下に入って待つことにした。閉店休業して久しそうなコンビニエンスストアだ。

池袋がすぐ近くだというのにこの界隈はひどく寂れている。深夜とはいえ歩道には人影がない。その歩道は日常的に掃除をする者がいないらしく、一面が薄汚れていて皮肉にも砂かぶりの名にふさわしい。通りには客を引く電飾のひとつもない。往来の乏しい車もいち早くこの一帯から抜けだそうと猛スピードで通りすぎていく。かつての営みを保とうとしている自分の町ははるかにマシだと三矢は思った。

ふたつの町でなぜこのような逆転現象が起きるのだろうか。確かなことはわからないが、やはり町中で組んだあのスクラムは今日までなんらかの実を結んでいたのではないかと思える。あの呼びかけに大人たちは応えた。しかしその姿勢は誉と三矢が期待したものではなかった。

日常の堅守。それが大人たちが決めた方針。やられても、やり返さない。理性で暴力の報復連鎖を回避する。正義は、命の前では優先されない。優先したい者だけが人類と縁を切って戦う。

「東堂さんが出てきたわ。じゃあ、慎重に行きましょう」

南城に続いて滴と霧島が足を踏みだした。

三矢はそのとき、立て続けに後頭部を叩かれたような感覚を味わっていた。背後といえばコンビニエンスストアのガラスの窓だ。振り返ろうとしたら、足が勝手に前へと踏みだされた。そして滴を追ってその影を踏みはじめた。

（おい、どうなってるんだ。なんで勝手に体が動くんだ。なんでいうことをきかない。ボクの体はいったいどうしちゃったんだ）

気持ちは焦れど体が焦らない。足をとめようにもとまらない。なにかにしがみつこうにも手が動かない。わめき声をあげようにもでない。「おつかれさま」などと警備員にねぎらいの言葉をかける始末だ。

（とまれ！　滴に近づくな！　なにをする気だおまえたち！）

ヴェンダリスタ星人に乗っ取られたことを三矢は自覚していた。しかも、誉や西田里美にとりついたようなものがいくつも入りこんできている。

（一番大切なときに、なんでこうなっちゃったんだ。ちくしょう。ヴェンダリスタってヤツらは最悪最低じゃないか。断りもなく、こっそり入ってきやがって。いますぐ出ていけ！ボクをここから出せ！）

まるで閉じこめられた牢獄のようだ。

誉も、毎日同じような思いをしていたのだろうか。西田里美も、いったん解放されたときには発狂せんばかりに泣いていた。彼らの思いが、いまになってよくわかる。これほどに個人の尊厳がないがしろにされることも他にはない。命を奪われたに等しい。

若者ばかりをまるで宿主のようにして寄生し、さらには完全に支配するヴェンダリスタ星人。

(若者……。あたりまえだけどボクのことだ。ボクにはヴェンダリスタがとりつく可能性があった。それなのになんでこんな重要な役目を引き受けられたっていうんだ。滴のことを思えば、絶対に断るべきだったんだ。ボクはお姫様を守るヒーロー気取りだった)

いまさら外出時のことが思いだされる。父がいった「おまえはまだこども」のもうひとつの意味があったのだ。家を出て、不審な車が確かにあとをつけてきていた。細心の注意をはらっていたら、もっと警戒していれば、気づけたはずだ。今日のミッションを中止にすることができた。

(ボクは、こどもだった。滴……、せめて滴だけでも逃げてくれ)

滴が大きな鉄扉を抜ける折りに振り返り、少し歯を見せて笑った。その泣き笑いのような表情が三矢には耐えられなかった。

おとしいれられた冤罪の罠であり、自分のあやまちでもある。国境までヴェンダリスタ星人にはすべての自由を奪われるだろう。もう、とり返しがつかない。

変身した日々輝が少女の手をとって昇降機に乗りこんでいく。熊野良子も姿を変え、重い足どりであとに続いた。昇降機は無情にも一瞬にして体を地上に運んでくれた。

雨が降ったらしく、地面が湿っている。

熊野は足下から夜空に目を移した。日光館におもむくために船の外には何度も出ているが、夜空を眺めるのは久しぶりのことだ。

晴れ渡っているわけでもないし、仮にも大都会の夜光のせいでまばゆい星空ではない。しかしかつては覚えなかった不思議な感慨がある。それはいま飛び地という光の国にいる自分に、宇宙人であるという意識が宿っているからなのかもしれない。

日々輝が地面に膝をついて背中をさしだしている。少女は首をかしげてはにかみ、一度こちらをうかがうように目をくれ、再び首をかしげてから日々輝の背中に負ぶさった。

飛び地は瓦礫の海だから、暗闇を歩いて怪我をするよりはそのほうがいい。

この少女、シズクという名らしい。伊波の娘だという。ティアがふたつに分かれていることは知っていた。しかし伊波の娘とティアのあいだに複雑なオペレーションがあり、ブレンドされて二等分されたその一方が少女の姿で船の中に潜んでいたことまでは知らなかった。

べつにそれはかまわない。伊波親子が自腹を切ったのだから。

《行こうか、熊野さん》

《……ええ、前を行ってちょうだい。私は後ろを守っておくわ》

実際、地下鉄赤塚駅の入口がどこにあるのかを熊野はよく知らなかった。去年の春は片蔵正平と、渉外部からは宮木英太(えいた)が同伴した。そのふたりは夏に秋に、ともにこの世を去った。

《熊野さん、向こうはどんなメンツでくるんだ？》

《……序の口のメンバーであることはまちがいないわ》

《そうか。まあお互いに知らない者同士でもティアがくればわかるか》

南城がやってくることだけは伊波から聞いていた。

知人と会うのは、あまり気乗りがしない。特に南城の場合は、高校時分に学業面で意識しあった間柄だ。進学して四年間は分かれたが、いかなる縁なのかまた霞ヶ関で会った。その彼女とこれから再会するにあたって、コンプレックスのようなものを感じている自分がいる。この心理をうまく説明することができない。

戦後報告や定例会談のときには、政府側の人間に対してこの感情は湧かないのだ。けんか腰のスイッチが入っているからだろう。

南城は飛び地という星をつくった。自分はその星に住む住人を決めた。立案で彼女に後れをとったとは思っていない。自分は飛び地の中で戦っている。彼女は飛び地の外から支援している。この点ではむしろ彼女に忸怩たる思いをいだいてほしい。ではこの言い知れぬ劣等感はなんなのだろう。やはりヒトを捨てたという事実が大きいのだろうか。ウルトラ化したことに優越感は覚えない。

前を行く日々輝が不意に立ち止まった。

《どうしたの？》

《いま、なんか感じなかったか？》

《私は、特に感じなかったけど？》

《下からだ》

《地面の？》
《植松さんたち三人官女は、まだ怪獣が生きてると考えてるみたいだ。モグルマムは死んだ。でもベビボンの女王がモグルマムの中で生きてるって》
　日々輝が再び歩きだす。
《ちょっと待って。そんなの危険じゃない。いったん戻りましょう》
《熊野さんにしては弱腰だな。どのみち危険なのは同じだ。いま怪獣が送りこまれてくるかもしれないんだからな。そのためにオレが護衛してるんだ。それに、序の口の人たちはもう地下を歩いてきてるんだろ？　その人たちを放っておくほうが危険だ》
《…………》
《あんまり心配はいらない。だいたいの倒し方なら聞いてる。三人官女と町さんが連日のシミュレーションで正体を暴いてくれた。ベビボンの体内にある起爆スイッチさえ切れば飛び地がぶっ飛ばなくてすむ》
　にわかにシズクの首が横に折れた。これからたいへんな仕事が待っているというのに眠ってしまったようだ。落ちてはいけないので熊野は背中を支えてやることにした。
《佐久山さんに聞いたんだけど、飛び地に渡るルールをつくったのは熊野さんなんだってな》
《草案をね。それがどうかしたっていうの》
《聞いて驚いたんだ。オレはあの手の法律をつくるのは大臣や法律家だと思ってたからな。

たいしたもんだ》
《たいしたことなんかないわよ》
《そして熊野さん、あんたはみずから手本というか、露払いになって多くの仲間を呼びこんだんだ。やっぱりたいしたもんだ》
《あなた本当にそう思っているの？　そもそもあの立法はね、内閣を総辞職に追いこんだものとして後にさんざん叩かれたんだから。当初は賛同していた官僚も政治家も手のひらを返して私に嫌みを浴びせてきたわ。次期内閣も支持率は離陸後から低空飛行。選挙をしている情勢じゃないから内政ムードも最悪だった》
《……ああ、そんなことがあったとは知らなかった。で、どこが悪かったんだ？》
《法案にいたるまで、いまでも悪いとは思っていないわ。あれはティアのためのものでもなく、ヴェンダリスタと戦うためのものでもなく、国民の暴動を抑えるための特別措置法だったのよ。ティアとの共闘を望んでヒートアップしていた国民をいち早く冷却する必要があった。実際にその効果はてきめんだったわ。けれど施行と同時にヴェンダリスタは世界中で少年を乗っ取った。日本中じゃなく、世界中の》
《確かにあれ以来、輪をかけて日常生活が息苦しくなった》
そのクレームが自分に向けられることに耐えかねて、熊野は飛び地に〝逃げた〟のだ。みずからの立案をみずからが実践することで責任をとったわけではない。
（そう。私は逃げた。逃げたから、コンプレックスを感じているんだ。飛び地にきたことに、

飛び地で戦っていることに誇りをもっていない）
《でもヴェンダリスタのブラックリスト制度のおかげで、ティアズは駆けこみ寺みたいになって仲間がたくさん入ってきた。オレをふくめてほとんどがおたずね者だ。だからやっぱり、熊野さんのつくったルールはたいしたもんだ》
《あなたにいわれても嬉しくないわ。けれどここにきてから少しはおつむが発展したようね》
日々輝がとある場所で再び立ち止まった。
ここが地下鉄赤塚駅の直上らしい。彼は六畳敷きはあろうかという超巨大な鋼板を、なんとシズクを背負ったまま軽々と持ちあげてずらした。さすがにファイタータイプというべき凄まじい力だ。
《どうやって降りるのかしら》
《鎖が垂れ下がってるから、生活部のヤツらはみんな懸垂して降りていく。できるか？》
《決っして苦手じゃないのよ？　スポーツは。バレーでは南城のアタックをブロックしたことだってあるんだから》
《……そうか。じゃあとりあえずオレが先に下で待ってるから、熊野さんはひと思いに飛び降りてくれ。なるべく受けとめるようにする》
《そんなイチかバチかの賭をここでさせないでよ！》
《だったらシズクの上から負ぶさってくれ。浮力のおすそわけをする》

《飛ぶのね？　そっちのほうが断然いいわ》
《熊野さんもオレに頼りきらないで飛ぼうとするんだぞ？》
覗きこんでも下は真っ暗闇だ。どこに改札口などがあるのかがわからない。視力を最大限にはたらかせても光がなければ見えないものは見えない。
熊野は日々輝の肩から喉の前へと両腕を回してシズクごと抱きこんだ。両脚も絡めてもはやしがみつくという具合だ。
《行くぞ》
《いいわ》
立った状態で降下するのかと思えば、日々輝はスカイダイビングのように体を前に捨てた。それからは海を沈降する潜水艦のごとくゆっくりと落ちはじめた。
《あっ、なにか底でほんのり光ってるわ。着地の目印になるわよ》
《ああ、オレが撒(ま)いたんだ》
《撒いた？　なにを撒いたの？》
《ショルトを撒いたんだ。粉ってなんていうんだ？》
《粉は粉よ。ショルト・パウダーのこと？》
《ならショルト・パウダーだ。ショルトはティアがデュアルにあたえてくれた光の技で、いろいろな使い方ができる。刃にもなるし、光弾にもなるし、光線にもなる。粉のように撒くこともできる》

《ショルトってそもそもどういう意味なの？》
《これは戦闘情報を集めてる田島さんが命名したらしいんだ。塩のソルト。しょっぱいソルト。土俵で相撲取りが撒くものといったら塩だろ？　ティアの話では浄化する効果もあるらしい。怪獣を成仏させる》
また日々輝がショルトを撒いたようだ。せいぜい淡い光の絨毯だが構造の凹凸だけはわかる。縦穴はなんと地上から改札のある構内を貫通してプラットホームまで通じている。これは生活部の人間が破壊したのだろう。
最終的には線路に着地した。
周囲に散らばっているのは星明かりほどの光。線路は数m先が闇。国境までは一km余りある。
熊野が腕をほどくと日々輝はショルト・パウダーを撒きながら歩きはじめた。
《あきれた。この子、まだ眠ってるわ。私が覆いかぶさったのに窮屈じゃなかったのかしら》
《浮力のおすそわけで熊野さんも少し飛んだってことだ》
《私の体はほとんどシルバーよ？　ファイターの資質があるっていうの？》
《怪獣とロげんかする資質ならあるんじゃないのか？》
片蔵正平と二柳日々輝、なぜふたりだけが本格的なファイターになったのだろう。彼らのあいだには特に共通点がないのだ。ティアがなんらかの基準で選んだと思われるのだが。

片蔵は、正義感の強い男だった。弱っている者を助ける男だった。弱っているだろうティアを助けにきた。家族を犠牲にして。息子がそこになにかを感じ、男になって家を守るだろうと信じていた。

一方の日々輝は、自分でもそういったようにブラックリストに名を連ねたおたずね者だ。確かにおたずね者になったなかには、ヴェンダリスタ星人に対して正義感を燃やしたケースもあるだろう。しかし彼の場合はそれ以前にチンピラ風情だ。少々の善行ではとり返せない悪行を重ねてきているはず。ティアはたんに見誤ったのではないだろうか。

《オレはあまり人前では素顔をさらさないほうがいいっていわれてる。いちおう服は着てきたが、国境ではこのままでいようと思ってる。熊野さんが全部コミュニケーションしてくれるのか？》

《あたりまえじゃない。なんのために渉外部の人間がきていると思ってるのよ》

《ぼた餅とマグロ丼の礼を忘れずにいってくれ。それからあの百三十kgのマグロをどうやって運んできたのかも訊いてくれ。生活部のヤツらに頼まれてるんだ》

《お礼くらいは伝えてもいいわ》

シズクが目をさましたようだ。このとおり天と地をひっくり返した星明かりだから彼女も少し戸惑っている。

《もう向こうは着いてるみたいだな。話し声がする》

熊野もただちに聴覚を研ぎすませた。

（本当だわ。これは南城の声。やっぱりきたのね）

そして次の瞬間に熊野は足を踏みだせなくなった。

（この声……、なんで雄吾がきているのよ。なんで？　ねえなんでよ）

霧島はシルヴァンのパイロットとして序の口のメンバーだ。だからやってくる資格はもっている。しかし彼はアラート待機の非番時にもしものことがあっては許されない人間だ。

足が前に出ない。あとじさりもできない。霧島は地球でもっとも会いたくない男であり、地球でもっとも会いたい男。

飛び地にきたことを後悔していないといえば、嘘になる。霧島はさんざん引き留めてくれた。あのときに、もっと自分をさらけだせばよかったと、そちらの後悔がさらに大きい。

霧島は最大の理解者だった。「熊野良子」は逃げることを知らない女であることをもっとも承知し、尊重してくれていた。しかし逃げることを知らないからこそ飛び地で戦うものと、彼はあと一歩のところを誤解したのだ。

《どうしたんだ、熊野さん。もうすぐそこだぞ》

《……ちょっと、体の調子が。ふ、浮力のせいかしら。まだフワフワとしていて、気持ちが悪いの》

《そうか。やっぱり熊野さんが飛び降りる作戦のほうが良かったか》

《私はこの姿のままでいるから、あなたがあいさつをしてちょうだい。渉外部の権限をあたえるわ。大丈夫。このとおり暗いから、あまり顔も見えやしないわよ。余計なことはいわな

くていいわ。私のことも、ただの付き添いだと》

《まあミッションの主役はあくまでもティアだからな》

そういって日々輝は人気力士のごとくド派手にショルトを撒いた。それは天井に付着してちょっとした照明になった。すると四つの影が前方にうかんだ。想像していた以上に近い。懐中電灯の光がいっせいにこちらに向けられた。

日々輝が変身を解き、背中からシズクを降ろした。そのシズクが今度は日々輝の腕を引いて積極的に進んでいった。

熊野はあっけにとられてその様子を見ていたが、日々輝の言動が心配になって慌ててあとを追った。

やはり霧島がいる。しかし元気そうで、純粋に嬉しい。ウルトラ化してしまったこのような姿を見せたくはないが、この姿でいればこそ彼にはわからないだろう。その隣にいるシズクが日々輝を連れてまっしぐらに向かったのは、もうひとりの滴ではなく、その隣にいる少年の前だった。少年がひどく驚いている。なぜこの重要なメンバーに未成年が混じっているというのだ。

一方、霧島と南城の視線は明らかに真っ直ぐこちらへと注がれている。まさか見破られたとは思えない。今日着てきた服もティアズ・スタンドにきてから手にいれたものだ。

「序の口の南城よ。こっちは霧島。私たちは世界中立軍の人間でもあるわ。霧島にいたってはシルヴァンのパイロット」

「二柳日々輝だ。ビッキーって呼んでくれたらいい」

「あなたシラヌイね？　ブレスレットでわかるわ。去年、片蔵さんがつけていたものと同じだもの」

「……まあ、いろいろ内緒で頼む。そしてあんたか、シルヴァンのパイロット」

「そうだ」

「オレの尻に機関砲の弾を撃ちこんでくれたな」

「いや、あれはオレじゃない。パイロットは一二人いるんだ。しかしオレがあのときスクランブルしていても撃っていた。撃たざるを得ないんだ。仲間に代わって謝る」

「ひとつお手柔らかに頼む。人間に攻撃されるのは、怪獣より何倍も応えるんだ。オレたちは同志のはずなんだからな」

日々輝が霧島と南城の順に握手を交わしてゆく。余計なことをしてくれたと思いつつ、早くもこちらに足を踏みだしてきた南城と霧島の握手に熊野も応じた。しかし霧島が、いったん握った手を放そうとしない。

「キミは？　おいビッキー、彼女は？」

「ああ……、護衛だ。こう見えて結構強い。いつまでも握ってたら骨を折られるぞ」

南城が横から霧島の手を叩いた。

そして日々輝が少年に目をやった。

「おまえが滴のボーイフレンドか」

「はじめまして。友利三矢です。あなたがシラヌイですか。わあ、なんだかスターに会ったみたいだ」

「内緒で頼む。シズクからは、おまえが信頼できる男だってことは聞いてる。シズクとティアを守るには、信頼できる男が一番だ」

「……い、いつも怪獣をやっつけて、強くて格好いいです」

「そう思うか」

「はい？」

「――恐いぞ。超人になってもな、相手はなにしろ怪物だ。恐いぞ。ビックリ箱みたいになにが出てくるかわからない。勇敢に戦ってるように見えているかもしれないが、体のどこかは必ず震えてる」

それが日々輝の本音だったとは、熊野も思いやったことがなかった。

「――そうだ。今日はのんびり親睦を深めてる場合じゃなかったんだ。地中から怪獣が生まれるかもしれない」

「どういうことだ」

「ベビボンの完全版が残ってる。ここにくるときに不吉な音を聞いた」

「滴、そういうことですって！　ティアとチェンジしてちょうだい」

双子のような滴とシズクがうなずきあった。そしてポトリと服が落ち、光となって抜けだしたふたりのティアが頭上から改めて着地した。

やはり瓜ふたつだ。片方が命をおとしても片方が保険になるだろう。熊野はそう思った。ティアはそろって手をうしろに回している。その手首の辺りに光の腕輪のようなものが見え隠れした。それは装飾ではなく手枷のようだった。

「陣幕のようなものを用意してあると、ウチの生活部のヤツらに聞いてきた」

「それなら私たちがやってきたほうにあったわ。この先よ。じゃあティア、あとはあなたたちで」

ふたりのティアがうなずいてから去っていった。そのあとを友利少年がついていった。彼の右手になにか黒いものが握られている。

「友利くん！」

「心配だから、少しでもそばについているだけです」

「……覗かないようにね」

「わ、わかってますよ」

――まただ。霧島がまたこちらを見つめてきた。目を伏せれば逆に覚られてしまうと思い、熊野はがんばって見つめ返した。

「どれくらいかかるんだ」

「去年は一〇分から一五分くらいだったわ」

長い、と熊野は思った。

霧島がもう一度核心に迫ろうと口をうずうずさせているのがわかる。

いま変身を解けば、霧島はいさぎよく納得するだろうか。ヒトと、ヒトでないもの。犬と猫のように別種の生物であることを認識するだろうか。すべてをさらけだせなかったあの日に代わって、いま姿をさらけだしてみようか。霧島も南城も哀れな表情を瞬間的にうかべるに違いない。その本音が見えてしまうのが、恐い。

熊野は日々輝の腰を肘で突いた。そして両腕をひとヒロ広げ、さらに魚のように腰をくねらせてマグロの話をうながした。

「ああそうだ。前回の密輪ででっかいマグロをもらったんだ。あれを運ぶのはさぞかしたいへんだったと思う」

「霧島くん、あなた前回の密輪にちょっとは参加したんじゃなかったの？」

話題が逸れて熊野は胸をなでおろした。

「ビッキー、ティアズ・スタンドに熊野良子という女はいないか」

《…………》

こういう男だ。逸らしても逸れない。そして日々輝ではなくこちらを直視していってきた。

「……ああ、今日も会った。元気だが、ちょっとフワフワと体調をくずしてる」

「帰ったら伝えてくれ。飛び地の戦いが終わったら、必ず迎えにくると。いまでも愛している。考え方の違う女と男でも、別れることなく一緒にいることが、できる」

《…………》

「オレには一生縁のなさそうなセリフだな。伝えるこっちが恥ずかしくなる。でもまあ、伝わってると思うぜ、あんたの気持ちは」

熊野は霧島の目を見つめ返せなくなり、うつむいた。

胸が張り裂けそうだ。喜びに満たされるほどに後悔までが膨らんでゆく。うつむけど、涙が落ちてくれない。それはいっさいの感情を外に連れ去ることなく、胸に宿ってなおさら苦しくさせる。

もう一度ヒトに戻りたい。しかしそれは叶わないだろう。せめて、涙を流すためだけにヒトでありたいとさえ熊野は思った。

《シズクを……》

そのとき、突然のテレパシーが熊野を我に返らせた。振り絞ったようないまの声はティアだ。ひょっとしたらもっと前からなにかを伝えてきていたのかもしれない。

熊野は日々輝の腕をとって駆けだした。

「どうした！　ティアになにかあったのか！」

熊野は日々輝にただ前方を指さした。すると日々輝は変身し、ショルト・パウダーを撒いて前方を明るくした。

こぢんまりとした黒の陣幕がある。その脇に立つ友利少年の姿。まさか笑っているのか、両肩が小刻みに震えている。

日々輝が幕を乱暴に引きはがした。

マットの上に、得体の知れない黒の固まりがある。それがティアたちの融合した正常な姿なのか、初めて見る熊野には判断できなかった。

「なんてことなの⁉」

そして南城の言葉で異常であることがわかった。

まるで壊死(えし)した蝶のサナギのようだ。しかしいま、芋虫のように体をうねらせた。なにか黒いものが全体を覆い、ティアを締めあげているのだ。

「ハハハハハ。涙を語り継ぐ者の首はオレがとる！　これで逆転ホームランの下克上だ！」

「アロー！　おまえ何者だ！　ヴェンダリスタか！」

「だったらどうする？　オレを殺してみろよ。さもないと涙を語り継ぐ者は死ぬぞ？」

なんと卑怯な宇宙人なのだ。

熊野はティアのかたわらに寄った。

なにがどうなっているのか、わからない。ティアの体がボンレスハムのごとく、あるいはそれ以上に締めあげられ、あらぬくびれがいくつもできる。全体を覆ったこの黒いなにか――

――はぎとろうにもまるで手応えがない。

《熊野さん、どいてくれ！　ティア、荒療治(あらりょうじ)するけど我慢してくれ！》

日々輝が右手で左の手首を握り、その左手の指先から霧状のショルトをティアに向けて噴射した。もともとティアが日々輝にあたえた光の技なので、彼女がダメージをうけることはないと思うが、気がかりなのはシズクへの影響だ。

浄化されたらしく、黒いなにかはたちまちに弾けて消えた。そこにティアと思しき固まりは現れたものの、頭のてっぺんからつま先まで風船のようで、熊野は率直におぞましい印象を覚えた。しかし南城が胸をなでおろした様子を見るとそれが正常なのだろう。

日々輝はそのショルト・ミストを今度はなんとヴェンダリスタ星人のとりついた友利少年に向けた。荒療治とはこちらのほうだ。

友利少年がうめき声をあげながらあとじさりしてゆく。そしてプッツリと糸が切れたかのように昏倒した。熊野の目には彼の体から抜けだす幽体のようなものが見えた。それはしばし宿り木を求めるように飛び回ったが、手頃なものが見つからなかったらしく、地下鉄赤塚駅の方向へと坑道を飛び去っていった。

南城も霧島も青ざめた表情をしている。変身している熊野の無表情さえ日々輝の目には同じように映った。

南城は唯一去年も経験しており、いわば責任者としての立場だ。霧島は今日のミッションに私情をさしはさんで臨んだのだろう。熊野は彼の到来を知って本来の責務から逃避したに違いない。日々輝も油断していた自分を省みるのだった。

「脈も息もあるけど、大丈夫かしら、友利くん」

「頭は打ってないと思うぜ？　こいつ、最後にしっかり受け身をとってた」

「そういう問題じゃなくって、ビッキーあなた、超能力の技を浴びせたでしょ？」

「清めの塩だ。それ自体は危ない技じゃない。ヴェンダリスタを追いだせるってティアから教えてもらってた。むしろ苦しんでたティアのほうに効き目があるのか、確証がなかった」

三矢という少年の目尻に涙が伝った跡がある。相当に悔しかったのだろう。ヴェンダリスタ星人にとりつかれた少年たちの辛い体験談は聞いたことがある。

一方、風船のような姿をしたティアはマットの上に静かに横たわっている。去年は一〇分から一五分を要したというが、その時間ならばすでにすぎている。ヴェンダリスタ星人から妨害をうけたので、融合後のオペレーションも一からやり直しているはずだ。もうしばらくは見守るしかないだろう。

「ティアを締めあげてたあの黒いヤツ、なんだったんだろうな。ひょっとしてブラックリストの石板か」

「ヴェンダリスタがどんな超能力をもっているのかはわかっていないけど、可能性は高いわね」

砕け散った石板の欠片を霧島が指でつまみ上げて見つめている。

「そして本体は飛んで逃げちまう。まったくやっかいな相手だ」

「もう滴を家に戻せなくなったわ。正体を知られてしまったんだから」

「ティアズで丸ごと預かるっていう手もある」

「私たちだけでは決められないわ。それに……」

「なにか不都合でもあるのか？」

「ティアはやっぱり、ふたりいたほうがいいのよ」

「なんでだ？　ひとりはスペアってことか？」
「……いいにくいけどそういうことよ。丸ごと預かるとしたら飛び地の外。基本的に、飛び地といったら怪獣が現れる最も危険な場所だから」
折から不穏な振動が伝わってきた。いよいよベビボンが地上に出てくるのかもしれない。
「オレはティアズを守ってくる。あんたたちはティアと三矢を守っててくれ」
「わかったわ。がんばって倒してね」
「チェンジ・デュアル！」
日々輝は南城と霧島の前で変身し、さらに巨大な光となって地上に脱出した。
――準備がいい。発進したHPCがすでに空を飛んでいる。ベビボンの情報はあらかじめわかっているのでレーザもブレンドされているだろう。
《塩路さん、オレだ。ビッキーだ》
《そっちはうまくいったか》
《アクシデントがあった。帰ったら話す。それよりいまは怪獣退治を助けてくれ。ベビボンの起爆スイッチ、任せられないか。針に糸をとおすのは自信がない》
《よし、任せてくれ。注意を引きつけてくれたらありがたい》
《わかった》
にわかに地面が隆起した。そして巨大な影が瓦礫を激しく飛散させながら現れ、早くも立ちあがった。

やはりモグルマムではない。怪獣ではなく、人型で自立しているので怪人と呼ぶべきだろうか。半透明で全身をストライプに見せるしわをもっている。そのストライプがときおりネオン管のような光を放つ。解析班が外見をシミュレートしたものはほぼパーフェクトだ。

ベビボンがこちらを見てうなずいた。続いてティアズ・スタンド、さらにはHPCと順に視線をおくってうなずいた。日々輝にはその挙動が不自然に感じられた。

無駄がなくあまりにも的確すぎる。まるで目標となる敵をすべて知っているかのようだ。

そのベビボンが両腕を前方にそろえて掲げ、なんと国境壁へと向けた。

（こいつ、おまけにティアの居場所を知ってやがる！）

日々輝はとっさにその中間に体を飛びこませ、左右の手のひらから発生させたショルトを円盤状に展開し、盾代わりにした。

三矢に取り憑いていたヴェンダリスタ星人が今度はベビボンに宿ったのだ。日々輝はそう確信した。

ベビボンが爆薬を連続して浴びせてきた。その一撃一撃には自爆するクリオネほどの威力があった。爆撃を受けとめつつしっかりと踏みしめているはずの両足がじわじわと後退させられてゆく。

凄まじい圧力だ。日々輝は両手を失うことくらいは覚悟しなくてはならなかった。

やがて背後には国境壁が迫ってきた。コンクリート柱が示す新国境線は越えてしまった。

遠方に見えるのはスクランブル発進してきたシルヴァンのジェット。そして頭上からは雷雲のない稲妻。状況をじゅうぶんに把握できないなかでひたすら爆撃に耐えつづける。

そのときHPCから針のようなレーザービームが放たれた。それはベビボンの胸を背後から貫いた。するとたんに爆撃がやんだ。爆薬を制御する生体器官を焼いたのだ。

これで最大の脅威だった自爆はもうできない。爆薬を使えないベビボンなど恐くもなんともない。解析班からは、適度に弱らせた後に上空に運んで始末するようにといわれている。

日々輝が反撃に転じようとしたそのときだった。

（あれは！）

いつの間に現れていたのか、波乗りをするナヴィガーレがベビボンの後方を疾風のごとく横切った。

ナヴィガーレに邪魔をされたと勘違いしたらしく、ベビボンが彼に対して怒りをあらわしている。ジェスチャーで訴えあっていた両者のあいだではいくらか会話も交わされたようだ。

口げんかを眺めていてもしかたがない。日々輝は指の関節を鳴らしながらベビボンに近づいた。せっかくナヴィガーレにはきてもらったが、この先のめどは立っていたところだ。しかし――

《いや、そいつはマズイ!!》

手柄を横どりするかのように、ナヴィガーレは渦巻き状の光線をベビボンに向けて放ったのだ。

火薬庫に火種を投げこむようなものだ。

ティアズ・スタンドとHPCは凌いでくれるだろうか。しかし最も近距離にいる日々輝にも彼らを案じている余裕はなかった。腹をくって体の正面だけを両腕でガードする。
――ベビボンが青白い光に包まれている。
（なんだ？　なにも起きないのか？）
恐る恐る視線を戻す。ベビボンは無傷のようだ。それどころか大きく広げた翼で積極的に羽ばたこうとしている。
日々輝は素早くショルトの刃を飛ばしてベビボンの片翼を切断した。ティアの秘密を知られたままヴェンダリスタ星人の仲間のもとに帰すわけにはゆかない。
《波乗りの戦士！　そう、あんただ。降りてこなくてもいいからそのままで聞いてくれ。あんたベビボンになにをした。怪人は腹に爆薬をいっぱい溜めこんでるんだぞ》
《すまない。それは知らなかった。しかし私の技ならばその点は無害だ。ヴェンダリスタを宿体の中に閉じこめてやっただけだ》
《宿体に閉じこめた？　怪獣から抜けだして、飛んで逃げないようにするためか》
《そういうことだ》
《ヴェンダリスタの性質をなんで知ってるんだ》
《怨敵だからな》
《じゃあ敵の敵だから味方と考えていいんだな？》
《敵の敵？　そういう数学的な理屈は苦手だ。とにかくこの星と敵対する意思はない》

《それを聞いて安心した》
ナヴィガーレの二の腕にはめてあるブルーのリングが点滅を始めた。おそらくカラータイマーに相当するものだろう。
《もう時間切れか》
《そのようだな》
《宇宙に帰るのか》
《ひとり乗りの旅船をとめてある》
《オレもベビボンを雲の上に運ばなくちゃならない。途中まで送っていくぜ》
《それくらいなら手伝おう》
日々輝とナヴィガーレはベビボンの脚を一本ずつ分担して直上に飛びあがった。
慣れたものだ。こちらは本格的な飛行は初めてだというのに、それを知らないナヴィガーレはグングンと加速してゆく。あっという間に飛び地が小さくなってしまい、あの小さな的に戻れるのかと不安になった。
やがては雲の高さなどとうに越えていってしまった。日々輝は不安から今度は恐ろしいと感じはじめた。それは飛び地からそして日本からさらには地球から遠ざかる恐怖ではない。むしろ肉体は喜んでいるから不思議なのだ。さしたるエネルギー源もないというのに満々としてくる。地球上よりも宇宙空間に適しているのだろう。これはヒトから遠ざかってしまったという恐怖だ。

《ナヴィガーレ》
《ひょっとして私のことか》
《ベビボンを運ぶのはもういい。ここで仕留めるから、オレを帰らせてくれ。地球の外にはまだ出たことがないんだ》
《そうだったか。ならば私ひとりでもう少し運ぼう。キミの星に影響が及ばないように始末する》
《助けてもらってばかりだな。借りは返す》
ベビボンを手放すとナヴィガーレはさらに加速したようだった。その実力を見せられ、彼が敵でなくてよかったと改めて日々輝は思った。
早くもふたつの影を目視できなくなってきた。ベビボンが爆発した光でも届けばいいが、宇宙ではその手の燃焼は起きないだろう。
日々輝が飛び地に帰ろうとしたとき、星でも爆発でもないなにかが光った。それはナヴィガーレが送ってきたウルトラサインと思われた。さしずめ外国人が真似た漢字ほどに稚拙だったが、日々輝にはかろうじて「任務完了」と読めた。
意識をとり戻すと同時に三矢には「九・六」のあの大爆発の記憶がよみがえった。震動の激しさははるかそれ以上であり、絶え間ない轟音はトンネル内の共鳴もあってこの世の終わりを思わせた。その状態が二〇秒から三〇秒は続いたのだ。

三矢は南城に肩を抱かれていた。かたわらではティアズ・スタンドからきたウルトラウーマンとそして霧島が覆いかぶさるようになにかをかばっていた。それはティアであることがわかった。頭上からはちょっとした滝のような水が落ちてきはじめ、天井のどこが崩落してもおかしくなかったので、霧島の判断で少しでも国境近くへとティアを運ぶことになった。

シラヌイが地上で怪獣と戦っているらしかった。その様子こそ見えなかったが、ウルトラスケールでおこなわれる戦闘のすさまじさを肌で感じた思いだった。

ティアは横たわったまままいっこうに動く気配を見せなかった。滴と融合したあとにデリケートなオペレーションを妨害されたのだ。ヴェンダリスタ星人は黒の石板をくりだし、もともと両手の自由の利かないティアを包んでさんざん締めあげた。むごくて目をそむけたい気持ちだったが、否応なく見せられた。

四人でティアを囲んで彼女の容態を見守る重苦しい時間が流れた。南城も霧島も特になにも尋ねてこなかった。ヴェンダリスタ星人にとりつかれた原因やタイミングをいまここで議論してもしかたがなかった。

「……南城さん」

「……なにかしら」

「初代のシラヌイが片蔵さん……、片蔵正平さんだったというのは本当ですか」

「友利くんが、なぜフルネームまで知っているの」

「ボクの親友に、ヴェンダリスタ星人に乗っ取られた片蔵誉という子がいます。そのお父さんが片蔵正平さんです。飛び地に渡りました」

「……そうだったの。不思議な因縁ね」

「……つまり、誉のお父さんは亡くなったんですか」

「……残念ながら、そうよ」

三矢は沈痛な面持ちでうなだれた。

誉が知ったらきっと嘆き悲しむだろう。あるいはヴェンダリスタ星人のキップを通じてもう知っているのかもしれない。

地上では戦闘が終わったのか、まったく物音がしなくなってから少し時間が経った。その頃になってティアの目には徐々に強い光が宿っていった。ティアは一度光と化し、ふたつに分かれたあとは再び横たわったまま動かなくなった。

——振り返ればいつの間にか二柳日々輝が戻ってきていた。

南城の表情が少し明るくなった。

「お帰りなさい。怪獣には、勝てたってことね」

「ああ、なんと宇宙の手前まで行ってきた。後始末はナヴィガーレに任せた。謎の宇宙人のことだ」

「ウンリュウね。外ではそう呼んでいるわ。でも任せたっていうのは、ひょっとして共闘をしたってことかしら」

「まあ、そうなるな。ナヴィガーレが敵じゃないってことがわかった。これは朗報だ」

　南城が目を伏せ、霧島が渋い表情をした。これからはウンリュウもシルヴァンの標的になる可能性がでてきたわけだ。

「三矢から抜けだしたヴェンダリスタだが、さっき始末してきた怪人に宿っていた。ナヴィガーレの特殊な能力のおかげで、初めてヴェンダリスタを倒したと思う」

「それはまさしく朗報だし、快挙ね。……でも、私たちの秘密を封じこめられたかというと、微妙といわざるを得ないわ。ヤツらは石板を使って情報を共有することができるみたいだから」

「そうだな。用心に越したことはない。で、どうする」

「ひとまず今日のところは、滴を私の部屋に連れて帰るわ。予定どおり、もうひとりのシズクはティアズ・スタンドに」

「こっちは問題ない」

　ふたつのティアの体が透明度を帯びては、またもとに戻った。やはり融合後のオペレーションがうまくゆかなかったのかと心配になる。本当にたいへんなことになってしまった。時間を戻せるものならば戻したいくらいだ。責任を痛感する。

　ウルトラウーマンがなにかジェスチャーで示している。それを見た南城が読みとった。

「悪いけど、男性陣はあっちに行っててくれないかしら。滴が恥ずかしくて戻れないのかもしれないわ」

　日々輝と霧島の背中に従って三矢もティアたちのもとを離れた。大人の彼らふたりは肩を並べ、シラヌイとシルヴァンの〝八百長〟について打ち合わせを始めたようだった。

三矢は湿った表情でうつむき、ため息をついた。

新学期をむかえてもまだ高校三年生だ。一七、八歳の未成年では飛び地には渡れないことになっている。なんと歯がゆい世代に生まれたのかと思う。そのもどかしさがアクセルとブレーキを踏み誤らせることもあるのだろうか。いまは正義の活動に加わってもたんなる背伸びになっているのかもしれない。ならば大人たちが堅守する日常に戻り、年相応の経験を積みながら時を待つのが賢明なのかとも思えてくる。

顔がドンとなにかにぶつかり、そしてひるがえったそのなにかに肩を力強く抱かれた。

「どうした三矢、顔を上げろよ」

日々輝だった。

「今日はひどい目にあったな。三矢の悔しい思いは、わかってるつもりだぜ」

「……日々輝さん」

「ビッキーだ」

三矢は日々輝の目を見てうなずいた。

「三矢も序の口のメンバーなんだってな。いつもティアズでは、みんな大喜びで飯を食ってるぜ。まさか今日のことに懲りて、ふつうの男の子に戻ろうなんて考えてるんじゃないだろうな」

「…………」

　また目を伏せかけると、日々輝が腕にはめている神秘的なブレスレットを見せてきた。黄緑色の光を放っている。

「デュアル・チェンジ・チャージャーだ。これがないと、オレはシラヌイに変身しても小人だ。でっかくなるには、このブレスレットに蓄えられたエネルギーがいる。さっきの戦いで、満タンから四〇％くらい使っちまった」

「ティアズ・スタンドに帰って充電して、次の戦いに備えるんですか？」

「いや、充電するわけじゃない。勝手に溜まっていってくれる。驚くなよ？　なんとタダだ。その反対で、いつまで経っても溜まらないことがあったたな。まったく謎めいたブレスレットだった。でも最近、オレはこうじゃないかと思いはじめた。人々の応援が、エネルギーになってるんじゃないかって。三矢のような、行動で示す応援は特にな。そこにきて、人っていうのは現金な生き物だ。オレがだらしないと、声援もトーンダウンする。しっかりやれば、声援は大きくなる。だからオレは怪獣に勝ち続けなくちゃいけないんだが、未熟だからうまくいかない。そこでだ。オレがだらしないときでも、三矢は応援してくれるか」

「……します」

「なんでそんなに頼りない返事なんだ」

「すみません。いまは気持ちがどん底で、空元気もでません。ボクはやっぱり、こどもでした」

「——三矢。誰もが大人になれるわけじゃないぜ」

「え？」

「年をとれば大人になれるってもんじゃないぜ。大人になるには、特別なきっかけがいる。三矢は今日、そのきっかけを手にいれたとオレは思う」

三矢はデュアル・チェンジ・チャージャーにそっと触れてみた。それはあのスクラムを組んで見たウルトラサインにどこか通じるものがあるような気がした。気持ちが、行動が、このブレスレットに伝わってシラヌイの力になる。

「三矢、いまできる最善を尽くせ。そして動きだせ。そうすれば、どん底からそれ以上に悪くはならねえ。なにがベストなのかを考えろ。少々おっちょこちょいでもかまわねえ。ミスったら、オレが怪獣やヴェンダリスタを叩いてとり返す。それがヒーローってもんだろ。オレがミスったら、おまえがヒーローになってとり返してくれ」

なんと元気づけてくれる言葉なのだと三矢は思った。誉の父親も尊敬すべき人間だったが、日々輝もまた別のタイプの素晴らしい男だ。

「ビッキーを応援します」

「そうか。心強い。清めの塩をうけた三矢には、もうヴェンダリスタは取り憑けねえ。だから思い切ってやれ」

ウルトラウーマンの眼光がこちらを向いている。ティアと滴にひとまず進展があったようだ。三矢たちは駆け歩きで彼女たちのもとへ戻った。

目を閉じた滴とシズクが並んで横たわっている。その瓜ふたつの表情を見る限り、分裂は完璧に成功したと思われる。それぞれの服が着せられ、家に帰る滴とティアズ・スタンドに帰るシズクが決められている。しかし今回はどちらがアタリでどちらがハズレなのかはわからない。

「まだ起きられないほどなのか」

日々輝が尋ねた。

「いいえ、去年も眠ったまま家まで帰ったわ」

「そうか。オレにとってはティアズはもうすぐそこだ。あんたたちは徒歩でたいへんだな。膝まで水に浸かるところがあるんだって？」

「予定の時刻からかなり遅れたから、急いで帰らなくちゃいけないわ」

「ベビボンが出てきたことも想定外だったしな。今回はツイてなかった」

「さあ、がんばって帰りましょう」

南城が眠っている滴の上体を優しく起こした。

「三矢、おまえがおんぶして帰ってやるか？」

日々輝のその言葉に体は勝手に反応した。しかし三矢はそこで冷静になることにした。

「──いえ、ボクよりもミスティのほうが適任だと思います。それがいまのベストだと思います。ボクが荷物を持ちます。ミスティ、今日だけは滴をよろしくお願いします」

外された標的

午後の二時からティアズ・スタンドは第一五エリアを危険区域に指定した避難状態になっていた。この第一五エリアは船内のほぼ中央に位置するため、総員が単純に船尾あるいは船首部分に分かれて移動していた。

現在、危険区域内にいるのは植松鈴（うえまつれい）と二柳日々輝（ふたやなぎひびき）とピグモンだけだ。主役は鈴とピグモンで、日々輝は非常時に彼らを守る役目だ。

第一五エリアは扉のセキュリティが特殊だったため、最近まで立ち入ることができなかった。このセキュリティをピグモンが破った。彼女がいつからこの難関に挑戦していたのかは誰も知らない。先月からずっと働きづめになっているのではないかという者もいる。

立ち入りが難しい場所とは、そこに重要なものがあるか、あるいは危険であるかのどちらかだ。その点で、第一五エリアが危険な場所であることはひとまずわかっていた。小型ながらもディメンションケージが見つかったのだ。次元に関わる装置なので操作を誤れば大惨事をまねきかねない。船尾や船首に避難したところで無駄なほどの。

ディメンションケージは台座と三本の支柱をもち、そしてパラボラ状の複数の皿で三六〇度から本体を包囲した構造をしている。本体自体は球体のシルエットを成しており、直径が二・五m弱で、その表面にたくさんのディンプルが施されている。ゴルフボールほどに密ではないがくぼみ具合は大きい。起動させると球体が固定軸をもたない予測不能な回転をする。

今日は総代の伊波松男から、ディメンションケージ内に格納されているアイテムの調査を命じられていた。これはティアズ・スタンド崩壊の危険性を視野にいれた賭だ。なにか籠城と戦闘の助けになるものが格納されているならば手に入れたい。そのなにかが次元を操作するリスクに見合うものなのか否か――。

調査を命じた張本人の伊波は現場に立ち会っていない。HPCの格納庫からは塩路などのセカンド・ステップも参加していない。非常時に日々輝の負担を最小限にしたためだ。ピグモンは作業のアシスタントひとりに鈴を指名した。この理由は、怪獣出現時に次元爆弾の座標を攪乱するなど、鈴に光の後ろ姿の操作を伝授する一環と思われる。

本体である球体は快調に回転しているものの、格納されているアイテムがいっこうに検出されない。ピグモンいわく、ディメンションケージとは領域をもったひとつの小宇宙らしいが、検出作業自体は記憶媒体からのデータ検索であり、平面の光ディスクが球体になっているようなイメージだ。

まさか空っぽなのではないかと鈴は不安になりはじめていた。ティアズ・スタンドの仲間は多かれ少なかれ期待をしているのだ。ひょっとしたらエネルギーパックがストックされているのではないかと考えている者もいる。

作業の開始当初からピグモンは極めて慎重になっていた。自信がないというべきか、彼女にもわからないのだろう。操作にセカンド・ステップそれ以上のオペレーターが必要なのかといえばそうでもない。現にディメンションケージの本体は作動しているわけだし、怪獣を送りこんでくるようにヴェンダリスタ星人にもできたことなのだ。

「モノムジ」

ピグモンがつぶやいた。

「なに？ ピグさん」

「モノムジ」

「モノムジって？」

「モノダジムジ」

「物を出すのは難しいってこと？」

「アデ」

「そのとおりってことね？」

ピグモンがコンソールから両手を離した。しかし難しいといった割にはひと仕事を終えたような安堵（あんど）の表情をしている。するとパネルには目新しいリスト表示が始まった。

鈴は解読するためにいったん変身した。

――ファースト・ステップの知識では読めない文字がある。しかもシンボルのようなものがふんだんに使われている。科学の専門家が用いるいわゆる学術記号のようなものだろうか。一見してすぐに解読するのは無理だと直感させられる。
　そこへ日々輝も横から覗きこんできた。
《手探りでもどうにかたどり着けたじゃないか》
《うん、やっとこさ。もう二時間以上もすぎちゃった。ピグさんでも難しかったみたいね》
《試しになにか出してみたらどうだ？》
《いちおう許可はもらってるんだけど、このとおり得体の知れないものばかりだから……。せめてスケールだけでもわかればね。いきなり大きなアイテムをドカンと出しちゃったら、この部屋が壊れちゃうかもしれないでしょ？　今日はリストアップだけにして、格納庫の塩路さんたちに解読をお願いしようと思ってる。場合によってはティアにも》
《難しい文字ならオレに任せてくれ》
　日々輝がさらにパネルに近づいた。
《こいつは驚きだな。エンジンの予備が積んであるじゃないか。でもこの船にはあいにく燃料がないからな。で、こっちはなんだ？　これはきっと外装だな。……なるほど。ブリッジを取り巻いてるオブジェの一本だ。「水切り」っていう意味がわからないけど、超光速で宇宙を移動するための重要なパーツだったんだな。それに小型のＨＰＣも入ってるのか。でも残念。被弾してるから要修理だってよ》

《――ビッキー？》
《なんだ？》
《どうしてって、このとおり変身してるからだ》
《ビッキーをバカにするわけじゃないけど、私は作戦司令室で毎日ウルトラサインを目にしてるのよ？　だから慣れてるつもりだわ。それでも七割くらいしか読めないの。中学生が、大学の教科書を読むみたいに》
《そうなのか。オレは暇を見つけては格納庫の作業を見学しにいってるからな。塩路さんたちに読み方を教えてもらってる》
《じゃあこれは？》
鈴はパネルの一部を指さした。
《それはいわゆる救助艇……、いや違う。救命ボートだ。ひとつしかないから旅のどこかで使ったのかもしれない。――それにしても入ってるものといったら全部デカそうだ。小さかったらわざわざこんな装置に閉じこめる必要もないか》
《そうねえ。できればここの部屋に出せるくらいのものがあったらいいんだけど》
《いい方法を思いついたぞ。出すんじゃなくて、なにかを入れてみるんだ》
《あっ、それグッドアイデアかも。入ったら、今度はそれをとり出せばいいのね？　いい練習ができるわ》

ピグモンに尋ねてみると同意してくれた。彼女によると、ディメンションケージからアイテムをとり出すことにエネルギーはほとんど必要ないらしい。逆にアイテムを入れるには質量に比例したエネルギーが必要になるという。したがってひと粒のゴマなどはエネルギー消費を無視できる。しかし残念ながら、飛び地に送りこまれてきた怪獣を捕らえることは現状では無理だということだ。

《オレのボールペンがある。小さいからこれでどうだ》

《せっかくだからもっと印象的なものにしない?》

《ボールペンをつくるのは難しいんだぞ?》

そういって日々輝は台の上に置いた。

鈴はピグモンに指示をあおぎながらコンソールの操作を始めた。ディメンションケージを中心にしたボールペンの相対座標と範囲を入力してやる。ひとまずは大まかでかまわないらしい。

するとパネルには入力した空間座標に存在する物体がイメージで表示された。鈴は不思議なものだと感心した。

原理がまるでわからないのだ。特にカメラで撮影されているわけでもない。しかも奥行きのある三次元でとらえられている。とてつもなく高度なテクノロジーが用いられているのだろう。まるで空間さらには宇宙に分布している物質をリアルタイムで把握しているかのようだ。理論的には地球の裏側にあるものでもとりこめるとピグモンはいう。

「きっとこれがボールペンだわ。そうよね、ピグさん」

「アデ」

鈴は空間座標を段階的に絞りこんでいった。

「勝手に切りとってくれたわ。実行してもいい？」

「オゲ」

コンソールで処理の実行を入力する。それから台に目をやったが、もうボールペンは音もなく消えていた。

「ビッキー見てた？」

「いや、オレも目をやったときには消えてた」

「あ！ リストの項目が増えてる。ケージの中にちゃんと入ったんだわ。これは私にも読める。『記録するもの』ですって。なんでボールペンの用途がわかるのかしら」

「不思議だな。ウルトラマンも大昔はボールペンを使ってたってことじゃないか？」

「なんだか親近感が湧いてくるわね。ねえピグさん、これをとり出すにはどうすればいいの？ もとの座標を指定してやればいいの？」

「アデ」

「ビッキー、今度は現れる瞬間をちゃんと見ててね？」

「OK。いつでもいいぜ」

小さいものをとり出すとはいえ緊張する。おそらく小さな小さな爆発が起きるのだろう。

「どう?」

鈴はコンソールに入力すると即座に目を移した。

しかしボールペンが現れない。

「あれ?　なんでかしら。私、違う場所に飛ばしちゃったのかな」

「その辺りに落ちてないか探してみるか」

日々輝と手分けをしてディメンションケージの周囲を探すことになった。

じつにマヌケな作業だ。極めて高度な装置を操っておきながら、最後には床に這いつくばって回収しなくてはならないとは。

「こっち側には落ちてないな」

「こっちにもないわ。どうしよう、ヘンなところに入りこんじゃってたら」

「まだケージの中にあるんじゃないのか?」

「そんなはずない。処理済みの表示がでてるもの」

そこへ慌ただしい足音が聞こえてきた。何事かと思えば吉岡弥春(よしおかみはる)と三井麻衣子(みついまいこ)が部屋に飛びこんできた。まさかボールペン一本が船内に惨事をもたらしたのかと鈴は焦った。

「みな急いで!　戦闘準備や!　怪獣が出るで!」

「いつですか!?」

「七分後くらいやけど、ここまでくるあいだにもう五分をきってると思う!　直撃だけでも避けんと!」

「……チゲ」

ピグモンが目をつむったまつぶやいた。鈴はもしやと思い、改めてコンソールのパネルを隅から隅まで確かめた。

「……すみません。それ怪獣じゃありません。四分二五秒を誤差前後四秒でボールペンが出ます」

約四分後、元の場所にボールペンは現れた。爆発と呼べるものは起きなかったがちょっとした発光ならばあった。

その後に三度同じ試験を繰り返したが、ボールペンをとり出せるまでの所要時間はまちまちだった。その現象には確率が絡んでいるのだろうとピグモンは推測した。

趣向を変えて日々輝の履いている靴で試そうとしたときだった。過労のせいか、ピグモンが椅子からボテリと床に落ち、そのまま動かなくなってしまったのだ。

西田（にしだ）里美（さとみ）を宿体にしていたラトが消息を絶った。それだけではなく、破門されていた三「ラトくずれ」も消息を絶った。いずれも首都圏に散らばっていたラトだ。

彼らは同胞に内緒で行動をしていたようだ。その事実はおかかえ運転手の岡地（おかち）の口から語られた。

まずは、飛び地に対する後援会のような民間組織が存在し、水面下で物資の密輸がおこなわれていた。これは監督責任のある日本政府を締めあげるネタにはなるものの、極めて大きな問題かといえばそれほどでもない。輸送は人力だろうから、飛び地が得た実質的な利益などたかが知れている、と考えてもいいはずだ。

次に、後援会のなかから厳選されたメンバーが二度にわたって国境に向かおうとしていた。この二度目の機会にラトくずれは取り憑いて同行したのであり、宿体にしたのが友利(ともり)三矢(みつや)だ。

そして友利三矢よりもさらに幼そうな少女がいたらしい。これが誰なのかがわからない。しかし岡地がたいへん気になることをいった。はじめにラトくずれたちは少女を宿体にしようとしたが、できなかったのだという。

相手が地球人であれば不可能ではないはずなのだ。ただし光の国の戦士や涙を語り継ぐ者などの聖職者に対してはできない。彼らの生体はその手の防御機能を標準的に備えている。たとえばかつてヴェンダリスタ星に調停にやってきた使節団を支配することは一時としてできなかった。

この謎の少女はいったい何者なのだろうか。光の国の民が姿を変えて地球に潜んでいたなど、いままでに考えもしなかった。戦士ならば飛び地の窮地を救わずにはいられないはずなのだ。

岡地の話を鵜呑みにする限り、要するにラトくずれは功名をたてて汚名を返上しようともくろんでいたのだろう。さらには同胞のなかで優位な立場を手にいれようとしていた。我々に裁きを下すかもしれない援軍の到来を見据えて。しかし謎の少女と関わったがために消えてしまった。消されてしまったというべきか——。

片蔵誉のキップは花時計の前でメイスを待っていた。メイスは最近、水尾勇樹の巨漢を捨てて別の宿体に乗り替えた。水尾勇樹は進学を志していたらしいが、メイスがセンター試験等を受けるはずもなく、この春からどうなったのかは知らない。

そのメイスが交差点の角から走って現れた。新しい宿体は一転して小柄な男子高校生だ。体が軽くて気に入っているらしい。そのうちに体型は変わってゆくだろうが。

「待たせたキップ。ちょっと遅刻したな」

「走ってきたのかい？　車でも拾えばよかったのに。スクーターを拝借するなり」

「しばらくは自粛だ」

このメイスが宿体を替えるのはじつに八度目だ。極めて多い。そのたびに、西田里美のラトほどではないが、自由な振る舞いをしてきた。先日、総体のメイスから追加で〝肩たたき〟にあいかけたらしい。

ヴェンダリスタ星人は侵略にあたって傍若無人な振る舞いはしない。そのようなおこないが、将来必ず身を滅ぼすことを長い歴史のなかで学習してきているからだ。身から出た錆という具合に。したがって自分自身のなかから悪い因子を間引きすることで、少し大げさない方だが、生存率を高めることにつなげてきたわけだ。基本的にヴェンダリスタ星人は、他のギャラフィアンとは異なって〝まじめ〟に侵略する種族だ。

身から出た錆という意味で、気がかりなのは地球人がウンリュウと呼ぶ戦士の存在だ。ウンリュウは光の国の民ではない。「左道に生きる六番星」という惑星の民だ。ヴェンダリスタ星からは超光速移動をしなくても到達できる距離の恒星系にある。珍しい惑星で、一一の兄弟星のなかにあってこの星だけが太陽の極軌道を公転していた。しかし唯一生命体が存在し、六番星から両隣の星への移住もなかったことから、この特異な公転軌道のおかげで太陽周期運動の悪影響から免れていたと考えられる。

キップはこの六番星への侵略にはほとんど関わっていない。あえて距離を置いてきたのだ。支配の過程では、〝くずれ〟たちが放埒（ほうらつ）な行為で民を苦しめつつ私腹を肥やしていたようだ。最終的には六番星の民同士による内紛で自滅してくれたと聞いている。

「官邸への抗議には、キップたちが行ったんだよね。ウンリュウの件と密輸の件」

「うん。ボクは行ってないけど他が行った。証言者として岡地も行った」

「ラトはノータッチか。くずれが消されたっていうのにラトは冷たいな」

「なにをいまさらいうんだい」

「オレも肩たたきで危うくくずれにふくめられかけたんだ。オレがラトくずれと同じ目にあっても涙を流してくれないのかと思ってな」

「ボクたちヴェンダリスタは袂（たもと）を分かつことによって前進してきたんだ。これが正しかったのか誤りだったのかは、長きにわたる継代を経てボクたちが現存している事実が証明している。悲しみの涙は喜びのほとぼりに乾くよ」

キップはそういったものの、あの西田里美のラトがかたわらで悪態をついていない状況には少し寂しさをおぼえるのだった。

「日本政府はウンリュウを飛び地の一員と見なすことに難色を示したな。真偽の調査もできないくせに時間をくれとは」

「少なくとも今日中に送電はとめてもらわないと、泣きべそをかいてもらうことになるよ」

「どうするっていうんだ、キップ」

「怪獣を東京に落とす」

「それはキツイお仕置きだけど、ヤツらは素直に反省するかな。ヘソを曲げる程度ならいいけど、また中立撤回の拳があがるんじゃないか？」

「いや、その点は大丈夫だ。飛び地に濡れ衣を着せられるよ。彼らはいつも座標を攪乱してくるからね。いままでに一度も直撃したことがない。今回は彼らがその操作をあやまったという嫌疑になる。いいシナリオだろう。東京の町が燃えて多数の死者がでたら、ヒューマンエラーが原因とはいえ、飛び地は針のむしろだろうね」

「――悪だな。キップは丸ごと肩たたきだ」

「なにをいっているんだい。これは支配のためのまじめな手段だ。私利私欲はいっさい絡んでいない。そのあたりを混同しないでくれよ」

キップとメイスは二カ月ぶりに金井原高校の正門までやってきた。ふたりとも校舎の屋上へと視線をもちあげ、かつてそこに見た光景を思いだして口元をゆるませた。

「ラトが飛び降り騒ぎを起こしたのはここだった。そして友利三矢もここに通っている。思えば去年の秋だったか、三鷹のコンサートホールでラトの怒りを買ったのもここの女子生徒だったな。なにかとアクセントのある高校だ」

「砦のある飛び地に近いせいか、砂かぶりの町からはくせ者が現れるものなんだな」

「メイス、ボクはねえ、国境に向かったという少女はここの生徒の可能性が高いとにらんでいるんだ。決して突拍子もない推理じゃないだろう」

「オレたちはこのグラウンドに生徒全員を集めさせた。あの中に光の国の民が混じってたってことか」

「混じっていた……、あるいは混じっていなかった」

「いまからまた全員をグラウンドに集めさせるか」

「いや、もう岡地を遣わしている。春から登校しなくなった女子生徒を洗いだしているんだよ」

　キップは朝礼台の上からも見える正門前の一郭に立った。

　自転車で逃げた西田里美を、生徒たちがちょっとした集団になって追いかけに行った。あのときにこの場所に立って通せんぼをしたのが友利三矢だった。彼は押し寄せる波にのまれて無残に倒された。それを心配する生徒はグラウンドにはいなかった。しかしそのような彼をひとりだけ介抱した女子生徒がいた。

「――いま記憶が重なったよ。髪をバッサリと切ったようだけど、トイレの件でラトの怒りを買ったまさにあの女子生徒だ。名前を聞いても最後まで口を割らなかった。なにか特別な素性をもってるんだな」

昇降口から岡地の影が現れた。収穫があったようで、こちらに気づいた彼は頭上に両手で輪をつくった。

あれは一週間ほど前、至誠館道場の畳が新しくなった日のことだ。

その日は稽古日ではなかったが、夕方に訪れると明かりが灯っていた。稽古場は誰かが掃除をしていた途中で、三矢が代わりに箒をかけて雑巾がけをした。するとピカピカになった畳に稽古着姿の師範代が現れ、ひとり準備体操を始めたのだ。

三矢も急きょ着替えに走ったあとは自然のなりゆきで稽古の開始にいたった。まさに自然のなりゆきだった。

お互いに無言で干渉することなく、体操をして、受け身の練習をして、基本動作の確認をし、膝行という座法移動をおこなった。それらは常に師範代の先行で輪唱のように進んでいった。

礼をしたあとは、相撲でたとえるならば時間前の立ち合いのごとくふたりの呼吸で立った。三矢の「受け」、師範代の「取り」で始まった。申し合わせのない完全にアドリブの組手だ。

国境での一件以来、三矢の胸や腹にはモヤモヤとしたものが溜まっていた。自分を納得させたつもりなのに、それはいつまでも消費されることのない不健康なエネルギーだった。それを畳の上で燃やそうと思っていた。

ところが、あまりにも効率がよくなかった。合気道とは内なるものを爆発させる武術ではないのだ。入身と転換で相手の動きと力を受け流すことに真髄がある。その点でパワフルな師範代は邪道を歩んでいるともいえるが、その師範代の力に対抗しても敵うはずはなく、基本に則り、適切な間合いを計って正確な体捌きで応じなくては技は成立しなかった。

　師範代とは、翌日からマンツーマンの朝稽古になってしまった。時間が欲しかったので、本当はしばらく稽古を休むことを伝えにいったつもりだったのだ。

　なにがベストなのかを考え、たとえ軽率になってもすぐに行動に移せと二柳日々輝はいった。彼の熱いモットーなのだろう。ただ、その姿勢自体がベストなのかといえば首をかしげたくもなるが。

　三矢は自分になにができるのかを考えた。しかしすぐに行動に移せるレベルのアイデアはなかなかうかんでこなかった。

　そのようなとき、学校でとある生徒を意外なかたちで見かけた。一月に飛び降り騒ぎの〝被害者〟になった原田という女子生徒だ。彼女は同学年だったが、進級できなかったらしく、再び二年生の教室で授業をうけていた。思えば、あの日から登校しなくなっていたのだ。

　危うく命をおとしかけたのだから無理もない。実際に屋上から飛び降りる恐怖を味わっている。ヴェンダリスタ星人に乗っ取られた時間だけをいえばおそらく原田と三矢は同じくらいだった。片蔵誉などとは比較にならない短い時間だが、体が意のままにならないあの体験はもう二度としたくないと思うものだ。

　その苦痛を何ヵ月それ以上も体験してきた者がいる。西田里美がヴェンダリスタ星人から解放されたという噂を三矢は聞いた。そこになにか自分にできることがありそうな予感をおぼえたのだ。

西田里美のような人間ならば、ヴェンダリスタ星人についての情報を知っているはずなのだ。彼女たちはヴェンダリスタ星人同士のやりとりをずっと見て聞いてきているのだから。

ところが簡単にはゆかなかった。思えばヴェンダリスタ星人の内部情報はちまたにまったく出回っていない。被害少年たちが制裁を恐れ、かたくなに口を閉ざしているのだろう。最たる制裁とは再び体を乗っ取られることとなのかもしれない。それ以前に、西田里美とは会うことすらできなかった。家を訪ねても家族から門前払いをうけた。

いきなり大きな壁が立ちはだかったわけだが、この点に関しては三矢には多少なりとも免疫ができていた。町中でスクラムを組むという計画のために、誉の背中に隠れつつ近所を訪ね回った経験があったからだ。そしてあのときの誉のように、決して背伸びをせず、純粋な思いだけをストレートに伝えた。

西田里美の他には水尾勇樹という少年の家も訪ねた。彼が乗っ取られた期間は比較的に短い。メイスというヴェンダリスタ星人が次々と乗り替えていったらしいのだ。それなのに彼のうけたショックの度合いは同等に大きく、このときには門前払い程度ではすまなかった。ヒステリックになった母親に曲がり角までしつこく追い立てられた。耐えがたい家庭生活を味わってきたのだろう。

それでも、毎日欠かさず訪ねているのだ。おそらく、飛び地にはもう物資を届けることはできなくなる。地下路は埋められて封じられるだろう。これではシラヌイにも応援のエネルギーを届けられない。だから砂かぶりの町にいる自分は、せめてヴェンダリスタ星人にあらがう気持ちを絶やしたくなかった。

「いぃぃぃやぁ！」

師範代が鬼気迫る技をくりだしてくる。小手返しは手首を折りにくる。入身投げは首を強く圧してくる。四方投げの凄まじさといったら肩が外れそうになる。

「取り」に回るのもたいへんだ。師範代の正面打ちも横面打ちも突きも純粋な攻撃性をもっている。打撃がピークポイントに到達する前に体を入れるなり手刀で払うなりしないと青痣のもらい損になる。

師範代は一貫して剛を浴びせてきた。それは生徒たちの前でときに見せる荒技以上だ。まるで、力に力で応じることの無意味さを教えこもうとしているかのようだった。

「ありがとうございました」「ありがとうございました」

顔を上げると師範代は少し恥ずかしそうに笑った。たぶん、どちらが格下かわからないほどに大粒の汗を流していたからだろう。

「合気道が近代武術だということは意外に知られていない」

「はい」

「モダンな武術、希求される世界平和に即した武術だ」

「はい」

「振りおろされた拳を、刃を、お互いの傷を最小限にとどめる場所へと導き流す。そして残身をもって衝突の終結を宣告する。そこに勝者も敗者もない」

「はい」

「合気道の開祖の言葉には宇宙と愛が登場する。開祖が意図する『合(あい)』とはＬＯＶＥの『愛』に他ならない。愛は争わず、愛に敵はなし。愛とはすべてを生かし育てること。それが宇宙の心。宇宙の心、宇宙の動きと調和できない者はたんなる破壊の武になる。合気道の技にあえて格闘性をもたせるとすれば、破壊の武にその無力さを教えることだ。――では学校に行ってきなさい」

「ありがとうございました」

大人たちは折に触れて助言を与えてくれる。それらは道しるべになるが、すべてを満たそうと思うと前に出る足も出なくなることがある。

三矢は金井原高校へと自転車を漕ぎだした。今年の春は美しい桜の花の印象がほとんど頭に残っていない。気づいたときには葉桜になってしまっていた。

参考書に目をおとしながら登校する生徒がいる。新三年生ではないかと思われる。大学への進学を目指しているのだろう。

三矢も三年生になったが、進路は先行き不透明だ。そのことについてはすでに父と母からは理解を得ている。協力するともいってくれた。確かに、その言葉だけでも心強い。

母からメールが届いている。三矢は信号待ちのたびに確認していった。そのうちに伊波滴(いなみしずく)

からも届いた。彼女はいま、南城睦美の部屋に住んでいる。登校はしていない。
国境を訪れたあの日から、滴とは会っていない。彼女がマンションから出ることはない。
飛び地のティアとの交信が難しくなるので遠くへ移り住むこともない。こちらから訪ねれば
ヴェンダリスタ星人に居場所を知られかねない。だからもっぱらメールでやりとりをしてい
る。
（ん？　このメールは誰からだ？）
——差出人が不明だ。
しかし内容を見てそれとわかった。西田里美からだった。「以前は助けてくれてありがと
う」とある。自転車を貸して逃亡させたときのことだ。
三矢は表情を明るくして青信号を漕ぎだした。
事態が動きはじめた。行動を起こしたことで、状況が変わりはじめた。
飛び地の方角を眺め、ひとつうなずく。すぐに行動に移せといった日々輝の言葉がわかっ
たような気がした。特にどん底にいるときには、状況を変えなくてはいけないのだ。それは
くよくよしていても変わらない。

ピグモンは水だけを口にしてまた眠ってしまった。食べて、眠って、飲んで、眠る。この
繰り返しが続いている。
日に日に疲労が回復しているかというと、むしろその逆に見える。少なくとも寝床から出

ない。とげとげした煉瓦色の体表が薄くなってゆき、ここ数日、黄土色になってきた。どちらがより健康的な色なのかは、ピグモン種の生態がわからないので判断できない。

鈴はピグモンのもとを静かに離れると作戦司令室に向かった。通路の交差点で日々輝とばったり出会い、ふたりして歩いた。

怪獣が出現する。日々輝も緊張しているのだろうが、鈴もいつも以上に緊張していた。ピグモンがあの容態だから、次元爆弾の照準を攪乱できるのは鈴しかいなかった。

戦闘準備は怪獣出現予想時刻のおおむね一時間前から始まる。早めに作戦司令室に入ればまだ閑散としている場合もある。長時間の戦いを視野に入れ、ウルトラ・コンディショナーでケアをし終えた者からポツポツと入ってくる。そして情報班と解析班のメンバーが全員そろったところで改めてシステムを確認しあう。

「植松さん、機械室に伝えておくれ。二分前より帳を三枚」

上段から菊田祐子が指示してきた。

「ただちに伝えます」

いつもと同じ三枚帳。それは攪乱オペレーションを信用しているという意味なのか、疑わしく思いつつも信用を示すためのアピールなのか。どちらにせよプレッシャーが重くのしかかる。

全方位スクリーンが、側面から夕日を浴びるシルヴァンの機影をとらえた。一、二……、なんと三機も出てきた。

いかなる構成になっているのかはわからないが、ナヴィガーレの出現を見越した増強と思われる。実際に火器を浴びせるのか、そこが気になるところだ。日本政府を通して世界中立軍にヴェンダリスタ星人の要請が伝わっていることは知っている。ナヴィガーレを飛び地の一員として攻撃対象にするようにと。さらにヴェンダリスタ星人は飛び地に対する締めつけも図っている。

近々、せっかくの送電がとまるかもしれない。これは密輸の事実が露呈したからだが、その発端が、いままで支援してくれた序の口にあるのだから責められない。しかし彼らはヴェンダリスタ星人を国境まで連れてきてしまったという失態を演じている。そのときに熊野良子にもなんらかの落ち度があったらしく、鈴が渉外部を訪ねたときには熊野が皆から冷たい視線を浴びていたように感じた。

「誤差をふくめて間もなく二分前。帳、降ります」

隣の三井が気を利かせて代わりに報告してくれた。鈴は彼女に軽く頭を下げてから変身した。

ヴェンダリスタ星人はディメンションケージを作動させる際、初期段階ではこのティアズ・スタンドを怪獣の転送座標に指定する。それに対するこちらからの攪乱はすでに済んでいる。そして最後にちょっとしたイタチごっこがある。ヴェンダリスタ星人は誤差を考慮した時刻の直前に転送座標を変更してくる。したがってそのタイミングでこちらも照準を読みとり、ティアズ・スタンドの見かけの座標を変更しなくてはならない。

鈴は聴覚と嗅覚までをもシャットダウンし、集中力を最大限に高めた。

（きた！）

鈴はさっそく計算にとりかかろうとした。しかし頭が一度に混乱してしまった。危うく真っ白になりかけたといってもいい。

（桁が……違う……）

変更された座標の移動距離はメートル単位どころではなかった。

呼吸ができていたら、その呼吸をすることも忘れていたはずだ。小爆発の爆心地は、飛び地を、さらには緩衝地帯をも飛びだすのではないだろうか。東京の町に、怪獣が落ちる――。

隣にピグモンがいれば、なにか対策を講じてくれていたかもしれない。思わず三井に目をやれば、彼女は万事順調とばかりに笑顔で親指を立ててきた。

鈴は、まるで世界で孤立したような気分になった。

――時間だけが無情にも過ぎてゆく。回答のタイムリミットもおそらくもう過ぎている。悪夢のような未来が、確定してしまった。

鈴は変身を解き、振り返って菊田を仰ぎ見た。そして伝えようとした。

「ヘンです！　飛び地には……」

「小爆発感知!!　次元操作由来です!!　これは………おそらく文京区!!」

リーダーである小林の報告に作戦司令室が静まりかえった。誰もが手をとめ、ただ目の前にある虚空を直視している。

（違う……、私のせいじゃない）

「鳥栖さん、映像だせるかい」

「やってみます」

「植松さん、第二波は」

菊田の問いかけが鈴には聞こえていなかった。

「ありません」

隣からやってきた三井が代わりに答えた。そしてその三井が肩に優しく手を置いてから持ち場に戻っていった。「誰にでもミスはあるわ」というニュアンスがこめられていた。

「ビッキー、出ておくれ。戦う必要はない。ただ船の外に出ておくれ」

しばらくしてから日々輝が飛びだしていったようだった。鈴はその発光だけを背後に感じていた。

「菊田司令官、これが限界です」

全方位スクリーンが爆心地の方角をとらえた映像をあらわした。鈴は一瞥し、また目を伏せた。国境壁と高層ビル群に遮られてほとんどわからなかったが、広範囲に粉塵と白煙が上がっていたように見えた。

「ＨＰＣを出して詳しい映像を入手しますか」

「出すんじゃないよ。帳も上げるんじゃないよ」

吉岡も三井も情報班のもとに移ってしまった。七人が小林の背後に集まり、ペンタゴンのテーブル中央に展開された円柱モニタを指さしながら思い思いの見解を口にしている。

やがて作戦司令室には渉外部の部長である時枝（ときえだ）が入ってきた。ひな壇を駆けあがり、菊田と伊波に詰め寄った。

全方位スクリーンは数本の煙をとらえている。その中には黒煙も混じりはじめた。ときおり高層ビルや煙の陰からハエのようなものが姿を見せる。シルヴァンが怪獣のもとに向かったらしい。

デュアルⅡが直立した姿勢で空中を浮遊している。その様子は全方位スクリーンに割かれた小ウィンドウがとらえていた。

「植松くん」

上段から伊波が呼んだ。鈴は椅子を立つと青ざめた顔を伏せつつ向かった。

「事実を話してくれ。なにがあってなにをどうした」

鈴は三人の目をひととおり確認してから口を開いた。

「……転送座標は、飛び地を出ていました。数値が想定していた範囲を大きく超えていたもので、パニックになってしまいました」

「植松さん、心配しなくていいよ。ビッキーが私にそんなことを言い残してからいった。植松さんはまだコンソールを操作していなかったって」

菊田はそういうと時枝に向かってうなずいた。

少し救われる思いがして、鈴は全方位スクリーンに改めて目をやることができた。

定点撮影しているはずなのに、心なしか建物が織りなす輪郭が変わったように感じる。なにか主要な建物が倒壊したのかもしれない。

怪獣は数十メートルの巨軀をもっているとはいえ、現代の超高層ビルに比べれば大人とこどもだ。しかし怪獣の質量ときたら東京スカイツリーよりも重い個体もいる。その体からくりだされるパワーは凄まじく、地震一度のマグニチュードであらわせるほどだ。

――いま、明らかにビルが倒壊した。中に人はいたのだろうか。あの被害を自分が防げた可能性を考えると、鈴はやはりいたたまれなくなって目を伏せた。

「ナヴィガーレです」

吉岡が全方位スクリーンの前を進みながらいった。

形を変えゆく東京の町。国境を越えることのできないデュアルⅡもＨＰＣも怪獣退治には向かえない。被害の拡大を食い止めるにはナヴィガーレの助けが必要だ。その彼にシルヴァンのパイロットは砲口を向けるのだろうか。

鈴は祈る思いでスクリーンを見つめながら持ち場に戻った。

霧島雄吾（きりしまゆうご）がその異変に気づいたのは、緩衝地帯の上空を反時計回りに二度周回し終えたタイミングだった。コックピットからは常にティアズ・スタンドを九時の視界に入れていたのだが、まさにその方角、しかも国境壁を大きく飛び越えた地点で噴煙が上がったのだ。

規模が大きかったため、さすがに怪獣出現と無関係の現象だとは思わなかった。過去のすべてのケースにおいて、遠くともティアズ・スタンドから一・七km以内に送りこまれてきた怪獣が、東京の町に小爆発とともに出現したのだ。

霧島はその時点まで、スクランブルで先発した二機を追尾して形ばかりの編隊飛行をしていた。要撃を任務とする二機にはしばらくして現場空域への急行が無線で下令されたが、ウンリュウへの対処を特務としていた霧島は引き続き周回飛行を単独で続けることになった。

先発組の攻撃開始は早かった。緩衝地帯を越えたエリアでの攻撃を吉見基地の幕僚監部が独断することはないので、首相官邸が即決後に要請したと思われる。

攻撃はもっともだ。なにしろJR山手線の内側にいきなり入られてしまっている。この環状線は第二次の主要境界に位置づけられており、警戒レベルとしては砂かぶりの町への侵入の上位段階にあたる。ちなみに第三次は日本の中枢である千代田区だ。

とはいえ、人命保護には目をつむったのだろう。二次線を越えればもはやシルヴァンは人影に対する安全確認をしない。怪獣が沈黙するまでひたすら火力をぶつける。たとえ誤爆で人の詰まった建物を破壊しても。この最悪の事態を避けるためにも南城は飛び地をつくったのだ。

そして〝青天の霹靂(へきれき)〟は起きた。雷雲のない空に稲光が走ると霧島はキャノピーを見上げ、ウンリュウの影を探した。尾を引いて空を滑降するその影を認めてからは機体を即座に旋回させた。

ウンリュウを追跡すれば怪獣のいる現場への接近につながった。タンクローリーでも燃えたのか、神田川の上を走る首都高速の5号池袋線からは激しい炎と黒煙が上がっていた。

スタジアムが丸ごとおさまりそうな空間ができている。おびただしい粉塵の中心は水道に
ある印刷博物館の辺りだ。その隣に建つ高さ百mに迫るアーティスティックな高層ビルも無傷ではなく、上空からの目視でも、ビルが激しく揺れて大量のガラスが散ったのがわかった。

現場から東京ドームまでは一kmとない。ドームの天井が破られたらその先は千代田区だ。そうなれば六機のシルヴァンにこだわっている場合ではない。横田基地や厚木基地、あるいは青森県の三沢基地からでも爆撃性能の高い米軍の戦闘機を飛ばすことになるかもしれない。

霧島はウンリュウを追跡しながらその現実味をおぼえていた。スクランブルの隊長機は翼下のハードポイントに画像誘導の空対地ミサイル二基を残し、ロケット弾八基をすでに撃ち尽くしていた。それなのに、粉塵の中で怪獣の影はダイナミックに躍動していた。

ウンリュウが光のサーフボードを捨てようとしている。霧島はその気配を察知してただちにガトリング砲の連射を向けた。

霧島にあたえられている特務としては、ウンリュウには絶対に弾丸を当ててはいけないことになっている。そしてたんなる威嚇射撃になってもいけない。精密な射撃をおこない、なおかつ当てる意思がないことをウンリュウに伝えなくてはいけない。そして怪獣のいる戦場から撤退させる。

これは言葉を武器に替えた対話交渉なのだ。そのような意味でいまの霧島はパイロットであり外交官だった。

ウンリュウがこちらを意識したように見えたのはやはり戸惑いだったのだろうか。彼はサーフィンから今度はスケートのごとく空中を蹴って改めてスピードをつけはじめた。

背中を向けて遠ざかっている限りは撃たない。しかし彼が進行方向を変えたとたんに霧島は正確な狙いでトリガをはじかなくてはならなかった。ウンリュウもジェスチャーでアピールしてくる。「私は人類の敵ではない」と。

——わかっている。しかしヴェンダリスタ星人のてまえではこのようにするしかないのだ。

(早く理解してくれ)

ウンリュウの前方に弾幕を張る。三五㎜のガトリング砲を連射すれば、シルヴァンがハイパワーのターボジェットエンジンを誇っていようが反動で機速はおちる。その隙にウンリュウには距離の差を開かれてしまうのだった。

先発組の二機が帰投をはじめたようだ。はたして有効打はあったのだろうか。本来はその手応えをコントロールセンターに伝え、状況によってはスタンバイ組の武装を変更することがある。

(あのオレンジ色の固まりか……。効いてないな)

怪獣がオレンジに見えるのはペンキを落としたような黄の体表にポッポッと赤の突起をもっているためだった。怪しげにその全体的な色合いが常に移ろいでいる。

肉食恐竜のように体勢がやや前屈みだ。尻尾はない。しかし巨軀を支える二本の脚には補助脚のようなものがついていた。

　原形を見ていないのでわからないが、上体には組織的に目だったダメージがなかったように見えた。これは五機のシルヴァンで吉見基地との間を爆薬の単純なピストン輸送になるのではないだろうか。

　霧島は舌打ちをした。

（こっちも弾切れか……）

　胴体に搭載されたガトリング砲の残弾がなくなった。ここからはさらに神経を尖らせてターゲッティングをしてゆかなくてはならない。翼下のハードポイントにはガンポッドが四基。三〇㎜と二〇㎜の機関砲だが、やはり連射すれば飛行の安定を乱すので、ウンリュウに当てず外さずが難しくなってくる。

　それから霧島は二度、三度と冷や汗をかくことになった。照準がブレてウンリュウの下半身に直撃しそうになったのだ。彼はアクロバティックな動きで巧みによけてくれたが、これでは敵意として伝わってしまいかねない。

　翼もエンジンもなく移動していることがじつに不思議だ。サーフィンやスケートのスタイルで滑走する。野球走者のスタイルでスライディングを見せることもある。そのうえ、明らかに壁を蹴るようにして進行方向を一八〇度反転させることがあるのだ。

　そしていたって余裕綽々。いちおう弾丸に注意をはらいながらもなにか考え事をしている。交代でやってきた三機のシルヴァンと怪獣との戦況にときおり視線をおくっている。

対する霧島には微塵の余裕もなかった。右手の操縦桿、左手のスロットルレバー、両足のフットペダルと、同じ状態が一秒と続かない。追っているはずなのに心理的には追い詰められて逃げ惑っている感覚だ。

ウンリュウに怪獣を倒させるわけにはゆかない。なんとばかばかしいことなのだ。現状でさえ死者の数はおよそ三桁ではおさまるまい。国民は今日の出来事にどのような反応を示すだろう。

しかしその今日がいかにして起きたのかを考えると、霧島はやはり操縦桿のトリガをはじくしかないのだった。

ヴェンダリスタ星人は飛び地の肩をもつ日本政府に怒ったのだ。その腹いせに怪獣を東京の町に送りこんだに違いない。同胞を葬られたという思いもあるだろう。その点で霧島は大いに責任を感じなくてはならなかった。

（良子、おまえは悪くない）

あの光の女戦士は最後まで実の姿を見せなかった。それは残念でもあったが、一方で嬉しくもあった。ヒトではないあのような姿になってしまったことを、明らかにしたくなかったのだろう。それはふたりの糸がまだ切れていないという意味だと思いたい。

浮世絵のノーズアートが施された機体に乗っているのはパートナーの向井（むかい）だ。彼も三機編隊に組みこまれて慣れない作戦を実行している。しかし前後二方向からの同時攻撃を見事に成功させたようだ。

（なんだあの怪獣は。不死身か？）

活発に体を動かしている。まるで効果がない。崩れてゆくのは爆発の余波をうけた周囲の建物ばかりだ。

そしていま、衝撃波の帯が走ったのが見えた。怪獣が発したのだろう。実際に空気の粗密が見えたわけではない。約二百ｍにわたって建物が貫通するように粉砕したのでわかったのだ。

怪獣はみずから切り開いた道を本格的に進みはじめた。状況としては最悪ではない上野方面だ。

いまさら手のひらを返してウンリュウに頭を下げられない。その彼も点滅を始めた二の腕のリングを気にしている。

霧島は複雑このうえない気持ちでトリガをはじいた。すると当たりもしない弾丸をウンリュウは発光させた左手でなんとキャッチした。霧島はすでに伝わっているものと確信し、弾丸と同じ軌道で機体を進めると九〇度ロールさせて彼の真横をすり抜けにいった。

キャノピー越しにウンリュウと目が合う。彼の目が一段と輝きを増し、機体がその光を蓄えたような状態になった。

（計器に異常はない。彼はなにをしたんだ）

ウンリュウが夕闇迫る空に飛び去っていく。その背中から憂いは感じられなかった。

こちらからのメッセージは伝わったのだから、今度はウンリュウからのメッセージを解読する番だ。この機体は不思議な光を帯び、なにかが劇的に変わったはずなのだ。ガンポッドの機関砲が威力を増したのか。しかし撃ちにも撃って残弾はあと二秒と連射できないだろう。

(まさかシルヴァンごとぶつけろってことか?)

霧島は射出座席と体を固定するハーネスのテンションを思わず確かめた。予測不能な怪獣との戦いだから、脱出訓練は模擬装置で数多くやってきていた。しかし実機での演習はやっていない。

「こちらミスティ。シャドー、ベイカー、キート、聞いてくれ」

コオルダーの氷壁に衝突して緊急脱出したパイロットは、幸運にも復帰までが二週間と早かった。それも大事をとってのんびり入院したくらいなのだ。しかし機内からの脱出はやはり危険がともなうオペレーションだ。もしも戦地数千フィートの高度ならば生存率が五分五分になる。

「オレはこの機体を捨てて脱出する。怪獣にぶつけてみせる」

ロケットモーターによる噴射で一五G以上はかかるだろう。うまく空中に出られたとしても、ウンリュウがくれたエネルギー次第では爆発の衝撃が襲ってくるかもしれない。その後も意識を保ち、自分でパラシュートを操って安全な場所に着地しなくてはならない。

「戦闘空域から離脱してくれ」

《下は死傷者の海だ。だがオレたちの手で救助してやる》

《南城(かのじょ)を泣かすなよ。幸運を祈ってる》

《ミスティ、パラシュートが開いたら飯おごるよ》

霧島は笑った。向井のおかげで体の余分な力みがとれた。進行する怪獣の影を確かめ、適当な突入角をとるためにいったん機体を旋回させた。

まさか自分が薬莢となってシルヴァンを弾丸にすることになるとは想像だにしていなかった。しかしこれ以上被害を拡大させては自責の念に耐えられない。ヴェンダリスタ星人を国境まで連れていってしまった失態において、それを防げた可能性を思えば自分に最も過失がある。

霧島は不要なシステムを次々におとしてゆくとクリアになったヘッドアップディスプレイに怪獣の背中を入れた。スロットルを戻して機速をゆるめる。もはやシルヴァンの運動エネルギーは重要ではない。ウンリュウから預かった光のエネルギーを怪獣のもとに届けるだけだ。

操縦桿から完全に手を離して一度リハーサル。機動は安定していたがいまのでは少し手前に落ちていただろう。再び操縦桿を手にしてスロットルを押し出す。アフターバーナーこそないが最大加速で急上昇。射出時のGに向けて体を少しでも慣らしておく。

(大丈夫だ良子。迎えに行くまでは死なない)

ほぼ同じ位置からスタート。機首を下げるとリハーサルからの調整で怪獣の影をヘッドアップディスプレイのやや下に入れる。意識的に呼吸をしながら勘で距離をカウントダウンしてゆく。操縦桿から手を離し、射出座席は股間の位置にある非常脱出装置のレバーを両手で握った。

「当たれ！」

霧島は股間の〝トリガ〟を引いた。天井のキャノピーがはじけ飛び、ハーネスに圧力がかかってコックピットが赤い火の海になる。それも刹那、凄まじいGが首やら背中から腰にかかった。

耐えがたき時間は思っていたよりも短かった。霧島はなにひとつつかむもののない空中に放り出され、操縦席では味わえない自由な感覚になった。そして不思議な感覚に変わってゆく。自分の体ともいうべき愛機のシルヴァンが真っ白な姿で眼下を進んでいた。幽体離脱というものがあるならばこのような感じかとも思った。

被弾したわけでもない。燃料がきれたわけでもない。戦闘を経るごとにマイナーチェンジの改良をくわえてきて脂ののりきった機体を自爆させる。その後悔をおぼえはじめたとき、霧島は敬礼の挙手を額に掲げていた。

パラシュートが開くのとどちらが早かっただろうか。怪獣に突入したシルヴァンから夕日よりもはるかにまぶしい光が閃いた。

涙に動くもの

昼を過ぎたというのに、浜本恒明(はまもとつねあき)はまだ布団にもぐっている。部屋には他の人影はなさそうだ。

伊波滴(いなみしずく)はガラス戸を開けるとベランダから足を踏みいれた。

リビングはテーブルとその周りが食品パックや食器で散らかったままになっている。昨夜はここに序の口の大人たちがたくさん集まっていた。南城睦美(なんじょうむつみ)もいた。去年の春に国境まで同行してくれたふたりの男もいた。話し合いが何時まで続いていたのかは知らない。明け方それ以降までも残っていたのではないだろうか。

密輸の首謀者として、トップの河野竜太(こうのりゅうた)が出頭することは早くから決まっていた様子だった。あとはメンバーをどこまで道連れにすればいいかという議論をしていた。

特に重苦しいムードでもなかった。河野たちは表向きに裁かれてゆくだろうという予測だ。警察も検察も躍起ではない。ヴェンダリスタ星人を納得させられるように、河野たちと協力して序の口の虚像をつくってゆくことになるはずだと南城はいっていた。とにかく、機嫌を損ねてまた東京の町に怪獣を送りこまれたらたまらない。

東京都民は一刻も早い全容解明を望んでいる。あるいは生け贄さえ出そろえばそれでいいのかもしれない。「水道の悲劇」から明日で十日になるが、社会の営みは停滞している模様だ。こどもたちの学校再開には見通しが立っていない。活発なのは報道関係くらいで、浜本の部屋に届く朝刊などは連日分厚い。

首相官邸の周りでは抗議行動が発生した期間が四日ほどあった。市街に怪獣が出没するケースを想定した危機対策がおざなりになっていたことに対するものだ。とはいえ、この大都会でいったん出現してしまった場合には有効策がない。現場に居合わせた市民はハズレくじを引いたとあきらめて逃げるしかない。

デモ隊は吉見基地にも詰めかけたようだ。小爆発と怪獣とシルヴァン、死傷者を生んだ比率が1：1：2ではないかとの分析もある。もちろん、あの事態を放置していれば町の形はもっと変わっていったはずだが、怪獣もおなかがすけば動きがとまってそのうちに死ぬ。どちらが正解だったかという判断は、もう一度同じシチュエーションで試してみない限りはわからない。

ウンリュウに対するシルヴァンの行動にも疑問をいだいた都民は多いはずだ。せっかく怪獣退治に飛んできてくれたのに追い払ってしまうとは。あれではもう二度と助けに現れてくれないかもしれない。最終的にはシルヴァンごとぶつけて怪獣を葬ったが、パイロットの無事に関心をもった都民はおそらくいないだろう。その人物が霧島雄吾であったことは南城が口を滑らせていた。

　滴はリビングのテーブルからキッチンに食器を運び終えると腕まくりをしてシンクの前に立った。携帯電話は手の届くところにぶら下げておく。

　友利三矢は昨日も方々を訪ね回っていたようだ。過去にヴェンダリスタ星人に取り憑かれたことのある体験者と接触しようとしている。特に西田里美のような少年が鍵になっていそうなことをいっていた。

　滴の体が全快したのはここ一週間のことだ。去年はこのようなことはなかった。ティアとの融合中にヴェンダリスタ星人からはなはだしい妨害をうけたから、というわけではないらしい。あのときに命が危なかったことは確かだが、ティアが融合と分離のオペレーションに手を焼いたのは、滴とシズクのあいだで差が広がっていたからだという。そのなかでも一番大きな要素が三矢の存在だった。

　皿を洗う手をとめ、ついついメールを送ってしまう。

　三矢がポケットの震動に気づいて、交差点までペダルを漕いで、赤信号ならばとまって、一読して、指を走らせて、送信。そのような様子を想像して、実際にピタリとしたタイミングで返信が届くと無性に感動するのだった。

（いつになったら会えるかな）

　ヴェンダリスタ星人にマークされているかもしれないので、三矢はこのマンションにすら近寄らない。彼も一時は自分を責めてばかりいたようだが、正しいと信じた道をまた進みはじめたことは立派だ。

リビングから話し声が聞こえてくると思えば、布団から出た浜本が四つん這いの体勢でテレビを見ていた。中途半端な時刻だが、なにかニュースが飛びこんできたようだ。

「おはようございます」

「……ああ、全部片付けてくれたのか。すまんね」

浜本はそういって、ややむくんだ顔を両手でこすった。

「寝覚めの悪いニュースだ」

テロップには「涙の砦側の誤操作」とある。政府の公式コメントだ。

「そんなはずありません！　ティアとの交信では、ヴェンダリスタがはじめからあの場所を狙ったといっていました！」

「ねじ曲げた発表をするように、政府はヴェンダリスタから圧力をうけたんだろう。また二千や三千の死者をだされたら、東京はいっそう住みにくい町になってしまう」

ヴェンダリスタ星人はいよいよ飛び地を追い詰めるつもりのようだ。ティアズ・スタンド内では不自由な生活がもう始まっていると聞いた。営みの基盤に不安をかかえると、すべてのことに悪い影響が派生してゆくものだ。人間関係にもぎすぎすとひずみが生じる。父の松男には近い日に正念場がおとずれるだろう。

ピグモンが寝床にしている小部屋からは通路に順番待ちの行列が延びていた。皆が湿っぽい表情をしていてまるで焼香に並ぶ列のようだ。

ひとりひとり見舞いにきてはそれとなく別れを告げているのだ。まだ生きているのに縁起でもないが、ピグモン本人が「ジギジヌ」といったのでもう長くはないのだろう。

ピグモンはみずからの余命をさとり、体が動くうちにティアズ・スタンド内の問題をいろいろ解決しておこうと思ったのかもしれない。彼女がこの船に乗っていなかったら、今日まで怪獣とは戦ってこられなかったはずだ。最大の功労者であり、最も重要なキーマンだった。

行列をなす仲間たちがこちらに気づき、いかにもつまらなそうな目で見つめてくる。植松(うえまつ)鈴(れい)はあとじさりし、いったんはこの場から立ち去ることにした。生活部の鳥居(とりい)靖子(やすこ)がピグモンの付き添いをしている番だと聞いてきたので、彼女に弱音を聞いてほしいと思ってこうしてやってきたのだ。

薄暗い通路をひとりとぼとぼと行けば、その先から現れたのはスラリとした熊野(くまの)良子(よしこ)だった。まさに探していたらしく、駆け寄ってきたのは彼女にしては珍しいことだ。

「植松さん」

「……はい」

「もう知ってると思うけど、私たち渉外部の力不足。『スイドン』の出現は、ティアズの誤操作ということで公式のものになってしまったわ」

スイドンとは文京区に送りこまれた第二六号怪獣のことだ。飛び地で交戦したわけではないので名前は政府がつけたと思われる。いつもとは逆の流れで生体サンプルがティアズ・スタンドに持ちこまれ、ウルトラデータベースで照合したところ、該当するものがあった。翻訳が難しかったが、解析班ではいちおう「痛みを蓄え立つ仕返しの鼓（つづみ）」とした。

「精一杯食い下がったんだけど、最終的に誤操作か故意の二択を迫られてしまった……。あなたを守れなかったふがいなさをお詫びするわ」

そういって熊野はていねいに頭を下げた。

「今回の臨時会談は私たちの立場が弱かったの。密輸の事実をいままで政府にも隠していたこともあって。スイドンの出没で三千余名の命が失われたわ。世論の反発をうけて、ひとまず今回は私たちに濡れ衣を着せるしかなかったみたいなの。ヴェンダリスタに強要されていることは、最後まで認めようとしなかったけど」

「…………」

「でも心配しないで。あなたの存在が飛び地の外に知れることはないわ」

「…………」

「ということで」

悪気はないのだろうが、不愉快な気分にさせてくれる。不愉快だし、いっそう気分が落ちこむ。

守るもなにも、ありのままの事実を伝えてくれたらそれでよかったのだ。まるで言葉巧みな交渉術で黒を白にできるところを、押しが足りなかったがために叶わなかったようないい方ではないか。

　先ほどの行列もそうだったが、罪人を見るような目を向けられることがあるのだ。作戦司令室の中でさえ完全に疑いが晴れたのがようやく一昨日のことだ。なにしろ無実を証明してくれる目撃者が二柳日々輝のひとりだけだった。

　スイドンを鈴のコンソール操作で一三km離れた文京区に落とせたかといえば、その技量の有無はさておき、可能ということは判明した。逆に一三km離れた照準を飛び地まで引き寄せることが可能であることもそのときに初めて判明した。ただし光の後ろ姿を機能させるために多量のエネルギーを消費することになる。

　スイドンの出現の瞬間にティアズ・スタンドでどれほどエネルギー残量が減少したのか、その点の調査に作戦司令室は総力をあげたのだ。潔白を証明するために皆が尽力してくれたことは嬉しかったが、裏を返せばそこまでしないと信用しきれなかったということでもある。

　物資もエネルギーも外部からの供給が断たれ、誰もが心のゆとりを失いはじめている。こうして通路を歩いていても、神経の尖ったような声が遠くから響いてくるのが聞こえる。デュアルⅠの片蔵正平(かたくらしょうへい)を失ったときの険悪なムードに近づこうとしている。

（この声、ひとりは町(まち)さんじゃない。やめてよね）

　一番大所帯の生活部などでは常時半数が休暇をとるように方針づけられた。休暇といっても自由行動が認められるわけではなく、体を動かさないように横になっておくことだ。ウルトラ・コンディショナーもケアレベルがおとされた。満腹感はなく別腹が残っているような感覚で、快眠にまさるかつての爽快感も得られない。満たされない欲求がババ抜きのジョーカーのごとく仲間のあいだで行き来し、ときに衝突を生む。

作戦司令室からはちょうど菊田祐子と伊波松男がともなって出てきた。今度は鈴のほうから駆け寄り、菊田には深々と頭を下げた。

「前回はありがとうございました。お礼を申し上げるのが遅くなりました」

「はて、私がなにかしてやれたかい」

スイドンが文京区に出現したあと、菊田は日々輝をデュアルIIとして船外に飛びださせた。そしてティアズ・スタンドに影響がおよばないことが確定したあとも一貫してバリアを解除しなかった。はじめから怪獣と戦う意思があったことを示し、出現地点のハプニングはティアズ・スタンドとは無関係であることを少しでも示そうとしたのだ。

「さっき伊波さんとも話していたところだよ。私たちはもう、逼迫したティアズの現状を包み隠さず政府に伝えるつもりだ。東京の真ん中に怪獣を落とす余裕も、引っ張り寄せる余裕なんてものもないんだ。ヴェンダリスタには弱みにつけこまれるだろうけど、これ以上汚名を着せられるのは我慢ならない」

「植松くんを司令室の解析班に抜擢したのは私だ。生活部で綿を植えはじめたのはキミだったな。現状をなにか変えてくれるんじゃないかと、いつも期待している。これからもだ」

「……はい、がんばってみます」

鈴は作戦司令室に入りながら自分自身に違和感をおぼえていた。

慰めや励ましが素直に染みこんでこない。飛び地にくるまでは、もっと立ち直りが早かったような気がするのだ。立ち直りの早い性格がひんしゅくを買い、人間関係で失敗したことさえある。東京の町でたくさんの命が失われたのならば、いまは自分との幾ばくかの関係を見つめるべき時間なのかも知れない。仲間たちの視線から思わず目を伏せてしまう自分が正常なのか。

全方位スクリーンの前では吉岡弥春や小林たちが集まって一郭の映像を見つめている。いやな予感がしたが、鈴も彼らの背後に立って肩越しに目をやった。

「なにがあったんですか？　これって、砂かぶりの町ですか？」

吉岡が振り返り、いかにも弱った表情でうなずいた。

「私たちに訴えたいみたいやね」

マンションだろうか。大きな垂れ幕がかかっており、風をうけてはためいているようだ。明らかにティアズ・スタンドの方角に向けられている。「こどもたちが住んでいます！」という奇妙なメッセージだ。

「遠回しやけど、ここには怪獣を落とさんといてっていいたいんやろね」

鈴は悔しさのあまりに唇を噛んだ。

船の内側を、そして飛び地の外側からも人間同士の関係を崩してくる。いまさらヴェンダリスタ星人の恐ろしさを感じてきた。彼らはわずか数人のはずだ。これまで他惑星の侵略を繰り返してきたようだが、内部崩壊から自滅させる様々な術を知っているのだろう。

他にも四つのサブウィンドウが個々に映像をとらえている。すべて砂かぶりの町の様子だと思っていたら、瓦礫の海を映したものは飛び地だ。船からもさほど離れていないのではないだろうか。

さまよい歩く人影はなぜか日々輝だ。しばらく進んでは、船のほうを振り返っている。カメラを意識しているわけではなさそうだが、位置関係を確認しているようだ。

「ビッキー、なにをしに出ていったんですか？」

「なんていってたかな。リュックを探しにいくとかなんとか……。ようわからん」

思えば日々輝はこの飛び地に身ひとつでやってきた。不運にもペンタパスの出現と重なってしまったので、ティアズ・スタンドに逃げこむ途中で手荷物を捨ててしまったに違いない。

しかしそれをいまさらとり戻したところでどれほどの慰めになるというのだろう。無駄な体力を使ってはいけないこの時期に、日々輝はそれなりに大きな瓦礫を選んで一箇所に積みはじめた。不可解な彼の行動と、まるで墓標を連想させるその形は鈴を不安な気持ちにさせた。

品川のホテルは最上階、南城とその上司の須藤辰雄はスイートルームをとってとある人物を待っていた。

今日中にはやってくるといった防衛事務次官の島原がロビーに現れたのは日付が変わった零時二〇分。同伴してきた彼の部下を説得して追い返すのに南城は一五分を要した。ようやく最上階に招いても須藤とともに一度部屋から閉めだされ、シャワーをすませた島原が中から扉を開いた頃には一時を回っていた。

「ということは南城くんはすでに退官した身ということか」

島原はスパークリングワインのボトルをテーブルに置き、曇りのないグラスを確かめながらソファに腰をおろした。

「はい」

南城はボトルをにらみ、その目つきをそのまま島原にスライドさせた。

「本府ビルにいたんだろう。なぜ辞めた」

「日光館のメンバーに加われなかったもので、大人げなくヘソを曲げました。それならば内閣官房で国家行政にたずさわっているよりも、飛び地との関わりをもっていたいと思いました」

「須藤くんのほうは吉見基地への出向組だといったな。ある程度の算段をもってキミが南城くんを拾ったわけだな」

「そういうことです」

「少し印象が変わった。飛び地を産みおとした女はふたりとも霞ヶ関から逃げたというのが通説だ」

南城は熊野の分までもう一度島原をにらみつけた。

あの国境で会った光の女戦士は熊野でまちがいない。彼女は責任をとって飛び地に渡ったのだと思う。逃げたといわれては――、その可能性はいままでに考えたこともなかった。もしそうだとすれば、それは南城の知らない彼女の意外な一面であり弱さだった。

「出頭前の河野氏から連絡をもらったときには驚いた。晩年、河野氏とは会議室の外では口をきいたことがなかったものでな。そりが合わなかった。私にバンカラアレルギーも多少はあった」

島原はスパークリングワインをグラスに注ぐと携帯電話をかけはじめた。追い返した部下をまだどこかで待たせていたようで、いまになって帰らせた。

「河野氏が勇退後に谷町ごっこをやっていたとはな――」

谷町とは角界用語で関取の後援会を指し、後援会という存在を序の口と呼ぶこともある。

「――公安もそっちの方面をマークするほど手は空いていない。個人レベルでヴェンダリスタと接触するケースも見逃しているくらいだ。組織だったものの芽をいくつか摘んできたとは聞いた。しかし三千の人命が一度に失われたとなると、目を光らせる相手をまちがっていたと指摘せざるを得ない」

「須藤さん、帰りますか。ホテル代はドブに捨てましょう」

南城は須藤の横顔にいった。

「事務次官でしたら実情をご存じでしょう」

「事の顚末を語れば中野・杉並の境界に中立軍の攻撃機が墜落したことに始まる。攻撃機は横着をして燃料を満載していた。都民は大火災と死者をだした事故に我慢できなかった。政府は飛び地と交渉して内側に緩衝地帯を広げ、レンタル代として送電を開始した。ヴェンダリスタを怒らせたのはこの送電だ。密輸の効果などたかが知れていると思っている。しかし密輸は非国民の雑魚によって発覚し、ヴェンダリスタはこのネタを根拠に送電停止を政府に迫った。すぐにとめなかったのは飛び地に対する政府の温情だ。ヴェンダリスタはペナルティとして怪獣を水道地区に落とした。被害があまりにも大きすぎたため、政府は飛び地と谷町のせいにした。誤操作と密輸だ。ヴェンダリスタはこれからも脅すだろう。『素直にいうことを聞かなければまた誤操作が起きるぞ』と」

「そこまでおわかりでしたら、発言を訂正していただけませんか。目を光らせる相手という部分を」

「訂正するつもりはない。公安は非国民の雑魚にもっと目を光らせるべきだった」

南城は小さな咳払いのようなため息をついた。

「それでキミたちは私にどうしろというつもりだ。私には国を動かすほどの権限などないぞ。所詮は次官だ。長官に陳情したらどうだ。大臣にだ。須藤くんはまだ霞ヶ関の人間だろう」

「東京に怪獣が現れる情勢です。今日の大臣が明日の大臣とは限りません。もっとも、我々が今夜事務次官をお呼びだてしたのはその前段階のお話をうかがいたかったからです」

「なんだ」

「ギャラフィアンの問題にひと区切りがついたとき、飛び地はどうなりますか。船内にいる人類の同胞です」

熊野が危惧していたことだ。ライバルを越えて親友だとさえ思っている彼女のために、この問題は解決しておきたい。

「それは知らない。なにも決まっていないし、決めようともしていない」

「永田町では議論されているでしょう」

「議論ではない。雑談だろう。少なくともそれを論じる委員会は存在していない。確かに事務次官等会議でもオフレコのトピックにあがったことはある。しかしいまはない。契機は第二五号怪獣、二代目のシラヌイから一撃でダウンを奪ったオンドールだ。あの防戦で涙の砦は一気にエネルギー欠乏におちいった。もう脅威ではなくなったんだよ。いまでも彼らの生態は謎だ。なにを食って生きているのか、失った体のパーツがなぜ再生するのか。しかしすべてをまかなうエネルギーがなくなればウルトラマンといえども無力だということだ」

「我々はこそこそと調べてまいりました。吉見基地には表だった動きも水面下の動きもなさそうです。では首都圏の基地および駐屯地に飛び地制圧の作戦があるの……」

「ない」

島原は言下に否定した。

「……今日はその答えを知りたかったわけです」

須藤がこちらを見てうなずいた。

「事務次官、先ほどはたいへん失礼しました。私たち序の口は飛び地をサポートする大きな手段を失いました。そんな私たちが望むことは、近い将来、飛び地の人間があたたかく地球に迎えられることとです。そこには敬意もはらわれなくてはなりません。彼らは千人にも満たない数でヴェンダリスタに、ギャラフィアンに立ち向かってくれました。決して小銃を携えて出迎えてほしくはありません」

「私もそれを望む」

「まちがいがあっては困ります。いまだに都市伝説のごとく飛び地制圧の噂が耳に届くのです。なぜでしょう。それは私と熊野が残してしまったものでもある抜け穴があるからです。飛び地に渡った人間は国籍を捨てています。宇宙人とのあいだで終戦をむかえても、次の瞬間から日本人に戻るわけではありません。飛び地が自動的に日本の国土に吸収されるわけでもありません。他国に一番乗りを許す可能性はありませんか？　駐留している米軍は大丈夫ですか？」

「そのような椅子とりゲームは…………、起こらんと思いたいがな」

「河野さんが、そりの合わない事務次官に頼った気持ちを汲みとっていただければと思います」

「――いつだ。いつ光の国の援軍はやってくる」

南城はとっさに心の動揺を隠した。

「キミたちは違法ながら飛び地と何度も接触してきた。ひょっとしたら、政府にすら伝わっていない情報を知っているんじゃないのか」

滴の口から具体的な話がでたことがない。超光速移動はもちろん光よりも速いが、確率も絡んで一定ではないとは聞いた。滴はこの重大な点に触れることに極めて消極的だった。

「それは我々にもわかりません」

須藤が答えた。

「そうか。まあキミたちが事態終結後の心配をしているのだから、近々という心づもりで私も腹をくくるとしよう」

「ありがとうございます」

須藤に倣って南城も頭を下げた。

島原に部屋を譲り、南城は須藤とその部屋をあとにした。

南城は強い不安に駆られていた。あのソファから自分がどのようにして立ちあがり、いまこうして廊下を歩いているのかもよく思いだせない。光の国の援軍は本当にきてくれるのだろうか。事実を知るのが恐く、目をそらしてきた。そうやって序の口のメンバーを今日まで踊らせてきたのだとすれば、もはやとり返しがつかない。

カーペットのせいか、フワフワとしてまるで他人の足で歩いているかのようだ。いますぐにこの現実から逃げだしたくなっている自分がいる。飛び地に渡るまえに熊野も同じ心境を味わったのだろうか。エレベーターの前に据えられた大きな花瓶の生け花が怪獣のように動きだしそうな錯覚があった。

いま歩いてきた廊下を振り返れば、スイートルームから最敬礼をして見送る島原の姿があった。

「友利くん！　先に行って！」

「わかった！　あとで電話する！」

　友利三矢はペダルを踏みこむと、登り坂のふもとで脱落している西田里美を見すてて交差点をパスした。

　前方を行くタクシーに小川仁士という少年が乗っている。ようやくひとりで自宅を離れた貴重なチャンスだ。彼がいまからどこに行くのかはわからないが、また自宅に戻られたら家族にロックアウトされてしまう。

　小川は西田と同じく、かつてラトに取り憑かれた経験をもつ。特に「ラトくずれ」と呼ぶらしく、ラトくずれに選ばれた最後の「宿体」だ。厳密にはラトくずれの最後の宿体は三矢でさえもなく、飛び地の地中で生きていた親玉のようなベビボンだった。

　ラトくずれはまだ世界中にたくさんいる。滴を国境に連れていったとき、その内の四が三矢に取り憑いていた。いずれも首都圏の人々を苦しめてきたラトくずれだ。あのときにひょっとしたらふた手に分かれて滴も狙ったのかもしれない。しかし居心地が悪かったか、あるいはティアの影響で乗っ取れなかったのだろう。

　その場での思いつきもあったはずだが、ラトくずれはかなりきわどいところまで結果をだした。国境では融合した滴とティアの息の根をとめかけたのだ。しかし単純な誤算があった。まさか自分たちが〝帰らぬ人〟になるとは思っていなかったようだ。ラトくずれは手柄をたて後に再び西田たちの体に戻るつもりだったのだ。

西田はいう。ラトくずれは自分の体の中になにか忘れ物をしていっていると。

(どっちに行った⁉　左だ!)

三矢は危うくタクシーの影を見失いかけた。街路樹に引っかかっていた白い布に前方の視界を大きく遮られたのだ。

最近はどこへ行っても町の景観が悪くなってしまった。日に日に悪くなっている。マンションには白い垂れ幕と横断幕がかかっている。個人で屋根一面に広げている民家もある。粗悪な立て札が地面に突き刺されていると思えばそれもティアズ・スタンドに向けたメッセージだ。「落とすなら山や海に!」「寝たきりの父がいます」「ここは通学路です」などなど。婉曲な表現が多いのは都民もうしろ暗いところがあるからだろう。

ティアズ・スタンドの操作次第では怪獣を飛び地の外に出現させることもできるらしい。確かにいままでに出現した怪獣はバリアを直撃したことがなかった。運がいいものと不思議に思っていたが、内部からうまくコントロールしてかわしていたのだ。しかしスイドンのケースはティアズ・スタンドの故意でもなければ操作ミスでもない。そのようなことを滴はメールで激しく訴えていた。

非常に悪い流れだ。本当は垂れ幕や横断幕は応援のフラッグでなくてはならない。その気持ちがシラヌイのエネルギーになる。ヴェンダリスタ星人は飛び地に対する都民の反感を生みだしたが、思いもよらぬ成果も手に入れようとしている。

小川を乗せたタクシーが病院に吸いこまれていった。

宿体になった少年たちは解放された後に通院生活をする者が多い。ヴェンダリスタ星人は人間の体を車のような乗り物だと思っている。調子が悪かろうがアクセルを踏む。さんざん車体を傷めたあげくに乗り捨てることがある。

病院には駆けこんだつもりだが、あえなく小川を見失ってしまった。診察と治療を終えたら出てくるはずだから玄関の外で待つことにした。

一五分ほども経ってようやく西田が現れた。疲れきった様子でうなだれながら自転車を押してきた。彼女はほとんど毎日つきあってくれるが、いまのように追跡する機会のたびにはぐれて足手まといになってしまう。しかし彼女の協力は絶大な効果を発揮するのだ。ラトくずれの宿体だっただけに説得力が違う。

「ちょっと休ませて」

「まだしばらく出てこないと思うから、大丈夫だよ」

西田が宿体になっていた歳月はじつに二年を超える。八幡高校の合格発表を見にいったその帰途で体を乗っ取られた。世界はギャラフィアンから侵略される危機感をかかえていたが、進学できたこと自体は純粋に未来の希望を彼女にあたえたはずだ。それが一転して絶望の底に突き落とされた。

二年以上も乗っ取られていたからこそ、西田は知っている。体を支配される、それはつまり侵略をうけたということなのだ。ギャラフィアンという異星人からこの地球が侵略されるな未来を擬似的それ以上に体験していたのだ。
ということがどういうことなのか、それを知っている。宿体になることによって地獄のよ
学校が再開されたら、西田は高校一年生から再スタートする。同年代から二年も置いてき
ぼりを喰らうわけだから、できれば追いつきたいという気持ちもあるだろう。学業面もそう
だし、女子高生だからこそ味わえる刺激的な体験。やるべきことが山積しているような感覚
におちいり、身動きがとれなくなってしまうところだ。
しかし西田は動きだした。〝ラトの牢屋〟の中で生まれた解放への強い思いを、詩にしよ
うとしている。まだ断片的なフレーズはノートに書きとめられ、いまも自転車の前籠に入っ
ていて常に持ち歩いている。できたその詩を曲にのせて歌うのもいいし、友達をつくってバ
ンドを組みたいという。本来は控えめな性格だったというが、ラトの強引さとずうずうしさ
は彼女に積極性をあたえたのかもしれない。
西田から話を聞いてヴェンダリスタ星人のこともかなりわかってきた。そのなかでも特に
意外だったのは、彼らがギャラフィアンの援軍を決して首を長くして待っているわけではな
いということだ。いまだにティアズ・スタンドを落とせずにいることにかなり焦っている。
ティアが生きている状態では援軍すら彼らの命を脅かす存在になりかねないようなのだ。
「片蔵くんて、友利くんのお友達なのよね」
「うん、そうだよ」
「おとなしい子だったの？」

「そんなことないよ。しっかりしてたし、行動派だった。どうして？」

「私の場合、朝起きて、お昼と夕方をすぎて、夜になると少し解放されてきたの。ずっと牢屋に閉じこめられているんだけど、外に出られそうな感覚になるのよね」

「牢屋に閉じこめられるっていう感覚はボクも味わったからわかるよ」

「でも片蔵くんのキップは夜になっても変わらなかった。ずーっとジッとしてたんじゃないかしら」

「誉(ほまれ)にはなにか考えがあるのかもしれない。そういうサインを送ってきたような気がするんだ」

「片蔵くんのキップは、たくさんいるキップのなかでも別格だったと思うわ。キップ同士が直接会うこともあったんだけど、相手からは敬意が感じられたわ。その点で私のラトはラトのなかでも平社員みたいな感じだったわね。問題児の平社員」

「ひとつの人格がたくさんに分かれるなんて、ヴェンダリスタの仕組みは複雑極まりないな。ひとりがふたりになって、ふたりがひとりになるだけでもややこしいのに」

——サイレンが鳴った。それは時間差をはさんであちこちのスピーカーから発せられて不協和音を生んだ。

怪獣が出現するのだ。西田がかなり動揺した様子で飛び地の方角を探した。ここ小金井市からだとだいたい東北東だ。距離にして一〇㎞あまり。

「飛び地に落ちてくれるかしら」

「いちおう逃げるかい？　逃げたところに落ちてこないとも限らないけど」

「そろそろ、くずれの出番だと思うの。メイスくずれと残りのラトくずれが怪獣を宿体にしてひと暴れするはずだわ」

「なんだって？」

「かなりずるいことをするはずよ。私がラトだったときのことを想像してみて。あの怪獣版」

「それはたいへんだ！」

三矢は滴に電話をかけた。

「――滴？　ボクだ。さっきサイレンが鳴った。シズクに伝えてくれるかな」

〈シズクってつまりティアに？　なにを伝えたらいいの？〉

「今度の怪獣にはヴェンダリスタが宿ってる可能性がある。春のベビボンと似たような具合だ。ビッキーにはくれぐれも注意してくれって」

〈いつもの時間帯じゃないから、ダメかもしれない。シズクの姿でいるときには伝わらないの。でもとにかくやってみる〉

「頼んだ。そのマンションも危険になったら浜本さんと一緒に逃げるんだよ」

〈三矢さんも気をつけてね〉

さっきまでそこにいた西田の姿がなくなっている。どこに行ったのかと思えば病院の玄関口で小川の腕を両手でつかんでいた。彼にも西田には見覚えがあるようで、まんざら不愉快な表情はしていない。

　三矢は手応えを感じながら駆けつけた。

「こんにちは。金井原（かないはら）高校の友利です。キミの家を何度も訪ねてゴメン」

「………」

「もう診てもらったのかい？」

「それどころじゃないだろ。まだレントゲン検査が残ってたけど、このとおり警報がでたんだから」

　今度はパトカーがサイレンを鳴らして走りはじめた。以前はこのようなことはなかったはずだ。怪獣は飛び地に出現するものと決まっていたからだ。

「キミからも話を聞きたかったんだ。協力してくれないか」

「協力ってなんだよ」

「ヴェンダリスタに立ち向か……」

「やめてくれよ。そっとしといてくれないか。目をつけられたらどうしてくれるんだ。またオレを地獄に送り返す気か？　いまの生活だってそうだ。西田さんならわかるだろ。オレはさんざん悪行を繰り返して顔が売れてるから、外出するのにいちいち気を遣うんだ。病院だってこうして遠くまでこなくちゃいけない」

「私たちに宿ってたラトくずれだったら、あの日怪獣を宿体にしたのを最後に消えたわ。四人は下克上を狙って内緒で行動してたでしょ？　他のヴェンダリスタには一部始終が伝わっていないと思うの。だから小川くんが心配しているほど神経質になる必要はないわ」

「……友利、それでおまえは何者なんだよ。高校生の分際で正義のレジスタンス気どりか」

「誉っていうボクの親友は無念にもキップの宿体になった。いまでもね。彼は正義感の強い男だった。Xデーのとき、ボクたちはいまよりももっと弱っちかったけど、彼はギャラフィアンに立ち向かう姿勢を示した。その気持ちが光の戦士に届いたんだとボクは疑っていない」

「………………」

「だからボクは彼の意思を引き継いで、飛び地の支援をしてきた」

「まさか密輪のメンバーじゃないだろうな。おまえ、あいつらのせいで何人の人が死んだか知ってるのか」

「あなたいつからヴェンダリスタ星人になったの？　なんで人が人のためにしたことを人が責めるの？　悪いのはヴェンダリスタでありギャラフィアンでしょ？」

「オレはもちろんヴェンダリスタが嫌いだ。でもあるときオレのラトがいったっけ。正義は悪に育まれるものだって。それはそうだと思えた。ふだんから人々に正義心は息づいていない。その場その場で後手後手で生まれていく。友利、柄にもない正義心なら腹の中に引っこめとけ。日和見だ。世界の大人たちは中立だって決めたんだ。中立っていったら聞こえはいいけど、本音は日和見だ。でもそれなら人々にとって得意中の得意だろ。考えをひとつにしないとこの危機はのりきれないぞ。くずれじゃないヴェンダリスタは統一されている。だから強いんだ。

人類は足並みをそろえないから、密輪の一味みたいなのがいるから自滅するかもしれない」

ひとつひとつの言葉が三矢にはショッキングだった。特に「大人」といわれるとまだ自分はこどもじみているのかと思えてくる。

「……そうか。小川くんは宿体という大きな体験を経て、大人になったんだな。ボクはたとえこの戦いの先に明るい未来がおとずれても、光の国にもらった平穏のなかでは胸を張って生きていけないと思ったんだ。宇宙時代が始まるなら人類はまだこどもだ。大人になるにはきっかけがいるといった人がいたよ。人類は侵略の危機をきっかけに、どんな大人になるんだろうね。胸を張れないなら、屈辱をバネにして悪に立ち向かえる強さを身につけるんだろうか。それとも中立こそが命をつなぎとめる術であることを学んで終わるんだろうか」

西田が袖をつかみ、飛び地の方角を指さした。怪獣が現れたらしく、はるか彼方の空に真昼の花火のような煙が浮かんでいる。

「でも今日はこうして話ができて良かったよ。小川くんはヴェンダリスタのことを知ってる。そのキミが大人たちの選択が正しかったというんなら、少し安心したよ」

「そうじゃない。西田さんはどう思う。西田さんのラトはなにかいってなかったか」

「私のラトは……、場当たり的な悪知恵ははたらかせてたけど、将来的なことはなにも」

「ギャラフィアンというのはまともじゃないみたいだ。救いようがないくらい。それに比べたらヴェンダリスタは辛うじて話が通じる。だから人類に生き延びる道があるとすれば、中立なんかじゃなくって、むしろヴェンダリスタにこの地球を支配してもらえるように協力するべきだ。そしてティアは生きたまま引き渡したほうがいい。ヴェンダリスタには利用することができる。ギャラフィアンを排除できるほどにね。ティアはじつはとてつもない力を秘めてるらしい。聖者のなかでもそういう血筋だ。ギャラフィアンと光の国の戦争になった発端において、生き残った聖者はティアだけだ」

「ティアを引き渡すことなんて絶対にできないよ。人類が初めて宇宙人と友好的な関係になれる、架け橋なんだ」

そのとき、まったく兆候のない突風が吹いた。

三矢はとっさに西田と小川の腕をつかんだ。そして尻餅をつくように腰を落とすとみずからの体重でふたりを引き寄せた。すると話には聞いていた引いては返す爆風が襲ってきたのだ。アスファルトを抱こうとしたらその体はもう一度裏返された。

「大丈夫か!」

「……私は、たぶん」

「見ろ! 怪獣だ! 一〇歩でここまでくるぞ!」

小川が指をさすまでもなかった。巨大な、まるで松ぼっくりのようだ。二本で一本に見えるほどの貧弱な脚で立っている。一見して腕に相当するものは覗いていない。全身の鱗があちこちでドミノ式にめくれあがる。その一枚一枚が関節をウォーミングアップさせるような不気味な音をたてた。

西田だけが立ち上がれなかった。怪我はしていないようだが恐怖で腰が抜けたのだろう。

三矢も平気ではなかった。これほどに間近で怪獣を見るのは初めてで、見上げたこともなかった。怪獣とはテレビで見るか、砂かぶりのマンションから高みの見物をする存在だった。

怪獣が両脚を軸にコマのごとく回転をはじめた。やがて体からは無数の塵が全方位に放出された。その大半は頭上を越えていったが、放物線のピークからは大きく減速して落下しはじめた。先端に枯れ葉色の羽をもっていてクルクルときりもみ状に。

三矢たちのほうにもいくらか降ってくるのが見えた。しかし見とどけられたのはそこまでだった。周囲で炸裂が起きたのだ。病棟をはじめ、壁やらそして屋根やらが弾けだした。直撃しただろう車がバウンドするのも見えた。

しゃがんでは頭を守り、けたたましい破裂音に耳もふさげない状態が数秒続いた。その締めくくりに大きな爆発が待っていた。上空から見れば怪獣を中心にドーナツ状に吹き飛んだのではないだろうか。

「ひとまず、やんでくれたのかな」

「友利くんたいへん、頭から血が出てるわ」

「これか。なにか当たったと思った」

「ふたりとも、ひどい目にあわせて悪かったな。オレを追いかけてきたばっかりに」

「なにをいってるんだ。小川くんはなにも悪くない」

「ヤだ。前を見て。不発弾が落ちてるわ。ほらあそことあそこにもいっぱい」

「不用意に動きまわったら大けがをするぞ。というかオレたちって危険地帯に閉じこめられたってことになるな」

どこかからまた破裂するような音がさっそくとどろいた。そして立て続けに衝突する音。一帯から逃走しようとした車が不発弾を踏みつけたのかもしれない。

「逃げられないんなら、ここにとどまるしかないな。ボクたちになにができるだろう」

「なにができるっていわれても、自分たちが生きるか死ぬかってときに……」

「いちおう私、警察に状況を伝えてみる。現場は地雷がゴロゴロしてるって」

「玄関から人が出てきた。事情を話して中に戻さなきゃ」

「オ、オレも行く」

轟音とともに機影が一瞬にして頭上を通過した。さらにもう二機。シルヴァンがやってきた。手が届きそうなほどの低空飛行だった。

まったく安心感がない。三矢はむしろ不安になった。スイドンのときのようにシルヴァンは最たる破壊者になるのだろうか。

地響きが伝わってくる。怪獣も本格的に移動を始めたらしい。しかし遠のいているようで、また近づいてくるように震動が大きくなる。

「外は危険です！　地面に怪獣の爆弾がたくさん転がっています！」

「戻って戻って！　踏んづけたらタダじゃすまないから！」

押し合いへし合いが続いた。しかしはじめのうちは素直だった患者やその他の人々も、待合室から大勢の悲鳴があがるとわずかに残っていた平常心まで失っていった。

辺りがすっぽりと大きな影に包まれたので、怪獣がこの病院の目と鼻の先まで迫ったのだろう。

幸いというべきか、いまのところはまだロケット弾が用いられた衝撃がない。首都中枢ではないこの町では怪獣撲滅は最優先されないのかもしれない。シルヴァンが積極的に攻撃してこないので、怪獣もこの病院を安全地帯にした狡猾な行動をしているようだ。

ふと振り返れば、空になにかが漂っていた。先ほどまではなかったはずだ。それは綿菓子機から出る生まれたての綿のようだった。シルヴァンの新兵器か、そうではなくやはり怪獣が発生させたものだろう。

しかしその奇妙な綿を見て以降、シルヴァンのエンジン音をとんと聞かなくなった。エアインテイクからとり込んだ綿がエンジントラブルを生じさせたのかもしれない。ガトリング砲の連射音さえ聞こえてこなかったので、結局なにも攻撃できずに帰投したのではないだろうか。

人々も動揺している。じつに奇妙な雰囲気だ。味方から攻撃をうける不安はなくなったものの、単純に見すてられたような状況になってしまった。

「シラヌイはなにしてるんだ！　責任とりにこい！」

「おまえたちの相手だろ！　飛び地に連れて帰れ！」

人々のあいだから心ない声まで飛び交いはじめた。

飛び地にはすでに怪獣が一体現れているはずだ。そしてここにもう一体。まさかティアズ

・スタンドは相手をしきれないと判断して出現場所を操作したのだろうか。その真相はわからないが、エネルギーの欠乏で歯車の嚙み合わせが悪くなっていることはまちがいない。
建物全体にコンクリートが砕ける不気味な音が走った。怪獣が体重をかけてきたようだ。外を地雷の海にしておいて、建物の外に出ろという。そこまでの悪知恵をはたらかせる怪獣はいままでにほとんどいなかったはずだ。やはりヴェンダリスタ星人が乗っ取っているのだろう。

「きゃあ！」

西田を突き飛ばして男が玄関口から駆けだしていってしまった。そのほころびからさらにひとりまたひとりと出ていった。もう人々は完全にパニック状態だ。

中と外、どちらが安全でどちらが危険なのかがもうわからない。三矢は少しでも人々の流出を食いとめようと小川と抵抗していたが、最後はこどもの一喝にも気圧(けお)されて通り道を譲った。その直後、不発弾によるものと思われる破裂音を聞くことになった。

ヴェンダリスタ星人を意識すれば、無力さを思い知らされる。いつもそうだ。底に突き落とされ、振り出しに戻された感覚を味わう。そして日々輝(ひびき)に尻を叩かれる。いまできる最善を尽くせと彼はいう。

「友利、オレたちって無力だな。これ以上のことができるんなら、協力するよ」

「……ありがとう」

「どこに行くんだ」

「助かりそうな怪我人は、運ぶ。幸いここは病院だ」

「友利くん小川くん、見て！　あのウルトラマン、ウンリュウのほうだわ！」

空の波に乗る姿は綿菓子のようになっているが、サイケデリック調の色彩をもった体は確かにウンリュウだ。彼はまとわりついた綿を力強く払うと派手なアクションから渦巻き状の光線を放った。

怪獣になにをしたのだろう。ウンリュウが美しい曲線を描いて空のバンクを滑ってゆく。そしてこちらに視線をくれ、なんと真っ直ぐに指をさしてきた。三矢にはその意味がわからなかったが、彼に肯定されたような気がして勇気が湧いてきた。


土俵下に送りだされたデュアルⅡの日々輝は腹をくくっていた。もはやまな板の上の鯉だ。横様になっていた体勢から上体を起こし、その上体が少しでも動かないように国境壁に背中を密着させた。

あのシルヴァンを操縦しているのは霧島のはずだ。ウンリュウを追うかに見えたが、すぐに戻ってきた。意味のないロール機動を繰り返して見せてきたのはサインだ。彼の攻撃でこの体に施された拘束具を破壊してもらうしかない。

いまから約二時間まえ、作戦司令室はディメンションケージの作動兆候を感知した。怪獣が時間の間隔をおいて三体出現するとわかったとき、ひな壇に居合わせていた面々には強い動揺が走った。

戦闘準備の開始から鈴は興奮して自分に発破をかけていた。それでいて自信がなさそうに目を泳がせているのがわかった。日々輝は彼女の背後に立ち、そのときがくるまで左右の肩を両手で握ってやっていた。

鈴は第一段の小爆発をティアズ・スタンドから五百m離してかつ上空にずらした。作戦司令室はちょっとした盛り上がりを見せたが、その後に狐につままれたような状態になった。

怪獣がどこにも現れない。現れたものといえば得体の知れないいくつかの人工物だった。形もまちまちのそれらが五百m地点に落下したくらいだ。

最年少の鳥栖などは戦闘ロボットのパーツではないかといったが、組み立ててそれなりの構造体にするにはいささか数が少なかった。せいぜい案山子ロボットだろう。その場の見解としてはヴェンダリスタ星人の手違いではないかということになった。ディメンションケージはもともと倉庫なので、怪獣以外のものが収められていてもなんら不思議ではない。

三体の出現がこれで二体になった。緊迫感に多少の弛みはあったが、鈴だけは緊張を解かなかった。続く第二弾、ヴェンダリスタ星人が最終的に決定した座標は一〇㎞ほども離れていた。鈴はただちにこの事実を報告し、司令官の菊田はみずからの責任においてこれに干渉しないことを宣言した。

このときに総代の伊波のもとにはティアが現れている。怪獣にはヴェンダリスタ星人の分子が宿っているという。ティアは去り際に三矢のことをそっと伝えてくれた。詳しい事情はわからなかったが、彼がなんらかの手段で情報を手にいれてくれたのだろうと思った。

そして最後の第三弾。この出現は直撃はおろか小爆発の影響も小さい地点だったために鈴は報告だけにとどめた。

粉塵の中から姿を見せたのは茶褐色の肌をもつ巨大な怪人だった。ただしその肌が露出している部分は決して多くない。衣服のようなものを身につけていたのだ。それは人類もそうしてきたように、獲物から手にいれて加工したと思われる頑丈そうな革だった。

いでたちは勇ましい反面、怪人は肩を落として背中を丸め、覇気のない様相で飛び地の中をさまよいはじめた。ティアズ・スタンドに敵意を示すことはおろか、いかにも興味がなさそうに振る舞っていた。三矢の情報がなければ演技であることを見抜けなかったかもしれない。

日々輝はデュアルⅡとなって船外に飛びだした。すると非常にいいタイミングで上空にナヴィガーレも現れてくれた。日々輝は彼とテレパシーで交信し、ベビボンに施したものと同じ技を怪人に浴びせてもらった。

怪人は大げさに地面に倒れ伏し、しかし本当にピクリとも動かなくなった。

ナヴィガーレは日々輝が飛び地からは出られない事情を理解し、怪獣が落とされた町へと向かってくれた。

日々輝はいつでもショルト・ショットを怪人に放てる構えで慎重に近づいていった。すると怪人がテレパシーで問いかけてきたのだ。《正義とはなんだ》と。

油断はしていなかったのに、意表を突かれた。

怪人は素早く体を起こすと、右手を添えていたなにかをしっかりと腋に構えた。それはヴェンダリスタ星人の手違いで送りこまれてきたと思っていた人工物だった。その先端から放たれた凄まじい電撃を浴びせられた。

武器だったのだ。まともにうけた日々輝の体は大きく空を舞った。怪人も反動で後方にぶっ飛んだように見えた。

一時は危うく意識まで失いかけた。感覚をとり戻したときには上半身に拘束具をはめられ、怪人によって国境壁を越えて緩衝地帯へと乱暴に放り投げられていた。

超能力をまるで発揮できなくなった。たいして頑丈そうなバンドには見えないのだが力が抜けてしまう。しばらくすると胸のカラータイマーが点滅を始めた。

怪人に宿ったヴェンダリスタ星人の狙いははじめからティアズ・スタンドだったようだ。バリアを破壊するための武器や道具も転送していたに違いない。

一刻も早く守りにいかなくてはならない。高速で旋回するシルヴァンの機動さえ日々輝にはじれったかった。右前方は二時の方角から機首を向けた時間は二秒あまり。ガトリング砲の砲口に注目していたら翼下の空対地ミサイルを発射してきた。

逃げようかとも一瞬は考えたくらいだ。針の穴に糸を通してくる精度だとは思えない。衝撃にこの体は耐えられるだろうか。とにかく拘束具のバンドが弛むなりほころびるなりすることを期待したい。

ミサイルは右肩から腋の辺りに直撃した。

日々輝の体は背中をあずけていた国境壁を突き崩していった。しかし粗悪な造りがクッションにもなってくれた。怪人から浴びせられた電撃の威力のほうがよっぽど大きかった。
両腕が自由に動く。力をとり戻した日々輝は拘束具を引きちぎった。
見れば怪人はティアズ・スタンドのふもとからバリアに向けて連発で光弾を撃ちあげていた。
《鳥栖、ヤバい状況か！》
《復活したかビッキー。帳のおかげで船は無傷だ。でもその帳も一分以内に上がる。もうエネルギーがほとんどない》
このうえないピンチなのに悲壮感が伝わってこない。すでに白旗を揚げる境地に達しているかのようだ。
日々輝はなかば光と化して飛んだ。左の手刀からさらに光を伸ばし、怪人に猛スピードで接近すると側面からの白刃一閃で断った。
胸の位置で両断した怪人の体が地面に倒れる。武器は明後日の方向に連射を続けたが、やがて弾切れをきたして沈黙した。ほぼ同時にティアズ・スタンドのバリアが溶けはじめた。
日々輝は怪人のかたわらに立って見おろした。
《やってくれたな、シラヌイ……》
《こっちのセリフだ》
《これがおまえの正義か。涙を語り継ぐ者を守る。敵対する相手を悪と定め、これを打ち破

る。おまえは正義に基づいてどちらを行為している》

《いまじっくり正義を語り合うにはオレもおまえも時間がない》

《私ならいくらでも宿体を替えられる》

《できるものならやってみろ。おまえはそこに閉じこめられている》

《――なるほどな》

《おまえたちはティアの涙になにを見たんだ。宇宙語は知っていても涙の意味はわからないのか。この地球で、いくらデキた偉人でも、罪は憎むが人は憎まない。だがティアなら、罪すら憎まない。その代わりに涙する。光の戦士は涙を流さない代わりに苦しむ。涙に動くものが正義だ》

《正義は悪に育まれることを知れ》

《おまえたちこそ、愛に甘えていることを知るんだな》

宇宙時代を戦う力

変身した女が作戦司令室に入ってきた。姿を戻したのだが、植松鈴（うえまつれい）にはその女がすぐに誰なのかがわからなかった。かなり深刻な表情をしている。システム担当のジャンパオロ・ノエのもとに迷わず向かっていったのを見て彼の妻だとようやくわかった。

ノエ春菜（はるな）のことを知らないわけではない。生活部の時代には一緒に働いてきたのだ。しかしいつも笑顔を絶やさない彼女だったので、まるで別人のように感じられた。彼女でさえあの表情なのだから、生活部の険悪なムードが容易に想像できるというものだ。

鈴とノエを留守番として残し、他のメンバーはほとんど会議に出ている。渉外部のエリアで開かれている極めて重要な会議だ。この先のことを近日中に決定しなくてはならない。大きくふたつに分けるならば、ヴェンダリスタ星人に降伏するか、降伏しないかだ。

もうこの船がバリアに守られることはない。HPCは飛ぶだろうが、ブレンドレーザの乱れ撃ちなど無理だ。主にこのふたつが今日までさんざんエネルギーを消費してきたわけで、船内の七百人が生きてゆくだけならばもうしばらくは問題ない。詳しいデータは会議で明らかにされているはずだ。鈴の概算ではひと月前後ではないかと思っている。

いまさらオンドールの一件が悔やまれる。ウルトラデータベースをしっかりと頭に叩きこんでいれば、ティアズ・スタンドはこのような状況におちいらなかったはずなのだ。スイドンにおける誤操作の疑いが晴れたというのに今度はオンドール。誰もが喉まで出かかっている怪獣の名だ。

声を潜めているつもりのようだが、ノエ夫妻の話し声は立派なノイズだ。鈴は作業になかなか集中できなくなってしまった。

鈴がコンソールパネルに開いているものはウルトラデータベースの新ファイルだ。いままで第一から第四までは存在していたので、いわば第五ファイルと呼んでもいい。順番としては〇番目にあたる。この船の全システムデータをバックアップしている装置にそのファイルはあったのだ。装置丸ごとが第一五エリアのディメンションケージに格納されていた。

結局、現状で役に立ちそうなものといえばこれだけだった。いままでにどのファイルにも該当がなかった怪獣のデータが収められている。しかしピグモンが余命を費やしてまで手にいれたものかと思うとむなしくなるばかりだ。

そのピグモンはもういない。第二八号怪獣の襲撃がやんだときには息をひきとっていた。船体が破壊される危機にさらされたタイミングだったとはいえ、彼女の最期を誰も看とらなかったことはティアズ・スタンドの最大の汚点になってしまった。

いい出来事もなければ明るい話題もない。省エネでせめて全方位スクリーンが消えてくれていることはありがたい。いまや砂かぶりの町だけではない。ティアズ・スタンドに対する切実な訴えはさらに外側へ外側へと広がっている。都民は我々の降伏を望んでいるはずだ。その声をいま開かれている会議はどこまで決議に反映させるのだろうか。

ノエ夫妻の声に感情がこもりはじめてきたと思えばいよいよ夫婦げんかだ。仲間内でしかも夫婦で諍(いさか)いを起こすなど最も避けてほしいことなのに。

にらみつけたわけではなかったが、ふたりは扉の外に出ていった。

ディメンションケージの作動兆候はなし。いま怪獣を飛び地に落とされたら絶望的だろう。この船も立派な宇宙船だ。しかも光の国が建造した。装甲や隔壁も頑丈なので小爆発くらいでバラバラになることはない。しかし宇宙空間ではないので横倒しにされただけでほぼ終わりだ。

二柳日々輝(ふたやなぎひびき)もしばらくは戦えない。デュアル・チェンジ・チャージャーが赤信号だ。怪獣と戦う態勢としてどん底状態とはまさにいまのことだろう。

その日々輝が作戦司令室に入ってきた。彼はそのまま宙を進んで隣に降り立った。

「超能力で無駄なエネルギーを使ったらダメなんだから」

「そうだったな」

「ビッキーは会議に出なかったの？」

「オレは従うことにした。うかつに意見したら、オレの場合は他のヤツらよりも影響力が大きくなってしまうと思うんだ。植松さんは？」

「お留守番組よ。この部屋を無人にすることはできないから。ノエさんが外にいたでしょ？」

「ああ、奥さんとモメてた」

「なんのことでけんかしてたの？」

「オレは素通りした程度だったからな。こどもがなんとかって」

「ノエさんたちにはこどもがいなかったはずよ？　まさかできたのかしら」

「さあな。――そうだ、これを渡しにきたんだ。本当に遅くなった」

日々輝が封筒に包まれたものを差しだしてきた。

「なにこれ」

「妹さんに頼まれてたんだ。オレも忘れかけてたんだけど」

「ビッキー、これを外に探しにいってくれてたのね？」

「まあな。このまえの戦いのあと、〝ショルト・ショベル〟で掘りだした」

封を破って中身をとりだしてみるとサイン帳だった。タイムカプセルから出てきたようにきれいな状態を保っている。

これは忘れもしない。飛び地に持っていくか否かでさんざん迷った宝物。中学時代、大火傷で入院しているときにクラスメイトが寄せ書きしてくれたものだ。

宝物だった理由はこれだ。サイン帳の背表紙を手のひらに載せれば勝手にそのページが開く。何度も何度も見ては自分の力にしてきたのだ。そこに日々輝からもらった大切なメッセージが書かれている。

（あった！）

鈴は思わず口に手をやった。涙腺が弛んでいるはずなのに涙が出てくれない。それでもいまは苦しくなかった。

「そう、きっとこれだ。『DO　NOW　BEST！』」

記憶は消失したのだから思いだせたわけではない。しかし確信できる。

日々輝がかたわらから覗きこんできた。

「ビッキーからのメッセージ。ヘンテコな英語だけど、あのときの私には一番染みこんできた。ビッキー、これどういう意味だったの？」

「これを書いた記憶はないけど、知ってる単語を気どって並べたんじゃないかな。植松さんを元気づけられそうな言葉を、考えたんだと思う。だけどオレも大人になってからはそれをモットーにしてきた。いまできる最善を尽くせっていう意味だ」

「そうだと思って、私はできることから始めようとしたんだ。失敗しても、ダメだっていわれても、すぐに動きだせた。ビッキーのおかげで、大人になるまで立ち止まらずに生きてこられた。ビッキー、ありがとう」

「そうだったのか。ワルだったオレでも、人の役に立ててたんだな」

「恩人だわ」

「オレも、植松さんのことをたくさん忘れてる。ウルトラ・オペレーションのせいだ。特別な女の子だったんじゃないかと思ってる。中学以来、オレたちには空白がある。なんで知らん顔になったんだろう」

「……そうね。ある日を境にビッキーはもうお見舞いにきてくれなくなった。私が調子にのってなにかキツイ言葉をいったのかもしれない。でもね？　違う高校に通うようになっても、私はビッキーをときどき見てた。だけど声をかけることはできなかった。他の男の子たちに対しても同じで、これぱかりはなかなか積極的にはなれなかったわ」

「昔オレにこんなことをいった人がいる。悪いヤツっていうのは、平和な社会に甘えていて、秩序をつくろうとする人々の良心につけこんでいる。悪いヤツらだけの社会なんてつくれっこないのに。この言葉、ひょっとして植松さんか？」

「それ私だわ。いつもそう思ってるもの」

「あれから歳を数えるごとにオレの非行はエスカレートしていったけど、この言葉がいつも頭にあった。好きだった植松さんにいわれたから、恥ずかしくて余計に反発したんだと思う。でも勝てなかった。正しかったんだよ。なにをやるにもそのとおりだった。自分が格好悪いと思った」

「でもビッキーはそういう体験をとおして、心底理解したんだと思うわ。だからティアはビッキーをファイターにしたんじゃないかしら」

「そうかな。でもオレが飛び地にきたのは不純な動機だぜ？　ブラックリストに載ったっていうのもあるけど、植松さんにもう一度会いたくなったんだ」

「うれしい。もうなんだか本当に元気が出てきちゃった。いま私はなにをやるべきかしら。未解明の怪獣の報告書をつくらないといけないし、並行してこのデータベースファイルにもしっかり目をとおしていかなくちゃ。それにディメンションケージの格納品をもう一度洗いなおして、使えそうだと思うものはダメ元で出してみたら道が開けるかも」

　夫婦の話し合いが終わったのか、ノエが作戦司令室に戻ってきた。おなかが大きくなったジェスチャーをこちらに見せ、ペンタゴンの持ち場に着いたあとはひとりでガッツポーズをして喜んでいる。

「モグルマムなんかの生態情報はわからずじまいだったな。これに載ってるのか」

「ええ、見せてあげる。ゲノム情報からすぐにヒットしたの。ベビボンとは出身の星が違ってたわ。まさかディメンションケージの中で寄生したのかしら。モグルマムの登録名は『弧月の鼓動』。惑星じゃなくってその衛星に棲んでいた怪獣よ。確か後ろのほうだったわよね」

　鈴は高速でファイルを進めてゆき、なにかが頭に引っかかってひとつひとつまた戻していった。

「どうしたんだ?」

「これ見て。ピグモンだわ。第五ファイルに載ってた」

「名前は……」

「良いおこない?　渡す……継ぐ……伝える。頭がいい。『善行を伝える賢者』とでも訳せばいいのかしら」
鈴は翻訳の限界を感じて変身した。
まさかピグモンの延命や療養の手だてがあったのだろうか。そうだとしたら最大の功労者に対してあまりにもずさんな介護をしてしまった。彼女はそのことを理解させるためにもこの第五ファイルを発掘したのかもしれない。
しかしそうではないことがわかった。
鈴は強引に日々輝の腕をとると宙を飛んだ。作戦司令室を飛びだし、霊安室へと続く通路を急いで進んだ。そしてノエのもとに立ち寄ってディメンションケージの見張り番を頼んだ。
《なにがわかったんだ》
《ピグモン種の繁殖についてよ。生涯で善いおこないをたくさんした個体からは、こどもが生まれるんですって》
《まさにピグモンのことだな》
かすかな物音が聞こえる。鈴は希望をもった。日々輝が逆に腕を引いてきて先を急ぐ。思えば、ピグモンのことを女性だと認識を改めたのは日々輝の指摘がきっかけだ。〝ピグG〟のまま看とっていたら、男からこどもが生まれるわけがないと思いこみ、新しい命まで失っていたところだった。
ピグモンが眠る保存カプセル内には小さなふたつの影があった。すでに二本の脚で立っている。いまにも泣きだしそうな悲しい顔で内側から窓を叩いている。

鈴は急いでカプセルの扉を開けた。そしてさっそく抱きついてくるふたりのピグモンを受けとめてやった。

《あらあら、もう赤ちゃんじゃなくて立派なおチビさんね》

《ピグモンも昔はかわいかったんだな》

《泣かないで大丈夫よ。私がママになってあげるから》

ここティアズ・スタンドでピグモンが生まれた。いまは光の国だ。将来、地球が出身惑星になったらそれは素晴らしいことだ。そのためにも動きださなくてはならない。泣いても笑ってもこちらのタイムリミットはあとわずか。立ち止まっている暇はない。

昨日、友利(ともり)三矢(みつや)は南城(なんじょう)睦美(むつみ)に電話をかけて話をした。

西田(にしだ)里美(さとみ)たちをティアに会わせることを提案した。通話時間は二〇分ほどだったが、その大半が無言状態だった。南城は電話の向こう側でひとり苦悶している様子だった。そして最終的に提案は却下された。国境で演じた失態を繰り返すわけにはゆかないからだ。

しかし南城はなにかを認めてくれたのだろう。近々、ティアズ・スタンドが降伏するかもしれないという重大な事実を最後に教えてくれた。そのようなことを伊波(いなみ)滴(しずく)はメールでひと言も触れていなかったし、他愛もない文面や絵文字からも感じられなかった。

降伏がどういうことなのかが滴にもわからないはずはない。ティアをヴェンダリスタ星人に引き渡すのだ。ハイブリッドのティアを引き渡すのか、純粋なティアを引き渡すのかはわからないが。

南城のほうから電話がかかってきたのはその夜だった。方々に相談したようだが、彼女自身も考えを一転させた。

おそらく夕方の出来事が心変わりを起こさせたのだろう。飛び地に怪獣が落とされたのだ。しかしほとんど活動せず、死体も同然だった。地球環境では生きられない個体だったと思われる。このときにティアズ・スタンドは防御のバリアを展開しなかった。完全にエネルギー切れだ。ヴェンダリスタ星人はたんにそれを確かめるために実行したのだ。

南城のなかでも降伏の二文字がいっそう現実味を帯びたのだろう。丸三年におよぶヴェンダリスタ星人との戦いに敗れる。この悔しさはあったはずだ。

あるいは逆に勝機を見出した部分もあったのかもしれない。少なくとも三矢はそうだった。ヴェンダリスタ星人もギリギリの戦いをしていたことがわかったからだ。死体同然の個体を送ってきたように、もうめぼしい怪獣が残っていないのだ。

三矢はその日のうちに西田とそして小川仁士に協力を求めた。翌日になり、メイスの宿体になった経験のある水尾勇樹もきてくれることになった。南城に指定された場所は調布市にあるという霧島雄吾の家だった。

三人は日が暮れてからひとりずつ訪ねてきたが、三矢と南城は午前中から準備をして待っていた。初代シラヌイをシルヴァンで攻撃した「板橋大乱闘」の一件で、市民から投石をうけた霧島の家はひどい状態になっていた。部屋をひとつ整えるだけでもたいへんだったのだ。

いまや、シルヴァンがシラヌイに攻撃をくわえても世論は反発しない。情勢が変わったものだとつくづく感じさせられる。

「今年にはいったあたりから、ヴェンダリスタは砦を落とす総仕上げの計画を立ててたな」

「そうそう、船を呼ばなくちゃいけないっていってたわ。あの飛ぶのもやっとこさのボロボロの船」

「それはティアを連れていくためってことかしら」

「たぶん、そうだと思います」

「いつなの？」

「それは……。水尾くん、なにか知ってる？」

「オレのメイスは、口ではなにもいってなかった。そのあたりのことは石板でやりとりしてたんじゃないかな。でもカレンダーをめくって六月は見てた。七月は見てなかった」

「早ければ二週間……。仮に総仕上げを成功させたとして、そのあとにギャラフィアンがくるのね？　ギャラフィアンは本当にくるの？」

「うん。くるまでに、ヴェンダリスタは格好をつけておきたいみたいだ」

「光の国のことはなにかいってた？」

南城はヴェンダリスタ星人やギャラフィアン以上に光の国の援軍のことが気になっているようだ。

それは当然だろう。宇宙警備隊が助けにきてくれなければギャラフィアンに太刀打ちできるわけがない。今日まで世界が保ってきた中立の努力など吹っ飛んでしまう可能性もある。

「光の国は、きてるのかなあ……」

水尾が首をかしげた。

「やってくる途中で宇宙警備隊の妨害にあって、戦ってるっていう話ならしていました」

「それ本当？ 信じてもいいのね？」

「はい。でもギャラフィアンが負けたとか、宇宙警備隊が追いかけてきてるっていう話もないですけど」

南城の携帯電話が鳴った。浜本恒明からかもしれない。浜本たちが滴を連れてきてくれることになっている。

「小川くんは、このまえウンリュウについて詳しそうな感じだったよね」

「ラトは知らなくって、キップだけが知ってたんだ。ウンリュウの星はヴェンダリスタ星からそんなに遠くないんだってさ。だからヴェンダリスタから侵略の目にあった。オレたちの境遇とかなり似てるんじゃないかな。ウンリュウの星の場合はほぼ二分されたそうだ。ヴェンダリスタの策略だろうね。そして内紛を起こして自滅した」

「ひとりで復讐にきたのかしら。大勢できてくれたらよかったのに」

「でもキップはウンリュウひとりでも嫌がってたよ。まるでオレのラトのせいにするみたいに、冷めた目で見てきてたな。要するに〝くずれ〟がいるから、後顧の憂いが絶えないんだっていいたかったんだろう」

「だからくずれを破門にしていったんだよ。オレのメイスもすれすれだったんじゃないかな。オレにとってはじゅうぶんアウトだったけど」

「あなたたち、ここで待っててね。友利くん、説明しておいて」

そういって南城は部屋を出ていった。

三矢は三人の目をひとつずつ確かめた。

「ビックリする話だけど、落ちついて聞いてくれ。いまから、ここにティアがくる」

三人が微妙に身を乗りだしてきた。

「ティアはふたりいる。詳しくは話せないけど、これは政府すら知らないことだ。飛び地を外から助けるために、極めて重要な存在だったんだ」

「鳥肌が立ってきたな」

「私も。それで、私たちになにができるの？　今日はヴェンダリスタの話をするだけだと思ってきたんだけど」

「それは、ティアがきてからだ。西田さんはいったよね。ヴェンダリスタがなにか忘れ物をしていったって」

「ええ。たぶんだけど、黒の石板だと思うわ。私のラトは軽率なところがあったから、うっかり置いていっちゃったのよ、きっと」

玄関のほうから声が聞こえてきた。滴の声も混じっていたように思う。

数分後、南城が連れて現れたのは滴ではなくティアだった。

じつに神々しい。そして慈悲深さが目の奥に溶けている。光の集合体のようで、手を差しのべれば体を透過しそうだ。ゆったりとまとっている光の衣がときおりフワフワと浮かぶ。ティアはなぜか今日も両手をうしろに回している。あの国境でもそうだった。自由を奪われているようなのだ。あたかもヴェンダリスタ星人に連行される準備をいまからしているようで、不安になる。引き渡しなど絶対にしたくないと思う。

「じゃあ三人には、いまからティアに術を施してもらうわ。ワクチンの予防接種だと思ってちょうだい。痛くはないと思うわ。そうよね、友利くん」

三矢はひとまずうなずいた。痛くはないが、日々輝から消火器のようなパウダーの噴出をうけたときには気絶した。

ティアはビンディのような額のサークルを点滅させた。おのずと三人はそこに注目し、次の瞬間に彼らの体は淡い光に包まれた。日々輝の荒技とはまるで違う。小川と水尾は不思議そうに自分の手を見ていたが、西田だけは体を震わせて気張るような表情をした。

西田がテーブルの上に左手を差しだした。その手のひらから出てきたのだ。ブラックリストと呼ばれていた黒の石板が。彼女は大きくため息をつき、出産でも果たしたかのように晴れ晴れとした表情をした。

「出た。こいつだこいつだ」

「ね？　だからいったでしょ？　忘れていったって」

「オレと水尾くんの中にはなかったってことか」

三人はそれぞれ手を伸ばし、なかば奪い合って石板を操作しはじめた。大人よりもよっぽど携帯電話の扱い方を知っているこどもたちのようだ。

「ちょっとちょっと！　あなたたち、そんな不用意なことして大丈夫なの⁉」

「平気平気。オレたち毎日見てきたから」

「手と体がおぼえてる」

卓上ライターのごとく飛びだした炎にためらいもなく指を入れている。つまんだり、指で真横に切ったり、ねじったりと。

「どうだったかしら。もう一度最初からやり直さない？」

「いや、これであってる。重要な連絡や船とのやりとりは」

「そうこれだ」

炎が二倍にも三倍にも大きくなった。

「これが、なんだっていうの？」

南城がごくあたりまえの疑問をぶつけた。

「さすがにわかりません。宇宙語ですから。夜空にウルトラサインが浮かんだあとに、地球を包んだあの黄緑色の光と同じです」

ティアがそっと近づき、高速で色合いを変化させている炎を見つめた。彼女にはその内容が理解できるらしく、皆に向けてうなずいていった。

食堂には作戦司令室に残った吉岡弥春と小林を除いてティアズ・スタンドの全員が集合していた。全員がウルトラマンに変身した姿で。しかしどうやら鈴の姿も見当たらないようだった。

重要な会議に出席した一九人と、出席していない七百余名が対峙していた。日々輝はというと、乱暴な衝突が発生する可能性を考慮して二〇人目に加わっていた。会議の決議を小耳にはさんでいる者たちがすでに前列のほうに陣どっていた。

ピグモンのふたりが鈴を探して皆の足下を歩き回っている。雰囲気を和ませている一方で、泣きだしでもしたら皆の神経に障るのではないかと日々輝は少し心配だった。

伊波松男が一歩前に進みでる。

《みなさん集まりましたね。私のこの姿を初めて見る人もいると思いますので、いちおう名乗っておきます。総代の伊波松男です》

こうして眺めてみるとウルトラ化した姿とはいえ知らない顔はない。この船で毎日一緒に暮らしてきたわけで、ウルトラ・コンディショナーに入るときに順番待ちでひととおり見てきている。

《三年にわたって戦いを続けてきましたが、いよいよ千秋楽をむかえ、取組も結びの一番にはいりました。そして我々は、土俵際にいます》

ピグモンのふたりが泣きそうな顔でこちらにやってくる。日々輝は片腕ずつで抱きあげてやった。

《勝手ながら、一部のメンバーで会議を開かせてもらいました。そしてその場で暫定的な決議をだしました。これは皆さんに対するあくまでも提案です。もうこの船に帳は降りません。ベムラーやオンドールの出現にはおよそ耐えられないということです。七百人の壁で船を守るのも、三〇人の壁で守るのも同じです。それならば……、少ないほうがいい。三〇人ほどが残り、あとの方々は地球にそして日本に帰化する。これを降伏のかたちにしたいと思いました》

前列部分より後ろは周りと顔を見合わせている。動揺は近い将来に対する想像であり、帰化することとの複雑さ、敗戦国の民となる不安を考えはじめればどこまでも広がってゆきそうな気配があった。

《いつやってくるんですか》

伊波の真正面に立つ生活部の男が尋ねた。

「光の国の宇宙警備隊はいつ助けにくるのか」という問いだ。かつて伊波を苦しめ、今日までビクビクさせてきた問い。

《これは昨夜わかったことですが、六月六日です。あと二十日足らず。ヴェンダリスタ星人が直々に飛び地を襲撃してくることは、確定しています》

初耳だ。口からのでまかせとも思えないし、極めて重要な情報ではある。しかしそれは問いに対する答えにはなっていない。

《私が訊きたいのはヴェンダリスタ星人の襲撃でもギャラフィアンの襲来でもありません。

光の国の援軍です。六月五日ですか？　六日ですか七日ですか？　八日でも私は残りますよ？　ベムラーの攻撃をうけても私は片蔵さんを運んだ男です》
《くるのこないの？　もうこの際、YESかNOかでいいよ！》
《ティアは呼んだっていったんでしょ？　だからみんなこうして飛び地にやってきたんじゃない》
誰もの心にあった不信感が爆発して聞きとれなくなってしまった。もはやむき出しになった感情の嵐だ。ピグモンにもそのテレパシーが伝わっているのか、日々輝の胸に顔をうずめてきた。会議に出た他の一八人はすでに知っているのだ。伊波はそのときとは比べものにならないくらい辛い針のむしろに座っている。
日々輝が伊波のもとに歩み寄ろうとしたら、彼はそれを制した。
《お答えします》
入り乱れていた叫びが静まった。
《援軍は、呼んでおりません》
そして絶望によるいっそうの沈黙が食堂全体を満たした。
やがて詰め寄ってくる者が現れ、すぐに伊波は周りをとり囲まれてしまった。
いまさら伊波を責めてもしかたがない。それはわかっているのだろうが、黙っていては今日までの尽力を軽んじられてしまう。それほどに二年、三年は長い。最後にやってきた日々輝には安易にしゃしゃり出ることのできない空間だった。

　空気を察知したのか、ティアがやってきたようだ。食堂のはるか高い天井を光がほうき星のごとく飛ぶ。ひとしきり皆の注目を集めた後、彼女は渦中にいる伊波のかたわらに臆することなく降り立った。
　いつもは敬意を示す者たちもいまばかりはへりくだる態度を示さない。
《伊波さんは悪くありません。みなさん、今日までありがとうございました。この地における戦いに私が関知せずにきたことを、たいへん申し訳なく思います。私は戦うことを許されておりません。一度その法度を破った私はもはや聖職の身でさえありません。ただ裁きのときを待っている罪人です》
　怒りの矛を収めるように伊波をとり囲んでいた面々があとじさりしてゆく。
《私が投降します。もっと早くそうするべきでした》
　日々輝の胸からピグモンがピョンピョンと勝手に飛び降りていった。どこに行くのかと思えば食堂に鈴が駆けこんでくるところだった。
《みんなごめんなさい！　急いでこの食堂から出てください！　通路でいいから！　もう二分くらいしかないの！》
《どうしたんだ鈴ちゃん！》
《ビッキーも早く！　みんなも早く！　爆発するわ！》
　ろくに理由もわからないまま騒然とした雰囲気のなかで避難訓練のようなものが始まってしまった。しかし七百人もいるものだから二分で出ろといわれても難しい。やがて通路も溢れかえり、最後はラッシュアワーの満員電車のようになった。
そしてまさに二分が経ったときに食堂内で爆発が起きた。全員がウルトラ化していなければ大けがをしていたかもしれない。
見れば広い空間のスケールに見合った小型艇が出現している。鈴がディメンションケージからとり出したのだろう。
《なんだね、植松くんこれは》
伊波が尋ねた。
《本当にすみません。皆さんもお騒がせしました。この船ですが、救命ボートです。もともとこの食堂は救命ボートの港だったんです。ディメンションケージからの転送座標が固定されていました》
《救命ボートで、逃げようというのか》
《そうではありません。救命ボートには救助信号を出すシステムがあると思いました。光の国と交信できるかもしれません。ピグさんが第一五エリアを開放してディメンションケージを稼働させたかったのは、きっとこのためだったんです》
《救助信号か……。我々に操れるだろうか》
《私たちがなんとかしてみせます。交戦部隊の雑学知識を結集して》
セカンド・ステップの塩路が通路を分け入って現れた。彼には明るい見通しが立っているらしく、他の交戦部隊のメンバーなどは早くもボートの下まで進んで昇降機を働かせようとしている。

《おそらくこちらから送れるメッセージは一度だけ。もちろんリアルタイムでのやりとりは無理でしょう。私たちの救助要請メッセージは、しかるべきポイントにウルトラメッセージで届くと思います。応答も、ウルトラメッセージで届きます。空に》

現金なもので、降伏のムードはなくなりつつある。

戦いには、流れというものがある。ヴェンダリスタ星人はもう弾切れを起こしていることはわかっているし、少なくともティアズ・スタンド内は上げ潮だ。

日々輝はティアのように両手をうしろに隠した。デュアル・チェンジ・チャージャーが充塡されない。結びの一番でうっちゃるには人々の応援が必要だ。

片蔵誉(かたくらほまれ)のキップとそしてメイスを乗せた車が赤信号の交差点を突き抜けた。日常的によくあることだが、いまのケースは違う。

「おい岡地(おかち)。おまえいま、うたた寝しただろう」

メイスが小柄な身を乗りだして岡地をとがめた。

「いえ……、はい。申し訳ありません。寝不足なもので」

「どうするキップ。この時期に事故ったら面倒だぞ。また体を乗り替えなきゃいけない」

「水尾勇樹にでも里帰りしたらいいじゃないか」

「この体は夜になってもおとなしいから気に入ってるんだよ。キップはいままで楽で良かったな」

岡地の運転は先ほどから中央車線をまたいでばかりだ。そもそもヘッドライトをつけていないことにも気づいていない。

「岡地、例のマンションとやらはまだ遠いのか」

「……二kmあまりでしょうか」

「それくらいなら歩いて行こう。岡地、ここでいい。端に寄せろ」

伊波滴という謎の少女の行方がつかめない。あたりまえだが、その居場所は涙の砦である可能性が最も高い。ラトくずれが消息を絶った日、伊波滴は国境に向かったのだから。

伊波滴は密輸の組織と深い関わりがある。逮捕者の情報をもとに岡地にはさんざん調べさせたが接点がでてこない。

岡地もゆとりを失って犯罪を重ねるようになってしまった。彼は密輸の証言者になった時点で完全に覚悟を決め、みずからを非国民とあざ笑い、飛び地の人間のように国籍をすてたつもりになっている。伊波滴の自宅には窓を破って二度も侵入している。しかし友利三矢の家を狙ったときには彼の両親から逆襲にあっている。怪しいのはこの家だった。

そのようなとき、重要人物がひとりあがってきた。小金井市にメイスくずれの怪獣を落としたら、警察が密輸にまつわる逮捕者候補に加えたのだ。浜本恒明というナンバー2を隠していた。もともと警察も検察も密輸組織の全容を解明して起訴する気などなかったのだろう。我らヴェンダリスタを納得させる虚像づくりをしていたにすぎない。

「あの衝立のようなマンションです。砂かぶりなので七階から上はほとんど空き室です。浜本という男はあの最上階に住んでいます」

「いまもいるのか」

「はい。ほぼ毎日出入りしているみたいです。ちょっと南のほうに回ってみましょう」

涙の砦を襲撃する決行日は確定している。相手の戦力もわかっている。ウンリュウの弱点もわかっている。極軌道をしていた彼の六番星だけが免れていた周期性太陽粒子をぶつけてやるまでだ。

気がかりな要素は伊波滴。切り札として光の戦士が潜んでいる可能性は無視できない。形勢を逆転されてしまう。

「しかしキップ、久しぶりに本来の体に戻って、うまく動くかな。じつはあまり自信がないんだ」

「それは逆だよメイス。ボクは経験があるんだけど、くずれを排除したあとは意思統一が抜群で動きにキレがでる。そういった意味でキミは戻らないほうがいいかもしれないな」

「キツイ冗談だな」

この地域も眺める方角によって街並みの様相がガラリと変わる。涙の砦に向けられた白い垂れ幕や横断幕のなんと盛んなことか。この群集心理は今日までの支配のなかでは最も想像を超えたものだった。安全な観客席から死闘を眺めるのは好きなのだろう。しかし戦いの火の粉が観客席に降り注ぐのは断固として許しがたいのだ。

「見えますか。最上階のふたつの部屋」

キップはうなずいた。ふたつ並んで明かりが灯っているのがわかる。

「どっちに浜本が住んでるんだ」

「左側です」

「それで、これがなんだっていうんだ」

「右側の部屋は玄関の出入りがないんですが、夜になると必ず明かりがつきます」

「おいキップ、飯食いに行こうぜ。オレはもう腹が減った。友利の家を岡地にいぶし出させたほうがはっきりするだろう。明日にでもオレが友利を宿体にしてやってもいい。家の中でかくまってたら、オレの手柄にしてくれよ?」

伊波滴が特別な少女であることはまちがいない。涙の砦にとって重要な存在でもある。彼女が飛び地の外側にいるならばいまも砂かぶりの町にいる。いる必要がないならばはじめからその危険な場所に住み続けていたはずがない。

「なにやら周りが騒がしいですね」

「信号でもないのに道に車をとめてるな。あっちもだ」

「指をさしてますね。——キップ様メイス様!」

「見ろキップ、北の空だ!」

おもむろに見上げれば夜空に文字が浮かんでいた。まだ六文字目から七文字目の書きだしに移ったところだ。

「光の国のサインだ。キップ、なんて書いてある。オレには読めない。光の国のサインでもあんなサインは初めて見るぞ」

「……ああ、ボクにもほとんどわからない」

「暗号を使ってきたのか。オレたちにわからないように」

「暗号の意味もあるんだろうけど、そうじゃない。あれはおそらく光の国の古代文字だ。原種が使っている」

「原種っていったら涙を語り継ぐ者のような聖者のことか。そうか、この地球に聖者の使節団がくるのか。そいつはいい。今度は全員生け捕りにしてやろう。あいつらが戦わないことはもうわかっているんだ」

「ボクもそうだと喜びたいところだけどね。一番目のシンボル、あれは銀十字勲章だ」

「銀十字軍がくるのか！」

「さてね。ボクたちが光の国の戦力を気にしてもしかたがない。ギャラファィアンの援軍がくるまでに、涙を語り継ぐ者に対してけじめをつけておくだけだ」

キップはまさかと思って振り返った。マンションの最上階は問題の部屋に目をやる。そのベランダには北の空を眺める光の立ち姿があった。

（いったいどうなってるんだ）

いつのまに涙を語り継ぐ者を飛び地から連れだしていたのか。実際にあの場所から光の国のサインを眺めているのだから疑いようがない。しかしやはり砂かぶりの町という危険な場所にいることには説明がつかない。

「キップ、あれはひょっとして……」

「ああ、現実だ」

「オレたちは聖女のいない砦を襲撃するところだったのか」

「――いや、ボクは砦にも必ずいると思う。どういうからくりかは知らないけど、涙を語り継ぐ者はふたつに分かれたんだ」

「なんでそう思うんだ」

「仮にもいままで戦ってきた人間の仲間を囮に使う？　そんなことをするヤツが涙なんか流すもんか」

キップは手のひらから黒の石板を出現させた。

「襲撃決行日はそのまま。しかし作戦は少し変更だ。片方だけ連れ去ってもしかたがない。同日に両者を生け捕るか、両者を消すかだ」

B格納庫ではエンジンの修理点検を終えたシルヴァンが翼を休めている。その奥に並ぶのは届いて間もない機体ではないだろうか。まだいっさいのペイントが施されていない。まさにシルバーだ。

救命装具室から整備の男が出ていった。南城睦美は周囲を確認してから一気にその扉へと駆けこんだ。

　ただちに携帯電話で三矢を呼びだす。

〈もしもし南城さん？〉

「友利くんね。浜本さんのことで、滴から連絡もらった？」

〈はい、逮捕されたと。だからいま、マンションに向かっています〉

「そうしてちょうだい。私はもう、戻れないかもしれないわ。いわゆる芋づる式ってヤツ。だから友利くん、あなたが滴を守ってあげて」

〈……わかりました〉

「ティアと最後の連絡をとったら、どこまで逃げてもいいわ」

〈滴の意見も聞いて、決めます〉

「武運を祈ってる」

〈南城さんも、最後までベストを尽くしてください〉

　背後の扉が開いて南城はとっさに通話をきった。

「いるか？」

　霧島だった。パイロットスーツを着ており、いつでも出撃可能な態勢だ。

「面倒な話か」

「浜本さんがしょっ引かれたわ。四〇分ほど前よ」

「……そうか。あの女の子は」

「友利くんに任せたところ。それで、どうやら私も戦線離脱になりそうなの」

「警察ならまだ二、三日は大丈夫だろう」

「コントロールセンターで見慣れない人たちが動いてたわ。須藤さんにもなにか訊いてたみたいで、須藤さんは私にアイサインを送ってきた。私を探しているんだと思う」

「どういうことだ」

「私は浜本さんの隣の部屋なんかを借りていたし、ひょっとしたら、以前から内偵がはいっていたのかもしれないわね。霧島くんの忠告を聞いて、もっともっと慎重に行動するべきだった」

「もうヴェンダリスタは明後日だ。睦美はここから姿を消してもいいんじゃないか?」

「失踪なんかしたら、霧島くんにまで疑いがかかるわ。今日まで私たち、表向きにはそういう関係できたわけだし。霧島くん、シルヴァンで飛べなくなるでしょ?」

「微妙だな。点数は稼いできたつもりだが」

「幕僚監部を引っ張りだして、洗いざらい話したらどうなると思う?」

「動かない」

「………」

「光の国から一万の援軍がきても。ギャラフィアンは二万でくるかもしれない。光の国が一〇万でも、その二万に負けるかもしれない。わからないんだよ。以前にアローがいった。三矢だ。光の国は許すって。その考え方だ。だがギャラフィアンは少しでも敵対すれば一〇〇%許さない」

「霧島くんは、ヴェンダリスタを撃ってくれるの」
「もちろんだ」
「そう。じゃあ私たちの関係は今日で終わりね。良子(よしこ)のもとに帰ってあげて。そのためにも、霧島くんの手で私を監察官に売ってちょうだい。ひと芝居打ちましょう」

三矢はテレビのチャンネルをひととおり替え終えるとリモコンをテーブルに置いた。二三時のニュースにも速報は飛びこんでこなかった。ヴェンダリスタ星人に襲来の動きがない。号砲はわかっている。世界中で宿体になっている少年たちが解放されていったらそれが合図。誉もキップから解放されるはずだ。

九日前に空に浮かんだウルトラサイン。様々な意味でその七日後を世界は強く意識した。ギャラフィアンの襲来に身構えたし、宇宙警備隊の出現に期待もした。四年前の夏にはそのタイミングで同時爆発が起きたからだ。しかし今回はなにも起きなかった。

これはほんの一部の人間しか知らないことであって、九日前のウルトラサインは一方的なメッセージではないのだ。ティアズ・スタンドからの発信に対する応答だった。宇宙警備隊は本当にきている。救命部隊の銀十字軍をともなっていることは高い本気度をあらわしているらしい。

残念ながら、明日中には間にあわない。その代わりに宇宙警備隊のなかでもエース格の戦士が単独で先行しているという。彼が到着するまで事態を引きとめておいてくれという内容だった。

(がんばれ。ビッキーがんばれ)

東京の町に怪獣が出現してしまったいまとなっては、東京自体が砂かぶりであり土俵だ。かつてティアの涙を間近で見たからこそ共闘の熱を帯び続けた都民の心は、いまや変化した。この暗転したドーナツ化現象はシラヌイにどのような試練をあたえるのだろうか。

南城の寝室から滴が出てきた。一九時から入ったのでようやくだ。

「疲れただろ?」

「ううん、大丈夫。私はうとうと眠っちゃってたから」

「いつもこんなに長いものだったの?」

「いつもは、長くても一時間くらいかな」

「どんな話をしていたの?」

「ティアの個人的な話。だからそれは内緒。女の子だもん」

「ティアズ・スタンドについては?」

「みんな起きてきたって。よくわからないんだけど、ほとんどの人は一週間くらい冬眠してたんだって。そういう船があるみたい」

「ビッキーの調子は?」

「ビッキーは……、次のステップに進もうとして、ティアは説得してそれを断ったみたい。銀十字軍がくるから、みんなヒトに戻れるかもしれないって」

「なんだろう、次のステップって。ステップアップするほど調子がいいってこと?」

「逆。悪いみたい。デュアル・チェンジ・チャージャーって知ってる?」

「知ってる。国境で実際に見せてもらった」

「まだちょっとしかチャージされてないんだって」

一番悪いニュースだ。人々の応援がないのだから当然なのかもしれないが。

ウルトラサインはヴェンダリスタ星人を倒して待っておけとはいっていない。ティアを守っておいてくれといっているのだ。いまの日々輝では時間を稼ぐことさえできないのではないだろうか。

「ティアだけでも、逃げられないのかな」

「そういうことを、ティアはしないよ。いざとなったら、みんなの命を守るために捕まるつもりみたい」

「それなら、せめてボクたちだけでもいまから遠くに行くか。南城さんにはそういわれてる」

「私は……、飛び地に行きたい」

「ええ!?　ダメダメそれだけは絶対にダメだ!　ヴェンダリスタを喜ばせてどうするんだよ!」

「だって飛び地にいるシズクも私なんだよ!?」

「滴……」

ふだんは滅多に自己主張をしない少女だ。ずっと我慢してきたからこそ、地球で一番の秘密を今日まで守り続けてこられたのだと思う。

「自分のことを思っちゃ、ダメかな？　やっぱり自分を犠牲にしなくちゃ、ダメかな？」

「…………」

三矢は額に手をやり、苦悩のなかで考えはじめた。そしていまにもマンションを飛びだしていきそうな滴の手を握って捕まえておいた。

ふたつに分かれた滴の気持ちがそっくりわかるかというと、よくわからない。ヴェンダリスタ星人の宿体になった少年たちの気持ちならば少しはわかる。

滴が飛び地に行くことを望むのは、どちらかが無事でいることよりも、ひとりの自分として運命をむかえたいということなのだろう。

また引き合いにだしてしまう。以前の自分だったらどうしていただろうかと。こどもがヒーロー気どりで滴を飛び地に連れていっていたのならば、ここは大人になって飛び地から遠ざかるように連れ去るか、あるいは世界の大人たちが選んだようにその中間にとどまるべきかとも思う。

握った手を震わせ、ついに滴が泣きはじめてしまった。この涙を見てしまったら、動くしかないのだが。

「――ここにいよう。滴、いまは泣いてくれ。ボクの前で泣いてくれて、ありがとう。涙を見た者には責任がかかるって、以前に滴がいったよね。責任とるよ。ただ、いまはまだ預けてくれ。ボクはまだこどもと大人のあいだにいる。だから半分の滴を守れるかどうかだけでも精一杯だ。でももしピンチがきたら、もしチャンスがきたら、そのときには迷わずヒーローになる」

泣いて震えていた手が、笑って震えた。

「三矢さん、お父さんと同じことといった。泣いてくれっていって、私を泣かすの。でも私だってね、泣いたあとは強くなってるんだよ。私もなにかそのときがきたら、迷わずヒロインになるかも」

気がつけばとっくに日付は変わっていた。明日のいま頃にはヴェンダリスタ星人との決着がついているのだろう。一日が長いようで短い。

夜半から作戦司令室は極めて強い緊張感を帯びた。交戦部隊のＨＰＣは志願して飛び地の巡視に飛んだ。その他の総員はヴェンダリスタ星人の侵入を防ぐため、所属に差別なく船内に散った。

誰もが最終決戦を意識していた。もうここまできたのだ。ティアを守り、ヴェンダリスタ星人にあらがっていたことに意味はあった。光の国に〝心〟は届いていたのだ。

今日中に襲ってくることはわかっている。そのタイミングはいつになるのだろうか。もう密かに近づいてきているのかもしれない。二時、三時と時刻はすぎる。しかしこれでは本番をむかえる前に気力を消耗しかねないと心配した菊田祐子(きくたゆうこ)が、日の出をむかえると同時に大胆にも無期限で戦闘態勢を解除した。必ずはっきりそれとわかる前触れがあるはずだと彼女は考えたのだ。
その前触れは意外なかたちであらわれた。午前九時一分、首相官邸から渉外部に一本の電話がはいったのだ。今日までの健闘を讃え、謝意を伝えるものだった。
ヴェンダリスタ星人の襲来とそのタイミング、そしてウルトラサインの内容を知らない首相官邸になぜ号砲がわかるのか。おそらく世界でなんらかの異変が起きはじめたものと思われた。
再度戦闘態勢に移り、鈴は改めて持ち場についた。しばらく姿を消していた菊田が最後に作戦司令室に入ってきた。初めて見る黒留袖を召(め)している。せっかくあしらわれた金彩の波(は)濤(とう)に色短冊の染めあげを大胆にまくってひな壇をあがってゆく。
《植松さん、ディメンションケージは》
《作動兆候ありません》
《小林さん、大きな物体の接近はあるかい》
《ありません。シルヴァンは吉見基地から発進した模様です》
《ヴェンダリスタの宇宙船は突然現れるかもしれないからね》
《HPCは船外甲板のポートに停泊中、いつでも発進できます》
《ありがとう町(まち)さん。いま尋ねるところだった。ノエさん、エリアのゲートはどうなってるね》

《動力部の第二〇エリアから船首にかけ、すべて閉鎖してシステムは熱源からカットしてあります。艦橋も同様です》
《それでいい。怪獣一体くらいなら船の座標を攪乱できるかい》
《飛び地内なら問題ありません》
作戦司令室の扉を叩いているような音がかすかに聞こえる。たぶんピグモンたちだ。叩けば開けてもらえると思っている。寝床に隠れておくようにいったのだが。
しばらく放っておいたものの、いつまでも叩き続けている。しかたがないので迎えにいこうとしたら日々輝が抱いて入ってきた。ティアも一緒だ。
ティアは最上段にのぼっていった。やはり彼女が一番信用しているのは伊波だ。その様子を見て、鈴はふと重要なことを思いだした。
ティアがふたりいるという秘密は聞いている。きっといまごろ、彼女を守るために飛び地の外で戦っている人間がいるのだ。おそらく序の口の人間。ヴェンダリスタ星人と最後の戦いに臨んでいるのはティアズ・スタンドだけではなかった。そう考えると勇気が湧いてくる。
《おとなしくしてるから、だってさ》
かたわらに立った日々輝が足下にピグモンを降ろした。ピグモンのふたりはなにかいいたげな目でこちらを見上げている。
《どうかしらね。それより、みんなの様子はどうだった？》
《ああ、ひととおり励ましてきた。オレもみんなから励ましてもらった》

《じゃあ、私からも》
鈴は日々輝の左腕をとってデュアル・チェンジ・チャージャーに念をおくった。
《少しはたまったかしら》
《大事に使うよ》
結局、イエローの域にもほど遠い状態で今日をむかえてしまった。
《デュアルの出番がないに越したことはないわ。いまのところディメンションケージには兆候がないし、最後に不発弾のような怪獣が落とされてからは、微弱なノイズを二、三度感知しただけなのよね。もう輸送艦にヴェンダリスタはいないんじゃないかというのが解析班の見解よ》
《なるほど、その点ではオレの心配に終わればいいな。最後だからとっておきの怪獣がくるんじゃないかと、ティアとも相談したんだ》
《デュアルになって戦ってきてくれて、ありがとう。ビッキーがいなかったら……、考えるのも恐いわ》
《礼にはおよばない。たいへんなのはみんな同じだった。ちなみになんでデュアルっていうんだ？　今日まで知らずにきた》
《呼びはじめたのは、亡くなられた宮木（みやぎ）さんだと思うわ》
《そうだったのか》
《私たちは光の国と地球、ふたつの国籍をもってるっていう意味よ。私たちはいまでも地球

人であることを捨てていないわ》
《じゃあみんながデュアルだな。気に入った。またみんなで一緒に地球に戻ろうぜ》
《うん。絶対に》
まだ日々輝が外の世界にいるとき、人々のあいだで心配されていたことがあった。怪獣との戦いを任せきってしまっている飛び地の人間たちに、いつか復讐まがいの反乱を起こされるのではないかと。しかしここティアズ・スタンドにはそのような空気はないし、なによりこのデュアルというネーミングがなおも故郷への愛を象徴しているような気がする。
しばらくして、ピグモンのふたりが足下で騒ぎはじめた。鈴は思わず叱りかけたが、おびえているようにも見えるので腕をとって引っ張り上げてやった。
《小林さん、そちらに異常はありませんか？　ふたりのチビがなにかを感じてるみたいなんですけど》
《ないな。少し感度を上げてみるか》
全方位スクリーンにも異常な影はない。吉見基地をシルヴァンが飛び立ったというがその影もない。
ピグモンがコンソールパネルを見て奇声をあげた。
《動きました！　ディメンションケージ！　二ないし三体ほぼ同時です！　早ければ八〇秒後！　現時点ではいずれも直撃ではありません！》
《飛び地内に二、ティアズより西へ約一〇㎞に一です》

これほど複数のタイミングがピタリと一致しているのは通常では考えにくい。光の国の戦士が格納したものならばそのタイミングは確率も絡んでバラバラになるはずだ。つまりディメンションケージにあらかじめ入っていた怪獣ではなく、ヴェンダリスタ星人がいったん三つセットで格納したなにかを転送してくるにちがいない。

《HPCに出現場所を伝えておくれ。飛んでもらおう》

いよいよなにかがくる。しかしヴェンダリスタ星人のスペースシップはまだやってきていないようだ。相手の作戦がわからない。

鈴はコンソールに指を近づけ、パネルを注視した。土壇場で座標を変更してくるならばもうそのタイミングのはずだ。――こない。

《微小爆発感知!》

小林が伝えた。

鳥栖はすでにカメラをフォーカスしていた。瓦礫の地面がかすかに散った程度だ。ふたつの黒い物体がその瓦礫の上を転がってゆく。決して大きくはない。長径が数mのラグビーボールのようなものだ。

その楕円体が帯状に展開した。するとそこからあらぬ巨体をもった宇宙人が現れた。

《ヴェンダリスタ星人です》

ティアがいった。

みるみる巨大化してゆく。レタスグリーンを基調とした体表に黒のアクセントから鈴は蝶の幼虫を連想した。その色合いも巨大化とともに透明度を帯びていった。およそ屈強なプロポーションではない。やはり昆虫で連想させるものといえばクサカゲロウのようなはかなさで、美しさと醜さで分ければまちがいなく美しい。

その表情はわからない。仮面のようなものをつけている。ふたりのヴェンダリスタ星人は帯状になっていた黒の物体を肩からマントのように引っさげた。悠々とこちらに向かって歩いてくる。

《HPCが攻撃許可を求めています！》

《やっとくれ》

《菊田さん、オレも行ってくる》

《頼んだよ。応援しているからね》

《ビッキー、気をつけてね》

《たっぷり礼をしてくる》

日々輝が光となって飛びだしていった。HPCはデュアルⅡを待たずにレーザを発射した。ヴェンダリスタ星人の体は反応しきれなかったはずだ。マントが勝手に反応して直撃を防いだ。しかし威力は伝わっている。ヴェンダリスタ星人が激しく横転した。

デュアルⅡがもうひとりを急襲する。やはりマントが自律的にサポートするようだ。そしてヴェンダリスタ星人たちは柔軟に形を変えるそのマントを体の要所に配置した。

地上で二対一の格闘が本格的に始まった。HPCがヴェンダリスタ星人のコンビネーションを崩そうと機を見てレーザを放つ。

明らかにこちらが優勢なのだ。ヴェンダリスタ星人は戦士ではない。機敏な動きと防御は万能サポーターに助けられているものの、ダメージはかなりとおっているように見える。しかしデュアルⅡのカラータイマーははじめから点滅しているし、HPCも完璧なレーザショットを放つために極めて慎重になっている。どちらもエネルギーが底をつきかけているのだ。

作戦司令室からは声援を送った。その声援はやがてティアズ・スタンド全体に波及してゆき、デュアルⅡの活動時間をわずかなりとも延ばしただろうか。

HPCの飛行が安定を失いはじめた。この船にしてもそうだが、地球上で戦うために造られたものではない。宇宙で機動させることを主目的としている。塩路たちはパイロットの訓練をうけてきたわけでもないし、セカンド・ステップという所詮は〝ウルトラマンくずれ〟で今日まで健闘してきた。

ヴェンダリスタ星人が腕の万能サポーターを一条に伸張させた。わずかそれにかすっただけでHPCは高度を失い、国境壁に向かって墜落していった。ガス欠になるまで飛び続けていたとは、船内ではずっと警報がでていたのではないだろうか。

町も小林もその事態をわざわざ報告しなかった。全方位スクリーンがHPCの最後の姿を大きく映していた。

片膝をおとしたデュアルⅡが蹂躙(じゅうりん)されている。ヴェンダリスタ星人はひとりに始末を預けたようだ。再びティアズ・スタンドに目標を切り替えてやってきた。

《ビッキー死なないで！》
　鈴の叫びのなかでデュアルⅡの影が消えた。
　巨大化が解けた日々輝はヴェンダリスタ星人の手の中にいた。このヴェンダリスタ星人はラトの本体らしい。ティアズ・スタンドからは徐々に遠ざかっている。国境壁へと向かっているようだった。
　いつもはないヘリコプターの音が聞こえる。しかもたくさんだ。一瞬その群影が見えたが、最終戦ともあってテレビ局の機体も混じっていたようだった。
　エネルギーで力がみなぎっていたらふたりが相手でも脅威ではなかった。高度な万能アイテムが変幻自在な攻防の機能を果たすので組みにくかっただけだ。
《オレをどうしてくれるんだ？　壁から放り投げて地球に帰してくれるのか？》
《そんなに帰りたいか》
《帰りたいね。もちろん、おまえたちヴェンダリスタをぶっ倒してからな》
　壁の内側に引かれた国境線はもうとっくに越えている。それなのにシルヴァンが攻撃してこない。エンジンの音がひとつのようなので編隊を組んでいないのではないだろうか。その気になれば四機、五機と同時に飛ばせるはずなのだが。
（そうか……。一〇㎞西にも落ちたんだったな）
　同じ仕組みでもうひとりのヴェンダリスタ星人が出現しているとすれば東久留米市の辺り

だ。シルヴァンの編隊はそちらに向かっているのかもしれない。しかしどうせ霧島以外のパイロットは撃たないだろう。このヴェンダリスタ星人に対しても静観しているくらいだ。

前回の戦いで崩壊した国境壁の跡を踏み越えてヴェンダリスタ星人はいよいよ緩衝地帯にまで出た。

《見ろ、町を――》

ヴェンダリスタ星人が手を掲げた。

《――白い家だ》

《この苦情のことか。おまえたちヴェンダリスタが人々の心を誘導したんだ》

しかし改めて見せられると心の動揺を隠しきれなくなる。まさに白い家、白い町は圧巻の光景だ。数㎞その先まで広がっている。

《これがおまえの帰りたがっている地球か。人間どもは自分の日常の範囲ばかりに関心をもち、守り、非日常を好んでもそれはあくまでも遠くから眺めていたい。人間どもはおまえたちを支持していない。我らギャラフィアンが勝利したとき、人間どもは誰もおまえたちを重罪人として真っ先に突きだすだろう。飛び地から大手を振って出られると思っているのか》

《オレたちを応援してくれた人たちもいた》

《その者たちも同様に突きだされるだろう。足並みをそろえない異分子は切りすてなくてはならない。その点で我らヴェンダリスタと人類は遠くはない。我らは「袂(たもと)を分かちて朝日を望む者」。考えの異なる者を排除し、繁栄を遂げてきた》

《おまえたちヴェンダリスタと人間が……、似てるだと？》
《聞け、人間どもの非難の声を》
——非難の声など、聞こえない。そうかといって声援も聞こえない。屋根に壁に書き置きだけを残して、日常にいそしんでいるのだろうか。勝ち目がないとさとり、切りすてようとしているのだろうか。
日々輝は次第にむなしさをおぼえはじめた。ギャラフィアンを退け、再び平穏をとり戻せば、中立の立場をとった人類の選択は正解にふくまれてしまう。逆に地獄をむかえれば、足並みをそろえなかった飛び地の人間のせいになってしまう。
どちらにせよ大多数派にはみずからが選択したスタンスを省みる機会がおとずれない。それはやはり光の国が正義の存在だからだろう。彼らが弱者である人類にわざわざげんこつをおとしてから帰っていくことはない。人類はそのことにうすうす気づいており、愛に甘えている。愛に甘えた人類が悪のようにも思えてくる。
デュアルとはふたつの国籍をもっているという意味。肝心の地球に対して執着が薄れてきてしまっている。
《そろそろ砦が落ちている頃だ》
《なんだと》
《おまえは仲間を失い、たったひとりでこの地球に帰れ。〝くずれ〟となって、生きていくがいい》

日々輝はヴェンダリスタ星人の手の中でもがいた。
《仲間を救いたいか。私が協力してやる。人間どもの思いをおまえのエネルギーに換えろ》
白い町がざわめきはじめた。飛び地に向けられた幕という幕がはためいている。
日々輝は左腕に不快な温もりを感じた。デュアル・チェンジ・チャージャーが黒光りしている。まだまだ充塡されてゆく。やがて限界に到達したとき、ついにスパークした。

三矢は滴を先行させてマンションの階段を駆けおりていた。

数分前、地上でなにかが炸裂したような音がして、しばらくすると巨大な怪人が現れた。ベランダ側から覗きこんでくるその怪人は、まるでこの部屋のことを知ってるかのようだった。

滴はあれこそヴェンダリスタ星人だといった。

そこへ今度は空からウンリュウがやってきた。ウンリュウはヴェンダリスタ星人をマンションから引きはがし、ジェスチャーでサインを送ってきた。おそらく外へ逃げるようにと伝えてきたものと思われる。

ウンリュウがなぜすぐにこちらを識別してくるのかはわからない。小金井市の病院でも同じだった。上空から真っ直ぐに指をさしてきたのだ。ひょっとしたら国境でシラヌイから浄化をうけたこの体が彼にはわかるのかもしれない。

地上に近いフロアは避難する住人たちでごった返していた。ウンリュウとヴェンダリスタ星人が格闘しているのか、激震と呼べるだけでも一度や二度は建物を襲っていた。危うく階段から外に放り出されそうになったほどだ。

「三矢さん、どっちに逃げる⁉」

大勢の人に紛れて逃げたいところだが、ヴェンダリスタ星人を招き寄せることになっては迷惑になる。

迷っていたら膝のあたりを強く打たれて三矢は転倒した。

目を血走らせた男がバットを振りかぶって襲ってくる。三矢はすかさず入身の形成に転じようとしたが、打たれた膝のせいで即座に立ちあがれなかった。

「岡地‼」

そこへ聞きおぼえのある声だ。

岡地と呼ばれた男がバットスイングをとめて振り返る。そこには黒の石板を手の上で跳ねさせる西田がいた。

「ラト様……。生きておられたんですか？」

「岡地、私が死んだとでも思って喜んでいたんじゃないでしょうね」

「め、滅相もない。私はラト様に将来の身分を保障された男。あの約束が反故にされたのではないかと、内心ではむしろビクビクしておりました」

「安心なさい。大臣の椅子はちゃんとキープしてあるから。それとも国王がいいかしら」

「ありがとうございます！　しかしラト様の本体はすでに飛び地にあるはずですが……」

「これから合流するわ。それよりあのふたつの巨人をご覧なさい」

「巨人と申しますか……、ウンリュウめと、もう片方はキップ様の本体ではないでしょうか」

「そ、そうよ。わかりきってることをいちいち確認しないで。あなたはいまからあの格闘現場に急行しなさい」

「しかしあまりにも危険では！」

「大丈夫。さっきこの石板でキップには伝えてあるから。足下にしつこくまとわりついて、大声で叫べば気づくわ。国王になるためのひとつの通過儀礼だと思いなさい」

「わかりました」

「急いで！　もう時間はないわよ！」

岡地という男が駆けていく。西田がきてくれていなかったら危ないところだった。

そうかと思えば今度はさらに意外な人物が現れた。片蔵誉だ。とうとうヴェンダリスタ星人から解放されたのだ。しかしなぜこの場所がわかったのだろう。西田も西田で彼の出現を疑わしい目で見ている。

こちらからも歩み寄れば誉はかたわらを素通りし、滴の腕をとった。

「誉？」

「やれやれ、ウンリュウ相手にだらしないな。やっぱりボクが加わらなくちゃダメか」

「おまえまだ！」

「見ろ。ボクたちの船が迎えにきた」

　かつてパレ・デ・ナシオンに二度着陸したヴェンダリスタ星人のスペースシップだ。光の国との激しい宇宙戦争を経て船体はいちじるしく傷み、なんらかの機能を果たしていたと思われる楕円のリングなどはなくなっている。巨大なためにスケール感覚がつかみにくいが、それにしてもすんなりと接近してきている雰囲気ではない。低高度で安定した飛行をすることに手を焼いている様子だ。

「友利、キミには悪いが涙を語り継ぐ者はいただいていく」

「知っていたのか」

「キミたちも今日という決行日がわかっていたようだけど、なるほど石板を持っていたか。その情報を皆にも伝えていた」

「ティアを連れていってどうするつもりだ。侵略と戦争に使うのか」

「ひとまずは戦勝報告をするときの、ボクたちの命の保険になる。なかにはものわかりの悪い連中もいる。そんな感じでボクたちヴェンダリスタも他のギャラフィアンとはそりが合わないところが多くてね。光の国との戦いにひと区切りがついたら、積極的に袂を分かっていかなくちゃいけない。もしも腹を立てて敵対してきたら、無分別という意味で光の国よりもよっぽどやっかいな相手になる。そのときにも涙を語り継ぐ者が役に立つことがある」

「ギャラフィアンはともかく、おまえたちは同族や自分自身のなかからも考え方の違う者を切りすてて、すべてを生かし育てようとはしないのか。おまえたちに愛はないのか。おまえたちの行為が宇宙に調和しているとは思えない」

「愛か……。それは遠い昔に切りすてたのかもしれないな。その結果、今日まで存続することができた。我々ヴェンダリスタは感情で行為しない。憎しみで戦わない。侵略を楽しまない。あくまでも事業であり、仕事といったほうがわかりやすいかな。これがまちがっているのなら、キミのいう宇宙からいつか裁かれるだろう。しかしボクはこうして現に存在している。それが最新の判決だ」

そのとき、ひときわ激しい衝撃が周囲を襲った。マンションを最上階から崩しながら巨人が倒れてくる。なんとウンリュウだった。あれほどの実力者がまさかキップの本体に敗れたのだろうか。

「やっぱり弱点の粒子にはもろいか。これで一番の邪魔者が片付いたな。さあ伊波さん、涙を語り継ぐ者とチェンジしてくれ。キミと融合していることは察しがついているが、もしもの勘違いでただの女の子を宇宙船に連れていってしまったらボクも恥をかく」

滴が首を振り、腕を解こうと抵抗する。キップは涼しい表情をしていたが、手のひらから黒の石板を出現させ、こちらに差し向けてきた。首を襲って巻きついてきたそれは西田の首も同様に絞めはじめた。国境でティアの全身を締めあげたものだ。

「三矢さん！」

「伊波さん、最後の最後に殺生なんてさせないでくれよ。ボクはこの地球では模範的な侵略者だったんだから」

マンションごと崩れたウンリュウが手を伸ばしてくる。助けてくれようというのか、あるいは逆に力を貸してくれといっているのか。

首の締めつけがさらに強まり、意識が遠のいてゆく。滴の姿が光と化していったのが現実なのか否か。自分の体が落下してゆく感覚があり、意識が完全に落ちかけたところを四つん這いの状態でかろうじて踏みとどまった。

「じゃあ友利、おまえの親友を代わりに返してやるよ。おとなしくて本当にいい宿体だった。ひょっとしてボクと気が合うのかな？」

三矢は荒い呼吸を繰り返し、頭に血の気が戻るのを待たずに立ちあがった。

そこには絶望を誘う光景が待っていた。はるか見上げる巨大な姿になったティアが飛び地の方角へとキップの本体に連行されてゆく。ヴェンダリスタ星人のスペースシップはすでにその先を飛行していた。

「今までよくボクたちの邪魔をしてくれた。友利は最高のレジスタンスだったよ」

キップはそういったものの、いつものように微笑をうかべなかった。にわかに目を泳がせ、まるで今度は逆に自分が首を絞められているかのように苦しみはじめた。

「なぜだ……、なぜ出られない。片蔵おまえ……」

誉だ。誉が中から引きとめているのだと三矢は思った。ふだんからあえてキップを受け入れ、密かに縄を回して結びつけていたのだろう。

三矢は迷わなかった。

「ウンリュウ！　ボクと命を交換してくれ‼」

ウンリュウはその声に応えた。次の瞬間、三矢は戸惑いつつも崩れたマンションの谷間から立ちあがった。

なにもかもが小さく見える。地面に倒れこんでいる自分の姿。苦しみもがいている片蔵誉の姿。やはり気を失って伏せている西田の姿。

ティアと滴をとり返すべくキップの本体を追う。ところがそこへ黒い影が襲いかかってきたのだ。それは正気を失った日々輝、正義を失ったシラヌイだった。

ヴェンダリスタ星人の黒い針が黒留袖で固めた菊田の胸を貫いた。ドンと構えていた彼女は一歩として足を退かせなかった。そして次の標的になったのが伊波松男。彼の場合は首をはねられたのではないかと思ったほどにきわどい部分を貫通した。

《涙を語り継ぐ者はどこだ》

ティアズ・スタンドを攻略するヴェンダリスタ星人の手際は敵ながら見事だった。彼らは静止衛星軌道にある輸送艦を知っているだけに、この船の基本構造もわかっていたのだろう。デュアルⅡのもとを離れたひとりは船に到達すると、ピンポイントで船底付近にあるエネルギー発生装置を破壊しにかかった。

作戦司令室内はシステムはおろか明かりもおち、たんなる暗闇の密室になった。全方位スクリーンに映しだされた最後の映像は、黒い巨人に成り変わったデュアルⅡの姿だった。

ほぼお手上げの状態になった。なにも見えない。扉が作動しないので作戦司令室からも出られない。総員とはテレパシーで連絡をとり合って安否を確認することはできたが、損壊箇所付近のエリアによっては怪我人もでており、ウルトラ・コンディショナーを使用できないとあって気をもむ結果となった。ティアだけが船内を巡り、作戦司令室の第五エリアを中心に総員再配置の誘導をおこなった。

いちいちおびえては騒ぐピグモンの声が船内に迫る危機を予告してくれた。しかし対策を立てられるわけでもなかった。立て続けに数回、凄まじい衝撃をうけて船ごと大きく傾き、作戦司令室内はかき混ぜられたようになった。

その代わりに明かりが飛びこんできた。装甲と隔壁がすべて破られ、外の様子がじかに見えた。白銀のシルヴァンが一機、なにかを攻撃していたようだった。

一度ヴェンダリスタ星人の頭の先と思しき巨大な影が横切った。しばらくしてから戻ってきて、仮面が覗きこんできた。そして手を差し入れてきたかと思うと、一番前に立ちはだかって皆を守る菊田と伊波を順に傷つけたのだ。

そこへ船内を巡っていたティアが戻ってきた。最悪の状況をさとった彼女の判断は速く、伊波に短い言葉をかけたあと、ヴェンダリスタ星人に捕らわれるために船外へとひとり出ていった。

《安静に。総代も司令官も、このままの姿でいれば大丈夫です》

《そうだ！　なんとかして食堂まで運べませんか？　救命ボートのコンディショナーなら動

く と思います》
《よし。オレたち男どもでルートを探しにいこう。隔壁にいくつか穴が空いたはずだ》
《吉岡さんと三井さん、ここをお願いできませんか？　私は、ビッキーを呼んできます》
《ビッキー？　ビッキーってどうなったん？　もうとっくにエネルギーがきれてるはずやけど》
《まだ、彼は立ってると思います》
日々輝は邪悪そうな黒いデュアルⅡに変貌していた。自分が呼びにいって彼を好転させられる自信などない。しかしいまはとにかく行くべきであり、それがどん底状態におけるベストの行動だ。
鈴が作戦司令室から飛び立とうとするとピグモンたちが脚をつかんできた。
《あなたたちはいい子だからここにいてちょうだい》
ひときわ悲しい目で見上げてくる。
《もういらっしゃい！》
ピグモンたちを抱いて空を行けば、上空をふくめた飛び地の様子が改めて見えた。
いつの間にかヴェンダリスタ星人の巨大なスペースシップが滞空している。その下へ向かってティアズ・スタンドからティアを連行するヴェンダリスタ星人。スペースシップの直下手前ではさらにもうひとりのヴェンダリスタ星人が東の国境壁を眺めている。白銀のシルヴァンを手にかけたらしく、墜落した機体が無残に炎上している。そしてティアズ・スタンドの誰かがその墜落現場に向かって瓦礫の地面を走っている。おそらく熊野良子だ。

　鈴もヴェンダリスタ星人にさとられないように地面すれすれを飛んだ。とびきり大きな障害物があると思えば艦橋の中ほどから先端部分だった。ヴェンダリスタ星人がここに指令の中枢があると考えて破壊したのだろう。信じがたい光景は続けて目に飛びこんできた。ティアがもうひとり、西の国境壁を越えてやはりヴェンダリスタ星人に連行されてくるところだった。

（外で戦ってる人たちも、ダメだったのね）

　襲来はわかっていたのに、ことごとくやられてしまった。そしてヴェンダリスタ星人はデュアルⅡの日々輝になにをしたのだろう。彼までが味方から離れてしまってはもうこの事態に勝機は見えない。

　飛びながら見上げればティアと目が合ったような気がした。彼女は涙を流していなかった。必ず光が届くと信じた目だった。

　これほど長く飛ぶのは初めてだ。思うようにスピードもでなくなってきた。やはりピグモンたちを置いてくるべきだったと嘆きつつも、鈴は国境壁に沿って力の限りに上昇した。

　厳密なことをいえば国境線は三百m手前ですでに越えてしまっている。世界中立軍のものではない軍用ヘリコプターが何機も飛んでいるが、まさか撃ってきたりはしないだろうか。なぜかテレビ局のものと思われる機体も混じっている。

　最後は体を捨てるように国境壁の頂上になだれこめば、緩衝地帯を越えて砂かぶりの町が見えた。――白い町。平穏を求める主張が一面に無言の声をあげている。その平穏をいちじるしく乱す粉塵の幕が鈴の目にとまった。

（ビッキー、なんでナヴィガーレと戦ってるの）

防戦に徹しているナヴィガーレを襲い続けるなど、完全に悪役ではないか。日々輝といえばその親しみやすい人間性でティアズ・スタンドをひとつにつなぎ合わせてきてくれた男。誰からも愛された彼が最後の最後で不名誉な存在に堕とされるとは、あまりにも哀しすぎる。

正気をとり戻してほしい。もう自分のことを忘れないでほしい。日々輝はどん底にあった病室によじ登って愛を届けてくれたのだ。あのときの記憶が消えてしまったのならば、それは「DO NOW BEST!」の言葉の代わりに流さずにきた涙のなかにいまもあるはずだ。


日々輝はみなぎる力を目の前の戦士にぶつけていた。こうするしかないと、まだわずかに残っていた理性が伝えてきたのだ。さもなくば、暴発するエネルギーによって形ある町という町を破壊していたはずだった。

この正義の体にはあまりにも馴染まない性質をもった人々のエネルギー。決して邪悪ではないのに、真っ向から正義を否定してくる。邪悪ではないので、これを凌駕することもできない。日々輝は圧倒的に優位な反対勢力に飲みこまれようとしていた。

一方この戦士にいたっては、いかなる角度から打撃をくわえようとしても、風に吹かれる柳のごとく身をかわし、次の瞬間には手首をとって軽々と放り投げてくるのだ。それは日々輝にとって好ましくない結果だった。もっと力と力をぶつけ合い、自分の制御できるレベルにまで体内からエネルギーを消耗させたかった。そうでなくとも、格闘現場の周辺の白い町からはいまも絶え間なくエネルギーが補充されているのだ。

《ビッキー、目をさましてくれ！》

そして戦士はしきりに訴えてくる。自分のことを知っているようなのだ。尋ねようとしても、言葉にならない。獣の咆吼のようになって、敵意へと変換されてしまう。

戦士は隙を見て逃げようとする。そそり立つ壁のほうへと逃げようとする。その向こう側になにがあるのか、日々輝には思いだせなかった。

《女の人がビッキーを呼んでいます！》

そそり立つ壁の上に小さな光の女戦士がひとり。得体の知れないモジャモジャがふたつ。なぜ光の女戦士までが自分のことを知っているのか。

《あの人の声が聞こえないんですか！》

聞こえている。しかしいまは叫び声がすべて罵倒やブーイングに聞こえてしまう。

《あの人は泣いています！》

泣くわけがない。光の国の戦士は泣かないのだ。

《あの人の涙が見えないんですか!!》

——光の滴が、こぼれ落ちた。

涙を流している。かつてティアに見た光の涙を。
それを見た瞬間、体の中の〝人々〟が動いた。生存のために押し殺していた正義が涙で動いた。ネガティブだったエネルギーが一転して正義をあと押しする力に変わる。
《おまえ、まさか三矢か！》
《やっとわかってくれましたか》
それまで雄々しかった立ち姿から一転して三矢は膝をついた。すべてこちらの力を利用したような護身術ばかりだったが、そもそもウルトラ・オペレーションすらうけていない彼にはナヴィガーレを駆使できるほどの豊富なエネルギーがなかったのだろう。
《滴にはヒーローになると約束したのに……、悔しいです》
《いや、三矢はヒーローだ。不甲斐ないオレの暴走をとめてくれた》
《滴を、ティアをとり戻してください》
《わかった。三矢の一本の矢はオレが預かる。あとは任せろ》
ただちに日々輝は飛んだ。光となって飛んだ。
国境壁に立って叫ぶ鈴がピグモンたちと今度は空を指さしている。
見ればウルトラサインが出ていた。参上の合図だ。飛び地ではヴェンダリスタ星人とティアの五つの影はまだ集合していない。
日々輝はさらに加速し、雲を突き抜けると弧を描き、宇宙から放たれたように飛んでくる光の矢と合流した。そして束となって再び地上を目指した。

《間にあって良かった。私は光の国からきた。キミがこの星の戦士か》

《オレはデュアル。あんたブリッジだな》

《なぜその名を知っている》

《涙を語り継ぐ者、あんたはティアの兄貴だ》

《そうか。この星にいる聖女はやはり妹だったか。妹が涙を流しているのではないかと思ったら、体が勝手にこの星を目指していた》

　光の戦士はそういうと容姿を一変させた。体は金色を帯び、鶏冠(とさか)は奇(く)しくも日々輝のようにせり出した。

《いいのか、聖者が戦って》

《私の妹がすでに罪を犯したと聞いた。ひとり辛い思いをさせたくない。私も聖職者として、ともに裁かれよう》

《あんたら兄妹が好きになった》

《少々無理するが、これからヴェンダリスタ艦のコアを貫く。ついてきてくれるか》

《もちろんだ》

　――ヴェンダリスタ星人のスペースシップがはっきりと見えてきた。相手も接近に気づいたらしく、船体の四箇所からおびただしい数の光弾をこちらに向けて撃ち上げてきた。それらは極めて正確な狙いで直撃したが、所詮(しょせん)は今日までティアズ・スタンドへの襲撃を見送らざるを得なかったほどの威力であり、オンドールの打撃にはおよばないものだった。

効果がないとさとったらしく、スペースシップが今度は独自のバリアを展開してきた。それを認めたブリッジが一段階覇気のレベルを高めた。日々輝も三矢を思いだし、彼も心で流したたろう悔し涙を力に換えた。
日々輝とブリッジはさらに結束して回転をつけていった。ショルトのエネルギーがメタリウムの干渉によって凶悪なまでに増幅する。先行するスパークは大気を脅してそこに近似の宇宙をつくり、光の影を踏めとばかりに二重螺旋の聖戦士をさらに加速させる。
完全に一体となった矢はバリアを破って船に突入し、次の瞬間には難なく貫通していた。トンネルをくぐり抜けた程度の感覚だった。
《チョロかったな、ブリッジ》
《ああ。宇宙警備隊と本気で戦うつもりなら、もっと硬めに造ったほうがいい》
日々輝とブリッジがまるでいたずらを成功させた少年のように寄り添って歩きだす。ヴェンダリスタ星人のスペースシップは爆発こそしないものの浮力を失って緩衝地帯のほうへと墜ちていった。
《さて》
《妹を返してもらうか。——デュアル、どちらが私の妹だ。双子とは聞いていない》
《事情があってふたつに分かれている。どっちもあんたの妹だ》
ふたりのティアの首には例の黒いものが巻きつけられている。彼女たちを盾にするように三人のヴェンダリスタ星人が背後に並んでいる。左右に立っているのがラトとメイスなので、真ん中があとからきたキップだろう。キップだけはひどく疲労している様子で、背中を丸めて頭（こうべ）も垂れ気味だ。それぞれ陰に隠れているのだが、肉づきや体表の斑点など、意外にもヴェンダリスタ星人に個人差があることがわかる。考え方が統一されている分、この惑星人には外見に豊かなバラエティがあるのかもしれない。仮面に隠されたその内側にも。

《おまえたち、それ以上近づくな。聖女の命がなくなるぞ》

ラトの言葉に日々輝とブリッジはやむなく足をとめた。

《船を墜としてしたり顔か。確かに、まさか光の国から単騎で先兵がやってくるとは誤算だった。それで、これからどうするつもりだ。少なくともシラヌイ、おまえは我々に手をかけることはできないはずだ。なにか大切なことを忘れているんじゃないのか？》

《どういうことだ》

《我々がいなくなったら、今日まで地球人類が貫いてきた中立を誰がギャラフィアンに証言するんだ》

《――頭になかった。おまえたちのずる賢さにはほとほと感心するぜ》

《我々は侵略のプロだ。宿体の抵抗に遭おうが、船が墜とされようが、相手の戦力に誤算が生じようが、最低でも生き延びるためのプランは用意している。じきに輸送艦のディメンションケージから飛行艇が転送されてくるだろう。それに乗って地球からエスケープするまでだ。ちなみに用済みになった輸送艦は頑丈なバリアを張ってここ東京に落とさせてもらう》

《なんだと!?》

《あの質量だ。さぞかし大きなクレーターができるだろう》

このようなことを考えるのがヴェンダリスタ星人だ。人類がとってきたスタンスなどはじめから握りつぶすつもりだったのだ。

《そしておまえたちふたりには、いまここで倒れてもらう》

にわかにラトとメイスの体が赤味を帯びた。それ以外に動きはなかったが、特殊な技でも使ったのか、ティアの体が突き上げをうけたかのように硬直した。そして眼光も弱くなった。なにが起きようとしているのか、日々輝にはまるで予測できなかった。それはかたわらに立つブリッジも同じ様子だった。

しかし目には見えないだけですでに恐ろしい状況になっていたのだ。全身からなぜかエネルギーが蒸発してゆくような感覚に見舞われる。しかも容赦のない勢いをもって。日々輝とブリッジ、青くみなぎっていたはずのふたつのカラータイマーがそろって点滅を始めた。

これはティアの能力。それをヴェンダリスタ星人が引きだしているに違いない。日々輝はそう思った。相手の命を否応なく奪えるという聖職者の力だ。

やがて飛び地の一郭では小爆発が起こり、本当に光の国製の飛行艇が送りこまれてきた。高度な操作を必要とするHPCのような戦闘機ではないが、宇宙を漂う救命ボート以上に飛行能力をもっていそうな機体だ。

緩衝地帯の上空をうようよ飛んでいたヘリコプターが国境壁辺りまで迫ってきた。このようなことは初めてだ。民間機も混じっているようだが、一機だけでもいいから自衛隊の戦闘ヘリは逃亡用の飛行艇に攻撃をくわえてくれないだろうか。

日々輝とブリッジは順に膝を折った。以前にティアがいったとおりだ。聖職者の前ではいかなる者も抵抗することができないと。

そしてあえなく地面に伏した。もはやカラータイマーは風前の灯火。ヴェンダリスタ星人たちが勝ち誇ったような身振りで飛行艇のほうへとティアを連行していく。

もはやこれまでか。体が動かない。結局ヴェンダリスタ星人にはしてやられてしまった。悔しいが、いまは地面をひと握りする力もない。

――と、かすみつつある視界に日々輝は信じられない光景を見た。

（あれは……、まさかティアが暴れているのか）

聖女にしては品格のない動きだ。ふたりとも首をブンブン振り回し、膝を高く上げてヴェンダリスタ星人を力任せに蹴りつけている。キップなどはすでにダウンしかけている。おそらく滴がティアの体を駆使しているのだろう。ラトとメイスから二倍返しの乱暴をうけてもひるまない。

滴も最後にがんばって必死の抵抗を試みている。ならば自分はここで倒れているわけにもゆかない。しかし活動エネルギーの枯渇は非情なまでに現実的な問題だ。

やがて両目から光が消えて視界が失われた。日々輝は薄れゆく意識のなかで滴のガッツを力に換えようと聴覚だけを働かせていた。

その音も遠のきかけたとき、ティアと滴の背後に聴いたのだ。誰ともわからない無数の声援を。

（オレを、応援しているのか。これは砂かぶりの町の人々……、東京中の人々が）

人とは、はじめからベストの選択ができないこともある。まちがい、まちがえればそれを明日につなげるのが人という生き物だ。そのような人に期待し、受容するのもまた人だ。袂を分かつことなく、皆で朝日を望む理想を捨てきれない生き物だ。

声援が純粋なエネルギーとなって日々輝の体に入ってくる。エンジンと燃料の相性がピタリと合うようによく馴染む。ティアによってウルトラ・オペレーションをうけたこの体は、光の国の技に頼りきるのではなく、飛び地と外の世界が協力するシステムが組みこまれていたのではないかといまになって思う。

日々輝は立ちあがった。ブリッジに手を差しのべようとすると、切り札の戦士の姿に戻った彼も自力で立ちあがった。

こちらの復活に気づいたヴェンダリスタ星人が慌てふためいている。そして空をしきりに気にした。そのうちにディメンションケージの輸送艦が落ちてくる。彼らも東京からの脱出を急いでいる。一方、奮闘も限界をむかえていたふたりのティアは地面にへたりこんで肩を寄せあっている。ラトとメイスが黒いものを使って彼女たちを始末する動きを見せたので、とっさに日々輝は浄化のショルト・ミストを大量に届けた。

ブリッジがその霧のなかに飛びこんでいく。日々輝も霧が晴れるのを待たずに駆けつけた。ティアたちは無事だが、ヴェンダリスタ星人たちの影がない。すでに飛行艇に乗りこんだらしく、その飛行艇が早くも地上を離れようとしていた。
日々輝が両腕を構えようとするとかたわらからブリッジが制した。
《ここは私が仕留めよう。デュアルが、この星から責められてしまう》
《ありがとう。だが気遣いは不要だ。オレはこのショットに責任をもつ。ギャラフィアンを退けることによって。だからブリッジ、オレを隊に加えてくれないか。負けられない戦いに、自分の手で少しでも勝利を引き寄せたい》
《――そうか。厳しい戦いになるかもしれないが、デュアルの参加は我が隊の士気を大いに高めるはずだ。必ず勝とう》
デビュー戦となったジジラフのときが思いだされる。あのときのように、いまは人々からもらった応援のエネルギーが両腕に満々としていてあわや暴発しそうだ。
飛び去りゆく飛行艇に狙いを定めつつ改めて両腕を構えた。熱を増しゆく人々の気持ちはウルトラマンの力をもってしてもやはり御しがたいものだ。そこにこの地球全体がもつ頼もしいポテンシャルを日々輝は感じるのだった。
（宇宙時代を、これなら正義で戦える）
ショルト・ストライクがややフライング気味に飛びだした。かなり狙いがずれた光線をかたわらからブリッジが超能力で軌道修正する。標的を手にいれた光線は、国境壁を越えて飛び地に集まるエネルギーをどん欲にも吸収して白色を極める。何倍にも成長したショルトがヴェンダリスタ星人が乗った飛行艇をついにとらえ、これを飲みこまんばかりに突き破ると木っ端微塵に粉砕した。

《妹よ》《ティア！》

改めて呼びかけるとティアの目に強い光が戻ってきた。

日々輝はその目に以前とは異なる色合いを感じた。それは聖職者としてまた一歩階段に足を踏み出す兆しではなかっただろうか。ひょっとしたら滴の勇ましい抵抗が、ティアにとってなんらかのきっかけになったのかもしれない。ティアズ・スタンドではついつい神聖な印象をもたれがちだったが、ティアもまだ未熟な部分を残した若い娘であり、これから一人前の聖職者に成長してゆくのだろう。

ブリッジとティア、同じ光の国にいながら初めての対面を果たした兄妹に日々輝は抱擁の時間をあたえた。

上空になにか白いものがたくさん舞っている。どうやらそれは東京を白い町に見せていたメッセージの布のようだった。さしずめ土俵に投げこまれた座布団といったところだろうか。シラヌイという四股名を受けながら今日まで厳しい戦いばかりだった。

今度はピグモンを抱いた鈴がゆっくりと飛んできた。日々輝は差しだした手のひらで彼女をその上に迎えてやった。無残に破壊されたティアズ・スタンドからは仲間たちが手を振っている。日々輝も大きく手を振って応えた。

《鈴ちゃん、いまからオレはちょっと宇宙に行ってくる》

《え？　なんで？　せっかく終わったところなのに》

《輸送艦が落ちてくるらしいんだ。東京もその周りもたいへんなことになる》
《……ちゃんと帰ってきてね。約束して》
《わかった。ひと仕事終えたら、鈴ちゃんにメッセージを送るよ。恥ずかしいけど、受けとってくれ》
《うん。見上げて待ってる》
　鈴をティアの肩に預け、日々輝はブリッジと目で確かめ合った。そして一度その場で四股を踏み、新たな土俵となる宇宙へと飛び立った。

～エピローグ～

二柳日々輝と植松鈴という女性の結婚はその日のトップニュースになったほどだ。

話題性はたくさんある。日々輝が二代目のシラヌイであったことはもちろんだ。二代目という意味では鈴が二代目のティアと呼ばれることもある。テレビカメラがとらえた彼女の涙が東京都民の心を動かしたからだ。そしてふたりの結婚披露宴にはティアズ・スタンドの面々が飛び地戦後に初めて集合したというのだから耳目を集めないわけがなかった。

現在、地球上でウルトラマンと呼べる人間は日々輝とそしてHPCを操縦していた一〇人だけだ。かつてそうだったその他の者達は銀十字軍のオペレーションによってヒトに戻った。日本の戸籍と住民票も新たにあたえられ、希望者に対しては過去に抹消したものを順次復活させていっている。

ウルトラマンがじつはもうひとりいることは、ほんのわずかな人間しか知らない。友利三矢のなかにはウンリュウがいるのだ。ふたりでひとつの体、ひとつの命を共有している。

世界の認識ではウンリュウは英雄のひとりとして位置づけられているが、実際はかなり違う。ヴェンダリスタ星人に対する復讐という、非常に個人的な動機をもっていた。したがって彼もこの地球世界に改めて名乗りでることを嫌った。

ウンリュウは「盛衰司る第三飛天」という恒星系に存在する「左道に生きる六番星」の出身だ。飛天とは宇宙を超光速移動するための重要ポイントを近くにもつ恒星という意味で、ヴェンダリスタ星人の惑星もこの第二飛天の恒星系内に存在している。いわば〝駅チカ〟であり宇宙の都会だ。

ウンリュウはもともとあのような姿ではなかった。彼の星も過去にヴェンダリスタ星人からの侵略をうけ、そしてウルトラ・オペレーションという形で光の国の干渉もうけているのだ。地球と同じ境遇をすでに経験していたといっていい。

六番星の場合は、悲しいことに内紛で人類が滅亡状態になってしまった。ウンリュウたちが二分された世界の一方としてヴェンダリスタ星人にあらがっていたのだが、そのなかから暴徒と化した戦士が一挙に出現したのだという。人々の心に失望した日々輝があの黒い巨人に変貌してしまったように。

復讐のためにヴェンダリスタ星人を追ってきたウンリュウも、この地球を六番星と同じ運命にはしたくないと思ったようだ。その点で日々輝の暴走をとめられたことをたいへん喜んでいる。しかし三矢の心境は少し複雑だ。やはりあのときは、自分の手で伊波滴をとり戻したかった。それなのに、こともあろうか日々輝によって〝邪魔〟をされたかたちになってしまった。「大人になれよ」といわれそうだが、ヒーローになりたいという少年の心からはなかなか卒業できないものだ。

「あれ？　ここも三丁目だよ？」

滴が電柱の掲示を指さしていった。

「ボクはさっき通りすぎたツートンカラーのアパートがそうだったんじゃないかと思うけど」

今度は片蔵誉（かたくらほまれ）がそういってポケットから携帯電話をとり出した。

「三矢くんがこの辺りを知ってるっていうから、私信用してたのに」

「ゴメン。何度か深夜にバイクでこの近くを通ったことがあっただけ」

「やっぱりだ。三矢、引き返そう」

ウンリュウは地球からヴェンダリスタ星人がいなくなるまではこの体にとどまるといっている。とはいえ、命を交換してくれと頼んだのは三矢なので、〝居候〟させてもらっているのは三矢のほうなのだ。まだ地球に残っているヴェンダリスタ星人とは、キップのことだ。

誉のなかにはいまもキップがいる。単体のキップはもはやヴェンダリスタ星人の姿にはなれないので、誉のなかで彼に支配されることを選んだ。ヴェンダリスタ星人のくずれではないキップは、あくまでも侵略を事業ととらえ、そういった意味で彼の侵略はすでに終わっている。少年の体を宿体にするという侵略も。

誉も誉でキップがとどまることを容認している。またいつの日かギャラファィアンと交渉する日がおとずれたとき、仲介役に利用できると考えているのだ。そのような考えをもつ誉に、三矢はいつまでも自分の先を行く彼のスケールの大きさを感じるのだった。

　ティアがヴェンダリスタ星人に飛行艇で連れ去られることを免れたのは、誉の土壇場で見せた逆転劇が少なからず影響していると三矢は思っている。あのとき、キップの本体は完全ではなかった。誉は自分に取り憑いたキップがただの七万分の一ではないことを知っていたのだ。

　初代シラヌイが倒れた夏のあのとき、誉は国境壁のトンネルを抜けた飛び地にいたという。父の正平が逝くところをキップに見せられていた。そのときを境に、誉はきたるべき日に備えはじめたらしい。ジッと息を殺し、自分になにができるのかを模索していった。ヴェンダリスタ星人が敗北したのは片蔵親子を敵に回したことにも一因がある。

　滴はというと、彼女のなかにはティアはもういない。ティアは兄のブリッジとともに光の国に帰った。彼女が聖職者としていかなる裁きをうけるのかは非常に心配だ。〝無罪〟の知らせがウルトラサインで届くことを期待している。

　地球近傍宇宙でくり広げられたギャラファィアンと光の国の第二次宇宙戦争は光の国が勝利した。戦力は拮抗していたが、ふたを開けてみればほぼ圧勝だったらしい。この戦いのなかでは第一次のときのように地球の大気圏にスペースシップが流れ落ちてくることもなかった。地球に影響がおよばないように光の国が完璧なアフターケアをしたのだ。

　世界中の人々はそこに神頼みや他力本願だった忸怩（じくじ）たる思いを改めていだいたのだと思う。

自分の星はせめて自分で守るという全体意識は、地球防衛軍の設立を目指して今日まで二年間進んできた。あの飛び地がまるまる国際都市となって本部が置かれる予定だ。

「この部屋だわ。ビッキー、もう帰ってきてるかな」

「今日帰ってくる予定だとは聞いているんだけどね」

滴が代表して呼び鈴を押した。

日々輝は、太陽系に駐留した宇宙警備隊の巡視活動にひとり参加している。地球に戻ってくるのはひとシーズンに一度程度だというのだから新婚の鈴もかわいそうだ。

しかしこの生活がいつまでも続くわけではない。地球防衛軍が発足したら彼と替われる人物が養成されることになっている。そのためには防衛学校で養成課程をマスターしなくてはならないし、オペレーションをうけてウルトラ化しなくてはならない。

三矢もいまの大学を卒業したらその道を進むつもりでいる。誉も同じで、まずは医師になる彼は銀十字軍の太陽系支部加入という未来図まで描いている。そこで三矢がとっさに対抗した未来図は、かつてティアがそうだった調停の使節団加入だ。愛は争わず、愛に敵はなし。この合気道の素晴らしい精神を宇宙に伝えられたら素晴らしいことだと思っている。

「なんの音だろうね。足下のほうだ」

誉が腰をかがめて玄関扉に耳を近づけた。

「わかった。これたぶんピグモンだわ。開けてほしいときにはとにかく叩くんだって、お父さんがいってた」

「開けてほしいのはこっちのほうなんだけどな」

扉には鍵がかかっているようだ。ピグモンが留守番をしているということは日々輝も鈴もいないのだろう。

しばらく廊下で待っていたら表から話し声が聞こえてきた。現れたのはふたりの女性。鈴のほうはなんとなくそれとわかったが、もうひとりは知らない女性だ。滴がティアズ・スタンドの人間だといった。

「はじめまして。友利三矢といいます」

「三矢くんね？　ビッキーから話は聞いてるわ」

「それと、こっちが滴です」

「伊波総代の……。はじめましてというのもヘンね。ティアズでは一緒にいたはずだったんだもの。会って話をしてみたかったわ」

「その節は父がたいへんお世話になりました」

「それから、彼が片蔵誉です」

鈴と女は意外にもそこで誉と軽い抱擁を交わし、そして涙までした。彼の父親・正平がティアズ・スタンドでいかに大きな影響をあたえていたのかが想像できる。

「彼女は鳥居（とりい）靖子（やすこ）。戦友であり親友なの」

「あなたたち、そうそうたるメンバーね。おばさんのこっちが物怖じしちゃうわ」

「今日はティアズの仲間もあと何人かきてくれることになってるの。序の口の人も呼べたら良かったわね」

玄関扉を開けるとふたりのピグモンが将棋倒しのようになって倒れてきた。日々輝と鈴が保護者となって引きとられた彼らには、この地球上で人類と同等の権利があたえられている。いまはまだチビッコだが、成長期をむかえたら一気に頭脳が高度化してゆくらしいので、地球防衛軍で活躍する日は先を越されてしまうかもしれない。

「え？　町さんもくるの？　呼ばなくていいってば」

「呼んでないわよ。勝手に嗅ぎつけてきたんだから」

額に入った大きな集合写真がふたつ並んで壁に掛けられている。結婚披露宴のものだ。おもしろい趣向で、素顔とそしてそれぞれがウルトラ化したときのお面をかぶった二タイプがある。ひとりひとりが小さいのでこの中から誰かを見つけるのは難しい。

「これ、私の家にもあるよ」

「そうか、滴のお父さんが出席したんだ」

「だって仲人だもん」

「国境で会った人はどこにいる？　女戦士だった人。ミスティが熊野さんていってたっけ」

「うーん、どこだろう。わからない」

「熊野さんだったらこの端からふたりめの人よ」

鳥居が教えてくれた。

「熊野さんはどうされているんですか？」

「彼女も戸籍が復活してからすぐに結婚したって聞いたわ」

「シルヴァンのパイロットとですか？」

「そうよ。よく知ってるわね」

あの国境で霧島雄吾がほとんどプロポーズをしていたようなものだ。あのとき以来、彼とも会っていない。飛び地での最終戦ではヴェンダリスタ星人に撃墜されたことを知ったので、ずっと安否が気になっていたのだ。

南城睦美は、最近になってまた霞ヶ関に戻ったと聞いた。ときおり地球防衛軍本部の建設予定地に足を運んでいるというので、この先もなんらかの形で関わっていくものと思われる。それは当然だ。飛び地を生んだのは彼女なのだから。

「おい三矢、あれ見てみろ。ウルトラサインだ」

「本当？　ひょっとしてティアからいい報せかな」

ベランダの窓からは空に書かれたウルトラサインが確かに見えた。しかしたったの三文字でそのあとに続く様子がない。

「たいへん！　ディメンションケージに作動兆候！　あと七秒しかない！　みんなこっちこっち！」

冷蔵庫にとりつけられた小さな装置のようなものが赤く点滅している。鈴がただ事ではない表情で手招きをするので、また玄関のほうに引き返すことになった。

皆で小さくうずくまっていると、ほどなくしてリビングでは小さな爆発が起きた。そして光に包まれた戦士が現れたのだ。

姿を戻した日々輝が部屋を見回す。そしてこちらを認めて元気そうな笑みをうかべた。

「ドンピシャだ。みんな、久しぶりだな。いま帰った」

ウルトラマンデュアル、彼こそが地球のヒーローだ。

失われた環（ロテ）

三島浩司

ボクのウルトラマンシリーズのファンデビューは昭和の四六、七年になるかと思う。二、三歳の頃だ。幼いボクがベンチに座り、ウルトラセブンの人形を握っている写真がある。

物心がついてからは「帰ってきたウルトラマン」のドーナツ盤。もちろんいまでも歌える。そして小学一年生の夏に広島に移り住んだわけだが、ウルトラマンシリーズにまつわる出来事はその後のボクを変えたのかもしれない。

とにかく夕方の再放送が盛んだった。ウィークデーは一日に一話二話、ともすればそれ以上のペースで高速に流れていったのではないだろうか。ワンクールもあればひとつの作品を見終えることができる。

クールごとの放映順は規則正しいローテーションではなく、感覚的にはこのような具合だった。マン↓セブン↓マン↓セブン↓ジャック↓セブン↓マン↓ジャック↓エース⁉

ボクにはファンが高度に語るような作品性の評価はできない。ひとえに数値的なデータが好きだった。ランキングも大好き。ウルトラ兄弟のなかで最強は誰なのか。必殺光線の威力ランキングなんてもう！　最強のM87光線＝10　ワイドショットとメタリウム光線＝8　ストリウム光線＝6　スペシウム光線＝4　（これを特集で載せた小学誌、どんぶり勘定じゃない⁉）

ひとつさかのぼるが、兄弟の最強ランキングで1位に君臨していたのがタロウだったのだ。どうしてもこのタロウを見てみたい。

しかしジャック↓エースと放映されて次にセブン。再度エースまでたどりつくものの ひとつ飛ばしてレオ。この寸止め虐待とも呼べる変則ローテーションが続いたのだ。

ボクは小学四年生の夏をむかえ、今度は大阪に移り住むことになった。当時は引っ越しと転校が本当にイヤだった。それはそれとして、広島の風土はいまでも好きだ。その風土と感じているものには、大好きなウルトラマンシリーズを存分に見てすごしたという、良き思い出がはいりこんでいるのかもしれない。大阪での新たな生活に対する希望、それは念願のタロウを見られるだろうという期待のみだったといっても過言ではない。

大阪で初めて届いた朝刊のテレビ欄はレオの再放送だったと思う。いいですよ？　広島で見たのは一度くらいだったたし。次はひとつ戻ってタロウかもしれない。しかしその後、広島時代のデジャヴュのような変則ローテーションが続いたのだ。

タロウを一度も見たことがないのに、主題歌は知っている。テンペラー星人とバードンが昭和シリーズ中の強敵ランキング・ベスト5にはいることを怪獣図鑑で知っている。タロウがウルトラの父とウルトラの母の実子であることを知っている。タロウとセブンは従兄弟の関係であることを知っている。ボクのほうは予習バッチリ状態なのに再放送がやってこない。

その後、ボクは「ザ☆ウルトラマン」と「ウルトラマン80」まで見た。そしてウルトラマンシリーズを卒業した。興味を失ったからではない。卒業しろと誰から強制されたわけでもない。中学生になったら、卒業しなくてはいけないものだと、特に根拠もなく思いこんでいたのだ。

結局、ボクは今日までタロウの作品を見ていない。なぜ再放送されなかったのか。こどもには理解できない、業界の〝大人の事情〟があったのかもしれない。

いまのボクに人間的な欠陥があるとすれば、それはタロウを見ていないからだと断言できるし、それ以外にはちょっと思い当たらない。というのは冗談だ。

このたび、ウルトラマンを書かせていただいたわけだが、タロウという失われたローテーションにボクがスネたような要素はあらわれていないと思う。特筆する大人の事情もなかったし、自由に世界を創らせてもらえた。執筆期間中は、いまこの場所に怪獣が現れたらどんな感じだろうと、そのスケールをイメージして上を向いて歩くことが多かった。思えば、こどもの頃はもっと空を見上げていたよなあ。

本書は、二〇一六年一月に早川書房より単行本として
刊行された作品を文庫化したものです。

虐殺器官〔新版〕

伊藤計劃

9・11以降、〝テロとの戦い〟は転機を迎えていた。先進諸国は徹底的な管理体制に移行してテロを一掃したが、後進諸国では内戦や大規模虐殺が急激に増加した。米軍大尉クラヴィス・シェパードは、混乱の陰に常に存在が囁かれる謎の男、ジョン・ポールを追ってチェコへと向かう……彼の目的とはいったい？　大量殺戮を引き起こす〝虐殺の器官〟とは？　ゼロ年代最高のフィクションついにアニメ化

Cover Illustration redjuice

ハヤカワ文庫

ハーモニー〔新版〕

伊藤計劃

Cover Illustration redjuice
© Project Itoh/HARMONY

二一世紀後半、人類は大規模な福祉厚生社会を築きあげていた。医療分子の発達により病気がほぼ放逐され、見せかけの優しさや倫理が横溢する〝ユートピア〟。そんな社会に倦んだ三人の少女は餓死することを選択した——それから十三年。死ねなかった少女・霧慧トァンは、世界を襲う大混乱の陰に、ただひとり死んだはずの少女の影を見る——『虐殺器官』の著者が描く、ユートピアの臨界点。

ハヤカワ文庫

柴田勝家

第2回ハヤカワSFコンテスト大賞受賞作

人生のすべてを記録する生体受像（ビオヴィス）の発明により、死後の世界の概念が否定された未来。ミクロネシアを訪れた文化人類学者ノヴァクは、浜辺で死出の船を作る老人と出会う。この南洋に残る「世界最後の宗教」によれば、人は死ぬと「ニルヤの島」へ行くという——生と死の相克の果てにノヴァクが知る、人類の魂を導く実験とは？　圧巻の民俗学ＳＦ。

ハヤカワ文庫

著者略歴　1969年生，ＳＦ作家
著書『シオンシステム〔完全版〕』『ダイナミックフィギュア』（以上早川書房刊）

HM=Hayakawa Mystery
SF=Science Fiction
JA=Japanese Author
NV=Novel
NF=Nonfiction
FT=Fantasy

〈TSUBURAYA×HAYAKAWA UNIVERSE 02〉

ウルトラマンデュアル

〈JA1335〉

二〇一八年六月二十日　印刷
二〇一八年六月二十五日　発行
（定価はカバーに表示してあります）

著者　三島浩司
発行者　早川浩
印刷者　西村文孝
発行所　株式会社　早川書房
郵便番号　一〇一 - 〇〇四六
東京都千代田区神田多町二ノ二
電話　〇三 - 三二五二 - 三一一一（大代表）
振替　〇〇一六〇 - 三 - 四七七九九
http://www.hayakawa-online.co.jp

乱丁・落丁本は小社制作部宛お送り下さい。
送料小社負担にてお取りかえいたします。

印刷・精文堂印刷株式会社　製本・株式会社明光社

Printed and bound in Japan
ISBN978-4-15-031335-7 C0193

本書は活字が大きく読みやすい〈トールサイズ〉です。